剜烂苹果·锐批评文丛

洪治纲／著

偏见之辞

作家出版社

洪治纲

1965年10月出生于安徽省东至县。文学博士，杭州师范大学人文学院院长、教授。

主要从事中国现当代文学研究与批评，曾在《中国社会科学》《文学评论》等刊物发表论文及评论300余万字。出版有《守望先锋》《中国新时期作家代际差别研究》等个人专著十余部。

曾获鲁迅文学奖、首届“冯牧文学奖”、教育部人文社科优秀成果奖、浙江省和广东省哲学社会科学优秀成果一等奖等多种文学奖项。

洪治纲

出版前言

2014年10月，习近平总书记在文艺工作座谈会上发表重要讲话，科学回答了新形势下影响文艺发展的各种重大理论与实践问题，对文艺事业的大繁荣大发展提出了殷切的希望，是我党继延安文艺座谈会讲话之后，对马克思主义文艺理论的又一次创造性发展，是马克思主义中国化的重要文献。2016年12月在中国文联十大、中国作协九大开幕式上总书记又发表了重要讲话，指出“文脉同国脉相牵，文运同国运相连”，把文艺的地位提到了前所未有的高度，体现了党对文艺事业的充分重视和信任。总书记的两次重要讲话，高屋建瓴，语重心长，既指明了文艺发展的方向，又对当前文艺发展中存在的种种问题进行了深入的解剖，为文艺的发展把了脉、定了调、鼓了劲。尤其对于文艺评论工作，总书记给予了高度重视，既肯定了文艺评论工作的重要意义，又一针见血地指出了文艺评论中存在的各种不良现象，并对文艺评论工作提出了明确的要求，号召批评家要做“剜烂苹果”的工作，“把烂的剜掉，把好的留下来吃”。

为全面贯彻落实总书记在文艺工作座谈会上的重要讲话精神，切实提高当代文学批评的针对性、战斗性和原则性，营造讲真话、讲道理的文学批评氛围，作家出版社决定推出“剜烂苹果·锐批评文丛”，集中展示敢说真话、有力量、有风骨、敢于亮剑的文学批评著作。首批推出李建军、洪治纲、陈冲、刘川鄂、杨光祖、牛学智、石华鹏、李美皆、何英、唐小林十位在文坛有影响有代表性的批评家，每人推出一本以对于中国当代文学不良现象、思潮以及作家作品不足为研究内容的评论集。这些评论家关注文学现场，敢于说真话，敢于亮剑发声。他们针对某一个具体作家作品的批评也许有偏颇、有争议，不是所有人都认同，也不代表出版社的观点，但他们的批评姿态、批评精神是值得肯定的，他们代表了中国当代文学批评的一个极其重要的维度。作家出版社希望通过这套丛书，集中展示这些批评家的形象，让他们的批评方式、文学观点为更多的读者所了解和熟悉，并以此积极营造“好处说好，坏处说坏”的健康批评生态。

本丛书将采取开放式的结构，今后有符合丛书宗旨的新的批评家的作品，我们将陆续推出。

作家出版社

2017 年 5 月

目　录

第一辑

第二辑

第三辑

后记

第一辑

论新世纪文学的“同质化”倾向

一

自上个世纪90年代以来，深受“个人化写作”思潮和电子媒介迅猛发展的影响，中国当代文学确实进入到一个多元化的时代。特别是新世纪之后，从“40后”“50后”“60后”到“70后”“80后”“90后”，数代作家济济一堂，创作阵容相当庞大，作品数量蔚为壮观，热点现象层出不穷。我曾将这种现状概括为：“传统作家与网络写手齐头并涌，严肃创作与市场写作各求其趣，文坛宿将与文学新秀争智斗力，本土作家与海外作家相互激励，已成为中国当代文坛的一种客观景象，也将成为新世纪中国文学发展的基本趋势。”[①]但是，面对这种繁芜斑驳的现状，我们也不得不承认另一个事实：新世纪以来的文学创作，仍然难以克服数量与质量之间的巨大落差，也无法摆脱产量极高却精品难觅的尴尬局面。

一方面是作品数量急速膨胀，另一方面则是优秀之作依然稀少，这无疑是个值得深究的问题。按理，中国作家队伍庞大，且十分勤奋，既不缺智慧，也不缺眼光，完全有理由创作出数量可观且各具特色的优秀之作。但是，在我们的日常阅读中，无论是实力派作家的某些新作，还是文学新人的潜心之作，大多只是“尚可”而已——有些小特点，有些小想法，却缺少内涵丰实且又耐人咀嚼的审美特质。很多作品，无论是审美内涵还是表现形式，常常给人以“似曾相识”之感。这种审美感受，其实折射了我们的文学创作中

① 《中国当代文学视域中的新移民文学》，洪治纲，《中国社会科学》，2012年第11期。

日趋明显的“同质化”倾向，凸现了作家们在艺术原创性和开拓性上的不足。

所谓“同质化”，主要是指不同特点的个体事物，在其发展变化的过程中，彼此的本质特征逐渐趋于一致，形成相互融合或彼此替代的倾向。它是以消解独特性和异质性为标志的一种事物变化状态。“同质化”原本是用来表述商业产品的某些特点，如某些产品之间的差别不易分清，特色不明显；销售模式、服务形式基本一样；产品品质、技术含量和使用价值大同小异，类似功能的产品之间甚至可以相互替代。就市场发展来说，“同质化”无疑是商业发展的大敌，它严重阻遏了异质化所需要的创新思维和开拓能力，也使各种“山寨”产品广为流行。但是，由于信息技术的发展所带来的各种便利，“同质化”现象已经不再局限于一般的商品生产，从城市规划、产业布局到新闻出版、教育结构，都开始呈现出不同程度的“同质化”倾向。像如今的高等教育，从学科布局到专业设置，几乎每一所综合性大学都高度相似；所谓的学校“特色”，其实只是该校中少数学科具有一定的优势地位罢了。可以说，“同质化”现象，正在成为我们这个时代日益突出的现实问题，并严重阻碍了人们对现代创新型社会的建构。

这种“同质化”现象，也同样蔓延到文学创作领域。它所呈现出来的主要特征是，作家的个人创作，不断出现内在的自我重复；一些作家对某些现实热点现象，自觉或不自觉地进行群体追捧，形成模式化的经验书写；不少作家对文化消费的嗜好，进行不加甄别的迷恋式表达，导致类同化的审美表达；诸多作家对特殊生存群体的存在境域，进行单一化的经验处理，等等。这种“同质化”的创作潜流，在不同的审美范畴内不断循环，使得人们从整体上看，似乎并没有影响文学多元化的基本格局，但在文学的“每一元”之内，却又显得彼此似曾相识，趋同性远远大于差异性。譬如，在新世纪以来的网络小说中，其创作类型就极为丰富，从穿越、盗墓、玄幻、悬疑到后宫、仙侠、耽美、职场，不同类型的作品差异十分明显，其叙事理想和审美趣味也各不相同，共同建构了异常繁复的网络小说。但是，如果深入到某个类型内部，我们就会发现，很多作品不仅故事结构极为相似，连人物个性和命运走向的安排也相差无几。比如大量的穿越小说中，女主人公穿越到古代之后，不是成了公主（或格格），就是变为王后，在尽享奢华生活的同时，也玩尽各种权术甚至诡计，而男主人公穿越到古代，要么成为王爷或驸马，要么经过必要的磨炼最终成就了一番伟业。这类小说读多了，人物、情节常常发生相互混淆，极易张冠李戴，说明作家们的思维方式、价值观念和审美趣味几乎没有变化。

从通常意义上说，文学是人类精神活动的特殊产物，也是作家个体审美思考和艺术实践的话语行为。不同个体的作家，由于成长经历、家庭背景、文化积淀和性格气质的不同，在创作中会形成自身独有的审美风格，也会展示自我独特的观察世界和理解生活的方式。世界上没有两片完全相同的树叶，当然也不存在两位完全相似的作家；即使存在，也是一个作家对另一个作家长期学习和模仿的结果。很多人都曾以鲁迅和周作人为例，说明性格气质、思维方式、审美趣味等作家的个体因素对创作所造成的潜在规训。因此，倘若文学创作中出现大面积的“同质化”倾向，那无疑是一种极不正常的现象。谁都明白，一个作家的主体意识越明确，文化积淀越深厚，思考能力越强劲，创新意识越突出，其创作的异质性、独特性就越明显，不太可能出现趋同性的作品。

当然，我们也应该意识到，创作的“同质化”并非简单地等同于某些创作的共同特点。它与某些特定的审美共性之间，是有着本质区别的。比如，代际意义上的文化共性，就完全不同于创作的“同质化”。人毕竟是一种社会的存在，文化的存在。任何个体都会在一种群体性的文化环境中成长，从而形成一定的成长经验和集体记忆，产生代际意义上的文化共性，这是一个不争的事实。在对作家代际差别进行研究的过程中，我就发现，共同的成长环境、教育启蒙和社会伦理，都会对同一代人的精神产生深刻的影响，并促使他们在后来的写作中出现某些共性特点。这种代际上的共性特征，并不影响作家个人风格的施展，但是会在历史认知或价值观念上让一代人达成相对的一致性。这种一致性，从文艺心理学上看，是受制于同代人共有的童年经验和集体记忆，隐含了极为复杂的主体精神建构成分，是文化人类学分析“代沟”的核心内涵，它与创作的“同质化”倾向就有着本质上的区别。

与此同时，我们还要厘清文学流派或思潮与“同质化”之间的重要区别。表面上看，文学流派或思潮都是由不同作家在创作中所形成的诸多共同特点所构成的，其创作的群体性、审美的相似性，似乎体现了“同质化”的某些因素，但从其内核上说，两者之间并不相同。首先，最突出的差别在于，前者是以创作主体明确的建构性审美观念作为创作实践的指导思想，试图展示某种特定的文学理想，或者反映特定历史时期社会文化潮流动向的一种创作行为，它是具有共同审美观念和艺术思想的创作群体的组合，具有群体性、系统性和互动性等特征；而后者主要是不同作家无目的性的思维趋同、无自主性的观念趋同，既无系统性，也无互动性。其次，文学流派或思潮具有明确的主体意识，它是“在特定历史时期，文艺理论家或作家们于相同或相近的世界观、人生观、价值观、美学观指导下所形成的文学潮流。它灌注并体现于文学运动形态、文学理论形态和文学创作形态”①。也就是说，它是源于创作主体高度自觉的艺术实践，具有相对明确的理论谱系和相对完整的形态学特质，犹如韦勒克所说，文学思潮是“一种‘包含某种规则和观念’，一套规范、程式和价值体系，和它之前之后的规范、程式和价值体系相比，有自己形成、发展和消亡的过程”②。但“同质化”的写作，既无理论化的意识，又无理论化的可能，完全是一种无程式、无规范的创作行为。

因此，文学创作的“同质化”，不是对具体创作中某些共性进行简单的归类并加以否定，而是对那些缺乏艺术创见、思维固化、过度依赖既定经验的彼此类同的写作的质疑。“同质化”的存在，

① 席扬:《文学思潮:理论 方法 视野》，第6页，上海三联书店，2009年。
② 席扬:《文学思潮:理论 方法 视野》，第7页，上海三联书店，2009年。

表明了当代作家超越意识不强，开拓精神不足，思考能力不够，由此导致作品的异质性不明显，影响了精品力作的出现。

二

纵观新世纪以来的文学创作，虽然并没有出现大面积的、一元化式的审美趋同性，但“同质化”的潜流却越来越明显。这种“同质化”倾向，既体现在作家个体创作的自我重复上，也体现在作家群体对某些社会热点或文学类型的相互袭仿之中。它们所造成的结果是，作品数量增速迅猛，文坛也显得颇为繁荣，然而值得人们潜心研读的作品并不多，具有经典意味的优秀之作依然稀薄，文学创作的整体水平提升并不显著。

作家个体创作的自我重复，一直是上个世纪 90 年代以来中国文坛较为突出的现象，并非新世纪以来才出现的创作痼疾。在个人化写作风格的笼罩下，一些当时颇有影响的作家，都曾出现过创作上不同程度的自我重复。像陈染早期小说中对女性私密经验的反复临摹，苏童中短篇里对香椿树街少年的不断书写，周梅森长篇小说中对官场风云的一次次叙述，看似故事各不相同，但都存在着一定程度上的“同质化”倾向。新世纪以来，这种现象有增无减。不仅实力派作家不断陷入自我重复的泥潭，一些文坛新秀在冲到一定高度的写作之后，也开始重复自己。譬如，在实力派作家中，叶广芩、刘庆邦、何顿、刘亮程等人的很多作品，都在自我创作中彼此相似。如果单独阅读他们的某部作品，人们都会觉得有一定的意味，故事也不乏某些新意，但是如果将他们近几年的作品放在一起进行整体细察，就会感到故事的营构方式、叙事语调、人物的性格面貌、作家的审美思考，几乎没有变化，不同的只是故事情节或人物关系。像叶广芩的《豆汁记》《状元媒》《太阳宫》等对北京旧城往事的书写，从母亲、女佣到邻居或亲戚，很多人物性格都没有太大的变化，故事情节也一律舒缓散淡，叙事语调则始终保持着某种自我陶醉式的优越感，由此形成了一种相似度极高的审美形态。刘庆邦在一些“底层叙事”的中短篇里也是如此。这些小说的通常模式是，一对夫妻或者兄妹、父女，总会因为这样或那样的事件产生情感隔阂，最终爆发冲突，由此凸现底层百姓的生活无奈和无助，其中的惯性化叙事经验和作家情感几乎成为一种不变的模型，让人无法看到创作主体的思想变化和自我超越的意图。何顿早期的一些小说中，人物关系、故事情节、叙述语调等，也常常如出一辙，像《告别自己》中的雷铁、《喜马拉雅山》中的“我”、《生活无罪》中的“我”等，都是辞去中学教职后闯入商海的淘金者，他们都在世俗的欲望中起起落落，一方面似乎看穿红尘，另一方面又拥抱红尘，对拜金主义充满了缱绻与决绝。说实在的，这些小说中的人物、情节几乎可以相互置换，阅读也极易产生彼此混淆，自我重复的“同质化”特点尤为突出。曾因《一个人的村庄》而蜚声文坛的刘亮程，其后来的散文创作也一直盘旋在早期的经验书写中，像《虚土》《风中的院门》等散文集，仍是对早期散文的自我复制，包括虚拟的乡村幻境、超然的生活姿态、都市的欲望解构……作家的思考力度、艺术思维和审美方式，几乎没有变化，看不到作家自我超越的痕迹。

年轻的作家同样也是如此。像叶弥、朱文颖、路内等作家，刚开始写作时起点颇高，很多小说让人耳目一新，但随着时间的推移，自我重复也日趋明显。如叶弥的《明月寺》《桃花渡》《香炉山》等一些短篇小说中，主人公总是一位无所事事的单身女性，路过或来到某个江南小镇，在几天的小住中，她们又总是遇到有点特别的人，然后发生一些情感上的小摩擦，产生一些心灵上的小波澜。虽然在每篇作品中，主人公的内心体验颇为细腻、真切，但将这些作品整合在一起，便觉得只是一篇作品的不同翻版而已。朱文颖的一些中短篇里，常常出现的也都是一个情感虚空、心无着落的单身知识女性，她们总是迷恋某些略带封闭的环境，在幽静的氛围里自我怀伤。作家的情感、语调以及对人物生活氛围的营造，几乎没有变化。因《少年巴比伦》而备受关注的青年作家路内，对青春的叛逆、迷惘以及青年“亚文化”精神质地有着特殊的表达，但在随后的《云中人》《四十乌鸦鏖战记》《花街往事》等作品中，这种延续性的主题并没有得到深化，只是通过不同的故事情节将之重述，形成十分明显的自我重复。滕肖澜和张怡微对现代平民市井生活的微观叙事，细腻、鲜活，洋溢着日常生活的审美质感，但是读多了便觉得审美格调一样，思想情趣一样，基本上是一种模式化的产物。即使像马金莲这类刚刚崭露头角的文学新人，也开始出现不断重复，如中篇《长河》与短篇《口唤》，都是叙述有关宗教死亡的人生命题。这些重复，表面上似乎建构了作家的个人风格，实则折射了一些作家对既定叙事经验的不断复制以及艺术思维上的惯性特征。

除了自我重复之外，这种“同质化”写作，还集中体现在一些作家对某些社会热点或文学类型的盲目追捧上，由此形成一种作家相互袭仿、作品严重趋同的现象。其中最突出的，是体现在反腐小说、底层写作和网络类型小说三个方面。有关反腐小说和底层写作的“同质化”问题，我曾在专著《中国新时期作家代际差别研究》以及《底层写作与苦难焦虑症》《底层写作仅仅体现了道德化的文学立场》等文章中均进行过较为翔实的论述，并始终认为，“反腐小说”中确实有一些优秀之作，在揭露权、钱、色交易等腐败现象的同时，展示了邪不压正、贪婪必毁的正义伦理。但是，也有不少作品则一味地沉迷于人性欲望之中，将权、钱、色之间的隐秘纠缠演绎得惊心动魄，甚至奉权谋、诡术为人生智慧，视欲望为人物的人生信念。在这些小说中，很多人物的人生志向，就是为了玩转各种厚黑学——他们要么巧言令色以笼络下属，要么俯首帖耳以谄媚领导，要么暗度陈仓以诋毁对手，要么巧施诱饵以玩弄异性，要么精研诡计以求加官晋爵……这类小说读多了，我们会发现，不仅故事大同小异，极似早期的黑幕小说，而且叙事格调也十分平庸，无非是以“反腐”为幌子，兜售各种人玩人的“诡术”。同样，在“底层写作”大潮中，很多作家写到“男底层”便是杀人放火、暴力仇富，写到“女底层”常常是卖身求荣、任人耍弄，不仅人物命运模式化、故事情节粗俗化，而且人物性格也是扁平的，不见温暖，不见尊严，一律大苦大悲，凄迷绝望，鲜有十分丰饶的精神质感。如果将这些写作倾向视为一种“新人民性”的追求，这显然是对底层平民生存状态理念化、片面化的图解，至少，它失去了“新人民”所拥有的丰富的精神内涵。[①]

其实，不仅仅是反腐小说和底层写作中呈现出“同质化”倾向，即使是对某些特定阶层的人物形象塑造上，也同样呈现出高度“同质化”的特点。譬如，对当前高校教授形象的艺术塑造上，很多作品都将之处理成虚荣、卑琐、弄虚作假、追名逐利的欲望之徒，犹如鲁迅《肥皂》和钱钟书《围城》中人物的翻版，而且叙事语调也基本相同，都是戏谑加讥讽。像张者的《桃李》和《桃花》、邱华东的《教授》、阎连科的《风雅颂》、曹征路的《大学诗》、史生荣的《所谓教授》《所谓大学》《大学潜规则》、倪学礼的《站在河对岸的教授》等等，都是如此。尽管这些小说在处理故事结构和人物关系时并不一样，叙事的艺术水准也各有千秋，但是，作家们在面对高校知识分子尤其是大学教授时，都呈现出一种比较明确的价值理念——教授多半是“叫兽”，只活在欲望中，与精英无关，所以在叙事过程中作家们都是极尽讽喻之能事。这些教授形象，似乎天生就没有学术操守，没有求真意愿，从不对真理负责，更无家国情怀和知识分子担当，只是一些纵情欲海的超级选手。他们或嫖娼乱搞，生活极端腐败；或利用专业优势，四处捞钱；或蝇营狗苟，跑官谋权；或抄袭剽窃，争名逐利。一言以蔽之，他们都彻底颠覆了知识分子的基本伦理。这些作品不仅在故事营构上具有极大的类同性，对高校知识分子形象的塑造也过于脸谱化、戏谑化，而且非常突出地展示了作家们对当今高校教授生存状态及其内心困境的浮浅认识。其艺术形象“同质化”的背后，隐含了作家对笔下人物粗暴而草率的价值判断。

① 有关详细论述，请参见拙著《底层写作与苦难焦虑症》(《文艺争鸣》，2007 年第 10 期)、《底层写作仅仅体现了道德化的文学立场》(《探索与争鸣》，2008 年第 5 期）以及《中国新时期作家代际差别研究》（人民出版社，2014 年）中的相关章节。

如果我们再看看近些年极为流行的网络类型小说，这种“同质化”现象同样非常突出。在很多类型小说中，只要某个类型中出现一两部走红的作品，该类型便在转瞬之间涌现出大量的争相效仿者，且绝大多数作品在故事情节、人物关系、审美意图上都基本相似，很少有能够将一种类型不断丰富和提升的异质性作品。如《鬼吹灯》《盗墓笔记》一炮走红之后，便迅速涌现出《鬼打墙》《盗墓之王》《密道追踪》等众多类似之作，这些作品完全袭用了《鬼吹灯》中探险、玄秘、传说等基本元素，且均未超过它。《诛仙》成功之后，也旋即出现了《极品邪帝》《剑心焚天》《仙道雄心》《盖世狂仙》等各种情节大同小异的仙侠小说。最具代表性的，或许是《杜拉拉升职记》的畅销，它引爆了职场小说的巨大空间，使这类小说风起云涌，出现了《步步惊心》《圈子圈套》《职场小虾变身记》《浮沉》《米娅，快跑》《做单》等大量类似的小说。这些小说的基本内容都是将职场、商场、情场、名利场一锅煮，传达出来的生存伦理也都是同事之间的相互设套和彼此提防，只有利益，没有友情和信任。这类小说虽称“职场小说”，却极少关注职业操守、职业伦理，人物的存在价值和生存目标就是位置和收入，或者说是“管别人”还是“被别人管”。它从价值观念上透露出一种奉“诡术”为“智慧”的人际逻辑，不仅折射了创作主体的价值误区，凸现了作家精神格调的褊狭与低俗，还体现了作家艺术思维的“同质化”倾向。这种“同质化”思维，驱使一些作家将某些有违人类基本伦理的生存手段，盲目地奉为新的生存经验和人性面貌，并对现实和历史进行所谓的“艺术重构”。其结果，必将使读者对人类赖以生存的良知和信念产生怀疑。

三

新世纪文学之所以显得日趋“同质化”，当然有很多复杂的因素，但其主要原因，不外乎市场化、信息化的文化环境和作家自身的主体意识。前者是外因，后者是内因，外因通过内因而起作用。因为从根本上说，“同质化”就意味着作家主体意识的孱弱，自我挑战、自我超越意识不强，知识更新和文化储备有限，艺术创新能力匮乏，致使自我重复和彼此袭仿成为写作的常态化行为。它折射了当代作家在主体精神建构上的自觉意识已日益淡漠，精神惰性和思维惯性在某种程度上成为写作的主要支撑。

市场化和信息化给中国社会的整个文化秩序带来的影响是极其深远的，虽然尚未有人对此进行全面系统的研究和总结，但是，它从根本上改变了我们以往的生存方式、价值观念甚至是思维方式。由市场化所培植出来的消费文化，是消费主义时代的核心文化，也是我们解析人们社会生活的价值系统和话语系统的重要依据。消费文化的一个重要特质是，不再过度迷恋商品内在的实际使用价值，而是竭尽所能地促使商品符号化，增加商品在符号层面上所承载的象征意义，使商品符号具有巨大的表意性功能。在消费文化中，生产商、广告商、媒介人等众多关联角色，都会充分利用符号的表意性功能，将各种意义符码融入商品的设计、生产、制作和宣传中，以满足现代人日常生活中的各种心理文化欲求，刺激消费者的内在欲望。对此，费瑟斯通曾分析道：“在鲍德里亚看来，面向大众的商品生产运动的重要特征，是在资本主义交换价值支配下，原有的‘自然’使用价值消失了，从而使商品变成了索绪尔意义上的记号，其意义可以任意地由它在能指的自我参考系统中的位置来确定。因此，消费就决不能理解为对使用价值、实物用途的消费，而应主要看作是对记号的消费。”①正是在这种消费逻辑驱动下，“在百货商店与市中心营造出的‘梦幻世界’中，广告与商品陈列，利用商品记号的逻辑来逾越以前被屏蔽的意义，创建新商品与众不同的纷呈并置和排列，从而有效地改变对商品的命名。平凡与日常的消费品，与奢侈、奇异、美、浪漫日益联系在一起，而它们原来的

① ［英］迈克·费瑟斯通：《消费文化与后现代主义》，刘精明译，第124页，译林出版社，2000年。

用途或功能则越来越难以解码出来”[1]。

消费文化的这种特征，决定了商品的存在价值将更多地依附于符号内涵的不断拓展和象征意义的不断升级，并由此带来创意性符号的疯狂增长。“消费主义虽然带来了商品的过度膨胀，但这并不意味着神圣性被遮掩覆没了。若我们能注意到在实践中的商品所具有的象征意义，那事情就一目了然了。”[2]但是，应该明确的是，任何商品符号的象征意义在消费过程中，并不需要消费者动用理性的探索才能获得，而只需要在感官化的直觉接收中即可满足。也就是说，商品的符号意义是一种直供式的、被商家精心打造的。在这种文化境遇中，文学创作首先被自然而然地纳入文化产品之中，不再成为作家仅仅膺服于个人审美理想的精神劳作，而是一种文化商品的生产，无论自觉或不自觉，作家的创作都将受制于大众化的市场消费趣味的影响。它意味着，愈是艰深的、具有开拓性的、小众化的审美创造，将愈被消费市场所拒绝。其次，由于商品消费的符号化，文学作品内在的实际审美功能，尤其是它的思想内涵及其审美价值，将不再成为消费的核心价值，而是更多地被其表象化的符号意义所取代，读者作为消费者也很难再积极扮演文本意义的建构者，很难成为文本再创造的有效参与者，更难自觉地接受那些只有通过挑战性思考才能捕获审美意义的作品。而“同质化”的作品，由于缺少独创性和开拓性的艺术特质，是一种审美惯性的产物，在消费过程中不需要颠覆读者的阅读经验，因此更有利于大众的文化选择，这也是为何畅销书通常都是快餐文化产品的缘由。

除了市场化之外，以网络技术为核心的信息化社会同样也给文学的发展带来了巨大的影响。尽管人们对信息时代的主要文化特质尚在探讨之中，但有一点是比较明显的，那就是以理性为统摄地位的现实伦理受到了巨大的冲击：“以最高的知识与理性为生产要素

---

① ［英］迈克·费瑟斯通:《消费文化与后现代主义》，刘精明译，第124页，译林出版社，2000年。

② ［英］迈克·费瑟斯通:《消费文化与后现代主义》，刘精明译，第177页，译林出版社，2000年。

所生产出来的东西，其无心之果竟是最极端的（也是信息性的）非理性的充斥与超载。”[①]所谓“非理性的充斥与超载”，其实表明了信息时代本身依靠强大的技术支撑，在现代媒介的急速扩张中，不断吞噬着人的理性精神和价值规范，使个体的人在泛自由主义的冲动下，催生了非理性的感性欲望，失去了必要的精神深度和对生存本体的形而上的思索。就文学来说，它直接导致了作品传播方式和阅读方式的彻底改变。这种改变，是以取消理性在场的自觉行为为代价，强化了感性阅读的合法性地位。

在信息时代之前，文学传播和阅读都是以纸媒为基本载体，并由此建构了一种以理性为支撑的接受体系。波斯特就认为：“启蒙主义的自律理性个体理论从阅读印刷文章这种实践中汲取了许多营养并得到强劲的巩固……句子的线性排列、页面上的文字的稳定性、白纸黑字系统有序的间隔，出版物的这种空间物质性使读者能够远离作者。出版物的这些特征促进了具有批判意识的个体的意识形态，这种个体站在政治、宗教相关因素的网络之外独立阅读独立思考。以页面文字所具有的物质性与口传文化中言辞的稍纵即逝相比，印刷文化以一种相反但又互补的方式提升了作者、知识分子和理论家的权威。”[②]这也就是说，纸质媒介对人类理性启蒙产生了极为重要的作用。它极大地弘扬了人类的主体意识和理性的自觉，使一切重要的人文科学在不断走向自律的过程中，获得了系统性、完整性和科学性。就文学艺术而言，它有效地控制了文学传播的速度和规模，在客观上还控制了文学作品的粗制滥造，为文学走向经典化提供了强有力的保障。信息时代却让这一情形发生了质的变化。尤其是当互联网已逐渐赢得“元媒介”地位之后，固态化和稳定性的纸质媒介开始走向边缘。一方面，它们不只是向我们提供纯粹的休闲和娱乐，而且已广泛“涉足严肃的话语模式——新闻、政治、

① ［英］斯各特·拉什：《信息批判》，杨德睿译，第124页，北京大学出版社，2009年。

② ［美］马克·波斯特：《第二媒介时代》，范静哗译，第60页，南京大学出版社，2005年。

科学、教育、商业和宗教——然后给它们换上娱乐的包装。”①将一切严肃的话语进行娱乐化处理，表面上看是为了迎合大众的接受心理和美学趣味，实际上是削弱或取消广大受众的理性思考，因为它们并不关注你在“看完”之后能够获得什么，而只是关注你是否在“看”，“看”的过程远比“看完”之后的思考更重要。另一方面，当动态性的“读屏”成为人们审美接受的主要方式，也就意味着理性的在场性大受影响，对文学作品反复揣摩和细细品味被浏览所取代，直接导致快餐文化的泛滥和经典的匮乏。

在消费文化和信息文化的双重影响下，我们社会的整个文化环境已出现了质的改变。理性衰落，感性兴盛；精英边缘，大众抬头；经典淡出，快餐流行。这也不可避免地影响了一些作家主体精神的自我建构，因为人是一种文化的存在。试想，从传播与阅读方式的改变，到文化消费市场的走向，都不再强烈召唤那些具有原创性、深邃性和经典化的文学作品时，作家作为一种日趋边缘化的社会存在，追求“独善其身”的理想热情也会减弱，其主体意识的衰退也就变得不可避免。一旦主体意识不突出，对人类生命存在的境遇及其可能性状况的探索能力驻足不前，一种既定的惯性心理便会主宰作家的创作。所以，有很多功成名就的作家，虽然在年复一年地发表他们的新作，但其中所包含的写作技能、审美思维乃至思考力度，并没有呈现出明确的超越姿态，只不过是创作主体在既定经验上的惯性滑行罢了。这种惯性化的写作，借助自身拥有的文学地位和商业上的符号化包装，当然会产生一定的影响，也会给文坛带来一些活跃的成分，但最终还是在“同质化”的路途上渐行渐远。

“同质化”的写作，就是一种消极的惯性写作，要么自我重复，要么盲目袭仿别人，对于中国文学的发展来说，这种写作没有多少重要的艺术价值。它既不能提供文学史意义上的标杆式作品，也无法有力地呼应并展示这个时代的人们内在的生存真相及其精神困

① [美]尼尔·波兹曼:《娱乐至死·童年的消逝》，章艳、吴艳莛译，第136页，广西师范大学出版社，2009年。

境。但是，令人欣慰的是，还是有一些非常成熟的作家依然保持着自我挑战的激情，极力杜绝创作上的自我重复。他们的每一部新作的问世，总是能够对人生、历史或现实提出新的思考，对表达形式进行新的尝试。像韩少功从《西望茅草地》《爸爸爸》《马桥词典》《暗示》《日夜书》一路写来，每部作品都大不一样，且每部作品都体现作家自我探索和创新的姿态。史铁生、王安忆、余华、格非、迟子建等作家的创作也是如此。这些作家，有的创作数量极丰（如王安忆、迟子建），但很少有自我重复的倾向，更不可能去盲从他人。对于那些在“同质化”轨道上不断滑行的作家，我以为，这些作家或许值得他们借鉴。

（原载《中国文学批评》2015年第4期）

底层写作与苦难焦虑症

今年以来，我陆陆续续地读了些国外小说，如本哈德·施林克的《朗读者》、卡德勒·胡赛尼的《追风筝的人》、西格弗里德·伦茨的《德语课》等等。严格地说，这些作家都不算是世界一流的大师，但他们的作品却让我久久难以忘怀。尤其是他们在书写底层生存的苦难时，叙事话语中始终洋溢着某种宽广而温暖的人性。这种人性，超越了日常伦理的规约，甚至屏蔽了简单的道德判断，仿佛岩隙中的甘泉，从生命里自然而然地缓缓涌出，悄无声息地浸润着读者的心扉。

与此同时，我也在反思中国当前的许多小说。它们同样也书写底层，同样也书写苦难，但令人遗憾的是，我们却很少读到那种温暖的人性，很少读到那种来自灵魂深处的宽厚、广袤和悲悯，也很少感受到那些人之为人的亲情、荣耀和梦想。它们带给我的，常常是惊怵、绝望、凄迷和无奈，间或还有些堕落式的玩味和暴力化的戏谑。我以为，这种有关底层苦难的书写，是一种应该反思的叙事陷阱。

一

文学作为人类精神生活的一种特殊表达方式，或多或少都会表现一些人生的苦难和不幸，这并不值得奇怪。厨川白村就认为，“文学是苦闷的象征”。丹纳甚至说得更有绝，他认为：“艺术家想要表现幸福、轻快、欢乐的时候，便孤独无助，只能依靠自身的力量；而一个孤独的人的力量永远是薄弱的，作品也不会高明。相反，艺术家要表现悲伤的时候，整个时代都对他有帮助，以前的学派已经替他准备好材料，技术是现成的，方法是大家知道的，路已经开辟。”[1]他还强调，“在一切理由中最有力的一个理由，使艺术家倾向于阴暗的题材。作品一朝陈列在群众面前，只有在表现哀伤的时候才受到赏识”[2]。事实的确如此。细察古今中外的许多重要作品，我们会看到，它们都不曾回避这样或那样的苦难，只不过在表现方式上有所不同——譬如马克·吐温、契诃夫等人的小说就乐于使用一种喜剧性的反讽话语，卡夫卡、加缪、萨特等人的作品则习惯于荒诞式的表现手法，福克纳更愿意选择温和而游离的叙述方式，而卡尔维诺、米兰·昆德拉的小说更擅长“以轻击重”的叙事策略……可以说，如果没有苦难，以及对苦难的倾力关注，我们的文学或许会失去许多丰富的精神内涵。

也许正基于此，我们的文学也同样离不开对苦难的关注。尤其是近年来，随着底层写作思潮的兴起，有关底层苦难的叙事更是层出不穷。倘若我们将“底层写作”这一概念泛指为“对一切有关底层平民生活模态的书写”，那么，我们就会发现，很多作家其实都属于这一写作群体。像贾平凹、阎连科、刘庆邦、王祥夫、方方、池莉、孙惠芬、熊正良、陈应松、罗伟章、曹征路等等，都是“底层写作”的代表性作家。而且，他们中的大多数人在叙写底层生存的苦难时，都呈现出异常尖锐的审美质感，甚至是带有某种宿命的意味。如贾平凹的《秦腔》里，农民的卑琐、狡黠、愚昧和刁蛮被无限放大；阎连科的《日光流年》《年月日》里，人的求存意志被置入自然的绝境之中；刘庆邦的《穿堂风》《兄妹》、王祥夫的《菜地》《街头》、陈应松的《太平狗》《马嘶岭血案》、罗伟章的《我们的路》《我们的成长》、方方的《奔跑的火光》《出门寻死》、曹征路的《那儿》《霓虹》……这些作品中，所有的弱势者始终处于被伤害与被

① ［法］丹纳：《艺术哲学》，傅雷译，第 37 页，人民文学出版社，1988 年。

② ［法］丹纳：《艺术哲学》，傅雷译，第 37—38 页，人民文学出版社，1988 年。

侮辱的地位，他们的尊严被不断践踏，他们的反抗充满绝望，他们的不幸永无止境，很多人物最后只能以惨烈的死亡来了却尘世的悲苦。

坦白地说，读这些作品，我常常感到寒冷、压抑和绝望。从艺术上说，这种以极致化的叙事手段对苦难进行尖锐的审美表达，并没有什么不妥——因为小说本身就是对人类存在的可能性状态的勘探。但是，从审美接受上说，其中的不少作品却冲破了人们正常情感的承受力，使读者仿佛置身于一间间毫无光亮的黑屋中。这种对苦难的极端性表达，由于高度贴近当下的生活现实，贴近公众普遍关注的社会焦点，甚至是带着批判现实主义的明确意图，因此它们又不同于那些现代意识较强的作品。众所周知，现代主义小说，由于其本身就一直强调对人性内在的幽暗面进行揭示，强调对存在的潜在状态进行探寻，因此，苦难并不是作家表达的终极目标，而只是他们审度人性本质和检视存在境域的一个载体——尽管他们也常常以底层平民作为叙事对象。譬如，在毕飞宇的《平原》、艾伟的《爱人有罪》、叶兆言的《没有玻璃的花房》以及盛可以的《青桔子》《快感》等作品里，我们都可以看到各种极为尖锐的苦难场景。但这些苦难，并非仅仅来源于恶劣的自然环境或颓败的现实秩序，而是更多地来自人性的崩落以及欲望的疯狂增殖。也就是说，这些苦难，在很多时候是由于人们自身的某些欲望所催发出来的，并非是一种不可超越的现实不幸。正是这种“人为”的法则，决定了这些小说中的苦难，在本质上凸现的是一种人性的灾难、生命本能的劫难。所以，《平原》里的端方、《爱人有罪》里的鲁建、《没有玻璃的花房》里的张晓燕、《心藏小恶》里的那对兄弟、《青桔子》里的桔子等，他们既是受害者又是施害者；既是苦难的承受者，又是苦难的制造者。在他们的人性中，不乏善良的因子，也不乏某些理想的追求，但是，在特定的历史条件下，他们却被私欲和邪恶所劫持，以至于将自身的命运不断地推向失控之境。读这些小说，我们在正视这些苦难的同时，更注重苦难背后所包裹的丰富复杂的人性，更珍视创作主体对人自身的存在方式及其精神困境的思考。

但是，反观那些底层写作的代表性作家作品，虽然它们也在不同层面上展示了人的各种欲望，但我们还是很难将它们归结于对人性的深度探讨。这主要表现在：它们更加明确地强调人对社会的依附关系（即人的社会属性），强调对社会矛盾和焦点的热切关注。从创作主体的审美立场上看，作家们更愿意突出自身作为现代知识分子的道德立场和价值操守，即，一种为现代社会中弱势群体进行吁告的伦理意愿。换言之，“底层写作”在某种程度上是属于“社会问题”小说，更侧重于对社会生存环境的质疑和批判，作家的骨子里并没有脱离“五四”以来有关知识分子的启蒙精神。从价值立场上来说，这是值得肯定的。尤其是在阶层固化日趋加剧、社会分配差别不断加大的当今现实中，作为弱势者的底层平民，在话语表达权上越来越微弱。当他们面对生存的各种不幸和痛苦时，当他们陷入各种生活的困顿和无望时，他们很难向社会发出自己的呐喊，也无法有效地维护自己的生存权和发展权。而作家们无论是出于同情还是出于社会的公义，对这些弱势者的苦难境域给予积极的表达，都体现了现代知识分子的责任和良知。

作为现代文明社会里的一种基本伦理，为弱势群体代言，分享底层平民生存的艰难和不幸，无疑是值得尊重的。而将弱势群体的生存苦难展示出来，传达他们内心深处的无望和无助，以引起社会疗救者的注意，这同样也是一个作家的历史担当。但我要说的是：第一，苦难并不等于正义，展示苦难虽然在某种意义上彰显了作家的道德姿态，但并不等于他们就拥有了某种艺术上的优势。第二，当我们将良知、道德和情感置于底层生活的时候，我们还需要将艺术心智、才情以及必要的理性思考置于底层苦难的现场，以此来展示作家对苦难的特殊思索和表达。只有这样，我们才能赋予底层苦难以真正的艺术震撼力。但是，在细读了许多底层写作的代表性作品之后，我却感到，它们普遍地陷入到一种对苦难的迷恋性怪圈之中，尤其是一些作品对苦难的放纵式叙述，甚至让我对创作主体的价值立场都产生了怀疑。

二

我之所以认为很多底层写作的作家陷入到一种对苦难的迷恋性怪圈之中，就在于他们笔下的苦难常常处在一种与文明对视的恶境之中。在那里，我们既看不到人类基本的伦理操守，又看不到现代文明的变革前景。很多作品，甚至以颠覆日常生活价值观念为代价，来演绎苦难的生存景象，放大不幸的生活处境。其中，最典型的就是一些写暗娼或三陪女的小说，如刘庆邦的《兄妹》《家园何处》、罗伟章的《我们的成长》、曹征路的《那儿》和《霓虹》、梁晓声的《贵人》、熊正良的《谁为我们祝福》、王祥夫的《花落水流红》等等。在这些小说里，作家的意图都是为了展示底层善良女性别无选择后的不幸，而不是让人物沉湎于肉欲和堕落的生活里以耻为荣。但是，令人不解的是，作家们常常不顾任何叙事上的说服力，就让人物轻松地超越其道德底线，直奔各种悲苦的卖身现场。

最典型的或许要算刘庆邦的一些小说。说实在的，刘庆邦的很多中短篇都缺乏坚实的逻辑支撑力，更缺乏叙事上的说服力。我曾在《2005中国短篇年选》的序言里批评过他的短篇《守不住的爹》在"说服力"上显得十分虚假：仅仅是出于虚荣心的需要，有一天，长期在外打工的爹突然大摇大摆地将一个暗娼带回村子里，并在自己的家中嫖宿数夜，还将自己的两个孩子强行推到邻居家吃饭睡觉。爹这样做，是想以瞒天过海的方式，让村里人觉得自己在外面混出了人样儿，且娶了个城里媳妇，但结果是，因为嫖资的纠纷，那个暗娼抱着一条叭儿狗在院子里当着两个小孩的面大骂爹小气！这里，我们姑且不去计较一个暗娼在卖身时，是否有可能带着一条叭儿狗以炫耀她的"洋派"；仅就爹这个人物的心理逻辑来看，他既然敢于将一个暗娼带回自己的村子里"装门面"，怎么能在金钱上不进行充足的准备呢？《兄妹》也同样存在这方面的问题。一个叫心的少女，经受不住别人的致富诱惑，便悄悄地背着家人在镇上操起了皮肉生意。她痛恨嫖客，却不恨自己的行为。二哥到镇上找她，想让她为自己找一份工作。心当然无法满足二哥的这个要求，但她又害怕自己的卖身之事被二哥知道，便想让他尽快离开。当心被嫖客包了一夜，于次日清晨心力交瘁地回来为二哥送行时，却发现二哥和一个暗娼鬼混。心哭了，她哭的不是自己一再隐瞒的事情败露了，而是她心里那个纯朴的二哥竟和那些嫖客没什么区别！心非常愤怒，可是二哥却不以为然，还恬不知耻地说"兴啥啥不丑"。这里，心对自己的沉沦毫不在乎，却无法容忍二哥的堕落。这里面所隐含的一种逻辑关系是，卖身是一种牺牲，一种苦难的担当方式，所以，心对自己的行为始终没有道德上的自责，只是名誉上的惧怕。

这种源自精神内部的道德感的缺席，不仅掏空了人物内心的抗争过程及其悲剧效果，也削弱了对底层善良女性卖身之苦的表现力。如果回忆一下莫泊桑的《羊脂球》，我们就会发现，已经身为妓女的羊脂球在不得不为敌人服务时，莫泊桑仍然动用了不少笔墨来细细地推衍她的内心抗争过程。可以说，正是这种人物内心的抗争过程，凸现了羊脂球心灵的高贵质地，也写出了底层女性无助无奈而又受尽其辱的处境，从而使苦难具有一种深入骨髓的力量感。我们的作家在写这种生存苦难时，恰恰缺少那种内心挣扎的悲剧性力量。他们总是借助于大众经验上的道德溃败观，以为当今的底层百姓对道德和堕落早已不在意，所以轻易地就让人物踏过这道伦理门槛，有时甚至露出某种放纵的意味。如刘庆邦的《家园何处》中写了一位叫何香停的农村女孩，先是在工头张继的引诱下失了身，继而被张继转给别人玩弄，久而久之，她也就习惯地走上了卖身之路。在这个过程中，何香停的内心里只有微弱的后悔，以及不折不扣的认命，却并没有对堕落的抗争。而他的《金色小调》里，小兰和铁虎、小华和铁狼这两对夫妻之间的性交换，甚至比现在城市里的换妻游戏还自然，而且彼此竟毫无顾及，倒是象征着传统观念的铁虎母亲灯嫂觉得这日子没法过了。王祥夫的《花落水流红》也是如此。穷乡僻壤的桃花冲人为了摆脱贫穷，全村的女孩几乎都争着进城做暗娼赚钱，而且村民们对此不仅不蔑视，还个个羡慕不已。

全村只有一个洁身自好的少女叶子对此满怀愤怒，但结果是，心高气傲的叶子同样也敌不过伦理崩落的现实，自觉地加入到进城卖身的队伍之中。我想，即使现实果真如此，作家的这种书写姿态，实质上已经改变了苦难表达的审美目标，使苦难叙事转变为某种伦理崩溃的极端性演绎了。

道德的崩落是可怕的，但更可怕的，应该是在这种崩解的道德秩序中，善良的人们因为身心的撕裂而导致的灵魂上的巨痛。这是苦难叙事的核心之所在。但是，很少有作品细腻地描绘人物的这种内心撕裂与挣扎的过程。它们大多只是在外部环境上草率地安置了诸如贫穷落后、下岗、家人生病、无生活来源等客观理由，然后让人物奔向卖身现场。这不得不让人怀疑：除了卖身，难道就没有其他任何办法来解决生存的艰难？如果一碰到生活的不幸，底层的女性们就心甘情愿地用卖身来进行自我救赎，那么，这种卖身是否还有苦难的沉重与悲凉？曹征路的《那儿》被视为底层写作最具代表性的小说。小说中的下岗工人杜月梅之所以成为暗娼，同样是为生活所迫，同样也没有多少内心的抗争，而且她所得到的，都是同情、默认甚至庇护，包括具有鲜明的工人阶级思想的工会主席小舅。在《霓虹》里，曹征路更进一步地正面书写了一个叫倪红梅的暗娼，作者的思维方式仍然停留在外部环境上，并且不惜以各种极端的不幸来解决倪红梅之所以成为“霓虹灯下的哨兵”的原因——丈夫因公横死却得不到赔偿，婆婆病瘫在床，女儿身体不好又要读书，自己又下岗，好不容易爱上的那个人又偏偏是个无赖……所有倒霉的事都轮到了她，于是，“走投无路”的情况下，她操起了皮肉生意。但是，从倪红梅生前的大量日记中，我们看到她不仅有相当的文化知识（如常将自己与老舍笔下的“月牙儿”比照），而且人也长得不错。这让我们很难从逻辑上想象她必须走这一步，她的日记中也始终缺乏这种内心的煎熬（只有在婆婆骂她时她才有所自责）。罗伟章的《我们的成长》写了一个叫许朝晖的乡村少女在叛逆中走向堕落的过程。这个过程，因为缺乏对许朝晖内心的准确叙述，一样没有多少苦难的震撼力，相反，作者却以“我”的叙述语调，在道德化的优势中散发出廉价的同情来。最有意思的是梁晓声的《贵人》，小说里的大学毕业生素，仅仅是因为家庭贫困、自己又不愿意离开京城且一时找不到工作，于是便在好友芸的教唆下，将自己的身体以不菲的价钱卖了出去。虽然在卖身的过程中，她也深感屈辱和痛苦，但是，却始终没有道德上的真诚的自我拷问，只有一些声誉上的小心翼翼的维护。

我并不是强调这类小说必须凸显人物的道德感。但是，无论从人物自身的情感角度、法律威慑的因素，还是小说必须具备的说服力上来考虑，这种由道德滑落所引起的内心挣扎与煎熬，都应该是作家深究的关键之所在。它是真正地深入人物精神世界，写出生存之不幸所无法绕过的问题。记得苏联的著名导演塔可夫斯基就曾经说过："人类天赋的良心使他在行为与道德规范相抵触时饱尝煎熬，这么说来，良心本身就包含了悲剧成分。"[①]我们的作家在写这些底层女性时，虽然一概赋予了她们善良、柔弱的天性，却没有深入到"良心"的本质上，展现她们因为自身处境与道德规范之间的煎熬，从而使她们的不幸始终停留在被同情的价值层面上，这无论如何都是一种遗憾。

更重要的是，这种叙事还直接影响了小说自身的说服力。小说如果不能给人物的行为提供某种充分的说服力，那么其叙事往往会缺乏坚实的逻辑支撑力，在接受层面上也就影响了其叙事的可信度。所以略萨曾说："优秀的小说、伟大的小说似乎不是给我们讲述故事，更确切地说，是用它们具有的说服力让我们体验和分享故事。"那么，如何在小说叙事中建立自己的说服力呢？略萨认为："针对现实世界应该自己当家作主。当小说中发生的一切让我们感觉这是根据小说内部结构的运行而不是外部某个意志的强加命令发生的，我们越是觉得小说更加独立自主了，它的说服力就越大。当一部小说给我们的印象是它已经自给自足、已经从真正的现实里解

① ［俄］塔可夫斯基：《雕刻时光》，陈丽贵、李泳泉译，第223页，人民文学出版社，2003年。

放出来、自身已经包含存在所需要的一切的时候，那它就已经拥有了最大的说服力。”[①]略萨的这段话，无疑道出了小说叙事的逻辑内核——当故事在创作主体艺术想象力的催发下沿着某种“可能性”生长的时候，作家应该努力保持叙事的自主性，让故事沿着自身的逻辑结构前行，而不是受制于创作主体的理性干扰。对于写暗娼或三陪女的这些小说，由于其审美目标是凸现“逼良为娼”的苦难和不幸，所以从叙事上说，作家要解决的最为重要的逻辑核心，就是这些底层女性如何去跨越那道堕落的栅栏，而不是简单地提供一些外在的客观苦境。也就是说，从良家妇女到娼妇流莺的转变，人物要克服的并不只是外在生活的重压，更艰难的还是道德观和价值观的嬗变，这是一种巨大的心理挣扎和对抗。只有写出了这种挣扎、撕裂和巨痛，小说在展示苦难的层面上才具备一种精神上的说服力。

三

不只是写暗娼之类的小说缺乏真诚、真实而又深刻、有效的悲剧表现力，在其他题材的底层写作中，同样也存在着这类问题。在上个世纪 80 年代中后期，不少先锋作家曾迷恋于暴力和血腥的叙事，极力彰显人性之恶，受到了不少批评者的质疑。现在，很多作家又开始迷恋于底层平民生活的想象性苦难之中，以一种简单的二元对立的思维，来展示“社会转型中的农民、工人、其他底层民众的平民生活悲剧”[②]。他们的审美理想中似乎隐含着这样一种叙事逻辑：作品要深刻，就必须让它体现出某种极端的情感冲击力；而要使叙事具备这种情感冲击力，就必须让人物呼天抢地、凄苦无边。这是一种典型的“苦难焦虑症”式的写作。譬如写农民生活时，

① ［秘鲁］马里奥·巴尔加斯·略萨：《给青年小说家的信》，赵德明译，第 29 页，上海译文出版社，2004 年。

② 《前底层文学的悲剧精神解读》，王莉、张延松，《当代文坛》，2006 年第 1 期。

作家们常常将其置于极端的愚昧、狭隘、贪婪甚或暴烈之中，无法看到底层百姓在传统文化长期注塑中所散发出来的人性之光，更不见他们在社会转型过程中所承受的价值分裂和心灵梦想。几乎是一夜之间，他们全都自觉地认同了利益至上的物欲现实，也认同了社会基层的强权法则，以盲动的本能不断地加剧甚至是制造苦难的现实生存。

在这方面，贾平凹是一个典型。我曾在《困顿中的挣扎》一文里谈过，贾平凹的后期创作一直处于某种狭隘的反文明视域之中——“在《废都》之后，他的所有小说所极力彰显的核心目标就是人性的丑陋、自私和卑劣，是一篇又一篇没有哀婉只有无奈、没有悲悯只有绝望的‘病相报告’，尤其是到了《怀念狼》里，贾平凹更是将人性还原成连兽性都不如的一种生命存在。这种‘剑走偏锋’式的审美追求，在很大程度上，源于他对人生的失望，对现实的迷惘，对苦与恶的相互混淆（或者说是苦与恶之间的简单转换）。”从《病相报告》《白夜》到《土门》《怀念狼》，其实，我们可以清楚地看到贾平凹的价值立场，那就是城市不如乡村、乡村的今天不如昨天。而到了《秦腔》里，甚至发展成“人不如狗”的境地——民风淳朴的清风街在一步步走向现代化的进程中瓦解了，大片土地荒芜、女人进城卖淫、男人进城卖力、乡村选举作弊、孩子失学辍学、矿工职业病泛滥、群体暴力抗法……苍劲雄浑的秦腔，终于在现代社会中逐渐沦为替村民们送葬的挽歌。整个清风街上，只有村长家的“来运”和乡政府的“赛虎”这两条狗，仗着某种基层权力的淫威，四处享受一般村民所不敢奢求的荣耀，而在村民们的身上却没有半点高兴事儿。而且，他的后期小说还遍布了类似于“垢甲”的粗俗细节，包括一些类似于手机短信的黄色笑料、乖张反胃的大小便描写、原欲化的性暗示以及各种畸型的情恋叙述（如《猎人》中的熊奸人）。这些细节有很多是没有必要的，也看不出有多少是真正产生于人物身上的“垢甲”，是真正源于人物精神本源上的“垢甲”，而贾平凹却每每对之进行自然主义式的迷恋性叙述，让人非常不解。坦白地说，读《秦腔》时，我最深的感受就是作者用歹恶来遮蔽苦难，用绝望来对视文明，用庸俗来嘲解乡村的生活秩序。

与贾平凹相比，阎连科对乡村的苦难表达更尖锐、更深刻一些。无论是《日光流年》《受活》还是《耙耧山脉》《丁庄梦》等作品，作者都极力对准了乡村的权力结构与宗法伦理，在自然恶境、乡村霸权及人性欲望中，揭示底层百姓的苦难本质，这无疑具有其独特的深刻性。为此，我曾在一篇阎连科的专论中热切地首肯了他的思考方式、抗争意愿及其价值立场。但是，在分析具体的苦难细节时，我仍然觉得他对苦难场景的表达过于放纵，失去了必要的控制。这一点，我们只要将他的《日光流年》与余华的《许三观卖血记》进行比较就可以看出——

> 从总体上说，这两部小说都是在演绎苦难与救赎的主题，一个是卖皮和卖肉，一个是卖血，但无论从叙事的篇幅还是审美内蕴上看，两者都有较大的差别。《日光流年》达 40 多万字，而《许三观卖血记》仅十多万字。……倘若再从叙事细部来探究，我们同样也会发现类似的问题。譬如，《日光流年》第 23 章“大崩溃”里写卖皮过程整整花了 30 多页的篇幅，卖皮之难、人物之焦灼以及卖皮后的疼苦，自然不必说了；而《许三观卖血记》里的每一次卖血都不到三页篇幅，同样也涉及了卖血的难，以及卖血后的仪式和痛苦（龙根还为此死掉）。这意味着，两者在审美效果上并没有太大的差别，但动用的叙事篇幅却差别极大。再如，《日光流年》里写司马蓝对妻子竹翠阻碍自己和蓝四十相好而进行的惩罚，绵延数章，甚至频生“杀意”，直到妻子死亡，缺乏内在的亲情和夫妻间的人性温暖；而《许三观卖血记》里仅通过第六章六小节对话，以递增式的内在力量完成了许三观对妻子背叛的惩戒，但随着他在妻子的召唤下爬上床，温情缓缓地涌现出来……这些都表明，叙事的有效控制并不一定会伤害审美效果，有

时甚至会增添其审美内蕴。[①]

阎连科的小说在乡村底层的苦难表达上无疑具有巨大的审美震撼力，而且他对乡村权力结构的反讽和批判也是异常尖锐，只是对苦难现实的描写上缺乏有效的控制，亦缺少像许三观那些饱含世俗情怀的温暖。与阎连科极为相似的，还有陈应松的小说《马嘶岭血案》《太平狗》等。它们常常将农民置身生与死的临界点上，让他们在生不如死的绝境中失去正常的人性，或者在孤立无援中失去生存的权利。在《马嘶岭血案》里，九财叔和“我”仅仅因为二十块钱的缘由，竟连杀七人，最后九财叔连“我”也不放过……其中有关九财叔打架、被电枪击中、连杀七人的场景，被作者叙述得惊心动魄、鲜血四溅，甚至比80年代的先锋小说更充满暴力化的惨烈意味。《太平狗》里那只叫“太平”的狗和它的主人在进城务工过程中，所遭受的全是冷漠、呵斥、凌辱和追打，太平一次次地死里逃生，而它的主人却没那么幸运，最后惨死在一家工厂里。这篇小说似乎在告诉人们，对于农民工来说，城市永远是欲望和利益的陷阱，是肢解一切情感（包括人与狗之间情感）的冷酷的利刃，是没有生路只有绝境的地狱。

如果再看看刘庆邦《穿堂风》里所叙述的儿子和媳妇对待病重老人的尖刻、冷漠和歹毒，王祥夫《街头》里开宝马车的那对男女对待街边修车的哑巴的蛮横和残暴，方方《奔跑的火光》等系列关于乡村妇女惨烈命运的追叙，罗伟章《我们的路》里关于工友的惨死、春妹的被骗、工钱被恶意扣押甚至被迫下跪等细节，我们从内心深处所涌现出来的感受，除了绝望还是绝望。或许，这的的确确是转型期底层平民的真实处境。它以极端的现代性，在激活个体生命欲望的同时，果断地颠覆了日常生活伦理，扭曲了底层平民的基本人性，催生了恶与罪的滋长。事实上，有些小说在对底层苦难与

① 《乡村苦难的极致之旅——阎连科小说论》，洪治纲，《当代作家评论》，2007年第5期。

平民人性之间关系的审度上，也存在着许多可圈可点之处。但我要说的是，面对这种惨烈的现实处境，我们的作家总是以一种放纵式的叙述姿态，将苦难和惨烈的每一个细节不断地放大。这种集体性的“崇苦崇恶”的审美追求，是否有其必要性？

没有人否认底层生活中存在苦难和血腥，我们的作家也不应该在这种苦难和血腥面前闭上眼睛。但是，如果我们认真地睁开眼睛，细细地打量我们的底层世界，那里面同样也有坚韧、宽容、旷达、乐观和令人敬畏的牺牲精神。记得朱光潜先生说过，文学世界并不是与现实世界保持着完全的叠合，而是根据现实世界铸成的另一种精神的世界：“它一方面是现实人生的返照，一方面也是现实人生的超脱。”[①]那么，作家们应该如何去“超脱”呢？对此，威廉·福克纳说得非常清楚：“作家的天职在于使人的心灵变得高尚，使他的勇气、荣誉感、希望、自尊心、同情心、怜悯心和自我牺牲精神——这些情操正是昔日人类的光荣——复活起来，帮助他挺立起来。”[②]如果我没有理解错，福克纳的这句话是在提醒我们，文学应该给人以向上飞升的力量，应该帮助孱弱的人们去超越庸常凄迷的现实，去实现人生梦想中的高贵与神圣，而不是像我们底层写作中的这些“苦难焦虑症”式的作品，总是带领人们不断地下坠，下坠，在苦难的现实中无奈、无助和绝望。

四

当前的底层写作之所以带着某种“苦难焦虑症”的倾向，之所以步入了某种苦难叙事的迷恋性陷阱之中，从创作主体上看，关键问题在于，作家们普遍地陷入了某种迷惘性的同情误区，缺乏必要的叙事节制和独特有效的理性思考。而这，也是我有时会对他们

① 朱光潜：《朱光潜全集》(第4卷)，第161页，安徽教育出版社，1988年。
② 《美国作家论文学》，刘宝端等译，第368页，北京三联书店，1984年。

的知识分子人文立场产生怀疑的一个潜在原因。按新人文主义大师白璧德的理论，一个真正的人文主义者虽然在很大程度上会考虑同情，但他坚持同情必须用判断与思考来加以制约和调节，“真正的人文主义者在同情与选择之间保持着一种正当的平衡”[①]。为此，他盛赞莎士比亚是一个真正的人文主义者，因为他既有同情，又有节制，并在同情与节制之间保持了良好的平衡。我想，这也是一个现代作家应该确立的一种艺术信念。对于一个现代知识分子来说，滥情和无情一样可怕，因为它们都不可能向我们揭示某种生存的本质，也不可能展现作家的思想智慧，更不可能对现实问题提出有效的建设性思考。甚至，从那些极为苦烈的叙事场景中，我们都很难判断这些底层的平民是否还具有爱的能力、感恩的能力、牺牲的能力，也很难看到人类必须具备的某些永恒的伦理基质。

而当我读《追风筝的人》时，看到阿米尔为少年时代自私地伤害了仆人哈桑之后漫长而执着的救赎，看到哈桑对阿米尔少爷的忠诚和牺牲，看到阿米尔的父亲宽厚、坚韧和善良之后，尽管小说中也不乏一些种族歧视的苦难现实，甚至不乏塔利班极权所制造的种种恐怖和血腥，但是，整个阅读过程却像经受了一次自由、善良、忠诚的洗礼。读《朗读者》更是如此。15 岁的少年米夏与 36 岁的女人汉娜偶然相遇，并迅速产生了畸恋，但接下来，作者却以沉思内省的笔触，开始了最为华美的叙述：汉娜不辞而别；后来米夏成为法学大学生，在法庭上再次看到了她。她的身份已经是正在接受法庭审判的前纳粹集中营女看守。由此，米夏迅速进入回忆和拯救的双重生活之中。通过回忆，我们看到了汉娜为维护自尊所遭受的巨大的历史不幸，同时更看到了汉娜的纯朴、善良、牺牲和乐观向上的品质；而米夏的拯救虽然有些怯懦的成分，却同样显示了一种执着而非凡的人道情怀，也使汉娜的苦难命运贯穿了诗意的人性温暖。他们从超越伦理的性爱开始，最后却落足于彼此的拯救、慰藉

① ［美］白璧德：《文学与美国的大学》，张沛、张源译，第 7 页，北京大学出版社，2004 年。

和内省之中。《德语课》里西吉的行为更是充满了一种人性本能的同情、善良和正义。但作者却选择了一种反价值立场进行叙事：少年教养犯西吉被关进单人囚室，罚写作文《尽职的快乐》。于是，他开始回忆自己那位在北德乡村当警察的父亲如何恪守职责，一丝不苟地执行纳粹当局的命令，监视当地的一位画家不让他作画，还没收他的作品。而富有正义感的画家原是警察一家的老朋友，还曾经救过警察的命。小西吉出于同情，帮画家藏起来。战后，冥顽不化的乡村警察还继续搜寻并烧毁画家的藏画，西吉为此得了恐惧症——他生怕画作被毁，继续偷藏画家的画作，被发现后当作少年犯送进一座荒岛上劳动教养。这部小说的最大魅力，就在于作者以一种少年的自觉意识（亦是人性的某种本能），清晰地甄别了历史中巨大的是与非、正义和邪恶。它直面了纳粹极权的罪恶对底层平民所带来的巨大的精神创伤，但是，又在温婉的少年意识的笼罩中凸现了明确的价值判断和道德关怀。说实在的，这些小说之所以让人难以释怀，正是它们以有效的叙事控制，赋予了苦难以巨大温情和无边的悲悯，赋予了人物以关怀、爱和救赎，使我们在那些不幸和苦难的叙事中心生一种怀想，一种对不幸命运的敬畏，一种对未来的期待。

我并不想用这些外国作品与我们的底层写作进行细致的比较，也不是想用它们来全盘否定我们的底层写作，而只是觉得，面对当下的底层生活及其尖锐的苦难与冲突，我们的作家是否可以更理性一些，更节制一些，更温暖一些，更个人化一些，不必一个个全都沉迷于苦难的悲切现场，以为底层必惨、必悲、必堕落、必血腥。要知道，那里同样会有爱、有温情、有感恩，甚至有令人不可思议的无畏和无惧、坚韧和公义。其实，如果我们能够反过来想想余华的《活着》和《许三观卖血记》为什么一直到今天还在热销，最根本的原因，同样也是它们都写出了底层平民在面对苦难和生死时的执着、宽厚和无边的坚韧，包括亲情间以沫相濡的温暖，用余华自己的话说，就是“写出了眼泪的宽广”。沈从文先生也曾说过，伟大神圣的悲哀不一定要有一摊血和一把眼泪，一个聪明的作家写人类痛苦或许是用微笑来表现的，所以，他极力推崇应该用文学“为人类‘爱’字作一度恰如其分的说明”[1]。也许，这句话对于一个矫情主义者并没有多少价值，但是，对于真正醒着的作家，仍然具有重要的启迪意义。

（原载《文艺争鸣》2007 年第 10 期）

① 沈从文:《沈从文文集》（第 11 卷），第 45 页、第 303 页，花城出版社、香港三联书店，1984 年。

俗世生活的张扬与理想主义的衰微

新世纪文学已经走过了颇不平静的十年。从“底层写作”的兴起到“狼獒文学”的盛行，从网络文学的井喷到小资情调的张扬，从新散文写作的“革命”到“80后”作家的全面出击……受市场消费文化和电子信息文化的双重影响，中国当代文学确实出现了难以厘清的繁杂景观，甚至包含了像丁帆先生所说的“价值立场的退却与乱象”[①]。面对这一现象，如果回到文学本源上来思考，回到“文学作为人类精神活动的特殊产物”这一核心属性来思考，我们就会发现，有一个问题或许不应该忽视了，即创作主体的理想情怀越来越淡漠，代之而起的则是俗世主义的大面积流行。

针对这一问题，我曾在阐述感性主义写作倾向的一篇文章中略有提及，并强调感性写作的过度彰显会削弱创作主体的必要思考，也会导致文学的恶俗和平庸，但未能从创作主体的精神建构上进行深入分析。[②]为此，本文试图从作家的理想情怀方面，进一步探析新世纪文学的某些变化轨迹，及其内在的一些症结。

一

无论人们如何界定文学的起源，都离不开一个最基本的事实：人类情感的自我需求。这种情感需求，在很大程度上是由于现实生

① 《新世纪文学中价值立场的退却与乱象的形成》，丁帆，《当代作家评论》，2010年第5期。

② 《增量的文学现场与感性主义的兴起》，洪治纲，《文艺争鸣》，2010年第8期。

活无法提供，而必须诉之于人类自身的精神幻想。因此，柏拉图说，艺术作品是“摹本的摹本”“影子的影子”[①]，罗兰·巴尔特则认为，文学就是人类“语言的乌托邦”[②]。如果我没有理解错，从柏拉图到罗兰·巴尔特，其实都是在强调，一切文学艺术，在本质上就是人类心灵漫游的产物，是人类面对各种现实的生存困境时，努力寻找自我超越的一种理想方式。

正因如此，无论是传统的文学理论，还是传统的美学理论，都将文学的世界与现实的世界视为完全不同的两个世界。宗白华先生就说过：“所谓艺术生活者，就是现实生活以外一个空想的同情的创造的生活而已。”[③]在分析传统美学的建构因素时，彭锋也认为：“由于现实生活是不以人的意志为转移的‘硬件’，人们的审美理想不可能现实地实现，因此只能采取艺术的方式虚拟地实现。艺术与日常生活的区别，关键在于前者是审美理想可以渗透的虚拟领域，后者属于审美理想无法渗透的现实领域。”[④]彭锋所说的“虚拟领域”，在某种意义上说，就是指一种非现实性的精神想象领域，或者说是一种理想领域。

文学就是人类理想的一种特殊传达，是人类心灵无法在现实生存中获得满足的一种话语寄托，这是一个基本的事实。在这个事实的背后，其实隐含了一个根本性的命题：文学作为一种纯粹的精神活动，其本身就是人类心灵巡游的话语行为，因此它应该对人类自身的理想负责，应该寻找并展示人类内心深处的光荣和梦想，并通过这种光荣和梦想，帮助人们摆脱内心深处的现实焦虑，克服世俗生存的诸多不幸，寻找抗争苦难和绝望的生存勇气，展示灵魂的自由、豪迈与旷达，确认生命的积极意义和内在动力。

如果从哲学渊源上看，文学的这一理想属性，也是基于人类对

---

① 朱光潜：《西方美学史》（上），第44页，人民文学出版社，1986年。

② [法]罗兰·巴尔特：《符号学原理》，李幼蒸译，第106页，北京三联书店，1988年。

③ 宗白华：《美学与意境》，第17页，人民出版社，1987年。

④《日常生活的审美变容》，彭锋，《文艺争鸣》，2010年第5期。

于“彼岸”世界的精神憧憬。在西方，它是以罪感文化为基础，既正视“此生”所负载的罪孽，追求人间的“圣爱”，又强调自身灵魂的拯救，寻找抵达天堂的路途。在中国，则以“乐感文化”为核心，强调“天人合一”的高迈境界。李泽厚曾从中国哲学的“情本体”出发，认为“战胜一切艰难险阻，历经苦难死亡，而奋力不息地生活着、斗争着，在诸生物族类中创此伟大世界，这就是人类总体的‘本体’所在”。这种人生信念，既是“天行健，君子自强不息”的终极所旨，又与“人性善”“天地之大德曰生”构成某种意义上的承续关系，甚至与基督教的“圣爱”宗旨异曲同工。①可以说，无论西方还是东方，作为一个个体存在的人，都有一种超越现实、超越苦难的“彼岸性”意愿。从这种心灵意愿出发，人类才有了宗教、哲学、文学艺术等等，它是人类精神自我确认的特殊方式，也是人类不断建构生命意义的重要手段。

憧憬“彼岸”的世界，展示人类的理想，文学的这一精神属性，其实已经被无数中外经典作品所证明。可以说，它直接催生了欧洲最为辉煌的浪漫主义文学，也是中国古代大量优秀之作的精髓。米兰·昆德拉就曾经说过，欧洲最早的一些小说所讲述的，都是一些穿越世界的旅行，而这个世界在作家的笔下都是无限敞开的，充满了理想主义的激情，即使是像《唐吉诃德》中的主人公，他所启程前往的也是一个敞开的、具有无限幻想的世界。然而，“到了巴尔扎克，远景像现代楼房后面的景色，它消失了”②，理想气息开始衰退，文学变得越来越关注现实，越来越倾心于对现实生存状态的精临细摹。在昆德拉看来，文学的理想主义情怀，在支撑了浪漫主义思潮之后，却随着现实主义的兴起而渐趋暗淡。但问题并不那么简单。因为现实主义文学的崛起，虽然让写作逐步关注现实生活，但并没有拒绝理想的表达，只不过这种理想情怀常常渗透在现实书写的背后，而不再成为直接的、正面的表达对象而已。

① 李泽厚:《实用理性与乐感文化》，第182页，北京三联书店，2008年。
② [捷克]米兰·昆德拉:《小说的艺术》，孟湄译，第7页，北京三联书店，1992年。

应该说，文学由单纯的浪漫主义向现实主义转变，在保持文学审美功能的同时，也强化了文学的认识功能——对社会、对历史、对人性的深度体察和思考。因为文学毕竟不只是一种单纯的审美存在，它同样具有特殊的认识功能和教育功能，而对现实生存的不断关注，无疑会大大增强文学自身的认识功能和教育功能。这也是现实主义文学在近两百年来一直经久不衰，甚至成为全球主流文学的重要原因之一。更重要的是，在对现实生存的深度书写中，文学不仅没有抛弃理想情怀，还在人类生存的实践层面上，更为明确地赋予了理想对抗现实的具体作用和意义。就像《红楼梦》里的宝黛爱情，完全立足于活生生的大观园之中，尽管最后以悲剧收场，但他们之间那种超越世俗功利和肉体欲望的纯洁情感，无疑为现实中的人们提供了一个强大的精神支撑。

二

尽管从哲学上说，现实与理想的确是一个二元对立的概念，但在具体的文学实践中，它们仍然可以通过各种特定的张力关系融会在文本之中。因此，问题的关键不在于现实主义本身，而在于创作主体的内心深处是否具有真正的理想情怀，是否在直面现实生存时，在揭示人类生存的真实境域时，能够有效地探讨并反省人类与自然、历史、社会之间的复杂关系，既写出人性内在的丰富和繁杂，又展示人类灵魂的神圣与高贵，就像李建军所说的那样："《红楼梦》讲色空，果戈理爱嘲讽，鲁迅冷峻，契诃夫忧郁，但他们都是伟大的理想主义者，因为，在他们的内心深处，在他们的作品里，都蕴含着对自己笔下的人物和人类的温暖的爱意，有着对美好人性、理想人格和理想生活的直接赞美或隐喻性的肯定。"[①]我以为，这是现实主义文学的本质追求，也是现实主义的辉煌之所在。

---

① 《理想主义与文学的力量》，李建军，《文艺报》，2010年9月20日。

然而，值得注意的是，随着现实主义的全面崛起，越来越多的作家却开始为“真实”所左右，并且每每以各种共识性的经验和生活常识作为自己创作的坐标。尽管我们都明白，“艺术的真实”并非“生活的真实”，但是，面对一部部书写现实或者与现实密切相关的作品，无论是作家本人还是读者，总是自觉或不自觉地动用“生活的真实”来检视作品的审美效果和阅读体验。这是一个非常有趣的怪圈。它导致的直接结果，便是文学不断地被客观化的现实准则所制约，创作主体应有的理想情怀却被越来越多的作家所淡忘。一些作家不再迷恋那些超越世俗的梦想，不再崇尚伟岸的人格和博大的胸怀，也不再追问人类灵魂的高贵和浪漫。取而代之的，是对人性本能的感官化呈现，是对世俗欲望的狂欢性书写，是对现实生存的表象化展示。从本质上说，这是一种由理想主义滑向俗世主义的写作，是由现实主义的变异而导致的创作主体的精神衰退。

这种俗世主义的写作，在新世纪以来的中国当代文学中，显得愈来愈突出。其最为显著的特征，就是作家对现实生活表象的依赖，对物质性事物的迷恋，对下半身欲望的放任。质言之，就是作家对一些俗世的欲望满足保持着高度的认同，甚至是极端的迷恋。从创作主体的精神意愿来看，写作不再成为情感提升和思想深化的审美需求，而是各种潜在欲望的宣泄，或者是谋求自身物质利益的手段。有些创作，甚至以“反叛”为幌子，成为某些反伦理和反人道的怪诞行为的保护伞和辩护词。对此，丁帆曾一针见血地指出：“创作无非沿着两条隐形‘主题先行’路向：一是‘得奖’（主流意识形态给出的巨大的无形社会资源的诱惑），导致创作的御用性；二是‘得利’（消费文化的无形的市场之手给创作带来的诱惑更甚于前者），是直接导致作家在创作时存在于描写之中的‘影视’潜意识情结。”[①]尽管这个说法可能有些绝对，但是，越来越多的作家开始向俗世滑行，已是一个显在的事实。

---

① 《新世纪文学中价值立场的退却与乱象的形成》，丁帆，《当代作家评论》，2010 年第 5 期。

譬如，面对日益加大的城乡差别以及城市底层的各类弱势群体，一些作家常常停留在简单的道德化立场上，一方面倾力展示他们的各种悲苦生活，从劳资冲突到性苦闷，从被歧视、欺侮到暴力化的反抗，另一方面又让话语语调保持着某种廉价的道德关怀姿态，除了愤怒，就是无奈。像王祥夫的《街头》、陈应松的《太平狗》《马嘶岭血案》、曹征路的《霓虹》、于晓威的《厚墙》等等，都非常典型。以暴制暴，以恶抗恶，或者以彻底的堕落应对生活的绝望，是这些小说中人物的基本生存手段。读这类作品，你很难发现创作主体的深刻思考，无论是对中国社会历史进程的反思，还是对弱势者内心梦想的体察，几乎都停留在各种社会新闻所提供的信息层面上，写作只是充当了现实表象的传声筒。

在书写都市生活的作品中，越来越多的作家也是喜欢将各种时尚化的信息或夸张的言辞作为创作的核心元素，精心描摹人性本能的骚动和放纵，以及两性之间的欲望游戏。特别是一些年轻作家的创作，看起来充满了对现实伦理的反抗精神，具有某种人性自由的理想冲动。这方面，最为典型的就是“下半身写作”的诗歌，像沈浩波的《一把好乳》、伊沙《一个雏妓的世界观》、朵渔的《我梦见犀牛》、尹丽川的《今天上午》、巫昂的《青年寡妇之歌》等等，读完这些诗作，你会发现，所谓的反抗，其实是替人性的堕落提供某种消极的辩护。当《羊脂球》里的妓女都在为自己的尊严进行艰难抗争的时候，我们的一些作家和诗人却为笔下人物的自我放纵寻找合理的辩词。这种差距之中，无疑隐含了创作主体的精神境界。

这一点，最突出地体现在有关都市爱情的书写中。它们常常远离了爱情本身的诗性品质，没有浪漫的怀想，也没有甜蜜的思念，甚至都没有昙花一现的心灵颤动。很多时候，爱情只是一个道具，成为权力交易、金钱交易以及其他各种物质交易的筹码。譬如很多官场小说中的情爱书写，只是利益交易的道具。即使是像滕肖澜《美丽的日子》之类针对普通市民生活的情感叙事，其中的爱情也只是房子和身份的交换手段。我们当然有理由相信，在一个物欲霸权的社会里，爱情已很少成为两性之间的心灵碰撞，更多的只是世俗利益的交换；但我们也有理由相信，圣洁而执着的爱，依然是支撑无数平民生存的精神梦想。只不过，我们常常对这种超越世俗功利的爱，失去了表达的激情和能力。

为了更好地说明这种俗世主义写作的趣味，我们不妨以新世纪以来有关高校知识分子题材的小说为例，进行进一步的分析。新世纪以来，有关这方面的代表性作品，有张者的《桃李》和《桃花》、葛红兵的《沙床》、李洱的《遗忘》、邱华东的《教授》、阎连科的《风雅颂》、曹征路的《大学诗》、史生荣的《所谓教授》《所谓大学》《大学潜规则》《教授不教书》和《感谢小姐》、倪学礼的《站在河对岸的教授》等等。尽管这些作品在处理小说结构和人物关系时并不一样，叙事的艺术水准也各有千秋，但是，作家们在面对高校知识分子尤其是大学教授时，都是极尽讽喻之能事。其中的教授们要么嫖娼乱搞，生活极端腐败，要么利用自己的专业四处抓钱，要么蝇营狗苟、跑官谋权，要么抄袭剽窃、争名逐利，其精神人格和生存态度完全与“精英”意识无关，甚至成为物欲时代的催化剂。只有极少数作家安排了少许具有人文理想的人物，像阎连科笔下的杨科、曹征路笔下的马同吾等，但这些人物都缺乏真正的人格力量和勇气，最后也都被现实打击得一败涂地。这些作品不仅在故事营构上具有极大的类同性，对高校知识分子形象的塑造也过于脸谱化、戏谑化，而且非常突出地折射了作家对高校教授十分鄙夷的姿态。也就是说，创作主体在面对这一独特的生存群体时，其关注的兴奋点是他们如何堕落，又是何等的卑琐，却无法从他们的内心深处展示现代知识分子的求真意愿和质疑的勇气。

这让我想起曹文轩对当前文学的慨叹。他说：“中国当下文学在善与恶、美与丑、爱与恨之间严重失衡，只剩下了恶、丑与恨。诅咒人性、夸大人性之恶，世界别无其他，唯有怨毒。使坏、算计别人、偷窥、淫乱、暴露癖、贼眉鼠眼、蝇营狗苟、蒜臭味与吐向红地毯的浓痰……说到底，怨毒是一种小人的仇恨。”在曹文轩看来，这种“崇恶”趣味，并不是英雄主义的大恨，与作家所拥有的大爱没有丝毫关系：“中国当下的文学浸泡在一片怨毒之中。这就是我们对中国文学普遍感到格调不高的原因之所在。"[1]曹文轩的话可能因激愤而有些片面，但是，如果我们细读上述那些有关高校知识分子的小说，或许就不会认为这些判断有多少离谱。不错，受消费文化和市场经济的影响，当今的高校知识分子确实出现了不同程度的精神滑坡，但我们也应该看到，在这种灰色道德崇拜的现实境遇中，依然有很多优秀的知识分子在书斋里忘我地探索，他们依然是这个时代的脊梁。否则，我们这个民族又何来进步？遗憾的是，我们却无法感受到创作主体对这类人物的倾心关注和深度书写。

如果再看看那些类型化写作，也同样存在这种情形。除了少数穿越小说和玄幻小说还体现了某些英雄主义的气息，很多作品只是满足于猎奇性的想象，在审美趣味上类似于中国古代的"志人志怪"小说。贺绍俊先生就认为，类型文学在本质上是一种通俗写作，"是文学娱乐化功能最优化的通道"，是一种依托于现代媒介而出现的写作风尚。[2]其实，这种写作主要是通过某种专业化的知识，对一些特殊领域中的隐秘生活进行猎奇式的演绎，以满足现代人的好奇之心，并进而获取文化消费的市场利益。就其本质而言，仍是一种远离了理想情怀的俗世主义写作。

必须说明，我并不想完全否定这些写作的价值。在一个文化多元的时代，人们的审美趣味也日益多样，我们的文学理应提供不同的审美范式，满足人们各不相同的文化消费。但是，话又说回来，文学毕竟是一种精神产物，不是世俗生活的催化剂，如果过度张扬各种俗世主义的生存趣味，无疑使文学丧失其应有的审美价值。

对于这种俗世主义的写作倾向，陈众议曾将它定义为"下现实主义"写作，并认为它与文学的经典律则背道而驰。"所谓下现实主义，简而言之，是指现实主义如何自上而下走到了今天，以至于物质主义和下半身写作甚嚣尘上，不亦乐乎。"为此，他明确地强调，"对下现实主义的背反不仅必要，而且紧迫。这也是由文学，

① 《混乱时代的文学选择》，曹文轩，《江南》，2006年第3期。
② 《类型小说的存在方式及其特点》，贺绍俊，《文艺报》，2010年9月3日。

尤其是文学经典的理想主义本质所决定的”[①]。

三

从现实主义到俗世主义，似乎并不存在什么明确的界线。如果存在，那就是作家主体意识的自觉。也就是说，在现实表象、俗世欲望和作家主体之间，是否存在着明确的距离感，这是否体现了创作主体内心所拥有的反抗、反思和批判的精神姿态，这是一个基本的界线。巴尔加斯·略萨曾将这种精神姿态定义为作家的“文学抱负”：“凡是刻苦创作与现实生活不同生活的人们，就用这种间接的方式表示对这一现实生活的拒绝和批评，表示用这样的拒绝和批评以及自己的想象和希望制造出来的世界替代现实世界的愿望。”[②]对巴尔加斯·略萨来说，无论对生活提出何种质疑都是不重要的，“重要的是，对现实生活的拒绝和批评应该坚决、彻底和深入，永远保持这样的行动热情——如同堂·吉诃德那样挺起长矛冲向风车，即用敏锐和短暂的虚构天地通过幻想的方式来代替这个经过生活体验的具体和客观的世界”[③]。这里，巴尔加斯·略萨非常明确地道出了一个作家必须具备的价值立场和艺术观念，即，创作主体必须与现实秩序及其表象经验保持必要的距离。所以我们说，真正的现实主义是强调作家对现实的深层思考，突出作家对自我认定的理想价值的顽强恪守，就像鲁迅所说的那样：“没有思索和悲哀的地方，就不会有文学”，文学家“对于社会是永不满足的，所感受的永远是痛苦，所看到的永远是缺点”。[④]而俗世主义的写作却恰恰相反。它总是体现出作家对现实表象和世俗欲望的认同甚至推崇，对大众审

---

① 《下现实主义与经典背反》，陈众议，《东吴学术》，2010年创刊号。

②③ [秘鲁]巴尔加斯·略萨:《给青年小说家的信》，赵德明译，第6页，上海译文出版社，2004年。

④ [日]山上正义:《谈鲁迅》《鲁迅研究资料》(2)，第185页，文物出版社，1977年。

美趣味的迎合，对世俗利益的津津乐道，既看不到作家独立自由的思想建构，也看不到人类理想的耀眼之光。

因此，让文学保持对人类理想的关注，并不意味着作家必须背对生活，回避现实，而是要求作家恪守人类孜孜以求的人道立场，满怀悲悯之心和高尚的情怀，书写生存的伤痛和不幸，重塑人之为人的尊严和骄傲，体现文学应有的精神力度。正是在这个意义上，马尔库塞强调："在其先进的位置上，艺术是大拒绝，即对现存事物的抗议。"[①]这里的"抗议"，并不是一种后现代式的单纯的解构，而是立足于创作主体思考之后的质疑和批判。换言之，艺术之所以是"大拒绝"，是对现存事物的"抗议"，是因为现实生存并不符合作家内心的精神意愿，作家需要通过拒绝和抗议来展示自己心中的真实理想和独特思索。这是文学之所以必须拥有理想情怀的内在原因。

让文学保持对人类理想的关注，也不是意味着作家只需要简单的彰显各种浪漫主义的激情，更不是让作家整天想着如何构建高、大、全式的人物，如何抒写某种英雄主义的颂歌。它同样可以通过对现实生活的有效质询，体现作家内心的深度与宽度；通过对复杂人性的深入探讨，凸现创作主体卓越的价值判断；通过对幽暗历史的独特反省，传达作家高迈的理想价值。一切客观的社会、人性与历史，只是作家书写的对象和载体，其最终目的，还是为了传达作家自身的独特思考和伦理情怀。所谓的文学理想，也正是隐含在作家的这种独特思考和伦理情怀之中。

回顾新世纪以来的文学创作，这类充满理想情怀的作品并非没有，只是数量较少而已。譬如，史铁生于2006年出版的长篇《我的丁一之旅》，就是通过爱的在场，全面演绎了人类摆脱孤独、痛苦、恐惧等困境的理想精神。从叙事上看，作者动用了不同印象的组合——不仅"我"、丁一、史铁生合为一体，而且姑父的故事、

① ［美］马尔库塞：《单向度的人》，刘继译，第59页，上海译文出版社，1989年。

依的故事、娥的故事、秦汉的故事、丹青岛的故事等等，也多半是丁一故事的不同翻版。因此，所谓的“我的丁一之旅”，其实就是身器与心魂的互相寻找之旅，是“为了千年一回的心魂团聚”，是“为了曾经的眺望以及未来或永久的依归”，是亚当寻找夏娃的爱情之旅，同时“也可以理解为我的一种牵系、一种梦想”。由情到爱，再由爱到性，然后由性到自由，丁一的人生之旅是以寻找的方式来摆脱生命的孤独和恐惧，因为“爱是克服心灵孤独的途径。性爱，以其种种自由的、放浪的、富于奇想的方式，成为区别于那个冷漠、隔膜、充满防备的人世间的象征”。如果说丁一是一个演员，那么导演就是心魂“我”。丁一由性的奔放而到达生命的自由，并通过这种自由让孤弱的心魂获得慰藉，由此而实现了作者内心渴望的人生救赎，使不快乐的人生在写作中实现了应有的快乐。

张炜的《九月寓言》《刺猬歌》等很多作品，虽然写的都是城与乡的对抗，展现的都是现代城市文明对古老乡村文明的侵袭，但是，在这些叙事的背后，我们可以明确地看到创作主体对现代文明的强烈质疑和批判，也可以看到张炜对乡村伦理中所特有的质朴、宽厚、自由、野性、健壮等生命情状的向往。我甚至认为，张炜是以白璧德式的新人文主义精神作为自己的精神支撑，不断地向现代文明发出深切的思考和追问，倾力展示人类对大地的深深眷恋和长久膜拜，传达作家对历史的深情体恤与真诚辨析，同时也表明创作主体对于人性欲望的强烈质疑和批判。

毕飞宇的长篇《推拿》也是如此。它以一群生活在现实边缘地带的隐秘人群——盲人推拿师们作为表现对象，不仅全面展示了毕飞宇对世态人情的精确掌控和有效表达，使叙事节奏始终保持着“一推一拿”的从容状态，以形式本身隐喻了作品的内蕴，而且在一些关键性的细节之中，作者又不遗余力地动用“狠、准、冷”的手段，将人物的心理、行为、场景进行充分的展开、放大和延展，让整个叙事显得异常丰盈，且极具冲击力。但是，就整个小说的精神意蕴而言，作者通过对一群盲人敏感、繁复而又异常独特的内心世界的精妙叙述，既表达了他们置身于现实世界中的无助和无奈、伤痛和绝望，又展现了他们身处黑暗世界里的彼此体恤和相濡以沫，也折射了他们渴望用自己的心灵之光照亮现实世界的朴素意愿。

如果我们再品味一下迟子建《起舞》里齐如云的起舞受孕、丢丢对半月楼“守梦式”的迷恋，以及对那条舞裙的珍视，《鬼魅丹青》里卓霞对服装剪裁的专注和执着，都洋溢着一种浪漫、唯美和自由的理想气息。这些人物虽然都是来自底层，但他们的骨子里都有一种超凡脱俗的生命冲动。王安忆《骄傲的皮匠》里的鞋匠根海也是如此。他屈居于大上海的弄堂里，却带着乡村的质朴和诚恳、专业的精湛和认真、清洁的精神和心境，不仅赢得了都市人的尊敬，还赢得了都市人的情爱。徐则臣的《居延》里，为了寻找丢失的情人，少女居延只身来到茫茫的京城，历经了无数的屈辱和磨难，最终的目标就是为了给自己的爱情找到一个明确的注释。这种对爱的执着与守护，实在令人惊悸。

陈河的中篇《黑白电影里的城市》则借助混乱的现实生存，将创作主体对历史的独特反思巧妙地融入到整个故事之中。《宁死不屈》、阿尔巴尼亚、反法西斯战争……这些具有革命理想的英雄主义符号，作为一种深刻的童年记忆，像幽灵一样深深地缠绕在李松的内心之中，使他面对阿尔巴尼亚这块土地和人充满了特殊的眷恋，也使他在历史的荒诞深处，深深地感受到作为文化记忆的英雄主义梦想对自我命运的潜在影响。铁凝的《春风夜》叙述了一次夫妻间的短暂会晤。尽管沉重的生活压力，足以让跑运输的丈夫和当保姆的俞小荷不堪重负，但他们并没有怨天尤人、悲愁满怀，而是彼此体恤，相互关爱，使短暂的会晤过程洋溢着极为质朴的幸福感，也使整个小说彰显了春风般的叙事格调。

尽管这类作品书写的都是平民大众的日常生活，但它们依然浸润了浓郁的理想情怀，其中的主人公无论面对多么艰辛的生活，也始终不曾放弃生命里的理想意愿。遗憾的是，与日渐强盛的俗世主义写作相比，这类作品依然显得颇为稀少。也正是在这个意义上，强调文学对理想主义的重新关注，让文学传达一个时代的追求和梦想，见证一个时代的精神情操，展示一个时代的伦理情怀，并不是一件多余的事情。

（原载《中国现代文学研究丛刊》2011年第2期）

畸形“智慧”的迷恋与书写

中国是一个崇尚实用主义的国度。作为一种准宗教化的哲学，儒家思想正是因其“经世致用”的强大功能，最终成为统摄国人数千年的核心文化。对此，李泽厚也曾强调：“中国哲学和文化特征之一，是不承认先验理性，不把理性摆在最高位置。理性只是工具，‘实用理性’以服务人类生存为最终目的，它不但没有超越性，而且不脱离经验和历史。”[①]拒绝先验理性，将理性完全实用化，并使之成为人们构建日常生活的工具，始终渗透在“乐感文化”之中，这确实是中国人特有的智慧，并给我们带来了很多独特的文化优势。

但是，过度地将人类理性实用化和经验化，也引发了诸多内在的文化痼疾。就文学而言，从最初“载道”观念的确立，到后来所载之“道”的不断变化和增殖，就曾使我们的文学始终没有彻底挣脱工具化的阴影，并衍生出一些畸形的生存“智慧”。其中，较为典型的，就是一些类似于黑幕作品的流行。

黑幕文学真正成为一种创作潮流，虽然只是晚清以后的事，但其文化上的因由，恐怕早有潜伏。别的不说，从《三国志》到《三国演义》，就值得我们推敲和反省。记得刘再复在《双典批判》中曾毫不含糊地怒斥，《三国演义》虽然具有很高的艺术价值，但在伦理观念和价值趣味的传达上，却是天下第一大“坏书”。其理由是，该书中的“天下”只是某些小集团的利益，与真正的家国天下和民生前途并无多大的关系；小说中不仅人与人之间充满了狡诈和虚伪，而且女性完全沦为工具，几无独立人格可言。这种“人玩人”的权术计谋，在诸葛亮身上表现得几乎淋漓尽致，可他千百年来，

① 李泽厚：《实用理性与乐感文化》，第285页，北京三联书店，2008年。

却一直被我们奉为忠诚和智慧的化身。

说实在的，我读《三国演义》亦有此感。刘备摔子已违人伦，让人觉得虚伪至极，而诸葛亮奔周瑜之丧回来后的喜悦，更是让人惊悚。在这部小说中，空城计、美人计、苦肉计……可谓多如牛毛，而所有的计谋都是用来对付别人，玩弄人心。不曾料，近些年来，这类作品却屡屡被奉为国人的“智慧圣典”，被一些专家精心演绎，热闹非凡。

最典型的，莫过于易中天先生的《品三国》。历史常读常新，对于群雄争霸的三国时代，进行现代意义上的再解读，当然是一件有意义的事。事实上，读完《品三国》，我确实也因其中某些篇章的精辟辨析而颇受启迪。但透过这本书，我深切地感到，作者最为迷恋的，仍然是三国中那些所谓“枭雄”人物的人生“智慧”——说穿了，就是“人玩人”的各种计谋。《品三国》还不算离谱，更让人讶异的，或许是《明朝的那些事儿》。这部影响甚巨的书，皇皇数卷，全都是津津乐道于明朝皇权内部的争争斗斗，你给我下套，我给你设陷，大明王朝那些活跃的官员，似乎都不太考虑本职工作，整天谋划官位和利益。即使是张居正，“整人”的手段也是无比的精湛。

我当然不是想完全否定这些畅销书。但是，面对这类著述，我常想，为什么作者所关注的历史兴奋点，总是离不开权谋和诡术？他们写这类著作，究竟要向世人传达哪些想法？是古人的权谋“智慧”，还是真实的历史“教训”？说实在的，以我的阅读感受而言，它们在整体上所彰显出来的，就是一种视权术为“智慧”的价值观念。我甚至想，如果将中国历史上的每朝每代，都从这样的角度来进行一番“现代解读”，中国数千年的历史，恐将成为一部人类诡术史。

视历史中的一些权谋为“智慧”，可能还说不上是什么“黑幕”。但是，如果我们读读近年来的一些所谓的“官场小说”，就有些神似于黑幕式的作品了。这类作品通常又称为“反腐小说”，有了“反腐”这顶帽子，演绎官场“黑幕”也就顺理成章了。倘若初读几部，我们确实会感到极度惊奇，各种官场权术的表演、腐败手段的创新、潜规则的流行，让“拍案惊奇”之类话本彻底失色。然而，多读几本之后，我们就会发现，在这些作品中，“暴露的充分性和文学的通俗性倾向，使之固然可以上接巴尔扎克式的批判现实主义传统，但更为明显的却是与上世纪初的谴责小说甚至是某些鸳蝴派小说的相类之处。”①鸳蝴派小说乃“黑幕”文学的巅峰，鲁迅先生曾直接诟之曰:“丑诋私敌，等于谤书;又或有谩骂之志而无抒写之才，则遂堕落而为‘黑幕小说’。”②我们近期的大量官场小说，却近似于鸳蝴派小说的精神趣味，这种死灰复燃的创作倾向，至少有两个方面耐人寻味。

一是视权术为智慧。这类小说所营构的环境，通常都是社会表象之外的隐秘现实，即被各种潜规则所左右的权力内部。所谓潜规则，当然是那些拿不上台面的、有违基本伦理和社会共识价值的交往规则，但又是某些人心照不宣、自觉遵从的行动准则。本质上说，它就是一种反文明的诡术。譬如，王晓方《驻京办主任》中的丁能通，就是一个精通潜规则的高手。他不仅从容地利用种种手段巴结权贵，排挤对手，还在建设驻京办办公楼过程中，不露痕迹地谋取私利;他既能巧妙地掩盖领导的腐败，又能够在领导被双规之后，自己顺利地金蝉脱壳。杨少衡的《党校同学》里，赵昌荣、叶家福、蔡波这三位党校同学，可谓用尽各种权术，在宦海中相互“扶持”。其中的人物，或用包裹失踪案，巧妙抹黑对手;或精心胁迫富商，替市委书记的老家修路。官道与商道，道道皆通。周梅森的《绝对权力》，更是充分展示了官斗的黑幕。当市委书记齐全盛的妻子、女儿被“双规”时，组织上派来调查的关键人物，恰好是多年前因权力斗争而被弄得家破人亡的刘重天。于是，围绕着这场生死对决，各路官场人物开始极尽狡诈之能事，副市长赵芬芳为谋取上位，不断造谣生事，落井下石;齐全盛的女儿，竟然利用种

① 《90 年代现实主义文学的两次冲刺》，孔范今，《时代文学》，2000 年第 4 期。

② 鲁迅:《鲁迅全集》(第 9 卷)，第 292 页，人民文学出版社，1981 年。

种手段，在“双规”过程中成功逃脱；原本胜券在握的刘重天，不断陷入绝境。尽管小说的主题，仍然是正义与邪恶的抗争，但故事的内核之中，却遍布了斗智、斗心、斗权的生存观念，彰显着某些畸形的人生“智慧”。

二是奉欲望为信念。在很多官场小说中，除了因故事内在冲突的需要而必不可少的清官之外，作家们的主要笔力，都倾注在各种贪官形象的塑造上。在这方面，作家们可谓想象丰沛，才情横溢。在他们的艺术重构过程中，贪官们几乎个个身怀绝技，不露声色，玩人于股掌之间，谋利于无形之中。从精研为人处世之道和加官晋爵之策，到巧言令色以笼络下属；从布设利益均沾以制衡同类，到俯首帖耳以谄媚领导；从暗度陈仓以排挤对手，到必要时杀人灭口以绝后患……可以说，围绕着权、钱、色这人性的三大欲望，大量游走于官场的各色人等，几乎展示了各种令人叫绝的“心智”。谋略高超的人，更是将权、钱、色融成一体，以统筹学思维使之形成“积极互动”，最大程度地满足私欲。心智稍弱的人，则欺上瞒下，巧取豪夺，也是“智勇”并举。像柳建伟的《北方城郭》、王晓方的《驻京办主任》、黄晓阳的《二号首长》等，基本上可以视为当代官场的权谋百科。

鲁迅先生在《中国小说史略》中评价清末黑幕小说的艺术价值时，曾说道：这些作品“虽命意在于匡世，似与讽刺小说同伦，而辞气浮露，笔无藏锋，甚且过甚其辞，以合时人嗜好，则其度量技术之相去亦远矣”[①]。但是，如果我们来看近些年的官场小说，除了清官形象具有较大的类同性之外，就其贪官形象的丰实性和叙事情节的曲折性而言，还真的不能认定其“辞气浮露”。盖其因，乃作家倾其心志与才情，化权术、诡术为人生之智慧、谋略也。

但我以为，这种艺术才情的投入，除了“以合时人嗜好”之外，并无更高的审美价值。在《文学上的低级趣味》一文中，朱光潜先生曾说：“如果只有黑幕而没艺术，它所赖以打动读者就是上文所

① 鲁迅:《鲁迅全集》(第9卷)，第282页，人民文学出版社，1981年。

说的那一点强烈的刺激。我们在作品中爱看残酷、欺骗、卑污的事迹，犹如在实际人生中爱看这些事迹一样，所谓'隔岸观火'，为的是满足残酷的劣根性。刑场上要处死犯人，不是常有许多人抢着去看吗？离开艺术而欣赏黑幕，心理和那是一样的，这无疑地还是一种低级趣味。"[①]针对这类创作态势，我曾论及，这些作品要么只是满足于对官场规则和游戏方式的猎奇式描述，要么只是满足于对人性欲望的放纵式书写，要么只是满足于官场人物在道德良知上的自我挣扎与堕落，既缺乏对权力背后所蕴含的传统文化痼疾的深层挖掘，又缺乏对权力本身在现代社会体制中所造成的巨大历史伤害进行深远的思索，其批判的有效性和尖锐性都非常有限。除了陶醉于某些官场中隐秘的权钱交易和低俗的欲望演绎，为那些当官者不断地寻找道义与人性上的平衡点，很难看到更为深刻的反思力度。

值得一提的是，这种大力推举人与人之间相互算计、彼此利用的诡术式创作，并不仅仅表现在官场小说中，它还同样体现在一些职场小说、谍战小说以及宫廷小说之中。而且，这些类型化的创作，俨然已成为新世纪以来的文学热潮。无论是《步步惊心》《潜伏》还是《后宫》，表面上，都是在彰显各种生存的"智慧"，或党派间的革命大义，然而，如果进一步深究，我们会发现，那些所谓的生存"智慧"，并不是基于正常的人性情感，也不是基于普遍的人道伦理，而是钩心斗角式的尔虞我诈、彼此利用，是利己主义的表里相背、精确盘算，说穿了，就是黑幕文学的另一种翻版。

文学作为人类精神活动的特殊形式，在重构人类生活及其可能性状态中，应该恪守必要的"兴味关怀"和"道德关怀"（利维斯语），而不能以肢解人类共同遵循的伦理秩序和价值观念为代价，过度书写低俗趣味的厚黑式人生，甚至将之标榜为某种生存"智慧"。套用梁实秋的话说，这是"文学的纪律"。事实上，在数千年的历史长河中，尽管受到实用理性的强大制约，中国文学所留下来的经典之作，绝大多数都真正地彰显了中国人的思想智慧和人格情

---

① 朱光潜：《谈文学》，第 26 页，安徽教育出版社，1996 年。

操，并维护我们这个民族一直沿着较为健康的轨道发展着。而那些黑幕文学，不过是昙花一现的产物，并没有获得穿越时间的生命力。我们需要的是积极而柔韧的生命智慧，是能够承担民族发展使命和恢复人性尊严的智慧，而不是那种践踏人伦式的“酱缸文化”。

（原载《文艺争鸣》2014 年第 5 期）

有关傻子形象的“傻想”

我对域外的小说了解不多，但几十年来，毕竟也读了若干。在我的记忆中，外国作家很少书写傻子，只有艾萨克·辛格的《傻瓜吉姆佩尔》、福克纳的《喧哗与骚动》等不多的几部给我留下了深刻的印象。但我读中国当代作家的作品就不同了。很多重要作家都喜欢书写傻子，甚至偏爱傻子。譬如，韩少功《爸爸爸》中的丙崽、阿来《尘埃落定》中的土司二少爷、贾平凹《秦腔》中的引生和《古炉》中的狗尿苔以及《高老庄》中的石头、莫言《檀香刑》中的赵小甲、苏童《河岸》和《三盏灯》中的扁金、余华《我没有自己的名字》中的来发、迟子建《雪坝下的新娘》中的刘曲和《采浆果的人》中的大鲁二鲁以及《雾月牛栏》中的宝坠、艾伟《南方》中的杜天宝等等，都是傻子。而且，这仅仅是我的简单罗列。如果要认真统计一下，我相信，中国当代作家笔下的傻子们，完全可以形成一个相当庞大的阵容，甚至成为中国当代小说中的一道艺术奇观。

应该说，小说就是塑造人物的，无论什么样的人物，都可以成为小说关注的目标，用劳伦斯的话说，即使是雨中的白菜，也应该是一株“活着的白菜”。因此，傻子作为一种特殊的人物形象，被当代作家们所倾心关注，并无何种不妥。但问题是，我们的作家似乎过于迷恋傻子了。是我们的现实生活中傻子太多而绕不去，还是傻子形象具有某种深广而独特的艺术魅力？是傻子特别容易塑造，还是傻子的内心世界别有洞天？如果与域外小说相比，中国当代文学中的“傻子”群像，无疑是怪诞而又夺目的。

认真玩味这些“傻子”形象，很容易让人产生某些“傻想”。从常理上说，所谓“傻子”，就是指那些智商完全低于常人、多少有些不明事理的人。他们不同于疯子。疯子是完全没有理性可言的，是一种绝对不可靠的人物；而傻子则拥有一定的理性和智力，只不过这点理性和智力，还难以让他们洞悉世事的复杂和诡异。因此，从叙事上说，傻子的眼光通常具备一定的可信度。更重要的是，由于智力低下，傻子可以轻松地解除常人的防范心理，使得各种幽暗的人性得以随意地表演，这也使他们拥有某种独特的合法性视角。像吉姆佩尔和班吉就是如此。他们既是活生生的、极度单纯的傻子，但从本质上说，又承担了社会与人性的见证者的叙事职能。

要让傻子成为一个活生生的人物形象，让他的内心真正地丰富起来，这是小说叙事的一个基本法则。海明威曾说过："作家写小说应当塑造活的人物；人物，不是角色。角色是模仿。"[①]海明威的话其实并没有说透——所谓"角色"，只是作家观念的产物，并不具备人物自主的生命意识。按文学主体性的要求来说，角色化的人物就是标签化的人物，是带着作家的理念意图进行表演的符号，并不具备独立鲜活的生命意识。事实上，在中国当代小说中，只有余华笔下的来发、迟子建笔下的刘曲等少数傻子，在一定程度上挣脱了创作主体的思想观念，大多数傻子形象都是作家理念的标签。

这种标签，说得好听一点，叫人物的寓言化。但从叙事上说，它并不是为了塑造一个鲜活的生命实体，而只是为了完成某种象征功能的艺术道具。这种做法究竟好不好，我无法判断，因为现代主义作家经常这么干。但海明威坚持认为："要把他们写成人，人，人，别把他们写成象征。"[②]我更赞同海明威的看法。小说中的任何人物，首先应该成为一个坚实可信、具有丰富精神质感的生命实体，否则，读者就缺少必要的感知对象和身临其境的审美效果。如果我们认真审视韩少功笔下的丙崽、贾平凹笔下的引生和狗尿苔、莫言笔下的赵小甲、阿来笔下的二少爷，除了极少数傻子有点男女之欲的本能冲动之外，很难感受到他们是些鲜活的人物。也就是说，作为一种生命的存在，他们大多被抽掉了应有的血和肉，也剔

① 董衡巽编选:《海明威谈创作》，第 2 页，北京三联书店，1985 年。
② 董衡巽编选:《海明威谈创作》，第 106 页，北京三联书店，1985 年。

除了应有的性格特征，仅仅成为作家叙事上的某种符码，充当某些特殊的角色功能而已。

在此，我们不妨以莫言《檀香刑》中的赵小甲为例，看看这种观念化处理所带来的尴尬。《檀香刑》主要塑造了五位人物：刽子手赵甲、少妇眉娘、县令钱丁、抗德英雄孙丙、赵甲之子赵小甲。这五位人物都有贴近自己个性和身份的话语语调：赵甲是“狂言”，眉娘是“浪语”，钱丁是“恨声”，孙丙是“戏腔”，小甲是“傻话”。按理，沿着人物各自的语调叙述，激活人物的生命实体并无问题。但从整部小说的阅读效果来看，其他四位人物都个性鲜明，内心繁复，形象生动、饱满，唯独小甲形象十分呆板。无论是“傻话”还是“放歌”，都未能很好地展示一个傻子的形象。一方面，他“人高马大，半秃的脑袋瓜子，光溜溜的下巴，白天迷迷糊糊，夜晚榆木疙瘩”，是一个“忠厚老实能挡风能遮雨的丈夫”；另一方面，他对这个世界似乎并无兴趣，只知杀猪宰牛之类机械性的劳作。作为一个活着的傻子，我们看不到他与世界发生关系时所体现出来的“傻”之精神特质。我甚至认为，这个傻子如果完全不出场，也不会影响这部小说的艺术质感。

但是，莫言之所以要让这个傻子出场，并且在小说中占据一定的地位，主要是为了完成作家的两种使命：一是让刽子手赵甲陷入因果报应的命运泥淖。作为赵甲唯一的儿子，小甲的傻子状态及其最后的死亡，果断终结了赵甲的家族血脉，也使他不得不意识到自己杀人如麻的罪恶。二是以“虎须”为道具，借助小甲的某些特异功能（或者是幻觉），展示人类内心深处的兽性面貌，如小甲看到父亲赵甲是一头黑豹子，妻子眉娘是一条大白蛇，县令钱丁是一只白虎，岳父孙丙是一只大黑熊之类。小甲最后的“放歌”，也是对人类兽性的一次神秘化的揭示。这两种使命，其实都是莫言自己的观念而已。这也意味着，小甲在小说中只是一种功能性的存在，很难具备丰盈而鲜活的生命特质。

值得一提的是，这种对傻子形象的标签化处理，几乎是很多作家惯用的一种手段，并形成了一种固定的模式，即“人神交织”的模式。于是我们看到，在正常状态下，他们都是智力低下的傻子，甚至饱受羞辱和践踏，但他们又常常拥有某些正常人难以企及的诡异之才，要么对世事作出精准的预言，要么看到令人惊讶的人性本质，要么对于吊诡的命运有着极好的把握。丙崽就是这样，所以他时而被人称为“丙崽”，时而又被人奉为“丙爷”。阿来笔下的土司二少爷更是神奇，无论是对家族内部冲突的处理，还是对诡异历史与土司命运的把握，其能力都远远超过了绝世神勇的哥哥，俨然是一位神性人物。贾平凹笔下的引生，不仅能看到别人头顶上时常冒出的火焰，在痴恋白雪无果后做出“自宫”的骇人之举，还成为清风街上维持计划生育和社会秩序的关键人物。他笔下的狗尿苔更是拥有一套通灵的本领，既能与一些动物窃窃私语，又可以与一些植物倾心交流。即使是迟子建笔下的大鲁二鲁、艾伟笔下的杜天宝，也都是既有傻运，又有傻福，正常人四处奔波，机关算尽，最后不是白忙一生，就是家破人亡，而他们却屡获惊喜，似有神灵的庇佑。

从赵小甲、土司二少爷，到引生、狗尿苔，以及大鲁二鲁、杜天宝，他们平常都是傻子，但关键时却倏然成了超人，并呈现出诸多令人匪夷所思的生命特质。这确实很神奇，很魔幻。当然，我们有理由相信，傻子终究不是正常的人，总会有些难以把握的非理性的精神心理，因此，对他们进行超验性、神秘化的处理，让他们的身上不时地冒出一些神性的火花，作家似乎不需要在叙事逻辑上提供更多的支撑。但是，由此导致的结果，却是这种“亦人亦神”的形象处理，几乎成了很多作家惯用的叙事策略，甚至是他们用来对付那些未知领域和神秘命运的法宝了。

这种叙事策略的审美效果无疑是值得反思的。至少，它凸现了一些当代作家对复杂生活进行精确处理的艺术能力是让人堪忧的。记得海明威就说过：“真正的神秘主义不应当与创作上的无能混淆起来，无能的人在不该神秘的地方弄出神秘来，其实他所需要的只是弄虚作假，为的是掩盖知识的贫乏，或者掩盖他没有能力叙述清楚。神秘主义包含一种神秘的东西，和许许多多种神秘的东西；但无能并不是一种神秘；过火的报刊文字插进一点虚假的史诗性的东西成不了文学。”[①]海明威对一些极不着调的神秘化叙事一直保持着高度警惕的姿态，所以他认为，随意地处理神秘主义，在本质上是某种叙事的无能或弄虚作假。面对中国当代作家如此模式化地处理傻子形象，我觉得，并不是因为他们无能，而是他们在叙事上的草率和随意，不愿意投入更多的精力深究他们所要表达的对象。

有趣的是，这些亦人亦神的傻子群像，尽管呈现出如此高度类同化的审美倾向，却很少有人进行认真的盘点和反思。相反，大量的研究都是从寓言化、象征化等角度，对这类傻子进行饶有意味的诠释，并将其不断提升到各种形而上的哲学高度。早些年，当代小说中还只有丙崽、土司二少爷等少数这类傻子形象时，人们将之视为一种先锋文学的实验性人物进行某种寓言化的阐释，并无什么不妥。但现在的情形是，一代代的傻子仍以类似的面孔出现在小说中，人们还是对此大加褒赏，就有些让人难以理解了。

有个不成文的艺术逻辑是，愈神秘、愈抽象，便愈具有阐释的空间。所以，很多当代作家无论有没有必要，都喜欢在小说中添加一些抽象和神秘的元素，让批评者们围绕着这些元素去“绞尽脑汁”。对傻子进行“人神交织”的处理，只不过是作家们惯用的小技之一。此所谓“思想不够，神秘来凑”。它的背后，既映射了当代作家某些慵懒的精神状态，又透露了他们对形而上的远距离崇拜之心理。说穿了，他们既希望自己的作品能够抵达某种深邃的哲学之境，又不想花大力气积极地寻找更可靠的叙事手段，便抱着傻子念念不忘。否则，当代文学中何以出现如此之多且彼此相似的傻子？

当然，从另一个方面说，对傻子的神秘化处理，可能还有更深层的传统因素。因为中国的小说，毕竟是从“志人志怪”的传统中走出来的。同时，在国人的思想根基里，擅长怪力乱神的道教文化，也一直有着深厚的土壤。郜元宝先生在分析陈忠实的《白鹿原》和张炜的《古船》时，就曾一针见血地指出，这两部小说在某种意

① 董衡巽编选:《海明威谈创作》，第1—2页，北京三联书店，1985年。

义上说，都是为鲁迅的这句话下了一个注脚："中国根柢全在道教，此说近颇广行。以此读史，有多种问题可以迎刃而解。"[①]这种分析无疑耐人寻味。其实，有关道教对中国文学的影响，周作人在《中国新文学的源流》中也做过更为明确的表述："影响中国社会的力量最大的，不是孔子和老子，不是纯粹文学，而是道教（不是老庄的道家）和通俗文学。"[②]我无法在此深究这一问题，而只想说明，神化傻子，或许也有这方面的文化渊源。

但傻子毕竟是傻子。无论是有籍可查的史料，还是我们的现实生活中，能够拥有灵异禀赋或近乎神明的傻子，好像从未见过。作家有权利对傻子进行异化处理，但首先要将他们视为一个活生生的、有血有肉的生命，而不能视为一具涂满作家理念色彩的僵尸。也就是说，傻子也是人，不能如此随便地蹂躏他们。

（原载《文艺争鸣》2015年第7期）

① 鲁迅:《鲁迅全集》(第11卷)，第353页，人民文学出版社，1981年。
② 周作人:《儿童文学小论·中国新文学的源流》，第8页，北京十月文艺出版社，2011年。

文学的“意义”与“意味”

有几本书，我一直偏爱有加：张岱的《陶庵梦忆》《西湖梦寻》、李渔的《闲情偶寄》、沈复的《浮生六记》、汪曾祺的《晚饭花集》、周作人的《雨天的书》。如果一定要从专业的角度来阐述理由，我还真的说不清楚。但我就是喜欢，稍有闲暇，便会翻翻它们。像《闲情偶寄》，我对其中大名鼎鼎的“词曲部”“演习部”之类总是视而不见，却十分迷恋“饮馔部”“居室部”“种植部”中的诸多篇章。《晚饭花集》其实也并非汪曾祺最好小说的结集，但其中的大多数小说都是我心中的短篇妙品，包括《鉴赏家》《晚饭花》等。

时间长了，我也在不断反省。我为什么喜欢这些作品？它们并没有什么宏大高深的历史意义，也没有多少艰深玄奥的人性探索，只是一些日常生活经验和内心体验的细细玩味和复述，却让我常常读来，犹若甘酪。每与一些友人闲聊，我发现，喜欢这些作品的朋友并不少见，遂有“与吾心有戚戚焉”之快意。这也让我逐渐意识到，文学作品的审美价值，并非仅仅靠宏大而深刻的“意义”来建构的。有深远的意义固然很好，没有高深的意义同样也能成为人间佳构。

倘若对这个问题深而究之，我以为，这无疑涉及到文学的“意义”与“意味”。“意义”和“意味”虽只有一字之差，但内在的区别却是耐人寻味的。“意义”是文学作品所呈现出来的主旨或思想，即作品所载之“道”。它包含了创作主体对历史、社会、自然、人性等诸多方面的思考，在接受层面上侧重于理性认知的交流。而“意味”则是作品中所蕴藏的某种情调、意境和趣味，即作品所言之“志”，在审美接受过程中偏重于感性经验和伦理情感的呼应。徐复观曾解释道：“‘意义’的‘意’，是以某种明确的意识为其内容；

而‘意味’的‘意’，则并不包含某种明确意识，而只是流动着一片感情的朦胧缥缈的情调。”[①]这也就是说，“意义”是比较明确的，可以说清楚的；而“意味”则是相对含混的，难以言说的。当然，将作品的“意义”等同于所载之“道”，“意味”等同于所言之“志”，可能并不严谨，因为传统文学中“道”与“志”的内涵十分复杂，迄今尚未有定论。但话又说回来，“道”与“志”的核心差别就在于，前者推崇理性意义，后者主张情感意趣，这大体上也能说得过去。

比较有力的例证，便是周作人在《中国新文学的源流》中的相关论述。在该著中，周作人曾将中国文学的传统归纳为“载道”与“言志”两脉，认为“载道派”的创作，总是一味地追求人间大义或宇宙大道，自韩愈之后，便问题多多，“没有多少好的作品”；即使有几部看起来很不错的作品，也恰恰是忘了“载道”后的率性之作。而“言志派”的创作，则忠于情感，独抒灵性，“古今来有名的文学作品”，[②]多源于此。在周作人看来，真正的文学“只有感情没有目的。若必谓是有目的的，那么也单是以‘说出’为目的”。[③]这种“无用之用”的艺术立场，使他从骨子里就拒斥文学的“意义”，崇尚文学的“意味”。所以，他对文学的定义是，“文学是用美妙的形式，将作者独特的思想和感情传达出来，使看的人能因而得到愉快的一种东西”[④]。

周作人的这一判断，多少有些偏颇。文学作品的“意义”与“意味”，其实并不冲突，只是受制于作家个人风格和审美趣味等因素，会各有侧重。有些作家特别注重文学的“载道”功能，突出作品中的“意义”；有些作家则迷恋于“言志”，强调作品内在的“意

① 徐复观：《中国文学论集》，第 106 页，九州出版社，2014 年。
② 周作人：《儿童文学小论·中国新文学的源流》，第 19—30 页，北京十月文艺出版社，2011 年。
③ 周作人：《儿童文学小论·中国新文学的源流》，第 15 页，北京十月文艺出版社，2011 年。
④ 周作人：《儿童文学小论·中国新文学的源流》，第 6 页，北京十月文艺出版社，2011 年。

味"。最典型的，或许就是周作人和他的老哥鲁迅。尽管这两兄弟的生活经历与教育背景都差不多，但鲁迅的创作显然更自觉地追求"意义"，有着明确的"立人"思想与启蒙意愿，而周作人的创作则更多地徜徉于"意味"，倡导文学是人类精神的"体操"，并不刻意追求作品的深刻"意义"。所以，读鲁迅先生的小说或杂文，少不了脑力激荡或思想交锋，无论是阿 Q 的辫子里，还是蘸着人血的馒头中，都隐藏着深邃的意义。虽然周作人也写过一些"金刚怒目"式的文章，但他的大多数散文都是"悠然见南山"式的，像《雨天的书》中，谈苍蝇，谈"跛脚骨"，谈茶食，谈初恋，谈苦雨……旁征博引之处，皆是知识的拼接；由人及己之说，均为生活的感受，没有多少明确的"意义"，字里行间却"意味"深长。

周氏兄弟在创作中的差异，既有个性气质上的制约，也有审美观念上的原因，但这并不影响他们都成为中国现代文学的杰出作家。尤其是鲁迅先生的作品，其思想的深刻性和丰富性，迄今仍有目共睹。这也意味着，"载道"并非违背了文学艺术的本质规律；文学的认知功能和教育功能，决定了作品"意义"的重要作用。如果所载之道皆属作家个体的独特思考，且与作品形式浑然一体，有着深远的"意义"，同样也能成为优秀的经典之作。而周作人之所以不喜欢文学的"载道"传统，主要是因为有些作家过于强调作品的主旨或意义，使作品成了"变相的文学"（周作人语）——借文学之形式，传播某些功利性或虚夸高蹈的思想或观念。

周作人所论及的这种"变相的文学"，确实是一种值得深究的现象。表面上看，它突出了文学的"意义"，展示了文学在"载道"上的巨大功能，但在本质上，它削弱了文学的审美价值，也伤害了文学作为语言艺术的内在韵致。坦白地说，这种"变相的文学"，在很长一段时间里，也是中国当代文学的主要症结。从艺术层面上说，它主要体现为创作主体为了迎合某些观念或思想，将自身的理念直接灌注在作品中，导致形式与"意义"之间的错位。这也就是我们通常所说的"意义的裸奔"，或者叫"主题先行"。这类作品，"意义"很鲜明，很突出，但缺乏丰沛的情感，也缺少丰实的形象，很难引起人们在审美情感上的共鸣。同时，由于这些“意义”多半是某个时期的主流性价值或主导思想，并非作家独立思考的特殊产物，有些“遵命文学”的嫌疑，很容易导致作品中“所载之道”似曾相识，大同小异。

更重要的是，由于对那些宏大“意义”的过度崇拜，还导致一些作家沉迷于各种“史诗”性作品的建构。譬如，很多小说，动辄全景式叙述，多卷本书写，在时空上尽可能囊括更多的历史事件，呈现出各种复杂的社会风云，气势看似恢宏，结构看似繁复，但读者却少有问津。而且，这种创作思维逐渐将文学的“所载之道”引入极为逼仄的精神范畴，使“意义”片面地集中在意识形态化的“大生活”之中，拒绝正视个体平民的日常生活形态，特别是日常伦理情感和人性面貌。所以，在很长一段时间，我们的文学似乎形成了对某些特定“意义”的固定化的表达范式——全力聚集高大上的思想主题，突出宏大的社会或历史意义，展示个体生命的非凡性和献身精神。这些宏大的意义固然可以振奋人心，激发人们的崇高理想，但是毕竟远离了日常生活经验，远离了正常人的情感体验，难以形成广泛的情感共鸣。这也是我们的文学史中常常反思的文学“工具化”问题。

与备受宠爱的“意义”相比，“意味”就没那么幸运了。至少在中国当代文学中，它很少被当作一个重要问题来关注，无论是文学理论上的探讨，还是批评实践中的运用，都远不如“意义”来得普及。这是否表明“意味”真的不那么重要？我看未必。别的不说，在中国传统诗学中，它就一直占据着重要地位，并延伸出诸多的美学概念。刘勰就认为，天下真正的好文章，应该“深文隐蔚，余味曲包”，“使玩之者无穷，味之者不厌”，既要有“意义”，更要有“意味”。钟嵘在《诗品》中也强调，优秀的诗歌当属“文已尽而意有余”，按徐复观先生的解释，“意有余之‘意’，绝不是‘意义’的‘意’，而只是‘意味’的‘意’……一切艺术文学的最高境界，乃是在有限的具体事物之中，敞开一种若有若无、可意会而不可以言传的主客合一的无限境界”。[①]的确，在一首优秀的诗歌中，“意味”有时比“意义”更重要，因为“意味”可以让读者的审美体验和情感融入作品之中，使其反复品尝，长久玩味，仍得各种妙悟。譬如，李商隐的《锦瑟》、李煜的《虞美人·春花秋月何时了》，包括陆游那首情天恨海的《钗头凤·红酥手》，之所以让我们一代代人能够反复咏吟，沉醉其中，终究还是那些绵绵无绝的“意味”。

文学的“意味”之所以不被强调，首先在于它是一种高度综合、主客合一的审美体验，可以意会、感知、察悟，却很难准确地言传、阐释，更难从理论上对它进行系统性的建构。“意味”集纳了文学作品的各种要素，从情感姿态到生活趣味，从表达形式到语言运用，同时，它还会在不同的读者心中产生不同的体验。最典型的，就是中国古典诗词。无论节奏、意象、情感，都是“意味”形成的核心元素。如马致远的《天净沙·秋思》，就是通过“枯藤”“老树”“昏鸦”“古道”“西风”“瘦马”等一系列苍凉而颓败的意象，构成了某种无所归依的孤独情境，烘托出“断肠人在天涯”的绝望意绪，由此激起人们体悟到漂泊、孤寂、茫然的人生处境，也感受到“断肠人”的悲秋之苦。唯因如此，古人在谈论文学的“意味”时，通常也是以虚带实，着眼于抽象的归纳，诸如“气韵”“韵致”“意境”等等。若真的逼急了，就将“道可道，非常道”抡了过来。

对于这种情形，海外学者欧阳桢曾做过颇有意思的分析。他认为，中西诗学的差别在于，西方诗学是对应诗学，追求意义，而中国诗学乃共鸣诗学，讲究意味。“我们不妨假定在一方是生存真理（对应诗学），在另一方是存在之‘道’（共鸣诗学）。这样，我们便可看到两种不同的模式：一个是模仿的，一个是内在性的。按照模仿模式，未知同已知成对应关系，而且由于这种关系的建立并得到不断地重申，未知便也显得越发地实在与合理。按照第二种内在性模式，则一切内在的，一切此时，现在，如此这般的才是唯一

---

① 徐复观：《中国文学论集》，第106页，九州出版社，2014年。

的实在。在第一种模式里，真理尽管不易把握，但还可援引为例，是可以企及的；在第二种模式里，道虽无时不在，但却不可具指引称。”[①]这段话读起来有些拗口，但意思还是非常明白的，即对应诗学是一种通向意义的诗学，在一部作品中，意义虽难确定，但终究可以企及；而共鸣诗学是不追求意义的诗学，它讲究内在的、此情此境的体悟，呈现的是一种非确定性的意味。所以，欧阳桢嘲笑西方人读中国诗歌，尤其是阅读翻译之后的中国古典诗歌，总是想弄明白其中的意义，“结果常常是徒劳一场”。

其次，作为一种综合性的审美体验，“意味”常常集纳了创作主体的生活感受、情感姿态和伦理趣味。这些创作主体的主观感受和体验，有时并不是特别明晰，只是一种“毛茸茸”的混沌状态，渗透在作品之中，形成某种特别的氛围、情调或趣味，需要不同的读者在共鸣性阅读中细细琢磨和体会。像张岱的《陶庵梦忆》和《西湖梦寻》，都是追叙一些旧景旧事，且多半已经物是人非，成为往日之梦。如果一定要从“意义”上说，它们无非体现了一位明朝遗臣的落寞心态，以怀旧的方式抒发了作者对大明王朝的眷恋。但是，它们让人迷恋的，倒不是这种“意义”，而是其中所蕴含的多重“意味”——江南旧式文人超然于外的闲适情怀、对日常生活精致性的病态追求、自然景物与作者内心的无缝对接，以及语言中不断渗出的痴恋之态。“人无癖不可与交，以其无深情也；人无痴不可与交，以其无真气也。”很多时候，我在张岱笔下所读到的，都是一个旧式文人的“癖”与“痴”，真实、率性、坦诚，却又异常丰饶。李渔的《闲情偶寄》也是如此。他对居室、美食、植物等日常生活环境的要求，差不多有着病态般的苛刻，但又没有一般的市侩气息，而是洋溢着一个艺术家的浪漫与想象。读这类文字，每每能感受到作者的生存心态、生命情趣和精神气质，品味到异常坦率的生命意趣。这种生命意趣，在《浮生六记》以及周作人的许多散

① 乐黛云、陈珏编选:《北美中国古典文学研究名家十年文选》，第619页，江苏人民出版社，1996年。

文里，也是非常的突出，甚至让人体察到作者灵魂深处那颗跃动不息的“初心”。

有经曰：不忘初心，方得始终。初心是真性情，也是真赤子。“素手掸红尘，静心观世俗”，有意味的文字，求的往往不一定是豪言壮语，而是赤子的心志与情怀。尽管这些作家常常沉浸在那些微不足道的日常生活里，但他们都能够从这些日常生活的褶皱里，发现各种意想不到的“意味”，甚至让生活本身也成为一种审美的存在。或许，这也是周作人不断推崇“言志”传统的内在原因吧。遗憾的是，由于长期饱受“载道”伦理的熏陶，我们对文学的“意义”几乎有着本能的迷恋，却对作品的“意味”丧失了应有的评析能力，有时甚至是故意地回而避之。

（原载《文艺争鸣》2016 年第 4 期）

主体意识的回归与文化身份的认同

一

自从莫言获得“诺奖”之后，学界普遍认为，这标志着中国文学真正走向了世界，并开始深度参与世界文学秩序的建构。我非常赞同这一观点。但是，我心中又不免生疑：莫言获得诺贝尔文学奖，是证明了中国文学“自身”的艺术成就，还是证明了中国文学成功地进入了以西方文化价值趣味为核心的诺贝尔文学奖评价系统？

这种疑惑似乎没有什么意义，就像当年张艺谋的电影获得西方的好评。但是，认真读完瑞典文学院对莫言的授奖辞，我深切地感受到，“诺奖”评委们对于莫言创作的评价，完全是基于一种西方中心主义的文化立场，是一种意识形态化的主体对于“他者”的想象性阐释，充满了主体自身的文化优越感。[①]这种优越感，强烈地凸现了萨义德所揭示的后殖民主义价值建构的逻辑思维。

在后殖民主义的逻辑思维中，西方不仅拥有自我中心主义的特权，而且认定自身的文化具有绝对的普适性，并将其视为一种科学的价值规范和文明的表征，强加于全球不同领域的“他者”。所以，萨义德认为，在西方中心主义的文化谱系中，所谓的“东方学”只是西方对东方的“言说”“书写”“编造”，离真正的东方相距甚远。同样，当我们阅读“诺奖”评委对于莫言的奇幻性评价（譬如“在莫言的笔下，吃人肉象征着放纵、挥霍、龌龊、淫欲以及无法描述的欲望”之类）时，我们也不得不怀疑：莫言似乎不是中国文学中

① 关于授奖辞的译介，可参阅《2012年度“诺奖”〈授奖辞〉解读》，李建军，《文学报》，2013年3月7日、21日。

的莫言，而是经过西方文化价值谱系检测并高度符合其价值诉求的莫言。换言之，是一种被“他者化”的莫言。

我们无意在此评判，莫言被“他者化”究竟是一种幸运还是不幸，因为这是每一位中国作家都必须面对的文化境遇。中国文学要走向世界，并成为世界文学发展整体格局中不可或缺的一员，就必须接受某些异质文化的解构、重构甚至规训。就像我们的一些产品，要进入其他国家的消费市场，必须要符合他们的质检要求和民众的消费习惯。

但是，被“他者化”毕竟不是一件令人愉悦的事情，因为它隐含了一个主体丧失话语权的问题。尤其是当我们思考“中国文学”时，我们首先必须明确的是，中国文学应该是中国人的文学，应该是由中国人按照自身固有的价值观念、文化伦理以及审美诉求来进行评估和描述的文学，而不是过度依赖于西方人的价值判断。

因此，当我们提出“回到中国”“回到文学”时，首先要关注的，不是确立什么样的创作才算是真正地回到了中国、回到了文学，而是如何认识中国文学，即如何确立自身的主体身份，有效摆脱被“他者化”的尴尬处境。因为一个显在的事实是，当我们认定某位作家的创作或者评判某部作品的审美价值时，常常会用西方的阅读反响作为一种不可撼动的证据或标尺，包括获得了多少西方语种的翻译，在西方主流媒介中得到了怎样的评价等。同样，当我们在梳理中国当代文学创作的整体状况时，也会不自觉地仰仗西方文化界的评判。

西方的评价当然也是我们确立自身文学实绩的一个基本参照。文学反映的是人类共有的生存及其可能性的状态，不同国别或不同族群的读者，都可以在不同程度上从中获得某些经验和情感的共鸣，找到某些审美体验上的认同。这也是一切经典作品之所以成为人类共同精神财富的缘由。因此，适当地参照其他国家或族群读者的审美评判，有助于我们从共识性的层面上全面评析作品的艺术价值。但是，文学毕竟是一种语言的艺术，而语言作为文化之根，在很多时候具有不可通约的特质。尤其是汉语，其在审美传达上的微妙与丰富，不仅涉及民族思维习惯、心理定势和特定经验，还涉及意象原型和语调差异，无论通过怎样高超的翻译，都难以确保各种审美信息不受损失。所以很多人都认为，翻译也是一种创作，即对原著的艺术再创造。这也意味着，其他国别或族群的读者对某些中国文学作品的审美认同，其中还包含了对译者的艺术再创造的首肯。

无论是基于民族的文化传统和精神特质，还是基于语言自身的不可通约性，我们都应该清醒地意识到，全面而科学地认识中国文学，必须回到自身的文学坐标系中，而不能唯西方首肯是瞻，包括诺贝尔文学奖。

二

我们之所以强调必须确立自我言说的主体身份，是因为这不仅仅是一个话语立场的问题，还涉及到自我表述的能力、自信力以及准确性等问题。面对中国文学的发展，在主体与“他者”之间，如果自我的主体身份不能被确立，那么被“他者化”将会成为不可避免的命运。

事实上，自从全球化以超乎人们想象的速度迅猛扑来，主体与“他者”就一直成为全球学者高度关注的一个话题。因为全球化常常以文化一体化的面孔，给西方中心主义提供了巨大的舞台，使第三世界的人们显得猝不及防，甚至无所适从。在这种情境之下，以萨义德、斯皮瓦克和霍米·巴巴为代表的后殖民主义理论思潮，对西方中心主义提出了明确的质疑和批判，并重申“身份认同”的重要性，力图从文化的层面上，重新认定各种言说的合理性和必要性。

这种对西方中心主义合法性的挑战，表面看来，是一种“去中心化”“去主体性”的理论策略，目的是为了摧毁西方帝国主义的文化霸权意志，为其他世界的文化生长提供更为健全、更为合理的表述空间。但从本质上说，反抗西方文化的帝国主义姿态，并不是全面地否定主体性本身，而是为了在主体交互性的基础上，重构不同文化之间的平等关系。在后殖民主义理论家们看来，由于某些特殊的历史原因，人们常常将文化与政治、经济分而论之，似乎它们之间并不存在密切的关联，而实际上，从来就没有哪一种文化能够完全超越于政治或经济的因素；作为意识形态的产物，文化只能产生于与之对应的特定的社会结构之中，并承载着特定的政治或经济内涵，体现出特定的价值诉求。

在《东方学》中，萨义德就详细分析了西方对于东方的“建构”“表述”“想象”“妖魔化”和“类型化”之倾向，并一针见血地指出，这种“东方学”并非是一种科学意义上的学说，而是被西方人所观看、凝视之后的“东方主义”，其背后隐含了西方与东方、我们与“他者”等二元对立的主体主义观念，是一种典型的“帝国主义文化的标志”①。在这种西方中心主义的表述中，“东方是非理性的、堕落的、幼稚的、‘不正常的’；而欧洲则是理性的、贞洁的、成熟的、‘正常的’。”②通过这种二元对立的表述，世界一体化的进程似乎就成为一种“文明”与“野蛮”的冲突过程，而叙述者则理所当然的是“文明”的代表。

尽管后殖民主义深受后现代主义“反中心”的影响，试图否定主体存在的合理性和必要性，并借此改变第三世界被“他者化”的命运，但是，我以为，绝对地抛弃主体似乎是不可能的，因为主体是统一、完整、自足的实体，对“主体”的否定，带来的结果便是对中心叙事的不信任，这也意味着我们将无法取得某种固定的价值立场，更无法得到具有共识性的价值判断。因此，对于第三世界的文化来说，重要的不是言说本身，而是谁在言说——基于特定的族群文化，言说者必须置身其中，带着明确的主体意识，站在自身文化的历史长河中，才能给予较为科学和公正的表述。

这也意味着，当我们讨论中国文学时，需要警惕的是后殖民主

① ［美］萨义德：《萨义德自选集》，谢少波、韩刚等译，第178页，中国社会科学出版社，1999年。

② ［美］萨义德：《东方学》，王宇根译，第49页，北京三联书店，1999年。

义所批判的西方中心主义，尤其是那些具有文化优越感的帝国主义心态。因为他们对中国当代文学进行评析时，常常充满了主观化的想象、歪曲或误读，甚至带着明确的意识形态化的贬抑。在谈及莫言的诺贝尔奖之授奖辞时，李建军就直言不讳地指出："在评价'东方'作家和'西方'作家的时候，'诺奖'评委的态度与尺度，是有着微妙差别的——他们用更具'正极性'的尺度来评价西方作家，而用更具'负极性'的标准来评价中国作家。"①事实上，不仅仅是莫言，在中国当代作家中，还有不少人的作品也同样被西方中心主义进行了"他者化"的诠释。我们说，任何一个民族的文学发展，都必须接受不同文化的重新阐释。但这种阐释应该保持一种文化的平等性，而不是以"他者"的眼光将之视为自我优越性的注脚。遗憾的是，随着全球化到来，我们看到，西方中心主义的舞台正在迅速扩张。在这种历史情境下，第三世界文化中的自我身份认同尤显重要。

所谓自我身份认同，主要是指我们对自身历史文化的价值认同，即以明确的自主意识，确立自身的民族文化在世界文化格局中存在的合理性和独特性。自我的身份认同，是以一个文化共同体能够产生共同的意愿、信念和言行等为前提，从而形成共同的生活规范、族群精神和价值观念，为个体的存在提供群体文化上的精神归属。威廉·布鲁姆就曾指出："身份确认对任何个人来说，都是一个内在的、无意识的行为要求。个人努力设法确认身份以获得心理安全感，也努力设法维持、保护和巩固身份以维护和加强这种心理安全感，后者对于个性稳定与心灵健康来说，有着至关重要的作用。"②任何一个个体的存在，都是一种文化的存在，都无法离开其内在的文化属性，同时也受制于这种文化所含纳的各种价值观念、思维方式和伦理规范。但是，在全球化的历史语境中，由于地域交

① 《2012年度"诺奖"〈授奖辞〉解读》(下)，李建军，《文学报》，2013年3月21日。

② 转引自乐黛云:《文化传递与文化形象》，第332页，北京大学出版社，1999年。

流的便捷与频繁，以及西方中心主义的强力扩张，越来越多的第三世界人群已意识到，自我身份的认同正面临诸多的困境与危机。

因此，在后殖民主义的理论语境下，我们强调自我身份的认同，是为了全面确立自身的文化根源和精神归属。如果拥有明确的自我身份认同，就意味着我们将可以立足于主体地位，对自身的文学发展进行理性的评析，并给出较为全面与科学的判断。如果作家们确立了这种明确的文化身份认同，就可以真正地置身于中国文学的特定语境中，潜心体察中国人的生存经验，感知中国人的生命况味，展示中华民族独特而丰饶的精神镜像，并为人类生命存在的可能性提供新的范式。在谈到文学的认同建构时，有学者曾将之归纳为三个方面：一是民族起源的神话，因为这些神话对于人们了解自己的民族和文化起源扮演着重要角色，它们对于形成一个共享同源的象征符号具有重要作用。二是文学史经典，因为文学经典经过世世代代人的解读，为人们建构和回归“想象的共同体”发挥着重要的作用。三是文学经典中的典型人物，他们具有“人物样板”的作用。[①]尽管我们无意在此细究中国文学在身份认同过程中的具体建构内涵，但是上述这三方面的归纳无疑具有启发性的意义。

从另一个层面上说，文学是语言的艺术，而语言又是一个民族的文化之根，是文化赖以存在的基石。一个作家只有带着明确的主体意识，沉浸在自己的母语之中，体悟并深察到母语的特殊魅力，他才有可能在创作实践中充分展示母语自身的艺术特质，并进而实现对母语的创造性表达，使母语在审美表达上散发出新的活力。一位杰出的作家，往往也是一位卓越的语言大师，他会让自己的母语在特定的时代获得新的生机，并彰显出自身文化的优越性或不可替代性。我想，这也是人们之所以重提“回到中国、回到文学”的初衷。

① 《文学与认同》，周宪，《文学评论》，2006 年第 6 期。

三

在新时期以来的中国文学中，自我身份认同虽然不是一个特别突出的问题，但也存在着某些不容小觑的缺憾。这些缺憾，主要体现在作家自我文化意识的淡漠、文化身份的模糊等方面，而且其发展态势越来越明显，尤其是在青年作家的创作中，表现得更为鲜明。

自我文化意识的淡漠，一直是新时期以来中国作家中普遍存在的状况。从上个世纪 80 年代以来，中国作家大规模地发掘并反思中国传统文化的自觉行动，只有昙花一现的“寻根文学”。而且，这一思潮的出现，还是作家们针对拉美爆炸文学在世界文坛产生巨大反响之后的一种选择，其骨子里，仍然透露了中国文学渴望冲入西方文学格局的理想。在此后的数十年里，我们很难看到中国当代作家对自身传统历史文化的强烈关注，也很少感受到中国作家对传统经典所表现出来的巨大“焦虑”。在大量的创作谈中，我们看到，很多作家对于西方的文学创作如数家珍，对于西方的文化理论信手拈来，而对于中国古典文学、中国传统文化都习研得非常之少，对自身的历史文化发出富有洞见的现代思考，则更是稀少。

我并不是主张所有的中国作家都应该认真地研究中国历史文化，而是认为，作为民族文化的承传者，作家们对自身的历史文化保持必要的自觉意识和兴趣浓度，是体现创作主体文化身份的基本标识。如果大量的作家都只关注当下的现实，背对自己的历史，漠视自身的文化传统，那么，“回到中国”只是一个表象化的能指。不错，在当代作家的创作实践中，有关中国历史文化的叙事并不缺乏。无论是传统的历史小说还是新历史小说，都在试图展示当代作家对于中国历史文化的现代思考，并且涌现了一些重要作品，如凌力的《少年天子》、唐浩明的《曾国藩》《杨度》《张之洞》、陈忠实的《白鹿原》、阿来的《尘埃落定》、刘醒龙的《圣天门口》、莫言的《檀香刑》、王安忆的《长恨歌》等等。但是，我们也必须看到，更多的历史叙事依然沉湎于日常生活的还原，执着于近代以来党派族群之间的黑幕式重构，很难见到一种有深度的精神思考。尤其是那些所谓的历史谍战作品，常常借助一顶信仰的大帽子，尽显国人狡诈欺蒙之能事，几近厚黑学的精巧翻版。

与此同时，我们还必须注意到，越来越多的青年作家开始自觉地逃离中国传统的历史文化，专注于日常生活的感性书写。特别是在“70后”“80后”作家群中，绝大部分人既没有历史兴趣，也缺乏历史意识。在他们的笔下，历史很多时候只是一个实现穿越的时空幻境，或是戏拟、解构的对象，并非文化反思和重构的目标。他们不断向都市化、时尚化的现代生活敬礼，向欲望化、市场化的现实秩序靠拢，向戏谑化、平面化的审美趣味致意，却很少思考自己作为一个作家，应该对中国文化的承传肩负何种责任。说实在的，在很多“70后”“80后”作家的创作中，我们可以读到无限灵动而又丰饶的人性面貌，也可以品味到许多难以言说的生命体验，但是却读不到作为整体的中国人内在的文化气质，感受不到创作主体对于中国文化的深层体察与思考。

一方面是“国学热”方兴未艾，电视报纸纷纷开辟有关传统文化的讨论专题，“孔子学院”甚至已开遍全球；另一方面，在一批又一批青年作家的笔下，却鲜有“国学”的精气神儿，更看不到创作主体对传统文化的基本兴趣。面对这种尴尬的现实，我们有必要躬身自问：所谓的“国学热”，究竟是一张自我满足的“京剧脸谱”，还是一种虚张声势的文化标签？我们当然不能奢望每一位中国公民都对自己的传统文化了如指掌，但我们必须要意识到，当一代又一代青年作家对传统文化缺乏必要的了解，对自身的历史缺乏积极思考和广泛表达的兴趣，那么，我们的文学在与世界文学进行对话时，如何确立自己的文化身份？我们的文学，又如何与自身优秀的传统构成一种精神上的承传？

自我文化意识的淡漠，带来的自然是创作主体在文化身份上的模糊，缺乏必要的文化认同感。所谓“文化认同”，是指人们在自身的民族共同体中长期生活所形成的、对本民族最有意义的事物的肯定性体认，包括对本民族内在价值体系的认同等。亨廷顿就认为，“文化认同对于大多数人来说是最有意义的东西”，它解决的是“我们是谁”这一最为基本的问题，“人们用祖先、宗教、语言、历史、价值、习俗和体制来界定自己。他们认同部落、种族集团、宗教社团、民族，以及在最广泛的层次上认同文明……我们只有在了解我们不是谁，并常常只有在了解我们反对谁时，才了解我们是谁”。[1]从某种意义上说，文化认同是民族认同、国家认同的重要基础，也是民族共同体得以凝聚和延续的精神纽带。在文学创作中，创作主体的文化认同，直接体现为一个民族和国家的文学所拥有的独特气质。如果作家们对自身的文化传统缺乏兴趣，他们将很难从自身的文化传统中获得情感认同和价值认同，久而久之，他们也就不愿正视“我们是谁”这一人生的基本问题，更无法有效展示其文化所具有的独特的精神内涵。

事实上，这种文化身份的模糊，在我们近年来的文学创作中并不少见。它主要体现为两种情形：一是以极端化的理论和思维，在历史虚无主义的语境中，传达创作主体对自身文化的疏离和不信任，借此摆脱文化认同的伦理取向；二是以时尚化的趣味，在全球化的开放语境中，倾力展示混杂性的文化特征，以各种异域文化元素解构自身的文化身份。

通过极端化的理论和思维，推行历史虚无主义的价值取向，是近些年来思想界和文艺界颇为热眼的现象。有人就曾指出：“通过翻历史旧案的方法，否定革命，妖魔化重大历史人物，曲解民族文化标识和表征符号，进而瓦解民族精神和信念。文化和意识形态需要表征和具象传播，每个民族都有属于自己的光荣与梦想；伟大的历史事件和伟大的历史人物，构成了各民族的历史图腾和历史记忆。当然，走出历史神话是一个民族成熟的标志，认识历史真相是正视自身的新起点，可以不断通过新的发现和新的更科学的方法，

① ［美］塞缪尔·亨廷顿：《文明的冲突与国际秩序的重建》，周琪等译，第4-6页，新华出版社，2002年。

不断解读历史，以求得更全面、准确的历史认识。但是，重新解读不等于颠倒黑白和全盘否定。”[①]虽然这种说法不免有些言重，但是也并非空穴来风。仅就文学创作而言，近些年，有些作家就常常借助反思、重写、重构的名义，对自身的历史文化进行片面化的解析，甚至对中国社会的发展进行反逻辑的诠释。

其中比较典型的，是阎连科的长篇新作《炸裂志》。这部小说采用中国传统的史志结构，叙述了一个叫炸裂村的小村庄，经历几年的疯狂发展，最终变成现代大都市的过程。从作家的审美意图来看，它似乎是一部寓言小说——以一个贫困村庄的飞速变迁，隐喻了中国乡村社会近30年的急速发展。但是，在炸裂村变成炸裂市的过程中，其发展的核心动力似乎不是现代产业，而是源于仇恨、偷盗、卖淫等反伦理的人性膨胀。这似乎是在表明，中国乡村社会的发展，是建立在对道德的疯狂践踏之上。应该说，《炸裂志》的结构设计十分精巧。它以孔明亮和朱颖的两家世仇作为整个故事的核心冲突——如果没有这两个家族的世仇，几乎就不可能有后来的炸裂市。一方面，孔明亮通过组织全村百姓盗扒火车上的货物，让全村迅速走上了致富之路；另一方面，为了雪洗父亲辱死的深仇大恨，朱颖则在外地通过组织卖淫赢得了复仇资本。当火车提速导致炸裂村以偷盗致富陷入绝境之时，朱颖则以婚姻作为筹码，引诱孔明亮迈向权力的巅峰。于是，这对貌合神离的夫妻，通过各种手段疯狂地践踏社会的基本道德伦理，在复仇的快意和欲望的满足中，完成了炸裂从小小的山村变成大都市的畸形发展。当然，这仅仅是一部充满荒诞意味的小说，并不具备实证性的历史逻辑。但是，荒诞背后所透露出来的创作主体的历史认知，却是偏激的、片面的，折射了作家对自身文化认同的明确抗拒。至少，对于阎连科来说，中国乡村社会近30年的飞速发展，似乎有些不合常理。

以时尚化的趣味，在全球化的开放语境中，追求所谓的混杂性

① 《警惕历史虚无主义的滥觞》，郧正，《中国社会科学报》，2011年5月24日。

文化特征，也是近年来文学创作中一个突出的现象。尤其是青年作家们，常常使用一种中英文夹杂的语言，以彰显某种审美的时尚气质。像郭敬明等“80后”作家的小说中，就存在着大量的此类情形。在他们的作品中，“随处可见主人公们吃着日本料理、西方烤吐司和杏子酱，喝着朗姆酒、石榴鸡尾酒和拿铁咖啡，背着爱马仕和LV的包，穿着意大利名牌西服或者超短裙，化着烟熏妆，脸上不停地喷着LA MER喷雾，用着iPhone手机或iPad平板电脑，坐在BOX酒吧或露天咖啡座，住在北京、上海的大别墅里，开着奔驰350和宝马730或者开着自己的小跑车，挥金如土。我们看一下郭敬明的《小时代》就能明白他的作品为什么总在畅销排行榜的第一名了”。[①]时尚并不一定意味着对传统的回避，但是，在一些青年作家的主体意识中，时尚恰恰就是脱离传统，标榜“世界化”（即西方化），使生活无处不洋溢在西方的生活符号之中。他们中的很多人都极力彰显各种时尚气息，包括卡通用语、戏谑用语以及网络用语等，形成了一种现代都市文化的拼杂效果。像韩寒、笛安、马小淘、小饭、春树、孙睿等代表作家的作品中，都非常明显。即使是南派三叔等类型化写作者，也同样不断地调动时尚化的语言，甚至还出现了“follow me”之类的英文。

这种写作本身并没有什么特别的问题，但它透露出来的创作主体审美心理，却是明确的“去本土化”的、媚外的，隐含了他们对西方中心主义的屈从甚至膜拜。过度地追求混杂性的文化形态，使语言在杂糅中失去传统审美内涵，看起来似乎丰富了汉语的表达方式，实质上是消解了母语的文化质地，也折射了作家对自身语言失去了深度拓展的能力。一个优秀的作家对自己的母语应该保持天生的敏感，拥有高超的驾驭能力，并对母语的表达赋予开拓性的贡献，而不是依靠异质性的语言来制造某种拼杂的审美效果。

从文化意识的淡漠到文化身份的模糊，意味着中国作家对自身

① 《“80后”文学文本的语言特色》，朱爱莲，《中州学刊》，2012年第4期。

的文化传统表现出某种自觉的疏离姿态。这种疏离，隐含了创作主体“去中国化”的审美冲动。所以，我们看到，中国当代作家在创作上的最大焦虑，并不是来自中国传统的经典，也不是来自对中国文化的现代重构，而是来自西方社会的审美认同，包括诺贝尔文学奖。

四

强调“回到中国，回到文学”，并不是为了倡导狭隘的民粹主义文化伦理，借此对抗全球化冲击中的西方中心主义，而是为了确立中国文学自身的审美传统，自觉摆脱被“他者化”的评判立场。在全球化的历史语境中，我们必须明白，未来的世界冲突将不是单纯的政治或经济冲突，而是不同区域的文化冲突。“在后冷战的世界中，人民之间最重要的区别不是意识形态的、政治的或经济的，而是文化的区别。”[①]这种由文化的差异性所导致的冲突，将不可避免地涉及到第三世界文化被“他者化”。如果我们自觉或不自觉地接受这种评判体系，将会丧失自身的主体意识和文化身份，导致中国文学逐渐失去本土文化的丰厚根基。

立足于自身的文化传统，带着明确的文化认同感，寻找与世界其他文化进行平等对话的空间，不仅是中国作家需要恪守的文化立场，也是确保中国文学真正融入世界文学的唯一途径。事实上，每一种具有活力的文化都既拥有自身的独特性和异质性，也拥有其内在的包容性和开放性，“所有的文化都交织在一起，没有一种是单一的、单纯的。所有的都是混合的、多样的、极端不相同的”[②]。鉴此，我们没有必要担心中国文化与世界文化之间存在着哪些进化论意义上的“距离”，也没有必要怀疑自身文化应有的活力和现代适

① [美]塞缪尔·亨廷顿:《文明的冲突与国际秩序的重建》，周琪等译，第6页，新华出版社，2002年。
② [美]萨义德:《文化与帝国主义》，李琨译，第22页，北京三联书店，2003年。

应性。多年前，就有学者指出，“越是民族的，越是世界的”是一个文化防御性的口号，多少反映了某种狭隘的民族主义文化诉求，如今来看，这种判断确实有一定的合理性。

从另一方面来说，尽管不同区域的文化存在着各自的特质，其差异性不言自明，但是，这并不意味着不同文化之间就缺乏某些共性的基础。“文化的共存需要寻求大多数文明的共同点，而不是促进假设中的某个文明的普遍特征。在多文明的世界里，建设性的道路是弃绝普世主义，接受多样性和寻求共同性。”①就中国文学的发展而言，要确立自身在世界文学格局中的地位，就是要以开阔的胸襟、卓越的思想和开拓性的表达方式，展示中国人内在的精神传统和生命经验，并在交互性主体的基础上，建构中国文学自身的审美特质，让世界共同分享中国人的生活经验和审美体验。

这让我想起美籍新移民作家哈金的吁求。他认为，中国当代文学的发展之所以令人不太满意，主要是作家们缺少一种恒定的中国文学信念：“目前中国文学中缺少的是‘伟大的中国小说’的概念。没有宏大的意识，就不会有宏大的作品。这就是为什么在现当代中国文学中长篇小说一直是个薄弱环节。”②这里，哈金强调了中国作家缺少的两个关键词：“中国小说”和“伟大”。“中国小说”是必须体现中国人的文化传统、精神气质和生存经验的小说，“伟大”是指创作主体所拥有的宏大意识和审美视野。他给“伟大的中国小说”下了这样一个定义：“伟大的中国小说应该是：一部关于中国人经验的长篇小说，其中对人物和生活的描述如此深刻、丰富、真确并富有同情心，使得每一个有感情、有文化的中国人都能在故事中找到认同感。”③表面上看，哈金的这一判断似乎并不新鲜，因为创作主体的“宏大意识”“同情心”以及让有感情、有文化的读者从中找到“认同感”，不仅是一位优秀作家的必备素质，而且决定了其作品的精神深度与艺术高度。但是，从本质上说，哈金也道出了

① ［美］塞缪尔·亨廷顿：《文明的冲突与国际秩序的重建》，周琪等译，第 369 页，新华出版社，2002 年。

②③ 《呼唤“伟大的中国小说”》，哈金，《青年文学》，2005 年第 7 期。

中国文学与世界文学之间的内在关系——只有写出了具有“中国经验”的伟大小说，只有让每一个中国人找到了自己的认同感，这样的作品才是中国文学的标杆，也才能在世界文学中赢得自身的地位。

遗憾的是，我们的大多数作家并不关注这一点。很多人只是关注自己的作品在西方世界中的反响，至于这种反响是否属于西方人的猎奇性解读，是否属于西方人对自我文化优越性的印证材料，却并不在意。这种抛弃自身文化传统的迎合性写作，不仅使中国作家普遍丧失了“伟大的中国小说”这一信念，也会使中国文学逐渐失去中国文化和精神的内在支撑。

（原载《文艺争鸣》2014 年第 3 期）

第二辑

短篇小说，或一些问题

很多人都明白，短篇小说是一种极具挑战性的文体。但是，很多作家面对短篇时，又常常会技痒难耐，总想弄出几篇得意之作。这并不是说，作家们有些自虐倾向，“明知山有虎，偏向虎山行”，而是短篇确实是一种魅力非凡的文体，常常让人魂牵梦绕。一部优秀的短篇，就像一个颇有品位的女子，千种风情，万种神韵，尽在不言中。

这就是短篇的奇特之处。它让人欲说还休，欲休还说。从2002年开始，每年我都会编选一册中国短篇小说年选。六年的时光里，保守地估计，我所读过的当代作家发表的短篇，应该有近2000篇之多。但是，它们留下了什么，在我的记忆里？它们将会留下什么，在当代文学的发展史中？说实在的，除了少数短篇还能够勾起重新阅读的欲望，大多数的作品早已淡出了我的记忆，套用博尔赫斯的名言，“仿佛水消失在水中”。

唯因如此，关于短篇，即使已经有了很多的阐释，也仍然存在着许多尚待探讨的空间。尤其是一些普遍性的问题，更值得我们去关注。

欧·亨利式的短篇，或一种包袱

短篇小说的起源，当然离不开民间故事。西方的《一千零一夜》之类，都可视为早期的短篇；在中国，《世说新语》也是一个短篇的范本。英语中的“story”，至今仍译为短篇小说。既然短篇源于故事，也就离不开悬念之类，因为故事需要出其不意，引人入胜。

由此，便产生了一种类似于“抖包袱”的技法。尤其是在故事的结尾，为了能达到“回味无穷”的效果，人们通常会弄些出人意料的结局，以颠覆读者的期待视野。久而久之，这种技法便成为一种叙事模式或思维模式，即我们常说的“欧·亨利式的结构”。

欧·亨利是一位短篇大师，由他鼎力而举的“欧·亨利式的结构”，一直是很多作家创作短篇时孜孜以求的模式。这种结构的特点就是重在结尾——故事发展到结束处，常常让人物的心理情境发生出人意料的变化，或使主人公命运陡然逆转，出现意想不到的结果，但又在情理之中，符合生活实际，从而使读者吃惊地跳上好几跳。它与“抖包袱”的艺术思维相同，都是想办法先抑后扬或先扬后抑，最后来一个出奇制胜。

这种思维模式的代表性作品，或许就是欧·亨利的经典短篇《警察与赞美诗》。故事中的主人公索比为了能够到监狱里得以安身，一次次地惹是生非，故意犯罪，结果警察就是不理他。后来，他在一家教堂里听到了赞美诗的神圣与高迈，遂在宗教力量的感化下打算悬崖勒马，重新做人。谁知这时，索比却被正式逮捕了。索比一直想进监狱而不得，等到他不想进监狱了，牢门偏偏又立即朝他打开。是现实的荒谬和错位，还是命运在故意同索比开玩笑？总之，欧·亨利在小说中所设置的这一结尾，使这个原本充满幽默意味的故事迅速复杂化了，也使主题进入某种现代哲学的层面上。因为索比的遭遇，已经明确地暗含了个人对自己命运主宰力量的丧失，人与社会之间很难达到协调状态。

同样的经典之作，还有汪曾祺的《陈小手》。一位国军团长的妻子突然临产了，一时找不到女医生来接生，于是，手下人只好请来了英俊潇洒的男医生陈小手。陈小手一番忙碌之后，为团长妻子接下了一个大胖小子，团长自然一阵狂喜，感谢之余，还不忘重金酬谢陈小手。事毕，陈小手便翻身上马，打道回府，孰料此时，团长却一边说“我的女人怎么能让别人摸”，一边掏出手枪一枪崩了陈小手。而且，看见陈小手滚下马来，团长还“觉得心里怪委屈的”。这个结尾不但出乎意料，而且意味深长。团长这一恩将仇报的行为，是因为自私狭隘的封建心理，还是因为独断专横的军阀作派？是因为陈小手年轻英俊而心生妒忌，还是团长那草菅人命的恶习所致？似乎各种因素都有，但又不仅仅如此，让人咀嚼不尽。

从这两个短篇中，我们可以看出，要成功地营构一种欧·亨利式的结尾，也并非易事。表面上看，它只是一种出其不意，一种突然和意外，但意外之中，又分明地包含了极为丰厚的审美信息，甚至折射了创作主体相当幽深的思考。但我们的很多作家在袭用这种叙事模式时，往往只强调表面上的奇谲效果，却不能很好地赋予这种“奇谲”以丰富的审美意蕴。也就是说，他们只是追求故事本身的传奇性，让结尾令人意外，至于这种“意外”之中是否蕴含了某些令人沉思的内涵，则很少关注。

仅以 2007 年的短篇为例，我们就可以信手拈来几个这样的短篇。譬如谈歌的《天香酱菜》(《作家》2007 年第 1 期)。小说讲述了一个叫赵广林的流浪汉被“杨周木器店”老板娘周春儿救助的故事。赵广林老实、质朴、勤劳，被周春儿收救后作为店里的帮工，深得信任。但是，由于生意难做，加上周春儿的丈夫与妓女弃家私奔，“杨周木器店”的前景一片暗淡。一次，周春儿与赵广林出差进货，偶然发现赵广林随身携带的一罐自己腌制的酱菜极为可口，遂与供货老板刘或奇联手开设天香酱菜店，不料一炮打响，生意极为红火。正当周春儿与赵广林打算成亲之际，周的丈夫却落泊而归，于是，赵广林留下一纸远走他乡。在纸条上，赵终于道出了自己的真实身份——他自幼便入宫廷，乃一宫廷御厨。应该说，这种结尾挺出人意料，但除了抖出“御厨”的包袱之外，很难再品味到其他更为深刻的寓意了。

王祥夫的《街头》(《花城》2007 年第 4 期)也是如此。一对哑巴夫妇为生存计，在街头设了一个自行车修理摊。一天，一位开着宝马车的妙龄女郎在倒车时，不仅撞到了哑巴的车摊，还轧坏了别人待修的自行车。而开车女郎下车后，不但不向哑巴赔礼道歉，还蛮横地痛骂哑巴，要哑巴赔偿自己宝马轿车上的划痕，并叫来男友助威。尽管这对男女向哑巴恶语相加时，遭到了围观众人的愤怒遣责，但可怜的哑巴还是被他们逼到附近银行取钱赔款。当哑巴从胸口的衣服里掏东西时，大家都以为他在掏钱，谁知他掏出了一把刀，愤怒地杀了那对男女，哑巴也因此被警察带走。老实巴交的哑巴居然用这种方式来反抗，确实令人意外。但这种意外的反抗结局，除了给我们以道义上的振奋，回味的空间同样也很少。

如果我们再读读刘庆邦的《八月十五月儿圆》(《北京文学》2007 年第 2 期)，也会发现同样的问题。丈夫李春和进城打工发迹了，不但四年多不回家，还包了二奶生了个儿子。田桂花听到这些传言并不相信，于是，在中秋前夕，她要求丈夫必须回来一趟。结果丈夫开着小车回来了，还带着自己的私生子源源。李春和原以为自己回村后，妻子肯定会大哭大闹；村里人看着自己的发达，也一定会频繁来串门。结果是，村里压根儿没什么人来看他，妻子不但不哭闹，还对源源十分呵护，送他们进城时，妻子田桂花大大方方地说："你要是想离婚，我也不会赖着你。"这个结尾，同样也颠覆了我们的阅读期待，让我们对田桂花顿生敬意。但是，除此之外，好像只剩下"做陈世美"的李春和被村人唾弃的活该。

我并非鸡蛋里挑骨头，一定要让他们在这种意料之外的结尾里，搞出一些深刻的意义来。我只是觉得，真正意义上的欧·亨利式的短篇结构，绝不只是停留在一种技术层面上。它是思想和境界的智性传达，是一种包含了强大重力感的速度，就像撞击大钟之后所散发出来的浑厚的余响，而不是在一只小脸盆上打击一下吓人一跳而已。

辛格式的短篇，或一种游离

短篇进入辛格的时代，已是现代主义四面出击了。作为一位短篇小说大师，这位犹太作家从波兰一路颠簸到美国，当然不只是为了逃避战争的劫难。除了尽情享受美国的自由之外，他还顺便饱吸了一通现代主义的气息。于是，便有了世界短篇小说史上的经典之作《傻瓜吉姆佩尔》。

一提到《傻瓜吉姆佩尔》，没有人不为之兴奋。“我是傻瓜吉姆佩尔。我想我并不傻，恰恰相反，但是人们却这么叫我。”每次读到这句开头，我都会感到惊悚：别人都叫吉姆佩尔是傻瓜，但他自己并没这么认为；不仅如此，而且还“恰恰相反”。正是这个“恰恰相反”，暗示了吉姆佩尔既是傻瓜又是圣人的双重人格。事实上，辛格正是沿着这条双轨线进入叙事的。在故事的表面上，吉姆佩尔受尽世人的欺骗和侮辱，村里的每个人都喜欢捉弄他，每次吉姆佩尔都会上当，逗得他们哈哈大笑。在一次上当之后，那帮人“高兴得大笑大叫，又是跺脚，又是跳舞，又是唱晚安的祈祷词”，还把羊粪往吉姆佩尔的手里塞。尽管吉姆佩尔不断地以宽容与忍耐对待那些捉弄与嘲笑，但他也曾迷惑过，于是牧师拉比告诉他：当一辈子傻瓜也比做一小时的恶人强。谁知刚刚出门，吉姆佩尔又被拉比的女儿戏弄了一番。更让他受尽屈辱的，还是自己的淫荡之妻艾尔卡。她不断地为吉姆佩尔生下连父亲是谁都不清楚的孩子，还经常大骂吉姆佩尔，连她带来的私生子也打他；平时他只能住在面包坊，只有星期五才回家，而且艾尔卡总是找出种种借口不让他靠近。

但是，随着艾卡尔临死前的真诚忏悔，辛格在游离之中，开始迅速凸现吉姆佩尔圣人般的精神力量——吉姆佩尔终于以一种受难的方式，完成了一个生命的救赎。试想，连艾尔卡这样的荡妇都认识到了自己的罪孽，吉姆佩尔还是一个简单的傻瓜吗？在小说的最后，作者这样叙述道：“当死神来临时，我会高高兴兴地去。不管那里会是什么地方，都会是真实的，没有纷扰，没有嘲笑，没有欺诈。赞美上帝：在那里，即使是吉姆佩尔，也不会受骗。”至此，我们发现，吉姆佩尔终于用他的善良和软弱击败了人世间的虚伪和暴烈，用他的隐忍和宽容彻底瓦解了人世间的奸诈和歹恶。吉姆佩尔的“相信”，其实充满了伟大的救赎意味。

从叙事上来细察，这篇小说的精妙之处，就是通过一种游离的手段，成功地将吉姆佩尔纳入傻瓜的角色之中，又不时地让他游离于傻瓜之外。他被所有的人欺骗，但他又比所有的人更看清存在的真谛。他像一张薄薄的纸那样透明，在傻瓜与圣人之间往返游离。我们可以将这种方式称之为一种“游离式”的叙事模式。它的特点就在于，作家根据故事情节或人物关系，确立某种具有张力性的叙述临界点，然后让叙述沿着这种临界点不断地滑行，但不轻易突破它的临界状态，从而使小说在一种若即若离的状态中盘旋、往返。正是在这个过程中，人物不同的内在精神和生命质感，以及故事本身的双向品质，都获得了微妙的呈现。事实上，这种游离式的叙事手法，已成为短篇小说的一种重要的叙事模式，因为它能够有效地打开许多难以言说的生命质感，包括一些隐秘而又丰饶的生命体验。

最典型的一个例证，是余华的短篇《我没有自己的名字》。和《傻瓜吉姆佩尔》一样，这篇小说也叙述了一个傻瓜的故事，而且这个叫来发的傻瓜对世人也持以“绝对相信”的态度，以至于他们最终都饱受侮辱和伤害。但是，辛格的傻瓜是围绕着单纯的亲情关系来展现人性的奸诈与狡黠，而余华则更多地通过社会群体的关系来撕开人性的卑劣和歹毒；辛格的小说充满了某种温情的感伤基调，而余华的小说则爆发出锐利的痛感。可以说，它们的人物命运虽然相近，但给人的审美感受却完全不同。更重要的是，在具体的叙述中，余华也同样巧妙地利用了一种游离式的叙事手法，缓缓地剥开了世人对来发的戏弄和欺辱。小镇上的人们总是不断地嘲弄他，从来不叫他“来发”，只有陈先生不时地给他一些关爱；陈先生死后，一只无家可归的流浪狗来到来发的身边，对来发保持着绝对的信任，也使来发感受到了温暖的存在。但是，狗的这种信任，却被世人通过欺骗的方式打死吃掉。晚上躺在狗睡的稻草上，来发终于醒悟到：“他们叫了我几声来发，叫得我心里咚咚跳，我就把狗从床底下叫出来了。想到这里，我摇起了头，我摇了很长时间的头，摇完了头，我对自己说：以后谁叫我来发，我都不会答应了。”这里，来发正是通过与世人的大量对话和对狗的无声交流这种双向游离的手段，对恶俗的现实发出了尖锐的质疑和抗议。

同样具有经典意味的，还有苏童的《两个厨子》。一个大户人家要做寿宴，从有名的顺福楼请来了一位白厨子，又经人介绍，请来了据说曾在德大饭店做过的黑厨子。白厨子心宽体胖，技艺娴熟，自然气高意盛；黑厨子瘦弱不堪，笨手笨脚，而且畏畏缩缩。现在，这两个水火不容的厨子聚到了一起，其冲突可想而知。但是，在苏童的笔下，他们却一张一弛，始终引而不发。白厨子一会儿让黑厨子剖鱼，一会儿让他剔肉骨头，一会儿让他剥葱，骂骂咧咧，十分怀疑黑厨子的本领，但就是不揭穿他的老底；而黑厨子一直强调自己只是为了一顿饱饭，同样也不明说自己根本不是一个厨子。小说正是以黑厨子的真实身份作为叙述的临界点，让两个厨子在饱食与饥饿、尊严与羞辱之间来回游走和盘旋：一方面，“黑厨子在给一大块猪肉剔骨头时干得异常认真，一边剔着骨头一边咽着唾沫，他很害怕白厨子听见他喉咙里咽唾沫的声音，他想忍住，但因饥饿引起的唾沫像潮起潮落，他无法停止自己饥饿的声音”。而另一方面是，白厨子朝着黑厨子吼：“你以为陈家在乎这点肉屑子？喊，一长条肉，一长条肉！白厨子上来把那根大肉骨头夺过去，往装垃圾的箩筐里一扔。”不仅如此，在小说的后半部，苏童又加入了一个偷馒头吃的小男孩，白厨子抓住他之后，夺了他的食物并一顿教训，而此时的黑厨子只是坐在灶间低泣——尽管白厨子多少明白了这个小孩的真实身份，但他同样也没有揭穿。最后，黑厨子在尊严与饥饿之间选择了撤退，而白厨子也意外地允许他带走了那根剔过的骨头……可以说，这篇小说的绝妙之处，完全在于作者对一种游离式叙述模式的娴熟控制。无论是白厨子的怜悯和善意，还是黑厨子的饥饿以及对尊严的小心翼翼的保护，都在这种游离过程中凸现得淋漓尽致。它从一开始就显得危机四伏，充满张力，但是，一直到最后，仍然弥散着某种温情。

这便是游离式叙述所带来的特殊效果。因为短篇受到篇幅的限制，很难利用大量的细节来对人物和故事进行充分的展示，但是借助这种游离式的手法，恰恰可以成功地完成一种双向甚至多向目标的同时表达。应该说，这种游离式的叙事模式，在不少作家的笔下都有精彩的表现。像王手的《上海之行》《西门之死》、须一瓜的《淡绿色的月亮》《提拉米苏》、戴来的《亮了一下》《向黄昏》、金仁顺的《彼此》《水边的阿狄丽娜》等，都是通过各种临界点的巧妙设置，在一种游离式的叙述过程中，缓缓地打开了各种微妙的人性状态，展示了许多隐秘而又丰富的生命情境。

但同样也有很多作家对这种游离状态的叙事控制不好。他们要么随意突破叙述的临界点，将冲突直接引爆了事；要么拖泥带水，使游离出现失控甚至转向。譬如裘山山的《事出有因》(《人民文学》2007 年第 6 期）在后半部就失去了对人物之间暧昧关系的有效控制。小说以战友聚会为契机，让邹晓军、潘静兰和“我”在聚会中，迅速陷入了微妙的三角情感冲突地带。因为邹晓军的缘故，潘静兰带着隐隐的醋意与“我”交流，但是彼此之间始终引而不发，两个女人的心理也写得十分灵动。然而，随着潘静兰对邹晓军父亲遭遇的讲述，小说开始转向“我”对邹父劫难真相的求证。这样，由于邹父历史劫难的介入，小说的主题看起来“深刻”了，但是那种游离式叙事所展现的丰饶细腻的话语质感却遗失殆尽。

卡尔维诺式的短篇，或一种寓言

作为后现代主义大师，卡尔维诺和博尔赫斯都是让人们津津乐道的短篇高手。博尔赫斯的迷宫式叙事，有时也会带点暧昧或游离的特点，但总体上更强调一种套盒式的结构，且不易为一般作家所掌握。所以，在我们当代作家里，短篇创作上真正能得博尔赫斯神韵的，是少而又少。而卡尔维诺则另辟蹊径，大力发展短篇小说的诗性品质，在轻逸飞翔的叙事话语中大做文章，以轻击重，以灵性写现实，从而开拓了短篇写作的另一种空间，即，一种寓言式的审美向度。他的《呼喊特丽莎的人》《书痴》《干枯的河流》等，都是这方面的精妙之作。

我之所以将卡尔维诺的短篇称为“寓言式”的写作模式，主要在于他永远不会在现实面前束手就擒，而是对一切现实的客观逻辑来一点小小的反动、小小的剥离、小小的提升——就像一个人要打量某个场景，他不是选择站在场景边上认真观察，而是爬到树上或屋顶上，或者趴在某个地窖口。正是这种小小的不同寻常，却使叙事轻松地脱离了纯粹的写实层面，进入各种想象的空间。它既解放了作家的想象力和创造力，又使叙事话语在剥离写实之后获得了诗性的气质，呈现出飞翔的状态。与此同时，他还非常善于以点带面、以小载大、以轻击重，以一个小小的人物或事件，将思考延伸到某些巨大的命题之中。

在此，我们不妨看看他的《良心》。战争爆发之际，一个叫路易吉的男人主动要求当兵，理由很简单，他要杀死一个叫亚伯特的人，因为此人为了一点小钱，曾让他在一个女人面前丢了脸面。当众人提醒他，战争中“要杀得杀特定身份的敌人，不是看他高兴”，谁知他很不屑地回击道：“你们以为我是白痴啊？那个亚伯特是具备敌人身份，是敌人没错。”于是，他兴奋地上了战场，一路杀敌无数，载誉而归，顿时成为战争英雄。但他却深感愧疚，因为这些“敌人”都不是他想要杀的，所以他将勋章分给那些被杀敌人的妻子。不久，他偶遇亚伯特，并毫不含糊地一枪崩了对方，这次却他成了罪犯，被处以绞刑。“审判中，路易吉一再重申自己之所以那么做，是为了给良心一个交代。无人理会。”从故事层面上看，这篇小说颇有些像欧·亨利式的短篇结构，但它在本质上并非如此——因为路易吉的命运逆转并非出于偶然，而是“敌人”这个概念的内涵变动不拘所致。小说中从头至尾一直暗藏着一个危机，那就是国家意识形态中的“敌人”与个体公民所认定的“敌人”并非一致。不仅如此，国家意识形态中的“敌人”，还会随着时间的变化而改变。亚伯特在战争时期或许是一个敌人，但战争结束之后，尤其是随着国家之间关系的变化，“敌人”可能已成为友人。路易吉所犯的错误正在于此。

更富有意味的是，路易吉给自己的行为所赋予的价值目标并不是成为英雄或罪犯，而是良心。而在国家意识形态中，良心并不是区分敌友的价值标准。所以，《良心》从外到内都是一个典型的寓言，它不仅隐喻了个人与国家之间的价值分裂，隐喻了具有普世意义的“良心”在政治语境中的尴尬，而且通过一个看似微不足道的小人物，对整个国家意识形态进行了别具一格的质疑。可以说，这是一个以小载大、以轻击重的典型文本。读《良心》，我们或许觉得路易吉的行为并不是一种现实的真实存在，尤其是他在巨大荣誉面前所遭受的良心煎熬，以及他沦为罪犯之后的良心舒展，都剥离了我们日常生活的经验，但是，它却使人物升华出来了，也让我们看到了掌控路易吉命运的国家意识形态在本质上的荒谬。

如果我们读一读毕飞宇的《地球上的王家庄》，也会获得同样的审美感受。小说通过一个孩子的天真视角，生动地展示了人与世界、苦难与诗意的巧妙对接。八岁的“我”由一册《世界地图》开始，便常常衍生出各种有关“世界大小”的想象。于是，他便从现实中的王家庄出发，在一种无法遏止的狂想中，赶着一大群鸭子，沿着乌金荡顺流而下，试图一探真正意义上的世界真相。与此同时，被“文革”剥夺了教鞭的父亲，则在沉默的体力劳作中不断地保持着对天空的遐想——那是一种灵魂在暗夜中的飞翔，是生命挣脱苦难命运和悲剧现实的奇特方式，是在没有诗意的生存中寻找诗意的一种反抗行为，而这种被常人视为“精神病”的行为，恰恰与少年“我”的梦想形成了一种内在的共振。由是，“我”的冒险行为又在某种程度上，演变为对父亲自由灵魂的一次盲动的实践。在这里，毕飞宇不仅将历史强权、生存苦难和心灵贫乏等一系列沉重的历史记忆推到了叙事的背后，而且用一种梦态般轻盈的话语，对人的诗性愿望和自由灵魂进行了一次夸饰性的扩张。它看起来有那么点不真实，但正是这种稍稍脱离了日常经验的冒险冲动，折射了生命被历史禁锢之后的反抗冲动。

这就是卡尔维诺式的短篇。它融灵性、凝重、隐喻于一体，在一种广袤的想象地带，为人们提供了巨大的回味空间，同时让我们在现实生活中可以轻易地找到它们的影子。有时候，它或许会显示出某些小小的荒谬，但这种荒谬又是一种生活的可能性状态，并不像卡夫卡那样夸张，而且其中常常潜藏了创作主体的某些哲学思考。对于一些受过良好西方现代小说熏陶的作家，这种叙事模式在他们的笔下常有不凡的表现。像艾伟的《田园童话》《乡村电影》、苏童的《手》、张惠雯的《水晶孩童》《极速列车》《岛》、邱华栋的《代孕人》等，都较好地体现了这种寓言式的审美效果。

但是，这种叙事模式对作家的要求相当苛刻。作家不仅要具备较强的现代哲学根基（因为寓言通常就隐含了某些哲学思想），还要能够巧妙地让故事剥离现实层面，并从容地控制它进入某些诗意的境界，而不至于滑向绝对的荒诞。这种叙事稍有不慎，就会在“可能性”的走向中露出叙事的破绽。对此，纳博科夫就说过这样一段话：如果一个人冲进大火之中救出了邻居的小孩，我们应该向他脱帽致敬，而如果这个人还冒险花了五秒钟寻找并连同小孩一起救出了他心爱的玩具，那我们就要紧握他的手了。在纳博科夫看来，优秀的小说家不仅应该密切关注救小孩的过程，还更应该关注“花五秒钟顺便救出小孩玩具”这一细节。因为这种看似不可思议的细节，却恰恰表明了一个优秀作家对生活本质的诗性关怀，“这种为琐物而疑虑的才能——置即将来临的危险于不顾，这些灵魂的低喁、这些生命书册的脚注，是意识最高尚的形式，而且正是在这种与常识及其逻辑大相径庭、孩子气十足的思辨状态中，我们才能预想世界的美妙。”这也就是说，作家应该尽可能地让叙事在某些细节上剥离纯粹的现实，给人以飞翔的审美质感，而不要在现实面前忍气吞声。

事实上，很多作家尤其是一些青年作家，虽然对这种卡尔维诺式的寓言化写作充满了迷恋之态，但是，在具体的创作实践中，总会暴露出这样或那样的问题。他们要么在寓言化的处理上显得过于浅显，轻中缺重，隐喻的功能并不突出；要么在人物剥离现实走向“可能性”状态时，十分僵硬，或过于突兀，缺少自然和灵性的叙事过程。像欣力的《灵魂纪事》《针对薄情寡义者的新法规》、朱山坡的《山东马》、鲁敏的《盘尼西林》、黄梵的《南方之死》等，都明显地暴露出这类问题。

结语

如果从叙事模式上继续考察短篇小说的写作，我们同样还会发现汪曾祺式的短篇模式，即，一种源于中国古典小说的笔记体模式。这类短篇的代表性作家也不少，像孙犁、林斤澜、阿成、李锐等，都是老手。这种模式的特点在于，强调短篇叙述中的虚实相兼，内敛、隽永，追求语言内在的韵味，在白描上尤见功力。与其他模式一样，它当然也产生了某些经典之作，如《大淖纪事》、《受戒》、"矮凳桥风情"系列等。但若运用不到位，这种模式则会使小说显得干涸，鲜有光泽，甚至失去其特有的情调和韵致。像阿来在《人民文学》（2007 年第 2 期）和《上海文学》（2007 年第 3 期）中发表的一系列关于"机村"人事的短篇，虽然也是一种典型的笔记体叙事，但叙述上总觉得缺少语言内在的韵味。

必须明确的是，所谓短篇小说的叙事模式，从本质上说，反映的是创作主体的艺术思维方式，即，它体现了作家在小说营构过程中的艺术经验和惯性思维。这也意味着，不论是哪种模式或思维，其本身并没有优劣之分，都能够产生优秀之作，关键在于创作主体对这种模式的熟练掌握以及对现实生活的思考深度。就我个人的看法来说，短篇小说对叙事技术的熟练尤为重要，作家不仅要细察自己的个性思维与某些创作模式之间的协调性，还要确保在具体创作中真正能够做到天衣无缝。因为短篇的起承转合稍有漏洞，便难以成立。纳博科夫就曾毫不含糊地说过，小说家就是一个讲故事的人、教育家和魔法师，"一个大作家集三者于一身，但魔法师是其中最重要的因素，他之所以成为大作家，得力于此"。纳博科夫之所以如此看重小说家的魔法师角色，我想，主要在于魔法师是一个永远不会尊重客观逻辑的人，是一个永远让人们觉得不可思议的人，但是，他又总是通过各种具有说服力的动作细节，让人们看到他的表演"真实"得天衣无缝。这一点，对于短篇，尤显重要。

当然，无论是哪一种叙事模式，就短篇小说来说，诗性或许都是不可放弃的重要品质。法国批评家米歇尔·戈蒂叶曾说：“诗歌和短篇小说是文学领域中诗、文界线最模糊的两种体裁，因为它们都以短小著称。具有3000年历史的诗歌和散文在时间长河中缓慢地相互渗透，如今早已携手并进，诗文合璧，其特定的组成部分已融为一体了。在获得民族独立的国家内，诗歌和短篇小说在文坛中作用显著，这并非偶然。因为它们确有独特的长处。短小精悍的特色使它们都能有效地采用能归入别的体裁的许多文学表达手段，如超现实的梦叙、忌讳全都公开的日记片断、哲学评论等等。”尽管戈蒂叶的论述并不是很透析，但他至少说明了短篇小说在艺术表达上与诗歌具有同样的复杂性和灵活性。无论人们承认与否，短篇小说的确是在一切叙事艺术中最能体现作家的艺术灵性、艺术创造力的一种体裁。

短篇就是这样，让人说之不尽。

（原载《扬子江评论》2007年第5期）

挥之不去的隐忧

——2014 年短篇小说创作评述

短篇小说的阅读，在某种程度上说，就是一种审美上的智慧交锋。优秀的短篇，除了拥有耐人寻味的意旨，还在叙事上蕴藏着各种机趣，话语里饱含了审美的韵致。因此，阅读一部好的短篇，我们会发现，无论视角的选择、语调的确定、叙述节奏的控制，还是人物关系的处理、叙事张力的铺设、内在结构的安排，都十分得体，犹如鸟儿从空中飞过，却没有留下一丝的痕迹。但是，倘若沿着叙述的线索细细追踪，我们又会看到，处处都潜隐着作者颇为独特的艺术心智。至于小说中所承载的精神意蕴，更是让人辗转不已。譬如汪曾祺的《异秉》《岁寒三友》、麦克尤恩的《蝴蝶》、辛格的《傻瓜吉姆佩尔》等等，每每读来，都让人玩味再三。

可惜的是，这样的阅读体验越来越少。尤其是面对中国当下作家的一些短篇小说，能够激活我们的内在心智并让我们产生交锋欲望的，实在是微乎其微。我知道说这样的话，会让很多作家郁闷或不屑，但这是我的真实感受。近些年来，不断翻阅各种期刊，特别是那些重要刊物，其中的短篇带给我的，常常是无趣或失望。而且，这种无趣或失望很多时候都体现在叙述的层面上，随意、油滑、粗糙、浅显；即使有点技术的含量，也都是些一眼就能看穿的小把戏，背后还摇晃着作者得意的小尾巴。

按理，从 20 世纪 80 年代中期开始，作家们都已谙熟“怎么写”的意义了；至于“短篇写作是一种技术运动”之类的口号，也喊了很多年了。因此，从叙事上说，技术的障碍不应该存在了。事实却恰恰相反。这让人很不理解。唯一可以解释的是，太多的作家都患有精神慵懒症，在快餐文化里满足着廉价的发表之欲。林斤澜先生说："小说的文野之分，我想是分在语言。文体之分，分在结构。作家的面貌之分，我以为分在语言；体格之分，则分在结构上。因此我说小说门里的事也很多，最紧要的是语言与结构两件事。"①如果细究，短篇小说的叙事技艺，确实就是语言和结构这两个问题。而在我的阅读经验中，很多短篇，其实只要稍稍静下心来，在语言上认真打磨一下，或者在叙述时尽可能考虑不同叙述方式的效果，结果很可能会有天壤之别。可是，没有。有些作品在情节上的漏洞，甚至都没有修补好。这让我想起美国的"木浆纸小说"——除了发表，并无太多的价值。

如果说中国作家在叙事上缺乏应有的智慧，我绝对不承认。我看到太多太聪明的作家，他们在作品中所透露出来的世故、精明乃至吊人眼球的乖张和冷酷，丝毫不弱。只不过，很多人都不愿意沉下心来，对自己的作品进行严格的挑剔，或者不愿意很好地挑战自己，为笔下的故事多设置几种结构方式罢了。令人遗憾的是，这样的情形年复一年，让人看不到改变的迹象。2014 年的短篇，从量的层面来看并没有减少。老作家依然在勤奋地发表，像王蒙、尤凤伟、范小青、王祥夫等人，都有短篇问世；尤其是刘庆邦，创作热情持续高涨，我所读到的短篇就有《合作》《吻》《煤瘢》《琼斯》等多篇。新作家也在不断涌现，像《收获》和《人民文学》，都通过不同的方式，相继推出了新人的短篇专辑。读了这些 30 岁左右"文学新人"的短篇，说实在的，满意之作依然寥寥。

在一个技术霸权主义的时代，我们的短篇写作却常常漠视叙述的技术；在一个人类沦为技术仆役的时代，我们的短篇作品却难觅技术的魅力，这是一种令人费解的现象，也是一种颇为荒诞的情形。它除了表明我们的作家对创作渐失敬畏之心，对艺术探索缺乏应有的激情，还折射了创作主体的精神疲态。像马金莲的《口唤》，只是对自己《长河》的一次重复；张忌的《素人》，看似极力追求语言内在的韵致，但依然露出做作的痕迹；笛安的《洗尘》将人物

① 林斤澜：《短篇短见》，第 6 页，浙江文艺出版社，1996 年。

死后的重逢强扭在一起，缺少必要的逻辑支撑。这些颇有实力的年轻作家，其创作都如此地漫不经心，颇让人无奈。说实在的，面对这些创作，很多时候都让人失去阐释的欲望。套句流行的诗句，看与不看，它都在那里。似曾相识，只是换了点外在的行囊。

这也是我对短篇创作渐感乏味的缘由。在每年的短篇巡礼中，我都试图从不同角度对短篇创作的相关问题进行归纳，同时也认真总结某些令人欣慰的特点，但是，认真回顾这十多年来的阅读体会和感受，不满之语已说得太多；有些问题，几成沉疴。在回顾2014年短篇小说的过程中，让我感受最深的，仍然是叙事的草率和随意。面对一个故事，很多作家压根儿就不考虑从哪里进入叙述更好，也不对叙述的语调进行必要的选择，只是满足于说完了事。譬如，乔叶的《黄金时间》，叙述了一位妻子对相处多年的丈夫，由冷漠到厌恶再到见死不救，其内在的憎恨完全超越了常人应有的悲悯之心。在这个不寒而栗的故事背后，作者试图要呈现什么？仅仅是人性之恶？无爱的婚姻之恶？譬如，很多短篇都会选择现在和过去彼此交叠的叙述，借此拓展故事的内在空间，然而，当叙述由现在进入回忆性场景时，就像走路碰上了一个坑道，常常不能让阅读顺利延续，当叙述由回忆重新回到现实，问题同样如此。又譬如，很多作家都意识到，故事必须适当地滑出经验，用拉斯特·希尔斯的话说，保持“对生活的看法既非一厢情愿也不落他人窠臼”[①]。但是，针对那些为何滑出经验的必然性因素，很少有人进行认真而必要的铺垫，使叙事缺乏应有的说服力。像王祥夫的《金色琉璃》，就拥有一个很好的故事胚胎，呈现了人们对亲人骤然离去之后的巨大失落。然而，当妻子金麦为了弥补对逝去母亲的遗憾，试图通过网络寻找“母亲”时，那些应征的老人却迅速打来了电话，而小说却压根儿没有告诉我们，这些老人是如何从网络上捕到这些信息的。难道这些七八十岁的老人，都能在网上自由冲浪并能准确地搜

① ［美］狄克森、司麦斯合编:《短篇小说写作指南》，朱纯深译，第260页，辽宁教育出版社，1998年。

索到金麦的微博？

美国作家哈利·伯纳特曾说过一段耐人寻味的话："检验自己是否有故事可写，主要是在每篇正在构思的小说中找出一次'爆炸'——这'爆炸'，或许悄然无声，有时姗姗来迟，有时摧毁一切——但总有东西爆炸了，从而改变了现状。要么开头，要么中间，要么结尾，总会有一次爆炸，把各个部分都炸离原来的模式——人物的生活节奏打乱了，周围的一切乱成一团，而就在这天翻地覆之中，'那么一种人经历着那么一种境况'，而作者的创作技巧也必定从中发现或暗示某种解决。"[①]这段话涉及短篇小说的两个基本问题，一是必须要有一次"爆炸"，让故事滑出经验（或叫"陌生化"），让人物碰到超出控制能力的困难，或者让命运出现错位。这是小说存在的理由，也是小说与生活的差别之所在。二是选择什么时候"爆炸"，开头、中间或结尾，无论放在何处，都是考验作家心智和能力的核心之所在。

在2014年的短篇中，对这种"爆炸"处理得相对圆熟的作品，当然也有不少，然而在细微之处，又多少留下了某些遗憾。像毕飞宇的《虚拟》、曹文轩的《小尾巴》、薛忆沩的《首战告捷》、张惠雯的《岁暮》等，都将"爆炸"放在故事的最后，叙述从一开始就全力以赴地向"爆炸"现场挺进。其中，《虚拟》坚持极简主义的审美原则，借助场景叙述、对话、必要的回顾性叙述等手段，最终"实现"了"我"对爷爷死后花圈数量的承诺。这份承诺，隐含了爷爷对自我存在价值的期望，也折射了现代社会发展的伦理变化。在奔向"爆炸"的过程中，小说进行了多层面的铺垫，但有些情节的设置无疑值得推敲，像爷爷刷微博、花圈数量的造假等，总觉得难以让人信服。曹文轩的《小尾巴》在叙述上要圆熟一些。黏人的小珍珍终日跟随在妈妈身边，几乎寸步不离，这严重影响了妈妈做农活或打零工，成了妈妈的大负担和大麻烦。但是，当妈妈想带着

① ［美］狄克森、司麦斯合编：《短篇小说写作指南》，朱纯深译，第246页，辽宁教育出版社，1998年。

她去和当年的小姐妹相聚时，珍珍却坚持要留下来喂野兔。这一猝不及防的变化，突然使妈妈的内心虚空起来，似乎有些落寞，同时也使她逐渐体会到“黏人”的幸福感。其实，这是身为人母的一种特殊体验，是落寞之中的慰藉，是丈夫离家后的心灵支撑，也是家庭情感伦理的核心。

薛忆沩和张惠雯都是生活在海外的作家。他们对语言有着近乎挑剔的敏感和准确，同时也更加注重结构的设置。像《首战告捷》和《岁暮》，都是在全力演绎故事最终的“爆炸”过程中各显神通。《首战告捷》采用的是一种自我消解的策略，通过最后的瞬间“爆炸”，直接颠覆主人公用一生建构起来的意义。历经了多年的残酷战争，胜利后的将军终于以低调的方式回到故乡，试图将老父亲接到京城安享晚年。不料，当他遇到年迈的家佣，才知道自己的家早已宅毁人亡。小说通过警卫兵的视角，一方面让将军通过回忆，不断呈现他早年离家革命的过程，另一方面直面现实，展示了将军“近乡情更怯”的神态。两条线索最后聚合于老家的村庄，结果让将军一直引以为豪的“首战告捷”——当年成功脱离家庭、抗命舍父的行为，却变成了自毁家庭的导火线。而《岁暮》的叙事则一直控制在女主人公的内心，语调选择也颇为精准：旅居海外的她，失去了丈夫，儿子每年回来一次，有些私情的李医生也若即若离，所有这一切，终于在岁暮的家庭聚餐时，被慢慢引爆，而导火线则是她的侄女婷婷。当婷婷与李医生频递热情，女主人公的情感渐渐失衡，最后在送走所有客人之后，她与李医生不可避免地引发了争论。我们有理由相信，这种“爆炸”既源于妒忌，又源于恐惧和孤独。然而，面对李医生的一连串责问，她终于意识到了多年来的内心纠葛与困顿——现实伦理、家庭职责、情感欲望、寄居生活，这一切无法言说的难题，犹如一片薄冰，需要她去精心维护，也需要她去努力平衡。可是，她不明白的是，一次小小的外力，便使这片薄冰四分五裂。

张楚一直保持着良好的创作态势，在 2014 年发表了《野象小姐》《直到宇宙尽头》《伊丽莎白的礼帽》等短篇。其中，《伊丽莎白的礼帽》也是将“爆炸”安置在故事的最后。它以一个年轻外甥的视角，叙述了姨妈充满活力的晚年生活。姨妈闲暇之余学做礼帽，然后又售卖礼帽，由卖礼帽转而又加入广场舞，继而又成为领队，还传出绯闻……最后在“我”的调查中，叙事才呈现姨妈的赎罪意愿。姨妈从妇女主任开始，性格里就蕴藏着特殊的热情，后来成为“文化革命”的急先锋，有其性格的必然性。晚年的姨妈仍然不甘于平静生活，也属必然。但这并不意味着她就没心没肺，没有某些难以释怀的隐痛。小说最后的“爆炸”情节，虽然有效提升了小说的内涵，但还是有些不够自然或突兀。

范小青的《我在小区遇见谁》讲述了一个有关亲情的故事。没心没肺的“我”，在大城市里某个家政公司打工，某天接到了一单替人拜望老人的活儿。在碰到一连串的怪人之后，“我”终于找到了要拜望的对象，可他们竟然与自己的父母同名同姓，且颇为“面熟”。小说中，“我”所碰到的那些老人，各有各的怪癖，但共同之处都是缺少子女关爱的空巢老人。而“我”与父母的关系也同样如此。尽管小说的叙述尚欠精致，但以青年的“我”作为叙述者，以一种漠然的眼光和语调来呈现这样的故事，对当下欲望化的生活，无疑构成了强烈的隐喻。她的《JB游戏》《南来北往都是客》也试图以一种重叠式的手段，将过去与现实交织在一起，但在情节的转换过程中，仍然存在着诸多的裂痕。

从某种意义上说，小说就是一种“无事生非”的艺术，“爆炸”确实是故事的核心元素。尤其是短篇小说，通常都是让叙述在“爆炸”中翻越经验的山坡，抵达另一种疆域，并在“爆炸”中突显故事的内在意旨。将“爆炸”放在故事的最后，这种模式就是欧·亨利式的叙述策略，中国传统的说法是“抖包袱”。然而，如何将它成功地延宕到最后并使之辉煌地“引爆”，却需要作家耗尽自己的心智。

两性之间的情事，总是人们书写不尽的题材。究其因，绕不过“这世间情为何物”的永恒追问。情与理的相撞、情与欲的纠缠、情与梦的交织，总会演绎出无穷无尽的生命形态，也会催生各种繁复的人性景观。记得奥茨在谈及契诃夫的短篇《带叭儿狗的女人》时，就曾说道："他们不是因为私通而受惩罚！——也不是因为不敢私奔，不够罗曼蒂克而受惩罚。他们是平常的人，陷进了不平常的境遇。"[①]的确，平常的人，却在情感上碰到了不平常的事，这就是小说的天然原料。这意味着，故事所需要的"爆炸"因素已经天然形成，作家要完成的叙事，就是呈现为何"爆炸"或"爆炸"后如何。

在2014年的短篇中，这类作品比较多，且主要集中在青年作家的笔下。譬如，霍艳的《无人之境》、孙频的《不速之客》、鲁引弓的《隔壁，或者1991年你在干啥》、甫跃辉的《坼裂》、斯继东的《白牙》、于一爽的《每个混蛋都很悲伤》等，都是以两性之间的情事为故事主体，从各不相同的角度，凸现了人性内在的诡异与芜杂、错位与苍凉。其中，《无人之境》以十分绵密的叙事，呈现了知名作家楚源的情感际遇。年轻的楚源为了执着的文学梦，放弃了曾经相爱的诗人文珊，与他人结婚生子，并终日埋头写作，逐渐收获了一番名誉。然而，年过半百的他，在一次文学颁奖会上，却意外地遇到了年轻的女作家柴柴。玩世不恭的柴柴很快走进他的生活，成为一支小小的火把，不时地照亮他的生命，当然也使他陷入火中取栗的尴尬和惶恐。他渴望那支小小的、艳遇的火把，又时时担心它会灼伤自己的命运。应该说，作者非常善于捕捉这种"爆炸"给人物带来的"不平常"的人生体验，但遗憾的是，叙事对楚源内心困境的拓展，还不够丰沛和充分。

《不速之客》以异常冷静的话语，叙述了一对底层男女的情感纠葛。一位是三陪女，一位是追债的打手，他们从同情和体恤开始，试图完成一场有关命运的彼此拯救。在这个漫长的拯救过程中，曾经的三陪女纪米萍几乎放弃了所有的自尊，希望赢得一场体面的爱情。然而，爱情又是何等的复杂。纪米萍愈是放弃自我，却

① ［美］狄克森、司麦斯合编：《短篇小说写作指南》，朱纯深译，第6页，辽宁教育出版社，1998年。

愈是无法获得“我”的爱意，反而遭受无尽的屈辱。当绝望的纪米萍最终离“我”而去，她似乎摆脱了某种沉重的精神重负。有趣的是，当“我”在追债时沦为残疾之后，无依无靠的“我”似乎又真正理解了纪米萍的爱情。从叙述上看，这篇小说显得有些惨烈，作者在技术层面上也控制得非常精确，尤其是在“我”的冷漠、失落、烦闷之中，不时地跃动着感伤和无奈，而纪米萍的谦卑和执着之中，又处处裸露出尖锐的疼痛和命运的撕裂，包括她那恣意横流的泪水，分明是爱与痛相煎而成。它的不足，在于结尾有些草率。

《隔壁，或者 1991 年你在干啥》是一篇相对灵动的短篇。一对相邻而居的男女，虽有各自的职业，但总免不了彼此的好奇。他们从相识到相交，由偶然而必然，与真正的爱情并没有太多的关联，但明确凸现了彼此抚慰的精神欲求。孤独、落寞、迷惘……所有“闯世界”的生存际遇，所有“寻理想”的苦闷与焦虑，都需要寻找排遣的通道。因此，读这篇小说，尽管我们很难读到真诚、牺牲之类有关爱的品质，但是，从他们彼此慰藉的言行中，我们依然感受到情感、欲望与伤痛之间的复杂关系。遗憾的是，这篇小说的叙事在节奏控制上并不理想，很多情节过于松弛。《坼裂》在叙述一对男女的婚外情时，更多地突出了情与理的成分。顾零洲与易沄都有各自的家庭，他们的约会总是选择那些远离各自生活的城市，一方面是为了小心维护自己的家庭，一方面也是为了寻求放松的偷欢。这种偷欢，很多时候并非是为了单纯的欲望，而是为了偶尔逃离一下既定生活的枯燥和沉闷。它闪烁着一些小小的浪漫，却又没有抛弃各自的责任。所以，小说设计了一场有关湖面冰层坼裂的细节，隐喻了这种畸形情感中所承载的冲突，包括情与理、欲与爱、现在与未来等等。

《白牙》以非常轻逸的语调，同样叙述了一段婚外情的故事。一个小妖般的女孩与一位大叔般的男人，过了一段不算太长但也不短的夫妻般生活，无拘无束，却又无所作为。所有的外出打算最后都成为纸上的计划，包括去医院洗牙。小说中的女孩阿檬希望“我”

洗掉满牙的烟垢，于是从每天的刷牙开始，不断规范“我”的生活习惯，导致一贯懒散的“我”由抗拒走向逃离。“健康生活从牙齿开始”，小说中的这句话，无疑还有另一种含义，真正的爱情从妥协开始。如果两个人不能相互理解、相互妥协、相互包容，爱情终究缺乏延续的基石。阿檬如此执着地让“我”去洗牙，其实是对双方情感的一种检测，或者说是对自我情感的某种求证：如果这样的努力都不能让对方接受，那么所有的设想也不可能得到实现。阿檬是聪明的，她最终明白自己爱上了一个不值得爱的人，所以她设计了一个漂亮的分手方式。应该说，这篇小说将爱情背后的疼痛与失望做了很好的处理，但是，从叙述层面上说，阿檬的语调把握得非常好，而有关“我”的叙述却有些失色，至少在语调上没有保持很好的统一。

《每个混蛋都很悲伤》也是叙述一段婚外情的故事。叙述语调轻快明朗，人物心态无拘无束，呈现出男女主人公明确的“去枷锁”式的内心意愿。他们希望这种情感尽可能地愉悦，尽可能地游离各种责任和承诺，然而，那种来自爱情和伦理的“枷锁”真能摒弃吗？无论是郭培看似轻松地问到“你会离婚吗”，还是“我”在郭培死后的“坦然”状态，其背后都分明折射了情感的深深印痕——或疼痛，或悲伤。应该说，作者在避重就轻的叙述策略上把握得非常不错，对男女双方的生命情状叙述得十分鲜活，但是，无论在情节的发展上，还是对人物关系的设置上，这篇小说还存在着诸多的问题。

有必要重新回到哈利·伯纳特的“爆炸”理论，因为他对“爆炸”场景还有一段十分重要的阐释。他认为，一般的作者，往往会在开头写得过长，“而那个‘爆炸’，那个大场面呢，又常常失之过短，写得过于单薄。大场面不论安排在哪儿，都要渲染得声色俱备。务必将大场面写得惟妙惟肖，形象鲜明，意义显豁；尽管你的技巧是要写得微妙蕴藉，不能什么都抖出来，但作品的逻辑必须精确得使读者能自己找着理解的钥匙”[①]。这段话其实是告诉我们，在任何一部短篇小说中，“爆炸”都是非常关键的一个情节，或一个场景，它是小说最为敏感的部位，也是检视作者叙述能力的重要部位。对于上述这些两性情事的小说来说，“爆炸”的方式虽各不相同，但相同的是，所有人物都碰到了理性所不容且又控制不住的“不平常的境遇”。他们置身于这个现场，在其中左冲右突，由此打开各自隐秘而诡异的人性世界，便是这些小说共同的审美内涵。

说实在的，我对小说的敏感部位非常在意，尤其是短篇小说，其敏感之处通常就是故事滑出常识和经验的地方，也是情节超越现实进入某种可能性状态的地方。诗意有无，韵致存否，内蕴深浅，常常聚集于此。林斤澜就曾说过：“‘好练不好比’，小短篇正好如此，招数不用多，却要‘一招鲜’‘一招绝’，绝活要靠组织得绝，才显得出‘绝’来。”[②]像鲁迅的《孔乙己》，就一直紧扣着孔乙己是穿长衫而站着喝酒的唯一的人。唯一的人，即指他是滑出经验和常识的人，或者说是个“另类”。事实上，作者的所有叙述都是围绕其“另类”言行来进行，并最终呈现了一位被科举废掉、却又无法激起任何人怜悯之心的底层形象。

在 2014 年的短篇中，有些作品在这方面也花了不少力气。这至少说明，一些作家对故事的“爆炸”性敏感场景有着高度的自觉，希望展示自己的“一招鲜”或“一招绝”。譬如，王小王的《寻找梅林》就颇为典型。在漫长的家庭生活中，梅林一直被丈夫张久的思想所主宰，以至于张久去世之后，梅林也失去了自我，成了“迷路的游魂”。她渴望做一次决定，证明自己拥有独立存在的能力，然而她始终不知道自己要做一个怎样的决定。当晓闻与丈夫的私情暴露出来，她似乎找到了决定的方向。于是，围绕着这一完全超出梅林情感想象的敏感事件，她一次次徘徊于自我与丈夫的阴影之间，弄得自己身心疲惫。最终，梅林干脆将自己化为丈夫的影子，

① ［美］狄克森、司麦斯合编:《短篇小说写作指南》，朱纯深译，第 248 页，辽宁教育出版社，1998 年。
② 林斤澜:《短篇短见》，第 9 页，浙江文艺出版社，1996 年。

彻底放弃自我的存在，但结果让她陷入更大的孤独。作者似乎在追问：女人如何才能拥有真正的自我？小说以现实和记忆的双重视角，不断进行交叉叙述，极大地增加了故事的内在张力，只是在情节转换过程中有时还显得有些突兀。

王手的《汽车上》通过一个旁观者的视角，试图还原一段消失的情感记忆。这段记忆，连林老师自己都已遗忘，却在另一个少女心中成为隐秘而甜美的怀念。它是小说的敏感部位，也是推动整个叙述的核心元素。于是，我们看到，多少年之后，当她试图重返鲤鱼洪中学，再度重温当年跟随林老师绘画的场景时，一切已变得物是人非。相见不如不见。这句俗语或许是最好的注释。然而，颇有意味的是，叙述者却带着强烈的好奇心，一直在重构这对师生的"旧地重游"，其背后的暧昧心态，饶有意味。

蒋一谈的《在酒楼上》叙述了一位中学老师的命运转折过程。30 多岁的阿亮过着虽不绝望但也并无多少希望的生活，因为姑姑的一封来信，他的生活突然掀起了波澜：身患绝症的姑姑希望他接手自己在绍兴经营的一座酒楼，并照顾弱智瘫痪的儿子。这一被动性的命运转机，使阿亮看到了未来的某些亮光，又意识到某种沉重的精神压力。作者正是让叙事在这一敏感地带反复盘旋。当他在酒楼尝试新的生活时，总是不断地遭遇挑战，甚至想着如何撤退。人生没有坦途，任何选择都蕴藏着利与弊；所谓的无望，无非是丧失了挑战的激情和勇气。所幸的是，女友阿迪更能理解生活的本质。类似的短篇还有鲁敏的《万有引力》、须一瓜的《贵人不在服务区》、张怡微的《不受欢迎的客人》等，但这些作品对敏感部位的处理总是用力不够，缺乏灵动而具有意味的细节。

马小淘的《章某某》叙述了一个"梦想撑破命运胶囊"的故事。自幼就在本地电视台主持少儿节目的章海妍，从考入大学那一刻起，就渴望成为央视主持人。在人才济济的校园里，资质平平的她，一直卧薪尝胆，潜心学习，屡战屡败，却屡败屡战。恋爱受辱，工作受挫，最终嫁作商人妇。然而，不死的主持人梦想，最后还是将这个贵妇人送进了疯人院。为梦想而执着地追求值得赞许，但若是盲目而不切实际，甚至将梦想与生活紧紧揉成一团，多少会出现一些问题。作者无意嘲讽梦想，但从整个叙述基调来说，她显然选择了某种世俗的眼光，因此“我”眼中的章某某一直处在特立独行的状态，人物的性格尚欠必要的丰厚。她的另一个短篇《两次别离》结构也非常精巧，但人物性格也未能有所发展。

路内的《刀臀》延续了作者一贯的青春叙事，暴烈、冒失、躁动、无畏，夹杂着某种英雄主义和盲动主义的气质。它很好地呈现了空洞的教育与荷尔蒙骤增的青春之间所形成的巨大鸿沟，使青春以自虐式的暴力方式，记录了一段中国社会急速变化的历史影像。孟小书的《抓不住的梦》让叙事在一对同病相怜的青年男女内心中展开。父母离异、生活不顺、世态诡异，让秦梦和思远渐走渐近。他们试图以虚浮的物质撑起内心的自尊，又不断被无情的现实打碎梦想；他们渴望以自己的努力反击命运的嘲讽，又常常被命运戏弄得无可奈何。尽管作者的叙述尚显粗糙，对人物之间的张力关系和内心冲突处理得并不理想，但是，人物的隐痛感依然若隐若现。

安庆的《走失在莲花湖边》呈现了一位父亲极为质朴的梦想。父亲是沉默的，面对家庭的贫困、母亲的疾病、孩子的读书，他总是在沉默中寻找突围，在突围中寻找希望。他牵着那头黑驴，与命运进行着绝望的抗争。父亲的爱是孤苦的，又是无私的，是沉默的，又是博大的，连黑驴都能明白。这是作者试图努力呈现的小说内核。当然，这篇小说的情节有些松散，叙述的内在韵味尚欠火候。杨静龙的《槿花》在讲述乡村留守女人的生活时，以沈从文式的温情，在牧歌般的情调中，缓缓地呈现了槿花的苦闷。小说中的黄酒、孩子、小老虎般的家狗苍耳、单身汉封手等等，让日渐荒凉的乡村不时地泛起某些诗意。槿花与封手的越轨，也充满了温暖的人性。但是，整个小说的情节发展有些太合乎常理，还缺乏挣脱现实逻辑的、有意味的情境。

晓苏的《传染记》、于晓威的《房间》、女真的《老爸的家庭会议》、吴君的《天鹅堡》等，都是通过传奇性的情节冲突，展示了婚姻或情感生活的尴尬和错位。其中，《传染记》借助一场流感，折射了乡村伦理变迁中的人物关系之变化。流感是催化剂，是导火线，当然也是小说发展的内驱力，它成功引爆了一场乡村伦理的危机，并将爆炸后的碎片深深地埋在彼此的心里，成为世俗欲望的另一种诠释。不足的是，小说的情节推进还缺乏足够的说服力。《房间》里的陶小促，猝然发现朋友刘齐的妻子徐丽与一位还算体面的中年男子待在一起，遂以自我受伤的方式，化解了一场尴尬，也化解了一个家庭的巨大危机。但作者又通过"补记"，让徐丽合情合理地摆脱了道德的压力，使真相变得扑朔迷离。当然，对于这篇小说来说，真相并不重要，重要的是，在现实的伦理面前，我们总会碰到太多的困境，也总会有太多的解释。

余一鸣也是专注于情节推衍的高手。他的《头头是道》则围绕着丁大镇教授的儿子就读重点中学之事，叙述了一群企业暴发户的生存形态。这些从小小的建筑队中快速成长起来的建筑集团老总们，通过官商交织的特殊网络，个个变得腰缠万贯，挥金如土也便成了他们彰显自我价值的基本方式。与此同时，他们还渴望在知识面前展示更多的自我价值。因此，小说中的丁大镇与其说是一个知识符号的聚焦，还不如说是一个特殊的视点，作者借此揭开了那些土豪的内心世界。从叙事上看，略显嘲讽的语调、快速变化的情节，都很好地凸现了故事的意蕴，但叙述仍有些粗糙，语言缺少内在的张力。

一部文学作品的阅读和评判，无非是三个向度：写什么、怎么写、写得怎样。它是读者与作者进行智慧交锋的三条基本通道。而对于短篇来说，"怎么写"显然比"写什么"更为重要，用林斤澜先生的话说："短篇的短与不短，往低里说，是像与不像。往高里攀，是精与不精，绝与不绝。往低，我以为全是结构的缘故。往高，不全是，但结构也是位居要津。"[①]但是，大多数作家都将主要精力投向"写什么"，对"怎么写"和"写得怎样"缺乏足够的耐心，不仅语言缺乏必要的弹性和内在的意味，结构的设置也难显必

① 林斤澜：《短篇短见》，第10页，浙江文艺出版社，1996年。

要的智慧。通过对 2014 年短篇创作的浮光掠影式评述，我想表明，在我认为较为理想的这些短篇中，叙事依然存在着这样或那样的技术问题，这不能不令人遗憾。

（原载《小说评论》2015 年第 1 期）

短篇小说的“显”与“隐”

——2015年短篇小说创作评述

从某种程度上说，短篇小说的写作，就是为了如何成功地处理那些未被“许诺”的存在。这些存在，或许是繁复的人性，或许是错位的生存，或许是吊诡的历史意志，或许是各种宏观或微观权力所遮蔽的精神镜像……它们之所以未被“许诺”，成为一种不在场的存在，既是由于自身内涵的斑驳与复杂，也是因为短篇叙事的智性需求。换言之，如果它们都以“在场”的方式被一览无余地呈现出来，那么短篇小说就会失去它应有的内敛和弹性，也会失去它应有的宽阔与丰饶。所以，短篇小说的叙事，很多时候都像是草蛇灰线，沿着各种机趣横生的“桥段”，靠近那些无法言说的存在之境。

当然，这并不是说，叙事本身对于短篇就不重要，而是恰恰相反。为了有效抵达那些未被全面呈现的存在之境，短篇小说在叙事上几乎要“穷其心志”，费尽心机。用马尔克斯的话来说：“写一个短篇小说需要付出的心血不亚于为一部长篇小说开头。在长篇小说的第一部分，作者必须把一切都确定下来：结构、语调、风格、节奏、篇幅，有时候甚至要确定某一人物的性格特征。而之后的部分，作家体会到的则是单纯的写作的快乐，那是人类所能想象的最私密、最自我的一种愉悦……而短篇小说既没有开始，也没有结局：只有煎熬或者不煎熬。如果没有感受到煎熬，那么不管是我自己的还是他人的经验都表明，在大多数情况下，最好还是换个思路重新开始，或者直接把它扔进废纸篓。”[①]将短篇小说视为一种“煎

---

① ［哥伦比亚］加西亚·马尔克斯：《梦中的欢快葬礼和十二个异乡故事·序》，罗秀译，第3页，南海出版公司，2015年。

熬”的文体，甚至认为没有经受过“煎熬”体验的短篇，都应该扔进废纸篓里，马尔克斯的这种说法，似乎有些偏激。

但是，倘若认真玩味一下马尔克斯的这段话，我以为，它并非没有道理。特别是他将短篇写作与长篇的开头相提并论，不仅十分在理，而且入木三分。事实上，马尔克斯对一部长篇小说开头部分的基本要求，也恰恰是短篇叙事的核心要素。如果深而究之，这些要素之所以不可或缺，盖因“显现与隐藏”之关系的内在召唤。换言之，就是如何以显性的丰饶之叙事，从容地抵达那些未被“许诺”的存在。在短篇的叙事中，无论声东击西、投桃报李、借尸还魂，还是瞒天过海、以轻击重、借白喻黑，最终都是为了指向那些扯扯拽拽、欲说还休的“隐藏”之域。同样，无论是结构的设置、语调的选择、节奏的控制，还是各种修辞性手段的运用，最终也都是为了“煎熬”出那些未被呈现的、繁杂的生命感悟或生存况味。此所谓“老蚌滴泪，终为成珠”。

我们有理由相信，作家为叙事而饱受“煎熬”，并在“煎熬”中完成各种别有意味的文本，借此巧妙地引导读者走到叙事的背后，寻找或思索那些未竟的存在之义，这便是短篇小说最惯常的叙事策略，也是它的基本审美法则。即使是像莫泊桑的《项链》，看似呈现了人物行动应有的一切，但在玛蒂尔德十年辛酸的还债史中，仍然有着无穷的人生况味等待我们去体悟和思考。它不仅仅是虚荣，还有虚荣背后人们渴望浪漫生活的权利；它也不仅仅是命运的戏弄，还有主人公对自我声誉的执着维护。同样，我们阅读汪曾祺的《大淖记事》，似乎看到了整个故事的前因后果，包括小镇日常生活的点滴风俗，然而在十一子与巧云情感波折背后所隐藏的那些政治、伦理与命运的东西，却需要我们去寻思再三。

短篇的这种文体特点，表明了它是一种受限制的叙事。限制，对作家来说无疑是一种挑战，但在审美上却是别有洞天。古人说，空纳万境。无画处皆成妙境。在有限的话语中，呈现无限的宽广与遥远，从来都是文学的雄心。诗歌与短篇，尤其如此。因此，当我带着这样一种审美思维，巡视2015年的短篇小说创作时，就我所读到的作品而言，总体上并不是特别的满意。——当然，这也是我近些年来一直存在的阅读感受。很多作品，总是脱不掉“急就章”的叙事痕迹，甚至存在逻辑上无法成立的硬伤，给人的感觉是，作家似乎并未经历过多少“煎熬”，便轻松地抛出了故事。至于选择怎样一种角度，动用何种结构，在怎样一种叙事的节奏中，可以从最大角度去观照那些未被呈现的内涵，最大程度上拓展读者思考的空间，都未必有认真的谋划。

在 2015 年的短篇小说创作中，整体实绩看似不容小觑。特别是实力派作家的短篇，就有不少占据了一些重要期刊的显要位置，像王蒙的《仉仉》、冯骥才的《俗世奇人新篇》、叶兆言的《赤脚医生手册》、阿城的《春雨之夜》、刘庆邦的《杏花雨》和《只告诉你一个人》、林白的《汉阳的蝴蝶》和《桃树下》、王祥夫的《午夜辞典》等等，都各有特点。但是，就我个人的审美趣味来说，真正对“显与隐”具有高度自觉意识且在叙事中用尽心智的，还是几位海外作家的作品，如张惠雯的《失而复得》和《旅途》、葛亮的《不见》、陈谦的《我是欧文太太》等。事实上，就短篇而言，海外作家（包括港台）在文体上的自觉，远远高于内地作家，特别是从叙事的精致、内敛和审美效果上看，他们的专注、用心以及所承受的“煎熬”，也比内地作家要明显得多。在这一阵容里，除了张惠雯、陈谦、葛亮之外，还有薛忆沩、陈河、朱天文、董启章等人。读他们的短篇，你会发现，以何种角度（人称）和节奏叙述，怎样将那将未尽的存在之境推向宽广，都经过了认真的考虑。像张惠雯的《旅途》，虽然说的是一个陈旧的失恋故事，然而它却尽显生命的苦涩与苍凉。作者以人物的自我感受及内心意绪作为叙事的内驱力，通过极为细腻而又舒缓的笔触，在不断盘旋的过程中，凸现了现代女性因情爱而产生的种种难以逾越的沟坎。它隐藏在那些男性的沉默、疏离和遗忘中，却构成了女性人生中难以跨越的伤痛。尽管小说中的南希看似比“她”活得更为轻松和潇洒，但实质上，她们的生命际遇只不过是一个硬币的正反两面，并无本质性的不同。这篇小说的精妙之处在于，作者成功地将人物的情感旅途、人生旅途和自然旅途融为一体，并形成了相互映射的关系。

陈谦的《我是欧文太太》同样也是叙述一个情感背叛的故事，但与《旅途》对时空进行内部扩张式处理不同，作者在时间和空间上进行了压缩式的处理，让时光在漫长的流逝中，呈现情感背叛对一个女性的内心伤害，以及面对这种伤害的报复过程。小说的叙述者站在旁观的立场上，让两个置身异国他乡的男女因爱而恨，由恨而报复，并最终上演了一场场你死我活的仇杀剧。表面上看，一切风平浪静，而叙事的背后，却隐藏着尖锐的生死对抗。这些凶险的生死对抗，完全隐匿在叙事之外，等待读者去怀想和思索。

葛亮的短篇小说以精致见长。他的叙事未必有很多灵光四射的质地，但在绵密而纤细的话语内部，呈现出特有的美感。在《不见》中，作者很好地承传了欧·亨利式的短篇思维，以一种波澜不惊的手段，打开了令人惊悚的人性面貌。小说以一种颇为干练精准的叙事话语，从容不迫地呈现了一个男人内心的诡异与凶悍。聂传庆是一位落泊的音乐老师，在杜雨洁看来，“喜欢音乐的，不会是太坏的人”，于是杜雨洁主动地帮助他，接近他，最后成为他的恋人。尽管杜雨洁感受到他在床上的凶狠，但她绝没有意识到自己所爱的，竟是一个心胸狭隘且精于诡计的人。或许是不同的生活环境，影响了杜雨洁对聂的判断；或许是聂的音乐，掩饰了他的撒旦之躯。当最后的惊涛骇浪扑面而来，我们会发现，此前的所有叙述都是撒旦在舞动着天使的翅膀。

从如何精心处理那些隐藏的意蕴空间来看，盛可以的《小生命》和周李立的《更迭》也显得颇费心机。《小生命》叙述了一场家族声誉与生命价值之间的内在冲突。还在读大学的姐姐怀孕七个月了，男友却是个毫无生存技能的人，如何让两个年轻人体面地结婚生子，遂成了双方家庭的斗争焦点。一方面是女方的无奈、愤怒和焦虑，另一方面则是男方的漠然、搪塞与推诿，于是，围绕着嫁娶问题，双方家长剑拔弩张、唇枪舌剑，而怀孕的姐姐则被置身事外。尽管姐姐腹中的小生命最后唤醒了大家的情感，但这场冲突所暴露出来的文化伦理，却有着巨大的解读空间。周李立是一位文坛新秀，近两年她的中短篇创作都颇见灵气，像《透视》《力学原则》《更迭》等，叙述从容且饶有意味。其中的《更迭》，让一个叫唐糖的女孩和一条叫玛丽的宠物狗，以无法推托的方式，突然闯进画家乔远的生活，并由此引发了一系列令人尴尬的结果。作者非常精妙地将人际间的复杂关系有条不紊地抖搂出来，使人们从乔远的尴尬遭遇中看到各种吊诡的人性面貌。

著名话剧导演过士行近年来潜心于小说创作，且出手不凡，2015 年曾发表了《火热的冰棍儿》和《说吧》等短篇。其中的《说吧》就是一篇简洁、迅猛而又锐利的小说。它通过几个小小的片段，呈现了"文革"强权控制下的普通市民生活的屈辱史。新婚的嫂嫂为解救丈夫而牺牲肉体，谁知劫难度过之后，曾窥见嫂嫂隐情的"哑巴"秋生却忽然开口说话。秋生能够说话，意味着嫂嫂的隐情将受到巨大的威胁，于是，在声誉、婚姻和命运面前，嫂嫂萌生了罪恶的邪念。嫂嫂究竟有没有杀死秋生已不重要，重要的是，在那个禁忌森严的时代，嫂嫂的内心已被所有的伦理所击溃。从叙事上看，这篇小说所留下的巨大空白，已延伸到政治、伦理乃至命运之中，具有异常复杂的思考空间。

金仁顺很少动用极致性的叙事策略创作小说，但《纪念我的朋友金枝》却选择了一种略带偏执的手法，营构了一个绝地逢生的情感故事。小说通过几个片段式的生活场景，呈现了爽朗而豪放的女子金枝的情感生活。面对自己的男神袁哲，金枝敢爱敢恨，赴汤蹈火亦在所不惜；而袁哲在这团烈焰面前，却显得惶恐不已，最终另选他爱。经过两个女人的较劲，金枝以差点毁容的代价，终于让袁哲明白了什么是真爱，尽管这一切可能已无法回到情感的原初状态。爱情、女性、坦率、承担，这些原本一致的元素，却在小说中形成了剑拔弩张之势，并将人性演绎得风生水起。此外，像何玉茹的《回乡》、裘山山的《疯迷》、钟求是的《慢时光》等，也在叙事的背后蕴藏了各种耐人寻味的人生况味。

我们常说，短篇作为一种技术性很强的文体，时刻考验着作家在叙事上的功力。但这种功力并非体现为水到渠成或灵光乍现，而是创作主体带着高度自觉的审美意识，精心捕捉，反复推敲，左右权衡，找到一种最合理也最为便捷的方式，使叙事在呈现的部分与隐藏的部分之间，搭建起完美的桥梁，从而让读者自然而然地抵达那些未被许诺（也无法言说）的存在之境。上述这几篇小说虽不甚完美，但它们在精巧的叙事背后，都留下了十分丰富的意蕴空间。

当宏大叙事渐渐游离了作家的审美视野，日常生活开始以特殊的美学形态，逐渐成为文学表达的内核。这也是“日常生活审美化”之所以变成一个重要美学议题的内在缘由。事实上，在短篇小说创作中，这种情形尤为突出，甚至出现了爱丽丝·门罗这样备受关注的短篇大师。但是，小说毕竟要给我们提供一些超验性的审美感受，必须要对可能性的生活做出反映，而日常生活则通常笼罩在经验和常识之中。就小说的叙事而言，这种悖论的处理，倘若稍有不慎，便会毁于失真。这也意味着，作家必须承受更多的“煎熬”，必须投入更多的心智与想象。在 2015 年的短篇小说中，这方面可圈可点的作品并不是很多。其中，戴来的《表态》《都去哪儿了》都颇为惹眼。在《表态》中，作者以惯用的戏谑之笔，饶有意味地揭示了夫妻或两性之间的情感生活。无论是年老的夫妻之情，还是年轻的男女之情，总是隐藏着诸多难以厘清的障碍。小说从交流的困境出发，由坦诚后的尴尬延伸出来，直指两性之间信任上的危机。斯继东的《西凉》也是如此。作者在那些看似无事的地方，以轻松的语调，撩拨出人物内心的情愫，并让饭粒弥漫出对“西凉”的浪漫式怀恋。

夏烁的《蓼湖饭店》、曹寇的《在县城》和《风波》、普玄的《牙齿》、鲁敏的《坠落美学》、叶弥《致音乐》等，也都是直面日常生活的小说，但它们更强调对于日常生活内部空间的挖掘，尤其是对于那些异质性的生存方式的捕捉和拓展。像《蓼湖饭店》就显得别有意味。一座与教门并不相融的饭店，一段不合教规的情感经历，成为一对男女青年教徒需要艰难面对和永远告别的目标。于是，他们选择在蓼湖饭店推倒之时，坦然地见证了这一生命的转折，情感的转折，当然，更是一种教徒精神信念的重塑。《在县城》虽然讲述的是一个婚外恋的故事，没有太多的新意，然而，在那种异常轻松的叙事语调中，作者却鲜活地展示了现代人对于情爱与婚姻的消极抗争之姿态。同时，作者通过上海与小县城的两对男女，也折射了现代情感伦理与传统世俗伦理之间的尖锐对抗。《牙齿》是一篇叙述上颇为生猛的小说。一个男人为了事业的成功，在碰到绕不过的异性时，便撬掉自己的一颗牙齿送给对方，以此赢得对方的帮助，当然也收获了情感。于是，在妻子、情人、事业之间，朱南挂陷入了难以把控的怪圈，最终一败涂地。朱南挂是聪明的，他总是能够利用人性的弱点，冲破各种障碍；朱南挂也是善良的，他总是以牺牲自己的方式，成就男人的事业；然而，不缺勇气和胆识的朱南挂，终究来自底层，敌不过中国市场的潜规则和明规则，他的失败，可以说是草根奋斗史的一个隐喻。

蔡骏的《舌尖上的一夜》是一篇非常精致的惊悚小说。它充分彰显了作者的悬疑天才，将一个吃货的人生推向了极致。在美食与生命之间，大师兄杜俊永远选择前者，从远赴崇明岛拼死吃河豚，到游艇上的“夜宴”三宝，在“我”与大师兄杜俊有限的接触中，每每被他设置的惊悚情境或编撰的惊悚情节弄得心惊肉跳。杜俊的“话痨”成就了他的辉煌，而他的辉煌又全部投入到美食之中，以至于最终患了“舌癌”，废掉了说话和美食的双重能力。但即便如此，他还是不忘在临死之前，再让“我”惊悚一回，以此对抗平庸乏味的生活。

晓苏的《三个乞丐》可视为一篇“后设小说”。作者立足于一个乡村小饭馆，让不同的人物轮番登场，对三个乞丐的关系进行各种“合理”的解读和诠释。这些解读，看起来都有根有据，合情合理，然而，如果对所有的解读进行整合，我们会发现，这些解读的背后，都凸现了传统乡村社会伦理的崩落和物欲冲击下的人性奇观。三个倏然而至的乞丐，成为一面镜子，照亮了当下乡村的人性图景，或者说像一把利刃，剖开了乡村农民的精神肌理。

短篇小说并不需要对完整性负责，它的诸多不被“许诺”的存在，也都是植根于其开放性的结构之中，因此，叙述视角的选择往往有着不同寻常的作用。很多作家为了有效控制叙事的开放性，让作品拥有深广的意蕴空间，通常会采用一种旁观者视点。在2015年的短篇中，像高君的《朦胧诗》、朱辉的《加里曼丹》、田耳的《金刚四拿》、余一鸣的《稻草人》等，都较好地动用了这一视角。其中，《朦胧诗》以“我”的见证人视角，通过徐达夫的命运变化，呈现了理想主义时代的错位和消费主义时代的变异。而这种错位和变异，都是源于欲望的内在驱动，并直接导致人的命运出现戏剧性的变化。徐达夫在理想主义的煎熬中，终于让妻子赵丽娜扮演了一个诗人的角色，却又在消费时代的滚滚洪流中，眼睁睁地看着自己精心雕琢而成的赵丽娜深陷功利的泥淖。《加里曼丹》则着眼于男女之间的暧昧情感，在一种游离式的叙述状态中，从容地展示了那个叫一苇的女孩内心情感的执着。小说中的加里曼丹沉香，既是“我”试图营造的情感氛围，也是心灵另有所属的一苇所渴望的情感生活，直到一苇自杀，叙事才揭开这个情感错位的谜底。而《金刚四拿》却以一种略带戏谑的语调，演绎了一个乡村青年的内心世界。罗四拿并无一技之长，然而，常年混迹于都市的打工经历，使他在巨大的物欲诱惑之下，不断沉迷于某种成功的幻象之中。于是，回到乡村之后，他只能在自我吹嘘中显示自己的价值，在幻象中寻找自我的慰藉。面对坚硬的现实，罗四拿最终还是不得不走向幻象，成为抬葬的金刚。

余一鸣的《稻草人》通过“我”的回乡省亲，看到年迈的母亲独守荒芜的山村，并借此审视了飞速的现代化进程与生命应有的人伦情怀之间的内在冲突。母亲拒绝下山，在废弃的村庄里扎着一个个稻草人，与他们的灵魂亲密私语，在亲情伦理的幻象中安度时光。这一切，让终日奔波于名利场上的儿子渐渐地明白，生命最本真的回归，其实是人与自然的安然相处，家庭内部的天伦之趣。值得一提的，还有叶广芩的《鬼子坟》、南翔的《特工》和《甜蜜的盯梢》，以及文学新人祁媛的《奔丧》和《美丽的高楼》，也都从日常生活中呈现出诸多极为特殊的命运之思或生命体验。

细细品味上述这些短篇，虽然它们着眼于日常生活，但在叙事上，作者对“显与隐”的处理都作了认真的思考，从而给读者提供了某些丰富的思索空间。记得林斤澜先生曾说：“作家面前摆着汪洋大海，写到稿纸上纵有百万字，也不过取一瓢水。这一瓢水到了读者眼里，却又勾起一个湖泊、一条溪、一片海洋。”[①]短篇小说的至高境界，或许就是通过一瓢水，巧妙地让人勾起一片汪洋。

从叙事的自觉性来看，在“显与隐”之间经受反复“煎熬”的，或许还是那些带有探索意味的作品。尽管这些具有实验倾向的短篇日渐稀薄，但每有发现，我都会倾心关注。譬如，王小王的《我们何时能够醒来》，就是一篇纯粹的潜意识小说。它以单纯而又别致的语言，巧妙地将人物的潜意识植入梦境之中，叙述了一个女孩对家庭严重缺乏安全感的惶恐心理。无论是父亲的逃离或背叛，还是母亲的绝望或抑郁，抑或“我”对父母的自虐式反抗，这些不断出现在梦境中的生活，无不折射了当今中国血肉亲情与家庭伦理的脆弱，并直指欲望化现实对人类单纯生活的肢解。“我们只需要吃饭、睡觉、喝水就能活着，只需要恋爱、结婚、生孩子就能有一个家，为什么这么简单的事情我们却总是做不好。”作者在小说中所提出的这个诘问，从某种意义上说，正是现代文明中所包含的巨大困境，它使复杂替代了简单，也解构了人类生存应有的单纯之美。范小青的《设计者》在一种错综复杂的隐喻式结构中，呈现了当今实用主义横行的人际关系。在那里，哥哥算计弟弟，老乡算计老乡，客户怕老板算计，工人怕工头算计，连患上老年痴呆症的房东也怕被别人算计。在整个现实生活中，似乎每个人都想做设计者，但最终又难以逃脱被设计的命运。

陈问问的《黑白》借助死亡的威逼作为人物活动的背景，从容地撕开了一位统治欲极强的男人乖张而绝望的一生。表面上看，那位副厂长的人生悲剧，在于恪守了非白即黑的价值立场，

① 林斤澜：《短篇短见》，第7页，浙江文艺出版社，1996年。

处处都以明确的二元对立的思维来评判生活，包括自己的亲人，导致他不断陷入四面楚歌的境地。而实质上，他为何陷入这种自我设定的偏执观念，并为此付出了巨大代价，才是问题的关键。当亲情、信任、义务等等人生的要义，游离了自我设定的价值观念而不再成为人们内心的基石，生活也就变成了永远徒劳的自我较劲。

东君和李浩对于短篇小说的叙事，一直有着近乎苛求的嗜好。这种嗜好，在给他们的作品以鲜明异质感的同时，也会使他们不时地丢失某些闲逸性的光泽。在《某年某月某先生》中，东君以一种超然淡泊的语调，展示了人生在“后退一步”后的恬然与安宁。无论是东先生还是高个子女性，他们在一个世外桃源般的度假之地相遇相识，心灵相交，肌肤相亲，却剔除了欲望，直逼对生命本真状态的体悟，体现了作者反欲望叙事的审美伦理。他的《长生》《如果下雨你骑马去拜客》也是如此。

李浩的《消失在镜子后面的妻子》和《夸夸其谈的人》都沉浸在一种想象的可能性状态中。尤其是《夸夸其谈的人》中，作家让一连串的西方作家轮番登场，专心倾听沙尔·贝洛讲述一个个“时空穿越”的故事。贝洛自认为“具有返回旧时间的能力”，并成功解决了许多遗憾或不幸，而那些作家听众们则围绕着相信还是不信，进行了各种饶有意味的论辩，并最终用贝洛女儿的死亡，否定了他的夸夸其谈。就艺术而言，或许它的真诚就在于，“我们是来听故事的，并没准备相信它是真的”，正因如此，略萨才强调，优秀小说家的根本角色，就是一个技能高超的魔术师。

米兰·昆德拉曾说：“小说的精神是复杂性的精神，每部小说都对读者说：‘事情比你想的要复杂’。这是小说的永恒的真理，但是在先于问题并排除问题的简单而又吵吵闹闹的回答声中，这个真理人们听到得越来越少。”[1]就短篇小说而言，它的全部精神的复杂

---

① ［捷克］米兰·昆德拉：《小说的艺术》，孟湄译，第17页，北京三联书店，1992年。

性，正是在于那些叙事的未尽之处，因为在那里，事情永远不像你想象的那么简单。当然，这一点，只是针对那些经历过“煎熬”体验并深谙“显与隐”之关系的作家。

（原载《小说评论》2016 年第 1 期）

对抗消极的惯性写作

——2009 年短篇小说创作评述

当代短篇小说大师、“极简主义”文学的代表人物雷蒙德·卡佛曾经不无自嘲地说，他之所以专门写短篇，“把自己局限于写那些我知道我坐下来一次写完的东西”，是因为他只能靠租房度日，而且租金时常无着，“无时无刻不担心自己身下的椅子随时都会被移走”。[①]其言外之意是，如果生活条件允许，他更希望自己写写长篇。有趣的是，随着生活的逐步改善，特别是获得了美国文学艺术院颁发的“施特劳斯津贴”后，衣食无忧的他，却直到去世之前也没有写过一部长篇。

卡佛的写作，其实隐含了人类的某种惯性心理——当一个人熟练于某种既定的思维方式或生存方式时，尤其是当这种方式获得了公众的首肯和赞许之后，自我超越的勇气和开拓式的冒险精神就会消弭殆尽，一种自我依恋的惯性心理便会主宰他的整个精神世界。写作亦然。有很多功成名就的作家，虽然在年复一年地发表他们的新作，但其中所包含的写作技能、审美思维乃至思考力度，并没有呈现出明确的超越姿态，只不过是创作主体在既定经验上的惯性滑行罢了。

当然，惯性写作也有消极和积极之分。积极的惯性写作，是指创作主体能够保持着一定的主体意识，在固有的审美思维中追求精益求精，不断地创作出艺术精品，就像钻头一样沿着一个方向不停地建立深度。从最早的《请你安静些，好吗？》到后来的《大教堂》

① ［美］雷蒙德·卡佛：《大教堂》，肖铁译，第 234 页，译林出版社，2009 年。

《马嚼头》，卡佛的写作就是通过这种惯性，创造了自己的经典。而消极的惯性写作则不然。它在达到一定的深度之后，创作主体便借助这种业已形成的惯性思维，进行平面式的滑行，即，一种慵懒的、自足的、无深度追求的话语游走。

毋须讳言，这种消极性的惯性写作，仍然左右着我们的文学创作。有例为证的是，这些年来，当我读到一些名家之作时，常常是失望大于期待，寡味大于惊喜。各种停留于庸常经验层面上的、理念化的、自恋性的叙事随处可见。文本的背后，看不到作家的创造激情，也看不到作家认真思索的意愿，渗透着各种小打小闹的沾沾自喜。这是一种非常典型的消极的惯性写作。尤其是对于叙事智性较强的短篇，更为明显。倒是一些文学新人，常常给人以意外的惊喜。

2009年，我曾为《上海文学》承担了六篇"短篇精荐"的任务，原想可以轻松地完成最新作品的遴选，可结果是，每次读了十多篇都选不出一篇具有阐释意味的短篇，以至于经常弄到临近截稿时才完成任务。除了毕飞宇、铁凝等人的少数作品颇耐咀嚼之外，多数名家的短篇很难让人满意。即使是像王蒙的《岑寂的花园》，看似动用了迷宫式的手法，将不同时空的故事拼缀在一起，然而，细细地回味，觉得它只不过是对北岛的诗句进行了一番颠覆性的改写，表达的依然是"富足了，浪费了，堕落了，没有一定之规了"之类共识性的生存感受。

一

面对消极的惯性写作日显突出的创作现状，尽管我依然保持着积极的阅读姿态，但说实在的，收获甚微。很多短篇读完之后，犹如飞鸟的翅膀划过天空，没有给我留下一丝的印痕。我承认，我不是一个"文学本质主义"者，不太相信存在着绝对的、超历史的、恒久不变的文学本质，但我依然信守短篇应该持有的一些基本规范和审美价值，譬如对语言、语调的把握，对轻重、快慢、虚实等“度”的控制，对微妙情感或人际关系的有效拓展等等。只要在这些方面有所突破，有所创造，我都会在兴奋之余做些回味和咀嚼。

巡察2009年的短篇创作，给我留下最深印象的是毕飞宇的《睡觉》、张惠雯的《垂老别》和铁凝的《风度》。它们都是立足于当下的生活现实，背靠坚实的文化伦理，向尴尬的生存困境发出了饶有意味的质疑和追问。《睡觉》叙述了一个二奶的故事。但是，那个叫小美的二奶，既温文尔雅，善解人意，又精明异常，弛张有度。在小说中，一方是位非常精明的商人，另一方则是同样精明的女人，当这两个人以一种奇特的“包养”方式组合在一起，博弈几乎成为不可避免的事。但小美却能以女性特有的温情，从容地化解了种种尖锐的对抗。就叙事而言，这篇小说几乎没有任何冲突结构的设置——小美与“先生”、小美与泰迪、小美与初恋同学、小美与遛狗的小伙子，他们以这样或那样的方式相遇、交流，却没有摩擦和抵牾，一切静若止水，只是在人物的心际间漫溢，很有韵致。

没有冲突也同样可以让故事发展，没有冲突也同样可以让人物丰富起来。当然，这需要作家具备很好的叙事耐力，要让主体的心智真正地渗透到人物的内心深处，将那些波澜不惊的感受鲜活地呈现出来，使细节获得灵性化的审美质感。《睡觉》就动用了两种方式，摒弃了一切可能性的外在冲突，使叙事彻底转化为人物内心的呈现：一是人物的视角。小说自始至终都是以小美作为叙事视点，以她的意识流动和内心感受作为线索。由于特定的二奶身份和皇家别墅苑的特殊环境，所以故事自然而然地剔除了一些人物外在的纠缠。二是慢的节奏。对于一个二奶来说，时间就是等待和守候，并没有多少特别的意义，因此，毕飞宇非常贴切地运用了“慢”的方式，为人物内心的延展创造了广阔的空间。

《垂老别》以亲情与义务的冲突，展现了乡村伦理所面临的现实冲击。作者选择了忠实木讷的王老汉作为叙述视角，从而将道德和法理推到了叙事之外，取而代之的则是亲情的撕扯——在王老汉的内心，既有无奈，又有感伤；既有酸楚，又有自责；既有死的梦魇，又有生的怀想……它们围绕着亲情和尊严，不断地盘旋在他的脑子里，一口一口地撕咬着王老汉的心。这种叙述上的盘旋，不仅有效地打开了王老汉尴尬困顿的精神世界，也将他内心深处那些难以言说的隐痛一层层地剥示出来，很好地展现了一位恪守传统乡村伦理的父亲面对现实时的无助和无望。

令人感佩的是，作者对人物心理的控制非常成功，从而使王老汉的言行始终呈现出某种“畏”的状态——无论是在儿子们的家里，还是在亲戚邻居的眼中，他总是本能地保持着“畏”的神态——因“畏”而小心翼翼，因“畏”而欲言又止，因“畏”而不断回忆，因“畏”而梦境连连。但是，他又并不是畏惧自己不能苟活，也不是畏惧下辈的粗暴蛮横，而是畏惧亲情的崩落、血缘的破裂、尊严被践踏。正是这种“畏”的呈现，使我们看到了王老汉内心的无奈和苍凉，也看到了利益化的现实对“父亲”这个庄严身份的褫夺和亵渎。眼看着“畏”已无法解决任何问题，王老汉只好选择了逃离，逃离他一生都不曾舍弃的故土，只是为了摆脱血缘里的冲突。除了对“畏”的着力呈现，小说还紧紧地扣住了“寒冷”，使这一严峻的自然现象与王老汉的内心际遇形成了紧密的共振关系。这也使《垂老别》在叙事上显得颇为精致。

《风度》是一个看似轻丽却意蕴颇丰的作品。在本年度，铁凝还发表了《内科诊室》《伊琳娜的礼帽》《咳嗽天鹅》等短篇，其中的《伊琳娜的礼帽》，仅仅叙述了一次飞机上的短暂旅程，但在那种近似于摄像机般的精确描写中，男女主人公的隐秘冲动和艳遇心理都昭然若揭，而且充满了某种浪漫的诗意，毫无鄙俗之感。《风度》以一场30多年后的聚会作为契机，缓缓地打开了退休职工程秀蕊的内心世界。有趣的是，程秀蕊虽然是小说的主人公，却不是这场聚会的中心人物，无论是过去还是现在，她都是一个彻头彻尾的旁观者——30多年前，她见证了一群知青下放到自己生活的黑石头村，在那里读书、干农活、拉粪；30多年后，她又见证了这群已功成名就的人物，在本市最豪华的丽景酒店里春风得意，高谈阔论。这种微妙的身份，构成了小说潜在的张力：作为见证者，她是一个可靠的叙述视角；但是作为聚会者，她又无法真正地融入这个群体，因为她并不是一个“成功者”，而只是一个普通的退休职工。

尽管相互比较并没有意义，但是特定的距离感，不仅使程秀蕊自觉地变成了一个谦卑的倾听者，而且加剧了她的敏感心理，使她变得处处小心，时时在意。作者也正是通过人物的这种敏感心理，巧妙而又细腻地传达了宋大刚、胡晓南等人的复杂心理，其中既有几分自足，又有些许的失落，就像他们选择“法兰西”包房为从法国回来的李博接风一样，奢华的热情之中，又隐含了本土性的自我彰显。

但是，《风度》最让人寻思的，还是程秀蕊内心深处那种“要和他们相像的愿望”。30多年前，她就觉得他们是一群“不俗的文明的人”，为此她既渴望与他们紧密相处，又深恐父亲时常脱鞋追打母亲的粗鄙场景被他们看到；30多年后，她依然觉得他们是一群“不俗的人”，“虽然大家的衣服都随便，可到底，他们的随便显出了那么一种不一般”。用尽了一生的期许，最终的距离感依然清晰地盘踞在程秀蕊的心中，它关乎人生的输赢，似乎又超越了这种输赢的较量。同时，作者还精心安排了李博这个最让程秀蕊心仪的人物在两个重要场景中的缺席：一是乒乓球赛的缺席，一是聚会的缺席。前者让她看见了一个翩翩少年非凡的风度，以至于这种风度构成了她生命里最为华丽的风景，而后者随着李博的即将出现，将又会出现怎样一种风度？当烘云托月的众人都拥向门口的时候，程秀蕊却本能地后退了一步。这一细微的动作，又隐含了她那内心深处多少难以言说的感受？

二

叔本华曾说：“小说家的任务不是讲述那些伟大事件，而是使一些微不足道的小事变得趣味盎然。”[①]按我的理解，叔本华并不是劝小说家们不要去关心那些“伟大事件”，而是要在具体的创作实践中，全身心地关注那些不太重要的小事，就像迈克尔·伍德在《沉默之子》中所说的那些，让那些“四散在历史各个不起眼的角落中的”秘密呈现出来，使那些看起来微不足道的“小事”变得熠熠生辉，这才是小说的核心之所在。由于篇幅的限制，这些“小事”在短篇小说里尤为重要。

在2009年的短篇创作中，斯继东的《今夜无人入眠》、洁尘的《你什么时候搬出去》、张楚的《夜是怎样黑下来的》、田耳《寻找采芹》、朱个的《一切是怎么发生的》和《私奔》等，都是立足于一些不起眼的小事，让叙事在那里辗转反侧，左环右绕，凸现出一个个耐人寻味的人性状态，或者无法厘清的生存意绪。

《今夜无人入眠》以一种亢奋式的叙事语调，展示了一群现代都市人躁动而无序的精神状态。他们有点钱、有点闲、有点身份，也有点思想，所以他们不甘平庸、不甘寂寞，总想寻找点小刺激、小兴奋、小反叛。随着一场帕瓦罗蒂音乐会的到来，李白、毕大师、黄皮、马拉、赵四小姐等等终于聚到了一起。有趣的是，随着音乐会和酒会的结束，马拉在送赵四小姐回家后失踪了。于是，李白、毕大师、黄皮在接到马拉妻子的询问电话后，开始了各自充满暧昧意味的推测和判断。这些推测和判断，表面上都是为了寻找真相，甚至还带有强烈的证实意味，并且结果都趋向一致——马拉与赵四小姐肯定存在着暧昧关系。而当马拉进行自我复述时，虽然颠覆了三位朋友的推测和判断，但也不是绝对的可信。事实上，整个叙事正是在这种暧昧状态中前行，围绕着暧昧，所有人都“今夜无眠”，而在“无眠”的背后，既有精神空虚的现实镜像，又有庸常秩序被打破后的亢奋。

《你什么时候搬出去》通过一对男女之间的隐秘交流，道出了

① ［德］叔本华:《叔本华论说文集》，范进等译，第358页，商务印书馆，1999年。

现代人对爱的无能为力和迷惘——那个曾经让游波爱得魂牵梦绕的男人方舟，终于在离婚之后，了无牵挂地住到了她家。面对这种“天上掉馅饼”的好事，游波却由喜而悔，又由悔而烦，最后不得不向方舟发出了逐客令。其表面理由是：方舟入住的第二天，游波就对着卫生间突然出现的脏毛巾、卷了毛的牙刷而发呆，继而又幻想方舟穿着登山靴在她香闺里四处游走的情形，差点哭了。后来，当她发现方舟常常将用过的餐巾纸随意扔在桌子上，甚至将他自己住的房间弄成了“狗窝”一样，更是忍无可忍了。为什么幻想中的方舟可以栩栩如生，而真实中的方舟却如此地令人生厌？因为爱情在本质上就是一种乌托邦，它只可遐想，不可接近；它只可入梦，不可实践。事实上，这正是小说所要传达的审美意图。很多人世间的男欢女爱，放在心里，永远都是浪漫而美好的，而一旦化成现实，这种乌托邦式的情感，便会在种种难以言说的世俗生活里消磨殆尽，甚至彼此厌烦。这既是爱的两难之境，亦是爱的美妙之处。

《夜是怎样黑下来的》从代际冲突入手，将两代人之间的欲望与伦理的对抗，演绎得风生水起、一波三折。老辛对自己儿子的女友张茜之所以由挑剔发展到愤怒，甚至要不惜一切代价拆散他们，并不是张茜有多少过错，而是老辛面对张茜时有着特殊的惶恐。这种惶恐意味深长，既包含了家长权威的动摇，又有着隐秘欲望的诱惑。张茜到老辛家之后，从烧菜、喝酒、放鞋，甚至与儿子的悄悄话，都在颠覆他作为一家之主的威信和尊严，而张茜那双充满生机的眼睛，以及青春的身体，又挑战着老辛的心理，以至于老辛都无法掌控自己的行为。《寻找采芹》展示了一个彻底的物质化世界的交换游戏。无论是廖老板还是李叔生，甚至包括采芹自己，都只是将女人视为一种性或青春的润滑剂，视为一种利益交换的基本筹码。小说尤为尖锐的是，作为被侮辱与被损害者，采芹却毫无感受，反而在利益得失上为两个出卖她的男人进行心理权衡，这种彻底失去尊严感的生存境遇，表明这个时代的伦理已经破败不堪。同样，《一切是怎么发生的》也触及了这个时代破烂不堪的伦理，但它却指向了有一定知识背景的市民阶层。何逢吉、金城、钱喜趣、顾维汉这几个男女，无论是后知后觉、先知先觉还是不知不觉，他们在情感上或明或暗的扯扯拽拽，虽有背叛与引诱的阴暗动机，但当一切既成事实之后，结束的只是所谓的婚姻，而游戏却依然在进行。类似的短篇还有金仁顺的《三岔河》、陈继明的《老桥》等。

刘建东的《师长的雕像》和《师长的弹壳》、朱山坡的《鸟失踪》、冉正万的《树上的眼睛》、须一瓜的《黑领椋鸟》等，则以强烈的寓言特征，传达了创作主体对各种可能性的生存状态的思考。《师长的雕像》仿佛是一个新版的《皇帝的新装》，它将历史融入乡间文化的同时，使英雄与英雄崇拜向荒诞的境遇疯狂地滑行——当所有的权力者都在围绕一座雕像进行造神运动时，只有杨富贵对英雄的存在发出了质疑。毫无疑问，杨富贵受到了嘲讽和惩罚，因为他伤害了集体意志和公众热情。这种造神运动，关心的不是事实和真相，不允许怀疑和追问，它是以神本主义为信念、为盲目的集体意志提供虚弱的文化符号。（这种神本主义的冲动，显然隐喻了我们曾经经历的疯癫的历史。）

《鸟失踪》以一种舒缓而感伤的语调，叙述了一位孤独的父亲对儿子的隐秘怀念。随着漫长岁月的淘洗，晚年的父亲终于过上了安静的日子，然而他依然无法忘却曾经在越战中牺牲于他乡的儿子，只不过他无法诉说这种情感。所以，他选择了一种极端的生活来麻醉自己：“酗酒、好赌、懒惰、几个月不洗澡和对老婆的傲慢。”不久，他又希望通过养鸟来排遣自己内心的孤独和思念，但仍以失败告终，以至于最后变成了一个“野人”，只为了寻找曾经的骨肉。这篇小说以一种特殊的方式，对战争遗留的人性之痛给予了深切的体恤，同时也将我们的遗忘置于拷问的位置上。《树上的眼睛》让人想起卡尔维诺的《树上的男爵》，其中的舅舅既是一个充满灵性的人物，又是一个独特的视点。因为双腿残疾，舅舅在拥有了“我”给他的一只望远镜之后，开始迷恋树上的生活。他要通过遥望来弥补失去双腿的岁月，他要借助遥望来实现内心的远行。然而，挖掘机、推土机隆隆地开来了，乡村不再拥有青山绿水的宁静，舅舅在“致富和开发”的口号中，仿佛看见了令人忧伤的将来，从此他不再上树了，也不忍再眺望乡村的风景。《黑领椋鸟》围绕着高压铁塔巡线工对鸟患的处理，书写了人与鸟之间充满灵性的精神共振。宗杉对黑领椋鸟的呵护与交流，与其说是重建人与自然之间的和谐，还不如说是为了寻找自我生存的慰藉。这类具有寓言意味的短篇，给人留下较深印象的，还有冉平的《青紫蓝》、刘恪的《无相岛》、张玉清的《觐见元首》等等。

徐则臣的《一九八七》和吕伟的《狼烟》属于成长小说，但是，它们在深入到贫乏时代的记忆中时，都极力彰显了人物内在的理想冲动。在《一九八七》里，身为大队广播员的叔叔，将躁动的青春义无反顾地投入到当时的流行生活里，试图以全部的激情来追求理想的生活，结果以惨败而告终。可以说，他是以惨痛的代价，揭示了那个刚刚步入开放时代的精神镜像——无序、刺激、冒险而又危机四伏。《狼烟》以略带感伤的语调，书写了一个缺乏爱与安全的成长故事。沈小尾是一个瘸腿少年，在家庭里得不到多少温暖，在学校里更是受尽欺辱，但他依然顽强地与这个近乎冷漠的世界抗争着，决绝、隐忍、顽强，甚至最后在奔跑中战胜了有名的对手，找到了自信。遗憾的是，正当沈小尾捧着奖状等待美好的未来时，他的梦想再一次破灭，继续奔跑，或许是他一生的命运。

三

红柯的《社火》和《好人难寻》、盛可以的《苦枣树上的巢》、晓苏的《我们的隐私》、海飞的《自己》都是将叙述安置在底层生存群体之中，展示了那些微不足道的人群在缭乱的现实中无序奔突时的伤痛。《社火》以饱含血性的语言，通过“血社火”这一特殊的民俗表演，再现了乡村生活特有的率真、野性和坦荡。在小说中，广义既是一个生机勃勃、脑子灵活的青年，又是一个比照城市与乡村生活模态的特殊视点。正是在他的视野之中，虚伪、卑琐、金钱至上的城市生活一步步地被放大，坦诚、自然、非功利的乡村生活则露出了妖娆的质感。它们同样彰显了欲望，同样游走在社会伦理的背后，同样包含了对英雄或成功的崇拜，但是却体现出完全不同的生命情怀。《苦枣树上的巢》写到了乡村里两对夫妻的错位之爱，虽然充满了伦理上的喧嚣，挟裹着道德的压力，但更多的还是生存的焦灼。它折射了他乡与故乡、留守与漂泊、孤独与抚慰之间的冲突，也传达了当下的乡村生活正在远离坚实的“归属感”。《我的隐私》也是如此。两个已婚的男女为了生存，在异地他乡走到了一起，并不仅仅是为了性或爱，还有彼此对孤独和思念的抚慰，对温暖的家的回味。当他们共同踏上回乡的路，这种曾经的生活又变成了一种惶恐，一种折磨，甚至是一种威胁。所以，他们学会了时髦的生存手段：保护隐私。问题当然不在于这种隐私如何保护，而在于这种隐私本身，包含了多少苍凉的人生境况？又回应了多少无奈的生存现实？《自己》以一个女性曲折的情感经历，同样传达了这个时代的伦理困惑：在爱、婚姻与自我的幸福构想之间，身为女人，究竟如何才能找到这种完美的归宿？李小布不是一个物质化的女人，也不是一个精于算计的女人，她与已婚男人赵光明的交往，因为张园的存在而充满了宁静和自足。她没有去想结果，当赵光明突然离世，她才明白，自己的一切已经随他而去，包括让她身心都无比安宁的张园。这篇小说仿佛江南婉约的风景，具有某种清幽柔绵的审美质感。

作为文学新人，在《秦淮》和《迷藏》中，娜彧和杨怡芬都显示出了让人惊诧的叙事能力。她们似乎在动用一种逆向性的思维，使人物关系不断地进入某种混沌而复杂的状态，然后在这种混沌之中左右盘旋，撕开各种微妙的人性。这种充满智性的叙述，并不是彻底地颠覆日常生活逻辑，而是像林斤澜所言，只是在“稍微”[①]二字上做足了功夫——让人物悄悄地滑出正常的轨道，变换某种身份或角度，而人生中的某些迷局，也因此被展示得通透淋漓。

余一鸣的《我不吃活物的脸》、薛荣的《网络诗人咚咚锵》、范

① 林斤澜:《短篇短见》，第265页，浙江文艺出版社，1996年。

小青的《我在哪里丢失了你》和《国际会议》、裘山山的《戛然而止的幸福生活》和《致爱丽丝》、陈昌平的《深圳》等，均以一种反讽式的艺术思维，让叙事直达各种乖张的生存部位，凸现出那些无序而又无奈的生存镜像。《我不吃活物的脸》围绕着一个工伤赔偿事件，牵出了各种诡吊的人性。因为是“超死”，沈事的伤亡无法上报安全部门，于是陈律师、死者的家属开始暗地联手，向丁良才所在单位索要高额赔偿。虽然丁良才早已熟知其中的阴谋，并花了九牛二虎之力，以为成功地破解了陈律师的诡计，然后将高额赔偿金亲自发放到沈事的父亲手中，但是，当他在路上再次遇见这位孤独的父亲时，却发现这位父亲和自己一样，仍然中了陈律师的圈套。沈事之死，一点也不“省事”，它道出了人性的荒凉，更展示了人情的冷漠。《网络诗人咚咚锵》以高校评估为背景，叙述了大二学生、网络诗人吕震与学校领导之间的隐秘冲突。表面上看，它是一种制度与伦理的冲突，隐含了我们的教育体制与求真目标的严重错位，而实质上，它明确地凸现了权力网络的诡吊与阴险，以纪福良和秦院长等人为首的学校领导所掌控的权力网络，最终将这位率真的网络诗人打得一败涂地，同时也将我们的教育目标和启蒙信念瓦解得干干净净。

《戛然而止的幸福生活》以温婉的笔触，叙述了一位迷恋读书的女人渴望过上一种简单的生活——不用上班，不下厨房，在深闺中与书相伴。然而，现实却让她处处碰壁。在执着的等待中，这个叫单云的女人终于碰上了有钱有势的谭先生，谭先生高薪请她为自己的病妻阅读，尽管这“和她开始想的大相径庭”，但她还是接受了邀请，以至于在朗读《白轮船》中不知不觉地流下了苦涩的泪水。用世俗的眼光看，单云既不漂亮又不勤劳，属于“两头都不甜的甘蔗”，但这样的甘蔗还能叫甘蔗？所以单云的格格不入，与谭先生的妻子构成了一种命运的循环，也有力地传达了世俗生活对理想生活的清洗。《我在哪里丢失了你》以名片作为道具，展示了现代人的交往伦理——在那里，没有友情，只有需要；没有真情，只有表演；甚至没有真实，只有想象。作者以一种“名片流行史”的回顾，让王友慢慢地体悟到“名片”与“明明白白地骗人”之间的怪诞关系。

迟子建的《塔里亚风雪夜》和郝炜的《卖果》以极具生活质感的话语，讲述了一种弥足珍贵的亲情伦理。其中，《塔里亚风雪夜》虽然在情节设置上显得有些过于巧合，但是，作者在处理李贵夫妇的情感时，却有着别样的温馨和淳厚。尤其是被称为“李怪”的李贵，像个大孩子一样充满诗意和血性的性格，在黑妹的宠爱下，散发着质朴而明净的光泽。作者的另一个短篇《解冻》虽然叙述的是历史苦难，同样也散发着这样的气息。《卖果》则通过一种绵里藏针的手法，围绕着两代人之间的情感、经验、尊严及观念，将父子之间的内心冲突叙述得含而不露，引而不发。在小说中，作者并没有将那些代际冲突演绎成人物之间的激烈对抗，而是通过父子之间特有的血缘亲情，在一种心理层面上悄然化解了。这是一种非常温暖也非常准确的处理方式。因为父子之间的情感，常常不是通过很多语言来交流的，尤其是在乡村，父爱更多的时候像大山一样沉默。陈启文的《李香君的秘密生活》讲述了一段历史传奇。故事本身并不深刻，但是作者却在一种唯美、诗性、清幽、从容的叙述话语中，缓缓地呈现了一个女性非凡的生命情怀。

最后，我想谈一谈有关藏文化的短篇。因为在2009年，我曾先后读到了次仁罗布的《放生羊》《阿米日嘎》《传说》，万玛才旦的《午后》《八只羊》，以及龙仁青的《倒计时》等。这些具有浓郁宗教情怀和异质生存趣味的作品，完全改变了人与物之间的关系，呈现出宗教文化浸润中的人对世界的特殊看法和体验——从天空到草原，从树木到羊群，处处闪耀着生命的灵性光泽，处处洋溢着远离物欲的、旷达的诗性情怀，就像高原的天空那些透明。尤其是《午后》中充满飘逸感的叙述，与那位少年的初恋情怀达成了美妙的统一，尤其是将日光当成月光，让心情阻止光阴的感受，有着令人怦然心动的审美感受。

批评家李建军曾经说过：“消极写作是把写作变成一种消极的习惯的写作。这种写作的动因，不是来自对生活的发现，不是来自不可遏抑的内在激情，不是来自改变生活的强烈愿望，而是来自一种像不打麻将就手痒一样的消极需要。”[1]说实在的，这样的写作，其实已经与艺术创造无关，只不过是在生产一些文学的赝品。事实上，近些年来，不仅仅是短篇小说，包括中篇甚至长篇，这种消极的惯性写作都普遍存在着，并成为我们文学发展的一个重要障碍。

（原载《小说评论》2010 年第 1 期）

① 李建军:《小说的纪律——基本伦理与当代经验》，第 59 页，江苏文艺出版社，2009 年。

思维惯性的滑行与超越

——2007年短篇小说创作评述

在很多作家的心目中，短篇小说都是一种言说不尽的文体。表面上看，它短小精悍，故事要求亦不复杂，似乎可以解除写作过程对作家体力和耐心的直接考验，让作家在“一蹴而就”中建立自己的艺术自信。但若深入肌理，我们又发现它充满了各种挑战意味，从叙事语调的确立到故事结构的设置，从细节处理的敏感度到语言的精准性，都十分考究，甚至稍有不慎，便会导致满盘皆输之势。

不仅如此，从思想内涵上看，短篇也拥有一种“空纳万境”的优势。尤其是虚实之间，轻重之间，缓急之间，更是意味多多。因为篇幅本身的限制，在短篇的写作中，作家的审美意图很难表达得淋漓尽致，于是，他们便转而利用语言自身的特点，使一语一事，一人一象，集纳着十分丰沛的审美信息，形成“言已尽而意未穷”的态势。像汪曾祺的《陈小手》中那个团长，一枪崩了救命恩人陈小手，还愤愤地来上一句:“我的女人怎么能让别人摸！”团长心中的霸道、乖张以及被传统伦理所浸润的失贞观念，都含在这句话中，品味起来十分复杂。又如卡尔维诺的《良心》，那个叫路易吉的男人，在战场上杀敌无数，被奉为英雄，但他却良心难安。当他一枪崩了自己的仇敌，抚平了自己的良心，结果却被判了死刑。这种个人良心与国家正义之间所形成的错位，将小说内涵引向了个人与历史的对抗性境域之中。它的丰富性，更是三言两语所无法阐释。

短篇的这些基本特质，决定了它是一个既让人魂牵梦绕又令人心生畏惧的文体。很多作家常常满怀豪情地冲向短篇，甚至多年来孜孜以求地专攻短篇，结果依然是佳作寥寥；而有些作家看似无心插柳，却每每有所斩获。

一

我曾经写过一篇《短篇小说，或一些问题》的文章，试图对短篇小说的文本形态进行一些简单的归类，同时从创作主体的思维层面上，对当前短篇创作中所呈现出来的一些普遍问题做些探究。在此文中，我将短篇大致分成四种类型，即，欧·亨利式的结构形态、辛格式的游离形态、卡尔维诺式的寓言形态，以及汪曾祺式的笔记形态。如同任何归纳性研究一样，这种归类也许不是非常科学，但我觉得，它大体上能够概括短篇的一些基本模态和它背后所隐含的创作主体的思维方式。

纵观 2007 年的短篇小说创作，如果按照这种归类方式进行检视，我们同样也可以看到其中存在的一些普遍性问题，尤其是作家们的某些惯性思维。

先看欧·亨利式的结构形态。它主要取决于故事结尾的出奇制胜，所谓“既在意料之外，又在情理之中”。但这种“欧·亨利式的结尾”，并不只是强调一种故事表层的合理性突转，而是要凸现“突转”之中的丰厚内涵。譬如欧·亨利的名作《警察与赞美诗》，索比在经受了赞美诗的洗礼之后，忽然有了“从良”的强烈愿望，但法律不承认这种宗教感化，它只认同事实。因此，索比命运的最后突转，看起来只是一种叙事层面上的意外，但意外之中却又分明地包含了个人命运与国家机器、宗教与法律之间的微妙冲突，甚至对法律的惩戒意义提出了绝妙的嘲讽。

我们的很多作家也非常喜欢这种结构形态，甚至对这种形态驾轻就熟。仅 2007 年，我就读到了谈歌的《天香酱菜》、王祥夫的《街头》、刘庆邦的《八月十五月儿圆》、欣力的《拾花的早晨》、于晓威的《厚墙》、风马的《天下本无事》、陈世旭的《机密》、范小青的《蜜蜂圆舞曲》等很多类似的短篇。应该说，这些短篇在处理结尾时都非常漂亮，外在的偶然性和内在的必然性都把握得很好，整个故事的叙述也有声有色，很吸引人。但读完之后，令人回味的内蕴却并不丰厚，或者说，创作主体的审美意图过于简单、明确。像《天香酱菜》，除了抖出赵广林是一名御厨之外，故事本身可以说毫无深义。《街头》通过对强势者与弱势者之间冲突的演绎，让弱势的哑巴绝望地杀了那对开宝马车的男女，除了一种道德的彰显，同样也并没有多少内涵。

再看辛格式的游离形态。这种模式主要强调人物之间的游离和情节细部的盘旋，创作主体对叙事的控制能力非常强，能够让冲突始终处于引而不发的状态，并在往返与盘旋之中凸现人物内在的精神质感。2007 年的短篇中，类似的作品有刘庆邦的《黄花绣》、郭文斌的《点灯时分》、陈启文的《寒冷的火焰》、范小青的《父亲还在渔隐街》、张学东的《剃头》和《年味》、裘山山的《事出有因》、王安忆的《厨房》和《公共浴室》等。这些短篇非常注重对现实生活内在质感的表达，游离与盘旋亦把握得不错，叙事节奏相对从容。但是，细细品味之后，我总觉得，它们要么缺少创作主体独特的个人体悟，叙事细节多半停留在经验性的层面之上，像王安忆、张学东等；要么叙事语调出现分裂，像《寒冷的火焰》中大量的叙述明显突破了老人的感知视点，《点灯时分》中的民俗原本是年年都有的，但小说以童年视角来叙述时，却过于强调它的新奇性；要么情节发展出现强制性的扭转，如《事出有因》的前半部游离性把握很好，但后半部转到历史悲剧的探寻上了，且交代性意图十分明显。

卡尔维诺式的寓言形态，主要是通过一些不同寻常的细节，使叙事脱离纯粹的写实层面，进入各种想象的空间。这种形态既解放了作家的想象力和创造力，又使叙事话语在剥离写实之后获得了诗性的气质，呈现出飞翔的状态，同时，以一些小小的人物或事件，将思考延伸到某些重大的命题之中。这是一种具有强烈现代意味的创作形态。它融灵性、凝重、隐喻于一体，在一种广袤的想象地带，为人们提供了巨大的回味空间，同时让我们在现实生活中可以轻易地找到它们的影子。2007 年，我所读到的这类小说虽然不是很多，像残雪的《贫民窟》和《月光之舞》、权聆的《鹅美人》、童若雯的《古美人的微笑》、骆以军的《杀妻者》《神弃》等，都有一定的寓言意味。但是，它们过于强调主观性的叙述，形式上的现代意味突出，而内涵并没有达到应有的丰实。

汪曾祺式的笔记体形态，是中国传统短篇的经典模式，它注重短篇叙述中的虚实相兼，内敛、隽永，追求语言内在的韵味，在白描上尤见功力。虽然这类短篇在当前的创作中并不是很多，但仍有一些作家对它极为钟情。2007 年，我就读到了阿来在《人民文学》《花城》《上海文学》等刊物上发表的一系列关于"机村"人事的系列短篇，阿成的《黑龙江的小故事》和《国高学生》，以及林斤澜的《天意》和《月光》等。它们都带着明显的笔记体意味，但同时我又感到它们并不特别出色，无论语言的内在韵味，还是叙事的内敛力量，都缺少足够的回味空间。

应该说，我所提到的上述这些短篇，都是阅读时印象较深的作品，有些甚至进入了我的年选最后审定的篇目之中，但在反复掂量之后，因为这样或那样的不足，我还是放弃了它们。

二

就本年度的选本而言，我选取了 26 位作家的 28 篇小说，虽不敢说它们都非常优秀，但确实体现了作家的某些独特的思考，也是我个人较为满意的作品。其中需要说明的是，迟子建的《花牤子的春天》和张静的《有情郎》篇幅上都在两万字以内，有些选刊将它们视为中篇，但我仍按通常的规则将之列为短篇并选入选本。

首先吸引我的，是毕飞宇、艾伟、金仁顺、苏童、迟子建等人的短篇，它们虽然各具特点，但都体现出某种共同的审美倾向，即，在一种游离式的叙述法则中，鲜活地展现了人物内心深处异常隐秘的精神状态，凸现出耐人寻味的审美意蕴。毕飞宇的《相爱的日子》看似漫不经心地写了一对都市边缘男女的情感际遇——偶然地相遇、做爱，然后彼此交流，像恋爱又不是恋爱，最后友爱地分道扬镳。他们彼此温暖着自己也温暖着对方，甚至有点以沫相濡的真诚。但是，他们却一直小心翼翼地回避那个沉重的“爱”字。是他们不想相爱？不，是不敢。世俗的欲求、生存的压力、飘忽的命运、无望的未来……这一切，都不允许他们正常地相爱。他们以独特的生存方式，呈现了都市底层人群在爱与欲之间的分裂，也表达了他们对这个物质时代的近乎绝望的抗争方式。他的《家事》煞有介事地叙述了一群中学生之间的“家事”。他们以家庭角色彼此相称，在校内校外进行各自的职能表演，把青春寄寓在成熟后的世俗幸福中，非常鲜活地展示了青春期少年的内心躁动——他们渴望成长，渴望成为世俗生活中的一员，并不断地体验着这种世俗生活所带来的温情。这种怀想性的叙事，反映的并不是那种通常意义上的早熟，而是这种早熟背后的某些世俗性的生存观和经验性的预演冲动。

艾伟的《游戏房》着眼于一个痴迷于游戏机的少年心理，通过对徐小费的心理推衍，缓缓地道出了这个柔弱朴实的少年在人性上的畸变过程。在小说中，作者紧紧地扣住徐小费的自尊、梦想、叛逆以及青春期的苦闷等精神特点——让他试图通过自己的少年理想去寻找对抗现实、改变命运的途径。徐小费沉迷于游戏机中的暴力世界，使自己的征服欲和破坏欲在一种虚幻的境界里获得了极大满足，而当他回到现实世界，尤其是面对孱弱的父亲和残缺的家庭，他又感到无比的自卑。这种人性内在的失衡，使他渴望在现实生活中找到力量的支撑，于是他疯狂地崇拜王勃，并很快成为他手下的“哈喽”，由此开始了自己的暴力生涯。一次次地施暴，不仅让他品尝了征服的快感，宣泄了青春期的苦闷，而且帮助他建立了少年式的自信，让他在同学中赢得了威严。这种人性恶的轮回，很快让他卷入更尖锐的自我冲突之中。特别是他打了自己的父亲之后，沉重的负罪感和少年心里小小的恐惧与不安，让他在看到自己的父亲受辱时，终于悄悄地实施了暴力反击。

金仁顺的《云雀》讲述了一个外籍商人姜俊赫和中国女大学

生春风之间的婚外恋情。这是一个并没有多少深刻意蕴的小说，但在叙述的肌理之间，却尽显人性的微妙与繁复。在春风的眼里，中年男子姜俊赫无疑是魅力非凡，他冷峻、坚毅、富足，像磁铁般吸引着少不更事的春风。然而，随着春风一步步进入姜的生活和内心世界，我们才发现，姜俊赫同样也有着一般男人的脆弱、烦恼和无奈；而在姜俊赫的眼里，春风是一个纯朴、胆怯、不谙世事的少女，但是，随着交往的不断深入，他同样看到了春风的内心里迷离不安的意绪，以及对传奇性生活的向往。他们带着各不相同的要求同居了，但他们距离真正的爱却仍然遥不可及。或者说，他们彼此的内心里也有真心相爱的冲动，但世俗的欲求和不同的理想形态又使他们很难走进各自的心灵。此外，她的《彼此》和《桔梗谣》也同样在一种游离状态中，写出了人物内在的某些隐秘欲望。

苏童的《茨菰》通过一个非常年代里的逃婚故事，很巧妙地将道德与义务纠结在一起，进行了一番别有意味的审视。在小说中，作者的主笔并不是书写乡村女子彩袖的不幸命运，而是围绕着她的逃婚事件，着力表现了一群城里小市民的复杂心态。巩爱华、姑妈、父亲、母亲、姐姐……他们一方面为彩袖的换婚处境愤愤不平，标榜自己的道德立场，另一方面又相互推诿，尽力逃避某些责任；他们一方面对别人处处指责，另一方面自己又不自觉地重蹈别人的覆辙。小说中的彩袖，仿佛是一只烫手的山芋，被他们扔来扔去。为此，父母还与姑妈闹成了绝交。即使彩袖在无助中屈从了命运，并喝药自杀之后，人们仍然不忘相互推诿。尤其是姑妈，最后还愤愤地说道："我们对彩袖问心无愧的，彩袖苦命，怪不得别人呀，要怪就怪那个巩爱华，不是她惹这个麻烦，彩袖她也不至于落这么个下场。"这种推诿心态的确引人深思。

徐则臣的《伞兵与卖油郎》非常生动地演绎了一段少年时代的英雄梦。红五星军徽、军装、八一皮带、飞机、伞兵……这些极具飞翔气质的符号，在那个启蒙荒废的年代里，成为范小兵和"我"的最大梦想。于是，他们以近乎疯狂的姿态，充分施展各种少年式的狂想，不顾一切地反复演练自己的英雄梦，甚至为此付出了很多代价。尽管在这种梦想的背后，已经有老范这样的悲剧性结局作为明确的暗示，但对于沉醉在梦想里的少年来说，他们无法理解也不去理解。这种奇特的英雄梦，与其说是少年生命的本能反映，还不如说是扭曲性的历史价值观对他们成长的潜在规约。它将诗意、荒诞和飞翔的叙事较好地融会在一起。萨娜的《拉布达林》叙述了一个有关生存之根的故事，但它打动我的不是作者的故土理念，而是一种质朴的温暖情怀。柳梅的回归，并不是因为她与吴贵生之间没有感情，而是她离不开故土，离不开那种河流、篝火、鱼群以及祈祷鱼神的歌谣。它们已渗透在人物的血脉里，带着宗教般的定力，使他们无法移植和迁徙。这种强大的、来自远古的文化血统，通过极为温婉的方式，笼罩在拉布达林这个小小的渔村，却将那里的生活模态打造得具有某种田园牧歌式的诗性境界。

迟子建的《花牤子的春天》写了一个被现实伦理强行阉割的生命。高小牤子之所以变成花牤子，既是生命本能的自然冲撞，也是民间伦理的默许和纵容。但民间伦理又以其特有的狡诈性，“合情合理”地剥夺了花牤子的物质生活。在不断地割地赔物的过程中，绝望的父亲不得不带着花牤子奔走他乡，最终使花牤子失去了生命之根。没有了生命之根的花牤子，原本可以过上平庸而安稳的乡村生活，不料随着紫云的自杀和父亲的死，他再度陷入生存的危机。他卖力地为外出打工的村民们看守妻子，由被阉割的人成为阉割别人的人。这里，作者非常尖锐地道出了民间伦理的狡黠与刁钻：一方面，贞操是女人的大事，失去了它就意味着失去了命运的主宰权；另一方面，在特定的情境中，女人的贞操又成为男人尊严和利益的砝码。但更重要的是，女人毕竟也是一个个鲜活的生命，寒葱的怀孕既是对民间伦理的反动，对荒芜的乡村生活的抗议，也是对花牤子存在价值的否定。因此，这篇小说的触须已探入各种复杂的生存境域，包括现实、人性与伦理的各种纠缠。此外，她的《百雀林》同样也是本年度颇为精粹的短篇之一。

三

与上述作品稍有不同的是，须一瓜、戴来、王棵、王手和裘山山等人的短篇，主要着眼于庸常生活的内部书写，极力发掘某些隐秘而又微妙的生活质感。它们似乎并不强调创作主体的思想凸现，而只是津津乐道于某些惯常生活的再现。但是，这种游离式的再现，却很不经意地撕开了日常经验遮蔽下的许多丰富的人性面貌，让我们于蓦然回首之际，看到了简单生活的背后，同样也有着各种特殊的沉重、无奈或温暖。

须一瓜的《少许是多少》和戴来的《向黄昏》都是在一个家庭内部来展开叙事的冲突。狭小的空间、简单的人物，赋予了她们对人物关系的精妙演绎。《少许是多少》讲述了一个叫游兵的男人在单位与家庭之间的灰色生存。人到中年的他，像一只钻进风箱的老鼠，尽管他处处小心翼翼，但还是处处受气。小说尤其精彩的是，作者叙述婆媳之间的微妙争斗，特别是媳妇对婆婆的挤对，从一只菜罩子到一袋手纸，媳妇支玲总是能够抓住“战机”冷嘲热讽，刁钻、市侩与狭隘的心理尽显笔端。《向黄昏》则将一对老年夫妇之间的内心抵牾叙述得有声有色。一次偶然的夫妻生活被拒，使老童和陈菊花就像“两只拖鞋”一样，“一东一西互不买账地在房间里”。于是，老童开始向往外面的生活，试图以此排遣内心的积郁；陈菊花则在家里进行心理上的“历史盘点”，并决意出走。整个小说都是建立在内心叙事之中，将一对老年夫妻的情感危机演绎得淋漓尽致。

王棵是一位文学新人，近两年正以强劲的势头闯入文坛。仅2007年，我就读到了他的《难过》《暗自芬芳》《归来》《米粒儿的天堂》等一系列短篇。其中《米粒儿的天堂》尤为细腻温馨，父女之间的情感像浓浓的晨雾缠绕在话语之中，透出一种血浓于水的爱意。这是一个写男人内心情感的故事，也是很少人敢于触及的领域。面对爱妻的早逝和女儿米粒儿的绝症，已近中年的“他”以柔情替代强悍，以细腻替代粗粝，以思念甚至偷窥替代孤独。年幼无知的女儿，却又每每以似懂非懂的话语刺激着他的伤痛，但他仍以罕见的毅力将生活打理得有条不紊。直到H的出现，他们才获得了一种“互相帮助”的机会。

王手的《飞翔的骡子》仿佛是一则寓言。“我”在工作之外找到了一份赚钱的差事，替一个老板管理一个建造庙宇的工程。为了解决建筑材料搬运的问题，“我”忽发奇想，建议老板去云南买些骡子。于是，一群骡子千里迢迢来到了小城，开始“高效率”地穿梭于山上山下，运送各种建筑工料。为了让骡子们使足力气干活，人们可谓绞尽脑汁，甚至让它们吸香烟。但是不久，备受折磨的骡子们开始奋起反抗，甚至自杀身亡。这让“我”的内心深受谴责，并果断地决定不再赚这份外快。读完小说，说实在的，我想到了那些遍布全国的私营小老板。他们对待工人，其实与“我”对待骡子们完全没什么两样。裘山山的《野草疯长》以非常温婉的语调，讲述了一个底层女人的情感伤痛。25岁的“我”在历经了婚姻的波折之后，来到城市里的一家美容院上班，并意外结识了松林。随着两人的情感发展，“我”自觉地向他道出了自己的情感往事，希望在心爱的人面前真实地打开自己，结果松林却选择了消失。于是，“我”在某网站的BBS上将自己的经历慢慢地公布出来，并借此“疗治”自己的内心之伤。小说的动人之处，在于“我”对每一次爱的流失所表现出来的凄婉和无奈，以及耐人寻味的复杂伦理。

高君的《取暖期》、姚鄂梅的《索道》、吴君的《亲爱的》、郭文斌的《大生产》以及陈启文的《虚掩的门》等，也是探寻各种底层生活的内在质感，只不过，它们并不是将故事直接安置在日常生活中，而是建立在某些特殊的情境里。其中《取暖期》选择了一个城郊的出租房作为叙事点，展示了一群底层房客们的百态人生。那里有辛酸，有温暖，有无奈，也有隐痛，作者动用了一种窥探式的叙事手法，将平静生活内部的各种艰辛和疼痛表现得不动声色。《索道》中的蛮子为母亲所建造的索道，既是情感的索道、灵魂的索道，也是生命的索道，是超越了一切世俗伦理和时间的永恒之爱的索道。

《亲爱的》通过一个偶然性的事件，让郑歌儿经历了一次炼狱般的人生洗礼——那是人与人之间的绝对不信任所导致的伤害，是利益和欲望腐蚀了人们的身心之后所产生的冷漠和尖刻，是爱与力量缺席之后的无助和绝望。它从一个小小的契口里，道出了我们这个时代里某些人性与人道的盲区。《虚掩的门》也触及了都市人的某种冷漠、自私和吝啬。为了买到实惠的家具，“我”一路狂杀价格，而且自认为“那是我最像一个男人的时候，在我的男子汉气质面前，那小姑娘最后的防线眼看就要崩溃了，她开始喘息，呻吟，脸越涨越红，像是要哭了”。结果是妻子气得出走离婚。为了找一个便宜的搬运工，他用衣服被小伙子弄脏为借口，以近乎要挟的手段，让小伙子为他搬运家具。他为自己的“天衣无缝”而洋洋自得，但最后却被小伙子的绝对慷慨和大度击得一败涂地。《大生产》通过一种童年视角，在充满新奇和异质性的话语里，通过对生与死的轮回性书写，展示了乡村风俗里特有的生活情调。正月和腊月的母亲是个接生婆，而父亲则是一个丧葬师。生与死都是人生的大事，因此，他们的父母在乡村里肩负着某种特殊的使命，但作者并没有倾力去表现生与死的壮阔，而是围绕着生死事件，缓缓地在童年眼光里延伸出来。

方如和张静是两位小说新手，但他们的作品已显示出良好的质感。方如的《声铺地》在叙述上虽然还有些不尽如人意之处，但作者显然明白故事的敏感部位，且能动用一些“声东击西”的智性手段，揭示当下青年一代的精神质地和生活观。它的结构有点像发音时的“声铺地”一样，层层剥落，最后回到原点——由吴峰到老田，由老田到代沟，再由代沟到“我们这一代人”的精神问题。张静的《有情郎》通过一种回忆性的诉说，在讲述死刑犯李明益情感生活的同时，不动声色地拷问了婚姻内部的种种危机。它与人的善恶无关，与人的地位无关，与人的真诚无关，但是，它处处关涉人的个性、态度和生活方式。从小林、香兰到秀实，李明益真心实意地爱过三个女人，但这个“有情郎”却无法找到与她们相处的最佳方式，甚至连自己的孩子丁当也无法沟通。在婚姻生活中，他总是剪不断、理还乱，以至于成为杀人犯。也许，这就是钱钟书所说的“围城”？

从叙述方式上看，这篇小说也异常丰实，在细节上很见叙事功力。

四

短篇作为一种极具挑战性的智性文体，当然也离不开创作主体在叙事上的自觉开拓。2007 年的短篇虽然在实验性方面并没有多少值得推崇的佳作，但也有一些可圈可点的作品，譬如张惠雯的一些短篇、薛忆沩的“深圳人系列”、朱文颖的《蚀》、薛荣的《剃头匠》《扫盲班》，以及陈锟的《就这样讲述灵魂的升腾》等。

张惠雯是一个具有很好天赋的小说新手。2007 年，我先后读到了她的《如火的八月》《极速列车》《徭役场》等短篇。它们仿佛一场词语的盛宴、想象的盛宴、修辞的盛宴。精美练达的叙述、丰沛轻盈的想象、无处不在的象征，构成了其作品灵光四射而又不失沉思的特点。譬如，《岛》就像一个童话。但是，在这个童话里，却有一个世俗的人间始终动摇着人物的生存信念。他和她在一座孤岛上过着伊甸园式的生活，“他们赤裸地拥抱着睡去，把彼此的皮肤当成清凉的席子”；或者，“他们用亲吻刷洗彼此的身体，在黑暗中眨动着眼睛”。在这个远离尘世的世界里，他们取消了一切现实伦理的规范，甚至不需要个性，“长久的，在属于他们和鸥鸟的这一片岛上，他们生活着，仿佛不会老去”。但是，当一艘巨轮隐隐约约地驶入他们的视线，一种叫作“世俗欲望”的东西也悄悄地驶入了他们的内心。他们开始相互试探，相互猜疑，甚至相互警觉，直到她一觉醒来找不到身边的他，便以为他悄悄地逃到了巨轮上，于是，她也义无反顾地扎入大海，游上了那种巨轮……这艘路过小岛的巨轮，仿佛一把尺子，测出了他和她之间的爱情指数，也测出了他和她之间的信任度；但这艘巨轮，又仿佛伊甸园里的那只苹果或蛇，带着人间的强大气息，引诱着他们放弃无忧无虑、地老天荒的诗意生活，陷入猜忌、戒备和分离的泥淖。

《岛上的苏珊娜》也像一个童话，不过，它与《岛》正好构成了一种相反的审美意趣。丛林中的那座小木屋，同样也可以视为一种远离尘嚣的伊甸园。但“我”和苏珊娜是带着世俗的烟火气走进这里的，因此，他们的交往是从戒备、疏离、试探开始的。他们在“先奸后杀”的恐惧中走到一起，然后煞有介事地讨论着身体与灵魂的离合问题，讨论灵魂常常被身体主宰的问题，甚至寻找灵魂救赎的问题，可是，随着他们一天天地亲密接触，“我”渐渐地觉得，“在荒凉的岛上，她的眼睛是唯一的灯”。苏珊娜的灵魂却真正地走入了“我”的生活，而身体却在理性的规约中彼此渐行渐远，以至于当“我”的陌生妻子来到这里，当他们过着正常家庭的生活时，“我看着她走动在陌生的房间里，有时候苏珊娜的影子尾随其后，或是忽然跳到她的前面，去推开窗户，拧开水管，同时映在玻璃的深处。在某个时刻，她们重叠在一起，在我刚刚看清楚苏珊娜的时候，她们又突然分开了。她们让房间里充满了影子”。——灵魂，最终成为主宰身体的存在。所以，小说里的苏珊娜，已不是一个单纯的具体人物，而更像一个幻象，一个检测灵魂与身体谁主宰谁的道具，一个隐喻着心灵慰藉的意象。如果我们再细细品味小说里所精心营构的那些场景，包括丛林、梦境、鬼魂以及那个由人物自我认定的“岛屿”，都隐含了十分丰富的寓意。

薛忆沩的《同居者》以一种浓厚的思辨性话语，演绎了一对同居者不断向世俗妥协却又无法真正地融入世俗生活的生存状态。那位痴迷于马基雅维利的中学教师，试图以丰富的理性知识向他的学生们高谈阔论，可是，学生们一句简单的实用主义诘问便让他哑口无言。“人类生活唯一的用处就是变成历史。可是的确，历史又有什么用呢？”他由此变得闷闷不乐。于是，慢慢地，他陷入到世俗生活里，并与女同事同居了。他们都不想让世俗左右自己，希望彼此能过上清醒的自由生活，然而，世俗的力量仍在不断地肢解他的生存方式，并迫使他们逃到深圳。“现在的生活使他渐渐失去了对马基雅维利的兴趣。也使他渐渐失去了对灵魂和精神的兴趣。他只是生活着，像所有人一样。”但事情并没有因此而结束，随着家庭的变故，女方终于提出要结婚，他也只好听命了。婚后的生活似乎为女方找到了一个家庭伦理上的托词，但是，随着父亲的死，以及内心隐秘的瓦解，他们又果断地结束了婚姻。这里，作者试图要揭示理性的精神生活与世俗的规范生活之间的鸿沟，为存在的迷惘本质提供一种情感轨迹，并以此表明人类存在的某些尴尬。

朱文颖的《蚀》在一种充满迷离和暧昧的叙述语境里，写出了一个叫王宝根的打工者对城市生活的惶恐和绝望。但我感兴趣的，还不是小说所要表达的这种思想，而是作者动用的那种叙述氛围——它像浓雾一般，使你的头发可以滴下水来，却始终看不清具体的形态。在王宝根的心里，妻子三凤的生活正是这样，她每天都在眼前晃来晃去，可是上班之后的她却成了宝根心里的一团迷雾。直到有一天，他遇到暗娼喜儿，尤其是听到喜儿说她做暗娼一直瞒着丈夫时，宝根顿时“坐在床上一个劲地发抖”。他明白了三凤的处境。于是，他用那双弹性十足的袜子勒死了喜儿，同时也勒死了自己所有的爱和希望。凤群的《血色碉楼》是一个传奇，一个有关历史、人性和岭南风俗的传奇，隐秘的人物关系与复杂的人性变异结合得颇为融洽。

薛荣的《扫盲班》是一篇非常精致的短篇。母亲每天上夜校读书扫盲，长期不在家的父亲便让女儿去跟踪母亲，以便清除婚姻伦理上的某些潜在的“盲区”，结果女儿陷入一个更大的命运盲区。人生就是这样，“盲区”无处不在，不扫则已，越扫却越多。陈锟的《就这样讲述灵魂的升腾》讲述的是人与自然的对抗。作为一个钓鲨鱼的高手，“我”不仅被大家称为“鲨鱼阿宝”，而且还将鲨鱼称为“宝贝”——因为它们不仅是“我”建立自己所有世俗幸福的基石，还是“我”确立自身卓越智慧和才干的重要载体。但陈锟一反海明威式的叙事，通过“我”、鲨鱼以及第三人称视角的不断变换，将人对自然的强制性掠夺、生命与生命之间的尖锐对抗，以及世俗生活的艰辛和无奈交织在一起，在一种广泛的隐喻过程中，为“反英雄”式的英雄情结提供了一种有力的表达空间，也对人类为满足自己的各种欲望而强掠自然提出了宿命性的抗议。

（原载《小说评论》2008年第1期）

陷阱中的写作
——论新世纪初期的长篇小说创作

浮躁、泡沫、苍白、粗糙、自恋、虚假、远离经典、逃避疼痛……如果在这些危机四伏的词语中挑选任何一个来概括我们近年来的长篇小说总体态势，我觉得都有着无可辩驳的准确性。尽管也有为数不多的作品的确具有丰沛的审美意蕴，完全属于优秀之列，但对于异常庞大的长篇小说整体而言，它们的存在却势单力薄，永远无法改变长篇的总体创作格局。因此，吴义勤先生曾毫不含糊地说："我们当前的长篇小说创作确实'一半是海水，一半是火焰'，其中至少有不下于一半的所谓长篇是地地道道的垃圾。而且，即使抛开那些'垃圾'性质的长篇小说不谈，那些水平线以上的长篇小说也仍然面临着诸多的危机与困境。"[①]我以为，这绝非是一种危言耸听的妄语，而是一个严谨学者的真实判断。

透过这种虚弱不堪的"繁荣"假象，透过"垃圾"遍野的长篇现状，我们发现，很多作家看似激情四射，勤勉异常，可实际上他们却始终缺乏自我超越的艺术潜能，缺乏执着真诚的探索勇气，缺乏独立自治的内省空间。他们常常沉迷于各种褊狭的艺术思维中，以津津乐道的姿态进行着叙事的狂欢表演，却从未认真地审视自己的创作早已踏入了某些陷阱。由此而导致的直接后果，便是长篇小说虽已陷阱丛生却仍无人警觉，写作成为作家在陷阱中的一种生命独舞，或者说是一种在精神上的独自偷欢，虽也不断地勾起无数猎奇者的短暂关注，但从来就无法赢得时间的尊重。

① 《难度·长度·速度·限度》，吴义勤，《当代作家评论》，2002 年第 4 期。

史诗情结：一种虚弱不堪的历史承诺

用史诗般的宏大话语来反映广阔的历史画卷，展现时代的风云变化，演绎历史的沧桑本质，这是很多作家的写作梦想。大约从上世纪50、60年代开始，我国的长篇小说就一直沉迷于对史诗品格的审美追求中。似乎只有写出史诗性的作品，才算写出了真正的长篇；只有展示了具有某种史诗意味的社会历史风貌，才有可能使自己的作品获得艺术上的成功。这种对史诗品性的过度迷恋，逐渐在作家心目中形成了一种难以释怀的"史诗情结"，以至于很多人动辄就以"史诗"作为自己的叙事目标，试图通过对那些重大历史事件和复杂社会现实进行"全景式"的叙述，来体现创作主体对历史与现实的审度能力和驾驭能力，展示作家自身对人类历史进程的整体把握与艺术承诺。而评论家们也是动辄就以"史诗"来评价某些作品，只要它们拥有某种宏大的历史结构，拥有较长的时间跨度，拥有较为复杂的社会历史信息，评论家们就常常冠之以"史诗式的作品"。长此以往，长篇创作便陷入一种"史诗"的怪圈，呈现恶性循环的发展势态，既曲解了史诗的本质内涵，又使作家背上了沉重的历史包袱。

作为一种极为特殊的艺术概念，"史诗"（Epic）一词最早是由希腊文的"叙事"（Epos）演变而来的，译成中文，意为"神托"，原系指古代人在祭祀时，代表神而念出来的祭诗。后经民间歌人口传，文人加工润色，形成一种规模宏伟的古代民间叙事诗。它的特点是反映具有重大意义的历史事件，或以古代传说为内容，重在塑造传奇式的英雄形象，结构宏大，卷帙浩繁，气势雄浑，充满幻想和神话色彩，如荷马史诗《伊利亚特》《奥德赛》，就是欧洲文学史上最早的史诗作品。所以，伏尔泰在《论史诗》中说道："就史诗本身来看，它是一种用诗体写成的关于英雄冒险事迹的叙述。”[①]但是，到了19世纪，这一概念又逐渐延伸到其他的叙事作品中——人们开始把比较全面地反映一个历史时期社会面貌和人民群众多方面生活的优秀叙事作品（如长篇小说），也称为史诗，或史诗性的作品。这也意味着，“史诗”在挣脱了单一的诗歌范畴之后，其内在的含义也逐渐发生了变化，并变成一种纯粹美学意义上的概念。一方面，它强调作家必须对某种具有重大社会意义的历史事件和历史过程进行全面的反映，必须真正地把握并再现出社会演进的历史本质，体现创作主体极为高超的历史驾驭能力，因为史诗“是这样一种历史事件的理想化的表现，这种历史事件必须有全民族参与其间，它和民族的宗教、道德和政治生活融汇在一起，并对民族命运有着重大的影响。”[②]另一方面，它又对叙事话语的“诗性品质”有着更为严格的要求，即，它必须具有某种开创性的文本形式，使它能够足以显示叙事作品在形式上的艺术魅力，决不能因为注重“史”的内涵而使其丧失了应有的诗性价值。别林斯基曾说：“不管一首诗充满着怎样美好的思想，不管它多么强烈地反映着现代问题，可是如果里面没有诗歌，那么，它就不能够包含美好的思想和任何问题，我们所能看到的，充其量不过是执行得很坏的美好的企图而已。”[③]同样，不管一部小说拥有怎样一种历史广度和思想深度，如果没有独具意味的叙事文本，没有原创性的审美形式，它也就不可能成为一部史诗性的小说。质言之，史诗就是创作主体对某个历史过程中精神主流延绵性的精确把握和生动的艺术再现，是寄寓于庞大的形式结构之中同时又超越于形式之上、具有多方位隐喻功能的叙事追求，它应该既有“史家之绝唱”的思想涵量，又有“无韵之离骚”的审美品格。

① 伍蠡甫主编:《西方文论选》(上卷)，第321页，上海译文出版社，1987年。

② [苏]别林斯基:《别林斯基论文学》，梁真译，第197页，新文艺出版社，1958年。

③ 伍蠡甫主编:《西方文论选》(下卷)，第388页，上海译文出版社，1987年。

就长篇小说而言，庞大的叙事时空、丰繁的文本结构、深邃的艺术思想以及繁复的人物形象，无疑都是作品成为史诗所不可或缺的前提条件。正因如此，我个人以为，史诗虽不是长篇小说必不可少的一种特质，但也是长篇走向经典的一种重要途径。所以，我们对长篇小说史诗品性的强调，这并没有错，从雨果、巴尔扎克到托尔斯泰、马尔克斯等等许多世界一流的作家，都是以史诗性的长篇巨著而享誉文坛。但是，问题在于，并不是每一个作家都能写出史诗性的作品，也不是每一个历史事件都具有史诗的意义。尽管从叙事表层上看，一切重大的、影响人类生活和历史走向的事件都有可能成为长篇小说走向史诗的有力依托，但作家必须有洞穿这种历史深度的感知能力，要能够真正地沉入到这种历史的本质之中，击穿它的种种表象，抓住它的主脉，找到作家自身独有的审美发现，并以高超的心智在叙事上驾驭它，使它在凝重的话语流程中展示出来，形成"史"与"诗"的和谐结合，它才有可能成为真正意义的史诗。对此，王彬彬曾说："史诗写作的目的是要'揭示历史的本质'，但'历史的本质'是看不见摸不着的，只能通过看得见摸得着的东西来体现。'正确的历史观'，当然是'重中之重'；其次，便是'反映生活'的宽广度了。一个作家要以小说的方式'揭示历史本质'从而光荣地抵达史诗的境界，就是要在'正确的历史观'的指导下，对一段时期的社会生活进行'全景式'的表现。这样，小说里时间的跨度和空间的广度，就成为一部长篇小说是否具备史诗品格的最外在也最起码的标志。当然，漫长的时间和广阔的空间，还只是保证了框架的巨大，倘若往这个框架里填充的东西太单一和太寻常，那仍然是不配称作史诗的。"[①]坦率地说，我们的很多作家无论是在文化积淀还是艺术修养上，都还缺乏深厚的精神膂力来足以"揭示历史的本质"，更难以做到对社会历史进行真正意义上的"全景式"的表现。

由此导致的结果是，不少作家在一种"史诗情结"的驱动下，

① 《茅盾奖：史诗情结的阴魂不散》，王彬彬，《钟山》，2001 年第 2 期。

仅仅依靠一些有关史料的拼缀和堆砌，承袭一些公众早已认定的历史观念与价值判断，便摆出已经“把握时代本质”的思想姿态，不断地将笔触或伸向那些重大的历史事件和历史人物，或伸向纷繁复杂的现实社会之中，试图建构起具有某种宏大气势的叙事文本，赢得史诗式的艺术品格。而实际上，在那些作品中，他们仅仅是以历史自身的厚重性来衬托作品内在的厚重性，以现实自身的复杂性来再现作品内在的复杂性，并没有真正地展示出创作主体对所叙历史和现实的有效思考，更看不到作家对社会本质的深邃把握。我们所看到的，只是作家对历史现象和事件过程的历时性复述，对社会现实进行表象化的展示，甚至是一种观念化、程式化的图解。最为明显的长篇有：姚雪垠的《李自成》、李尔重的《新战争与和平》、周而复的《长城万里图》、张笑天的《太平天国》、张俊彪的《幻化》以及周大新的《第二十幕》等。这些作品均以百余万字甚至数百万字的庞大文本，借助巨大的时空跨度叙述着一些在社会进程中具有重要影响的历史事件，然而，却无法显示作家自身精深博大的历史观和人生观，无法体现作家对历史与现实的深刻体察与独到思考。如洋洋五大卷的《李自成》，只是在历史的层面上重新复述了李自成起义的整个过程，虽在叙事上也写活了一些人物，但是小说所隐含的历史观念并无多少新颖之处，甚至还带着明显的阶级论色彩。李尔重的《新战争与和平》和周而复的《长城万里图》从抗战开始一直写到抗战胜利，故事广涉不同党派、不同国家的人物和事件，既有不同身份的大小人物在抗战洪流中的种种生存际遇，又有不同时期不同地域中悲凉惨淡的社会场景。但是，它们所透露出来的审美信息，依然是那些人们早已熟悉的历史过程和公众早已认定的价值观念。虽然作家也在一定程度上触及到了战争与人性的主旨，但与苏联等其他一些国家的优秀战争文学相比，实在相距遥遥。张俊彪的《幻化》从抗战一直写到香港回归，从故事上看虽无什么客观的史料作为依托，作者甚至还动用了一些颇具现代意味的叙事手段（如意识流、时空错叠等），但是作品无论是对各种不合理的社会体制的批判，还是对官场权力规则以及个人命运沉浮的嘲讽与慨叹，也无论是对半个多世纪中历史进程的叙述，还是对人物性格的塑造，都没有任何耐人寻味的发现和突破。尤为可悲的是，在整个叙事中创作主体始终未能退到故事之外，不断地通过作品中的人物发表自己的声音，甚至是一些连篇累牍的议论。“这些议论虽出自不同人物之中，可放在一起却有千人一腔的感觉，……更有意思的是作品中的人物对事件的感知和议论，动辄就上升到国家、民族、人类的高度，让人更觉得这并非出自小说中某个具体人物之口，而全是作家自说自话的独角戏。”[①]《第二十幕》虽然比上述几部作品更成熟些，但是，它对那种家族式的历史传奇性重构，对南阳丝绸文化的发展轨迹，以及对百余年中各种历史重大事件的展示，都不具备任何深远的思想内涵，与史诗相距同样甚远。

更重要的是，在这些被人不断冠以“史诗”称号的作品中，不仅缺乏深厚独到的内在思想，无法体现作家对所述时代的本质把握，甚至在精神内核上呈现出对主流意识的攀附姿态，而且在艺术质地上也显得十分繁琐和粗糙，很少有耐人寻味的审美价值。也就是说，它们只是具有“史”的意味或者说是占了一点“史”的便宜，并没有完成“诗”的升华。像《李自成》《长城万里图》《新战争与和平》《幻化》等小说都带着明确的理性指使和观念性叙事特征，创作主体根本没有激活历史自身的内在生活，也没有突显生命内在的丰实性，很多人物都是带着明显的价值观念在活动，缺少人性上的多元性注塑，完全是一种平扁式的艺术形象。它们看起来都“很厚重”，多卷本多部头，而给人的阅读感受则是冗长与繁琐，是作家只顾史料的堆砌而不注意叙事剪裁的结果，或者说是作家企图以庞杂的史实来衬托小说内涵的一种“以重击重”的笨拙式写作，没有也不可能负载起史诗所应具备的广阔的阐释空间。不错，像《第二十幕》《太平天国》等作品也有一定的艺术成熟性，但我认为它们还停留在对人性的复苏、对历史事件生活化的叙事还原上，充其

---

① 《艺术的尺度与良知的限度》，周立民，《当代作家评论》，2000 年第 5 期。

量只是运用了一种史诗的写法，离真正的史诗品质还有相当的距离。

也有一些在叙事上相对成熟的长篇被称为“史诗”，如宗璞的《东藏记》、张洁的《无字》、刘斯奋的《白门柳》、张炜的《家族》、王蒙的“季节系列”、郭小东的《中国知青部落》等。在这些作品中，作家们已明显摆脱了既定历史观念的制约，试图以自身的审美理想来重新营构某种历史过程；小说中的人物成功地逃离了某些明确的价值标签，呈现出纷繁多维的性格逻辑；历史与个人之间的关系也超越了社会性的外在冲突，演变成人的内心愿望、生存命运与现实秩序之间的艰难抗争；创作主体对社会历史的认知与表达，更多地带着强烈的反思性和怀疑性。应该说，这些都是长篇小说所应有的叙事因素和条件，它只能表明这些小说在艺术上的成熟性，并不能证明它们可以进入史诗的行列。事实上，倘若从史诗的角度来看，这些作品所体现出来的，还只是创作主体对社会历史进程、对民族命运走向在某些方面的积极回应与承诺，并不能在真正宏阔的历史层面上抵达史诗的境界。相反，我甚至觉得，如果这些作家能够自觉地摒弃对“史诗情结”的过度奢求，放弃对历史苦难进行政治意义上的介入姿态，而以更为从容的叙事心态沉入人物的命运之中，沉入人性的本体之中，或许能写出更为优秀、也更为厚重的作品来。

如果我们承认，史诗性的作品就是经典性的作品，那么我们就可以对上述这些作品是否属于史诗做出轻松的判断，因为它们的经典性足以让人怀疑。坦白地说，除了陈忠实的《白鹿原》、张承志的《心灵史》以及尤凤伟的《中国一九五七》具有一点史诗的迹象之外，近年来的许多长篇都并无多少史诗的气息。充其量，它们只不过是盗用了“史诗”的名义对自己的作品进行某种精神上的自慰。

现实情结：一种虚假的知识分子立场

自从“新现实主义冲击波”泛起之后，一批又一批以关注社会现实矛盾为叙事目标的长篇小说大量涌现，且不断地赢得社会短暂而巨大的反响。其代表性作品是：张平的《十面埋伏》《抉择》、周梅森的《人间正道》《天下财富》《中国制造》《至高利益》《绝对权力》、柳建伟的《北方城郭》《突出重围》《英雄时代》、谈歌的《家园笔记》、关仁山的《风暴潮》以及王跃文的《国画》《梅次故事》《亡魂鸟》《朝夕相处》、陆天明的《苍天在上》《大雪无痕》《省委书记》、李佩甫的《羊的门》、钟道新《权力的成本》《权力的界面》、王大进的《欲望之路》、刘醒龙的《痛失》《弥天》、阎真的《沧浪之水》等等。尽管这些小说的叙事重点各有不同，有的强调对社会改革中出现的各种生存困顿的揭示，包括底层平民因体制和观念的变更而引起的内心迷惘与欲望本能的挣扎，有的极力披露官场体系中各种丑陋不堪的游戏规则，展示权力结构中的相互倾轧与腐败。但是，它们体现出来的主体意识都是一致的，即，作家们都试图以强烈的社会责任感，将自己的叙事建立在一些社会生存的焦点现象之中，自觉地充当社会代言人的角色，从公众关注的现实命题中果断地做出自己的价值判断和道德评价，以直面现实的姿态来体现自己作为现代知识分子的精神立场。

按理说，作为文学多元化的一种模式，这种以关注现实矛盾、揭示生存困顿为目标的创作倾向，同样也有其巨大的合理性。作家作为社会中的一员，无论是从艺术操守和良知上，还是从个人的使命和义务上，进行这样的艺术追求都是无可非议的。况且，中国作家在整个20世纪基本上都是在充当社会价值代言人的角色。他们自觉地将自己纳入主流意识形态之中，以公众所期待的社会责任感，直面现实社会中的种种生存弊端，以引起社会决策者们的注意，从而促动社会向更加合理的方向前行，并且也确实取得了许多显在的实绩。如果从知识分子的精神立场上看，他们无疑或多或少地体现了作家作为知识分子的特殊禀赋和艺术良知，至少体现了知识分子对整个社会生存秩序与历史命运的真切关注，如早期的巴金、茅盾等作家都是如此。但是，认真地审度我们近年来的一些新现实主义长篇小说，我却感到，无论是作家的叙事姿态，还是作品本身的艺术质量，就其知识分子的立场而言，都让人十分怀疑。

从表面上看，作家们满怀豪情地把叙事焦点对准当下的生存境域，对准人们在社会转型过程中的生活矛盾，力图以关怀的姿态来展示经济体制变更时期的严峻现实，展示国人在这场社会迁徙过程中的种种喜怒哀乐，揭示改革的阵痛与人们心灵伤痛之间的共振关系，其创作主体的内在立场似乎有着不容置疑的正义性，在某种程度上也的确代表着广大民众的心声。尤其是那些以反腐为叙事内核的官场小说，如王跃文、陆天明、柳建伟等人的长篇，与我们所强调的现代知识分子的批判立场有着不谋而合的精神征兆。然而，如果真正地深入到这些文本之中，我们便会发现，这些长篇还只是停留在现实问题的表层状态上，要么只是满足于对官场规则和游戏方式的猎奇式描述，要么只是满足于对人性欲望的放纵式书写，要么只是满足于官场人物在道德良知上的自我挣扎与堕落，既缺乏对权力背后所蕴含的传统文化痼疾的深层挖掘，又缺乏对权力本身在现代社会体制中所造成的巨大历史伤害进行深远的思索，其批判的有效性和尖锐性都非常有限。像王跃文的《国画》《梅次故事》和柳建伟的《北方城郭》完全是一种政治黑幕小说，除了沉迷于对一些官场中隐秘而低俗的欲望冲突的演绎，为那些当官者不断地寻找道义与人性上的平衡点（如王跃文笔下的朱怀镜），实则并无深刻的警示意义。而有人却认为，“对上流社会来说他（指朱怀镜）无疑是一部形象的当代备忘录，于平民百姓而言他不啻为一本通俗的现代启示录”[①]。不知是如何读出这种内在的意旨。王大进的《欲望之路》着力刻画了一个于连式的人物邓一群在权欲与情欲之间的往返，叙事话语中遍布着形而下的生存情趣，除了一些显在的道德式的反讽外，很难见到创作主体形而上的人性追问。在这些作品中，我们根本看不到作家作为一个知识分子的强烈的抗争姿态，更看不到他们面对如此沉重的现实所引起的内心焦灼与伤痛。

在张平、周梅森以及陆天明的一些系列长篇中，作家们虽然对

① 《浮光掠影话长篇》，杨经建，《文艺报》，2002年1月22日。

现实生活的切入角度较以前多变，力图表现出现实生活的丰富性和人物精神的深刻性，但是，当他们触及到权力争斗的核心地带，触及到体制结构的关键部位，便立即改变自己的叙事态度，让人物不断地依靠道德的力量来完善自身，然后借助这些身居要职、被道德化了的人物来充当所谓的“权力英雄”，从而“合情合理地”解决那些原本无法缓和的现实冲突。如果撇开《十面埋伏》中的代英、罗维民、何波、史元杰等铁肩担道义的公安英雄，像《抉择》中的市长李高成、《人间正道》中的市委书记吴明雄、《绝对权力》中的纪委书记刘重天、《至高利益》中的李东方和贺家国、《英雄时代》中的史天雄、《苍天在上》中的市长黄江北、《省委书记》中的省委书记贡开宸，在性格上都有着极大的类同性——他们都是以自身的凛然正义和人格尊严不断地与那些自私者、险恶者甚至是政治流氓式的人物进行不留余地的斗争，并最终凭借权力的优势击败对手。这种极其类同化的人物身份及其道德品性，显然不是作家对现实生活的客观体现，而是充分暴露了创作主体理想化、观念化的叙事陋习。在某种程度上说，这些权力英雄的背后，还隐含了作家们极为潜在的奴性意识——把社会的希望寄托于某些有良知的权力身份，而不是通过平民自身的努力来回应现实的困顿。也就是说，他们是以一种虚浮的道德理想主义方式，对现实矛盾的尖锐性做出了某种合理的妥协，而这种妥协又可以轻松地笼络大众的期待心理，绝非是一种知识分子的警惕性和非妥协性的精神姿态。他们甚至是借着知识分子的批判名义，悄悄地迎合着某些主流意识形态，其立场的暧昧性不言自明。

我们说，真正意义上的批判现实主义文学，要求作家必须拥有独立自治的精神空间，彻底地挣脱主流意识的牵制，摆脱一些道德理想主义的潜在干扰，以民间化的价值立场和知识分子特有的审视姿态，对社会现实中各种不合理的生存秩序与不公正的体制结构进行不留余地的揭示和批判，从而凸现出作家自身的价值标尺，而不是停留于简单的道德层面上，让人物在好与坏的二元对立模式中来完成作家对社会现实的是非判断。它应该不断地探入到权力结构的潜在部位，努力发掘权力体系中所隐藏的丰富复杂的文化内蕴和人性本质，让人们真正地看到权力背后的社会真相，以及它们对人类历史演进所构成的潜在危机，显示出作家应有的深厚的人文传统和强大的悲悯气质，折射出创作主体沉浸于现实之中又超然于现实之外的意志和力量。如果从这个角度来检视上述这些长篇小说，说实在的，除了阎真的《沧浪之水》和刘醒龙的《痛失》《弥天》等极少数长篇真正地写出了一些权力挣扎中的生存之痛，在一定程度上体现了现代知识分子的批判精神与体恤情怀之外，其他作品所显示出来的知识分子立场都存在着不同程度的虚假性。

正是这种虚假的知识分子立场，导致了这些所谓的现实主义长篇大多只是在社会结构的表层游走，或者说仅仅是在现实的红肿之处“呵气”。它们共同的审美倾向就是凸现我国市场化经济体制逐步实施过程中所遇到的种种社会矛盾，其中既有国有大中型企业在转轨过程中所面临的重重困难，又有经济利益强化后人们思想观念、价值观念以及伦理道德上的各种抵牾；既有社会疗救者殚精竭虑的拼搏与抗争，又有投机钻营者如鱼得水的游走与张狂……它们凭借其对“问题”的敏感把握和真实再现，给人以强烈的现实参与性，体现了作家对社会矛盾的密切关注。但是，由于这种关注多半停留在社会矛盾的表层，深层次的洞察与思考极为不力，所以缺乏应有的社会深度分析与判断，也缺乏对人的生命本质的多向度追问，更缺乏对社会演进方向的建设性思索。只有极少数的长篇，还有些可圈可点之处。像李佩甫的《羊的门》，确实写出了权力背后所蕴藏的深厚的文化积淀，尤其是在呼天成的内在人格中，折射了极为罕见的中国传统文化对现代权力运作的重要作用，让人们领悟到在这片沉重的乡土中，权力与传统伦理体系、道德体系的紧密纠缠，也使我们真切地看到，尤其是在一个道德体系、伦理体系和社会体制都处于转型阶段且还不甚健全的时代，权力的辐射力、渗透力以及威慑力，都将不可避免地要超越其自身的现实范围，并成为人们实现种种人生目标的重要手段。这也恰恰印证了福柯的论断：“权力与法律和国家机器非常不一样，也比后者更复杂、更稠密、更具有渗透性。”[①]“权力不是一种可以简单地获得和转让的商品。权力是一种网络，其结点蔓延到任何一个角落。”[②]《沧浪之水》讲述的是以池大为为代表的一群知识分子在被官场规则强力操纵之后，所导致的一系列的精神失落和人格失落，道出了在权力至上的生存秩序中，权力与知识之间“根本就没有对话的可能，羊在下游喝水，上游的狼还说羊弄脏了自己的水呢。要对话除非你自己也变成一只狼，成为一只老虎更好，实在不行，也要成为一只狐狸”[③]。所以，池大为最后无奈地说：“大家不约而同都走到这条路上去了。说好听点吧，是梦醒了觉悟了，看清楚了不骗自己了。说难听点吧，是堕落了放弃了，只剩下自己了。”小说正是通过池大为、刘跃进以及胡一兵等人由充满良知和正义感的知识分子，最后无一例外地沦为权力欲望的工具，揭示了权力对人性的强制性褫夺与知识分子内在精神的脆弱性，颇有些挽歌式的意味。刘醒龙的《痛失》和《弥天》将叙事投置在乡村社会的基层，以底层权力中的人性抗争来体现现实生存的严峻和无奈，话语中渗透着相当强烈的救赎意识和深厚的人道情怀。只有在这些作品中，我们还能通过那些具象化的现实冲突，体悟到某些形而上的思想亮点，而在其他的长篇中，充斥的都是一些异常空洞的、观念化、道德化的叙事理念。

更为突出的是，这些作品在叙事上还表现出惊人的模式化倾向。不仅作家与作家之间在表现内容上大同小异，而且作家自己也不断地重复自身的故事结构，甚至某些情节也在不断地沿袭。同是写官场中的权力争斗，无论是周梅森、张平还是陆天明、柳建伟，他们笔下的故事总是先抑后扬——腐败分子总是玩尽各种权术，设置重重机关陷害忠良，甚至靠阴谋手段左右逢源、春风得意，而最后一律得到严惩，正义的力量终于获得伸张……这种模式化的叙

---

① [法]米歇尔·福柯:《权力的眼睛》，严锋译，第161页，上海人民出版社，1997年。

② [法]米歇尔·福柯:《权力的眼睛》，严锋译，第273页，上海人民出版社，1997年。

③ 阎真:《沧浪之水》，第92—93页，人民文学出版社，2002年。

事，归根到底只能说明作家对生活本身介入太浅，对社会矛盾的认识十分浮泛，许多“现实生活”只是作家主观臆测的结果，作家与生活之间存在着严重的隔膜状态。同时，叙事手法的简陋和粗糙也是它们的共同特征。小说演进到今天，其叙事技巧的成熟性已无需我赘言。但是，这些现实主义的长篇大多数还停留在早期的说故事层次上——努力把情节写得曲折点，把故事说得完整些，把人物命运倒腾得跌宕起伏些，这就是他们的全部叙事目标。至于小说作为一种语言艺术，其话语的语调技巧、文本的结构技巧、人物与矛盾的处理技巧都难以看到有何特别之处，更不必说在象征和隐喻上有何审美功能了。

生命体验：一种个体欲望的极度张扬

不可否认，无论是以社会重大命题为表现对象的“史诗性”写作，还是以社会矛盾聚焦为叙事内核的新现实主义写作，都是以男性作家为主体阵容，而且，从本质上说，它们都无一例外地让长篇小说承载了各种超负荷的社会承诺，使写作过多地承担了公共性的意识形态内容。因此，作为对这种使命化叙事理想的一种反抗，一些以女性为主体的作家群则走向另一个极端——他们在“个人化”创作思潮的驱动下，强烈地排斥人的社会性、公共性的价值取向，明确地张扬个体生命的内在欲望，从而不断地将长篇创作引向私人化的精神空间，以个体生命的欲望体验来展示自身的审美情趣。如陈染的《私人生活》、虹影的《饥饿的女儿》《K》、铁凝的《大浴女》、卫慧的《上海宝贝》、棉棉的《糖》、林白的《一个人的战争》《守望空心岁月》《致命的飞翔》《玻璃虫》、海男的《我的情人们》《坦言》《男人传》《女人传》、徐坤的《春天的二十二个夜晚》、赵凝的《冷唇》、文夕的《野兰花》《罂粟花》、九丹的《乌鸦》《女人床》等等。尽管这些长篇的语言风格、叙事内容并非完全一致，艺术水准也参差不齐，但是，从创作主体的叙事观念上看，它们都体现了与以往任何女性作家截然不同的审美理想——一改以往女性写作含蓄羞怯的面容，以少有的大胆与率真直接书写个人身心体验，披露个人隐私，展示现代文明笼罩下的女人从精神到肉体的自我撕裂过程，并试图以此来对抗男性社会、男性规范、男性渴望的女性形象和传统的道德话语，建构起与众不同的“女性话语空间”。从内容上说，她们大多极力逃避公众经验和群体意识，专注于创作主体自身的私人经验，特别是被社会公共的道德规范与普遍的伦理法则所拒斥、抑制的意识和无意识。因为在她们看来，传统小说通常表现的都是一些“公共的人”，“在个性的层面上，恰恰是这些‘公共的人’才是被抑制了个人特性的人，因而她才是残缺的、不完整的、局限的人”，[①]所以，她们必须以各种惊世骇俗的生存方式，突显个体生命的内在欲望。这种欲望，不仅仅体现为肉体在本能上的全面解放和自然放纵，还体现为生命本身对物质生活的高度迷恋，肉体在物欲中的膨胀状态。陈染就说：“我的小说中最具真实性质的东西，就是我在每一篇小说中都渗透着我在某一阶段的人生态度、心理状态。”[②]从叙述方式上看，她们广泛地吸纳了回忆式的情绪流动法则，小说很少有明确完整的主题，也不见极为突出的中心事件和因果链非常鲜明的情节，话语的推动完全依助于人物内心感受的变化和个人经验的跳跃，所以其文本结构呈现出一种自由、散漫、零乱的状态，叙述视点也游移不定。从人物上看，她们所塑造的角色都是些远离社会群体或公众代言人的小写的“我”，既不是大众生活的导师、精神启蒙的领袖，也不是黑暗现实的暴露者和批判者，不具备某一阶层的代表性，只是单纯的个人经验的表达者和欲望的倾诉者。

在这种纯粹的女性私人化写作中，由于作家对女性生命内在欲望有着深切的体悟，对女性在现实生活中的心灵压抑有着刻骨的感受，因此，当她们将自己的生存感受诉之于小说的时候，就出现

① 陈染:《私人生活》，第 282 页，经济日报出版社，2000 年。
② 陈染:《私人生活》，第 293 页，经济日报出版社，2000 年。

了许多令人惊悸的审美表达，诸如自恋和自虐、同性恋和异性恋、恐惧与梦幻、孤独与痛苦、神话与巫语等等。她们常常不由自主地坦陈着自己作为女人的困惑，如海男的《坦言》《女人传》等作品，就处处充满了作者对女性生存感受的精致临摹和各种隐秘的内心体悟，既没有贯穿始终的情节冲突，也没有鲜明的人物形象，整个叙事仿佛是一种絮语式的笔记。林白在《守望空心岁月》中就写道："在我们现存的这个男性社会里，一个不能当恋人，不能当情妇，不能当老婆的人是谁？当恋人需要热情和浪漫，当情妇需要性感的外形和旺盛的性欲，当老婆需要贤慧和勤劳，这是不言而喻的。"陈染也说："我热爱父亲般的拥有足够的思想和能力'覆盖'我的男人，这几乎是到目前为止我生命中一个最致命的残缺。"[①]这些言语不仅是现代女性生命本真的表白，也是一种女权主义思想的折射，它体现出的是一种女性在自我确认过程中的艰涩与不满。从客观上说，这也在一定程度上反驳了我们长期以来强调人的社会属性而忽略人的个体生命价值的片面性观念，使人作为一个生命的实体重新恢复了他的内在生机，确立了人对自身躯体自由把握的合理愿望，以及对自我生存方式的自由定位，带有重建个人精神空间的伦理意味。但是，我们又必须看到，个体生命从自由的追求到欲望的放纵仅为一步之遥，如果作家缺乏清醒的独立意志，缺乏对人的尊严与人格的自觉维护，缺乏对生命内在苦难本质的深切体恤，叙事就有可能从人性自由的过度书写中，不自觉地滑向灵魂的放逐和肉体的放纵，使个体生命的存在彻底地剥离了现实社会中的伦理束缚，剥离了生命内在的道德感和生存的秩序感，任凭躯体在感官的层面上四处泛滥，以至于最终突破人类自身的尊严底线，变成一种堕落性的低俗追求。倘若如此，个体自由的愿望不仅不能在作品中得到张扬，反而会导致作家审美趣味的降格，在某种程度上，也伤害了人类赖以生存并一直引以为荣的某些高贵品质。

事实上，在上述这些长篇中，有不少作品就明显地存在着这

① 《另一扇开启的门》，陈染、萧钢，《花城》，1996年第2期。

种叙事的危险。它们以极端化的自我作为叙述目标，排斥人的社会群体性倾向，彰显创作主体自身的某些极端体验以及刺激性的感官享受，使叙事常常蹈入某种可怕的私语化的陷阱之中。存在的便是合理的，对于她们来说，一切符合自身感官需求、满足个人欲望的生存准则，都是她们津津乐道的叙事内容。在这种误区中，长篇小说开始由纯粹的个人书写迅速地奔向个人欲望的无限放纵，不仅失去了对生存价值的必要追问，也失去了对生命尊严的必要坚持，话语的流淌成为个人感官放逐的行程记录。它使我们看到，“那种灰雾般的茫然中所包裹的并非是坚毅的抗争与反叛，而是虚与委蛇的油滑和欲火焚身的追逐，‘怎么都行’的游戏姿态下奔涌着以自由换取生存的赌徒心态，灵魂的索求只不过是物欲得到满足之后的点缀与奢侈”[①]。如卫慧的《上海宝贝》，作者以一种三角恋爱的老框架作为小说的结构，以爱与欲的不断对抗作为叙事线索，然后糅进大量的现代都市生存信息，譬如酒吧生活、与洋人的性爱、吸毒状态等，给人以某种程度上的“耳目一新”。从审美主旨上看，作者试图写出一个现代女性在情与欲、物质与精神中顽强挣扎的生命历程，但是作者在对人物个性的发掘、对欲望化生命内在价值的确立上都缺乏必要的思索和警惕，以至于在情节的推衍上变得毫无节制，任凭自己的感觉四处奔走，既无法做到像卡尔维诺所说的“轻逸”和“迅捷”，也无法让人物和故事获得更深的隐喻效果，整个叙事话语都洋溢着一股浓烈的淫糜之气。文夕的《野兰花》和《罂粟花》看似在写市场经济策动下的现代女人面对物质与权力的双重霸权，如何去寻求理想的生存方式，但是，话语之中却布满了个人欲望的沉醉式描述，透射着肉体资本化的思想逻辑，无法让人们体会到生存背后的尖锐疼痛。九丹的《乌鸦》《女人床》更是如此。这两部作品之所以一出笼便遭到大面积的质疑，其根本原因就在于作者精神位格的低俗和审美情趣的褊狭。正是由于创作主体缺乏对女性尊严与现实道德的潜在维护，导致了这两部小说在叙事中一触

① 《迷茫的奔突》，黄发有，《小说评论》，2001 年第 1 期。

及到人物生命的隐秘部位，便不自觉地放纵起来，使肉体的享受代替了心灵的受难，感官的快乐消解了生存的焦灼。林白的《守望空心岁月》《玻璃虫》和棉棉的《糖》、海男的《我的情人们》也都是如此。尤其是在一些细节叙述上，这些小说的叙事话语常常沉湎于欲望地带，以近乎放荡的方式在那里进行着言语的自慰。

这种对个体欲望的极度张扬，并非只表现在肉体放纵式的书写中，还同样体现在对物质生活畸恋式的表达中。有很多年轻的作家，不仅自觉地放弃了知识分子内在的批判意识和清洁的自律精神，还试图嘲弄和消解某些具有恒久意味的价值信念与人格操守。他们以多元化社会背景下的自由选择为逻辑依据，反复强调物质利益、金钱欲望与人的生存地位之间的紧密关系，不断将物欲化的现实演绎成一种合理的、必然的甚至是最为核心的存在本质，致使他们笔下的人物变成了一个个唯利是图的贪婪机器，通过各种正当和非正当的手段，以近乎疯狂的姿态谋取自身利益的最大化，并赤裸裸地宣扬自己的物欲生存观。像何顿的《我们像葵花》《无所谓》《荒芜之旅》、邱华栋的《城市战车》《蝇眼》等都是如此。在《我们像葵花》里，何顿就明确地写道："个体户并不费什么事且也没有丝毫愿望，却把中国传统文化进行了有力的改变。以前积金千两，不如明解经书。现在，大家都向钱看了。"于是，那些生活在都市中的人们，"似乎个个身上都具备着'造反派'的气质。在他们心中信仰和理想随同所学的课本知识，一点不留地还给了用大话教育他们的老师。他们的鼻子就跟狗的鼻子一样，在这个社会上拼命嗅着，寻找着有铜臭气的地方"。这些人物把生活的全部意义归纳为极其简单的一句话："要心怀大'财'，发狠搞。"邱华栋也直言不讳地说："既然机会这么多，那么赶紧捞上几把吧，否则，利益分化期结束之后，社会重新稳定，社会分层期结束，下层人就很难进入上流社会了。"[①]的确，在自由竞争的市场经济秩序下，"获利的

① 《在多元文学格局中寻找定位》，刘心武、邱华栋，《上海文学》，1995年第8期。

欲望，对盈利、金钱（并且是最大可能数额的金钱）的追求，这本身与资本主义并不相干。这样的欲望存在于并且一直存在于所有人身上。”[①]但这种物欲对人性的扭曲，对人格的瓦解，已成为一种不争的事实，而我们的小说家依然对这种非道德化的欲望生存不加掩饰地进行言说，看似在反叛传统意义上“舍利取义”的空泛性价值观念，实则是为欲望化的生命追求提供某种合理的辩护。

这些以个体生命的极端体验为叙事核心的作家，并不缺乏灵动的艺术智性和充沛的叙事才情，他们所缺乏的，只是一种对生活本身的积极追问和认真思考。所以，他们常常盲目地认同并迎合着现实生活中各种庸俗的价值观，或者干脆退守到自身狭隘的生活空间，书写着各种隐秘的欲望场景。在这种陷阱式的写作中，我们看到，他们已无法摆脱日趋狭窄的精神视野，无法逃离日渐匮乏的叙事资源，不仅作家与作家之间的叙事内容大同小异，作家自己也在不断地进行自我重复，最为明显的就是林白、何顿、海男等，他们的很多长篇，其实都只是一部长篇的不同翻版，仅仅在情节和人物身份上稍作改变罢了。

我始终认为，真正意义的“个人化”写作，应该是以捍卫个体独立人格为前提，创作主体必须拥有清醒的自由意志和明确的反叛精神，必须承担与生命相始终的良知、尊严、苦难与困厄。它是通过对个体生命的深度体验和高度尊重，反抗个人空间被粗暴地挤占、个人生活被无情地公共化的现实，以维护弱势群体（尤其是女性）在私人领域中的独立性，抑制公共领域的过度扩张所造成的对私人生活领域的挤压，使创作有效地清洗掉那些附着于文学之中的过多的意识形态化内容。事实上，也有一些长篇正是在这个意义上获得了十分独特而又精致的审美发现。如陈染的《私人生活》，就将一个女性的精神空间无限地放大出来，让人物始终处于一种迷乱、无序而又焦灼、困顿的停滞状态，不断地进行漫无目标的徘

① ［德］马克斯·韦伯:《新教伦理与资本主义精神》，于晓、陈维刚译，第 7 页，北京三联书店，1987 年。

徊、盘旋、游走，从而缓缓地打开内心隐秘的精神空间，展示人物从肉体到灵魂的每一个角落的细腻感受和心灵独语。虽然整个故事并没有什么强烈的外在冲突，情节之间也不存在因果式的逻辑关系，但是，它却以独白式的叙事手段，展示了现代女性面对各种无法摆脱的社会困扰，自觉地退缩到个人空间中的丰饶的内心质地。虹影的《饥饿的女儿》也写出了女性在特殊历史境域中的苦难的成长经历。她的《K》虽然远离了个人的生存经验，将叙事投放到大革命时期，但是小说中对林的个体生命苏醒过程的真切展示，以及她在传统伦理文化中的艰难挣扎，既有着个人化叙事的特质，又有着历史内在的悲剧性意蕴。此外，像徐小斌的《羽蛇》通过一个家族中几代女性悲苦命运的寓言式表达，铁凝的《大浴女》通过母女三人在灵与肉、原欲与罪恶之间的反复挣扎，姝娟的《摇曳的教堂》通过一对母女在情感与命运上的神秘际遇的精心演绎，都体现了女性在生命本体上的觉醒与解放，也凸出了她们对自由人性的强烈吁求。

写作是一种面对灵魂的诘难。它也许并不一定要给人们提供某种心灵救赎的方式，但它应该站在较高的精神维度上审视现实、审视生命，在展示人物丰富独特的个性禀赋中，写出他们各自不同的潜在内质和纷繁复杂的人性面貌。李锐曾说："文学的存在理应证明生命的可贵，证明人所带给自己的种种桎梏的可悲，证明生命本该享有的幸福和自由。"而"在目前的文坛上，有不少神化物欲贪欲、鼓吹纵欲的作品，在我看来，它们和贪官污吏一样可恶。"[①]我觉得，此言可谓十分在理，且一针见血。

时尚情结：一种小资生活的浮浅装饰

从上世纪90年代后期开始，与欲望泛滥的私语化写作相伴随

① 《李锐：文学不能鼓吹纵欲》，俞小石，《文学报》，2002年3月3日。

的，还有一股以小资生活为审美情调的时尚化写作思潮。他们不同于那些纵容物欲和情欲、一味追求感官刺激的私语化写作，而是呈现出“一种显得很有‘文化’、很有‘品位’、很有‘格调’的流行生活”[①]式的审美品格。这种小资式的写作在长篇小说中的突出表现，就是以追踪时尚、表达时尚甚至制造时尚为乐趣，并将时尚中的“小资情调”突出在文本表达的中心部位，试图通过创作主体的认同性精神姿态，建立一种看似与众不同的新型审美情趣。而实际上，它是以迎合大众对时尚的普遍热衷心理为写作目的，以不断俘获大众猎奇秉性为手段，来进一步开拓作品的消费市场。它在本质上是“以‘白领’为主体、以消费为主旨的时尚文化，它与真正的文化创造毫无关系，是财富和虚荣在文化名义下进行的一次自我肯定，是享乐趣味得到尊崇和美化的巧妙表达，是对狭隘幸福欲念和肤浅人生愿望的精心包装和广告化诠释”[②]。因此，它并不是一种对时代精神内在真相的探索，也不可能有效地传达我们对自身所处的社会生存境域的尖锐思考，充其量，它仅仅是一种旨在加强文学消费功能、扩张文学市场空间的文化经营行为。这种时尚性的写作，主要以崇尚都市生活的年轻作家为主体，他们不断地抛出一些所谓的“小长篇”，如石康的《晃晃悠悠》《支离破碎》、朱文颖的《高跟鞋》、周洁茹的《小妖的网》、画眉的《林黛玉的短信息》、蓝昊的《高贵女人》、林播的《半枝圣罗兰》、尹丽川的《贱人》、郭虹的《伤过的心可以重来》，以及一大批从网络走向纸质平面的“网络小说”，如今何在的《悟空传》、蔡智恒的《第一次的亲密接触》《第二次的亲密接触》《雨衣》《槲寄生》、安妮宝贝的《告别薇安》《彼岸花》、宁财神的《八十八次亲密接触》、李寻欢的《迷失在网络与现实之间的爱情》等等。

在这种时尚化的过度追求中，首先受到伤害的，便是创作主体对人类精神深度的漠视。它使文学成为一种表象化、平面化的精

①② 《小资写作：消费社会的精神叛逃》，吴志翔，《北京文学》，2001 年第 10 期。

神符号，无法折射出作家对自身存在境域的深切体察，更无法体现作家对人性品质的深度追问。虽然我们不能断然否决时尚与深度无关，但时尚从来就是以拒绝深度为生存原则的，这一点无须置疑。因为，任何一种有深度的精神都是只存在于少数人的内心，是一些社会精英在高度自治的精神空间里探索的结果，它不可能以大面积的流行方式走向时尚，否则就无所谓“深刻”，而时尚从来就以引动潮流为目标，在大众层面上来建立共识性的文化情趣。所以，在这种时尚化的写作中，我们所读到的，要么是像《第一次的亲密接触》《高贵女人》等作品那样，人物总是沉迷在网络聊天室的情感空间里，携着猫、牵着鼠标寻找所谓的真情；要么是像《悟空传》那样，叙事话语自始至终都是炮制一些类似于《大话西游》式的幽默与搞笑；要么就像《槲寄生》《彼岸花》《伤过的心可以重来》那样，人物永远奔走在各种三角式的情感纠葛中。在他们的小说中，总会“有一点爱情，有一点别离，有一点意外，有一点抑郁，有一点做爱，有一点音乐，以及咖啡、香水、棉布、抽签、孩子和流产、网。语句十分流畅，有些词很好。……也有点像梦游”（陈村语）。我以为，这同样也是一种非常致命的写作陷阱。它使文学变得越来越苍白，越来越浅陋，无力正视我们这个时代的内心焦灼，无力回应人们对存在的真切疼痛，甚至无力传达生命中那些被各种面具所长期遮蔽的人性本质。从某种意义上说，它甚至自行颠覆了文学在我们这个时代的存在理由——作为一种人类精神活动的特殊形式，文学从来都是以自己特有的话语方式，来揭示人与自然、人与历史、人与社会以及人与自身的关系。它是依靠创作主体强劲的内在人格与卓尔不群的精神向力，向一切现实和历史的存在不断发出富有力度与深度的考问，并以此表达一个作家独一无二的艺术理想和人生操守。

一个真正意义上的作家，从来都是与一切既定的现实秩序保持着高度的警惕，他只膺服于自我的内心需求，只尊重自己的内心秩序，尽管他也同样需要将自己的道德体系和价值取向纳入人类共识性的观念之中，譬如建立自身稳固的尊严意识、公正意识、体恤情怀等等，但他决不会轻易地与现实达成和谐，更不可能也没有必要与时尚建立某种暧昧的关系。事实也是如此。在那些时尚化的作品中，我们不可能看到一种深度精神的展示，也不可能品味到创作主体强悍而深邃的人格魅力，虽然它们有时也会摆出某种前卫性的时髦姿态，犹如石康在《晃晃悠悠》《支离破碎》《一塌糊涂》等作品中所透射出来的信息那样，永远是一堆小资生活的标志性元素：故事的主线永远是情人、做爱、闹翻、分手；生活的场景永远是富于现代气息的酒吧、迪厅、饭店；人物的内心世界永远是自我、怀疑、落寞、无聊。或者像《半枝圣罗兰》中所描述的那样，人物总是陶醉于名牌香水、圣罗兰香烟、红酒、桑拿间，穿着缀有蕾丝的白色睡衣，欣赏着德纳芙的表演等极度"优雅"的物质情境中。但是，这些仅仅是一种非常外在的、浅显的文化标签，只能表明人物内心的苍白与虚荣。他们在所有叙事中所表现出来的价值取向，其实就像《林黛玉的短信息》中所说的那样："暗恋的其实是自己，是爱上了自己的爱情。"

作为一种流行性的文化符号，时尚从来都与短命不谋而合，而与经典背道而驰。凡是时尚的都是暂时的、一阵风式的，来时迅猛，去时也快，因为它本身就没有深度追求，更谈不上具备何种恒久的文化品性。因此，对时尚来说，避之唯恐不及的最大敌人就是"永恒"这两个字。在长篇小说中追求这种时尚化，注定了作家们只能更多地强调一种话语表达的即时性和现场性，只能突显话语的时效特征和另类情趣。而对于创作主体来说，不可能拥有充裕的时间和心境沉入到生活的背后，对各种生活现象及其文化表征进行长久而冷静的思考。在这种背景下，创作必然催生出一些快餐式的作品，像麦当劳一样，必须趁热消费，一凉即扔。尹丽川就直言不讳地说，她仅仅用了 40 天便完成了长篇小说《贱人》。这无疑是对文学这一精神持久性品质的强烈否定。虽然叔本华也说，任何一个时代都有两种写作，一是为历史的经典性写作，一是为大众的通俗性写作，但从本质上看，回避经典的写作都是一个作家所不可取的。一个真正意义的作家，他之所以存在的重要理由就在于，他必须使自己的作品拥有某种永恒的精神力量，让它能穿越漫长的历史时空，成为“世世代代的人们由于各种原因的推动，以先期的热情和神秘的忠诚所阅读的书”，[1]而不是写些让人看完即扔的一次性读物。但是，以迎合大众的“波普情结”为动力的时尚化写作，恰与这种经典性的内在需要相背离，它直接导致了我们大量的作品看似喧嚣一时，却毫无生命力可言。无论是《第一次的亲密接触》《雨衣》《告别薇安》，还是《晃晃悠悠》《支离破碎》《小妖的网》，它们曾喧嚣一时，却又迅速地消失于人们的记忆之外，这本身便是一个有力的证明。同时，这种短命化的写作，还加剧了作家在写作心态上的浮躁情绪，使他们对生活的认识更多地依赖于自己的感官，蛀蚀了一个心灵劳作者必须拥有的精神内在的丰厚性。

事实上，时尚化还为我们设置了一个强大而隐蔽的精神陷阱，即，对一种公正而合理的价值评判的颠覆和扰乱。尽管我们不能否认时尚之中有时也会呈现一些纯正、高雅或明智的生活品位，但在更多的时候，时尚常常是以打击“恶俗”为幌子，将许多怪异的、有悖正常社会伦理的、毫无智慧和才情的，甚至是粗陋不堪的恶俗生活方式供奉为前卫性的、有品位的文化符号；它试图以消解一切既定的、束缚人性自由的观念为目的，建构某种让人耳目一新的、极度自由的生活理念，而实质上，它是一种将无边的消解与无边的放纵集纳在一起的泛自由主义精神表象。每个时代有每个时代的时尚生活，但是无论哪个时代的时尚生活，它在文化层面上所体现出来的价值倾向和审美情趣，都是非常值得怀疑的，甚至是在某种程度上对人类自身的一种伤害。这一点可以从历史常识中得到印证。我们姑且不谈楚人好细腰、唐人喜胖女之类的时尚生活给人性带来的扭曲，仅就清人追求女人的小脚和男人的辫子、西方强调性解放等等“历史遗迹”来看，就可以充分说明这种时尚化的恶俗性倾向。面对当下的现实，我们同样可以看到这种价值评断体系极度紊乱的

---

① ［阿根廷］博尔赫斯:《作家们的作家》，倪华迪译，第23页，云南人民出版社，1995年。

时尚特征，如极度扭曲的网恋、两性间的随意背叛、用奢华的物质包装出来的优雅生活、情与欲的自觉分离，甚至乱伦式的情感际遇（如《彼岸花》）……都已被视为前卫性的时尚生活而成为文学所津津乐道的表现对象。在那里，我们很少看到尖锐的痛楚，很少看到生存的无奈和绝望，我们感受到的只是作家对这种生活情趣的自我沉迷，对感官享受的精致临摹，虽然有着很鲜明的叛逆性和前沿性，可是透过这种反叛性的话语，我们却发现创作主体的道德律令已完全消失，对现实生存的价值评断也已彻底缺席。换言之，这是作家们对时尚化盲目追求后所形成的一种审美价值体系的崩溃。对此，福塞尔曾清醒地指出："在一个竞相将空洞和垃圾似的物品标上高价的时代，保持高度警惕区分何为恶俗，是时下'生活乐趣'中的一个重要组成部分。"[①]我以为，此言极具警策的意义。

拒绝深度，拒绝经典，甚至拒绝价值评判，这是时尚化写作的致命后果。由于时尚文化本身又存在着某些前沿性、新奇性、叛逆性和率真性的特征，尤其是对于那些处于青春期、尚未完全体会到生存真相的人们，无论生理上还是心理上都有着很大的同构性，所以，时尚总是与年轻人步步相随，并常常成为他们理想的生活方式。正是这一特殊的文化背景，促动了某些作家（特别是年轻作家）在市场利益的驱动下，试图充分利用"眼球经济学"的某些原理，以迎合大众审美趣味为目标，不断地让写作向时尚化靠拢，与时尚载歌载舞。它的最终结局，是导致作品审美趣味的粗陋化、艺术价值的短命化、内在精神的苍白化，除了一堆时尚的生活信息和一些虚假的小资情调，我们不可能指望从中得到更多的收获。

倘若进一步追问，我以为，这种时尚化的写作倾向，在一定程度上也与后现代主义思潮的大面积冲击不无干系。我不想在此过多地阐述有关后现代主义的种种理论，作为一种新型的文化思潮，后

① [美]保罗·福塞尔:《恶俗》，何纵译，第3页，中国编译出版社，2000年。

现代主义的总体特征就是取消深度、取消秩序、取消整体，甚至取消一切必要的理性支撑。就文学领域而言，“它是一种自由无度的、‘破坏性的’文学，同时也是一种表演性的文学，一种活动经历的文学。它所醉心的是语言文字的操作游戏，全然不顾作品有无意义，或者干脆就是反意义、反解释，甚至反形式、反美学的”①。它使文学不断地朝着两个新的极致化方向发展：“一极朝着更为激进的方向迈进，对传统文学和现代经典的反叛更为激烈；另一极则面对整个商品化了的社会，朝着通俗和亚文化的方向迈进，历史和虚构的界限被打破，精英文学和大众文学也趋向综合，小说和非小说相互混合，甚至加进了大众传播媒介的因素。”②而后一种方向却有着鲜明的媚俗性，是后现代主义在取消精神深度之后的一种波普式的努力，也是他们利用互文性所制造出来的、以迎合大众时尚为目标的审美快餐。

这也就是说，这种无序的后现代主义思潮，实际上也在某种程度上为那些时尚化写作提供了一种看似合理的理论支撑和思想注解。对此，佛克马曾明确地指出：“后现代主义的代码可与一种特殊的生活方式和观念相联系，这在包括拉丁美洲在内所有西方世界是常见的。文学上对无选择性的偏好与丰裕的生活条件所提供的某种‘选择的困扰’是相符的，这使得不少人可以有多种选择。后现代主义对想象的诉诸在伊凡·戴尼索维克的世界或者在中华人民共和国则是不相适应的。可以从博尔赫斯的一篇小说中引出中国的一则谚语，即‘画饼充饥’。然而，在中国语言的代码中，这一短语却有着强烈的否定性含义。鉴于此因或其他因素，在中国赞同性地接受后现代主义是不可想象的。”③应该说，佛克马的这种善意劝告是非常有意义的，可惜的是，它并没有引起更多的中国作家的关注。

①② 王宁：《走向后现代主义·译后记》，北京大学出版社，1991 年。
③ ［美］佛克马：《文学史，现代主义和后现代主义》，转引自张国义编《生存游戏的水圈》，第 149 页，北京大学出版社，1994 年。

结语：回到自我，回到存在

毋庸置疑，任何一个时代的写作，都会布满这样或那样的陷阱。关键在于，我们如何保持极为清醒的意识，时刻发现并认识到这些陷阱的存在，以及它对自身创作可能会构成的某些潜在的威胁，从而自觉地规避这些陷阱，努力使自己的创作沿着自我认定的审美理想去发展。事实上，近年来的长篇小说创作之所以始终难以出现突破性的进展，难以看到批量性的优秀之作，我以为，在很大程度上就是因为作家们对上述这些陷阱缺少必要的警惕，以至于在各种思潮的引诱下，浪费了自身大量的叙事才情。

除此之外，我们还必须承认，很多作家（包括一些业已成名的重要作家）仍然缺乏强劲的自我超越能力，缺乏对人的存在本质的深层探索，也缺乏对长篇小说叙事文体的积极探索。他们常常将注意力投置在创作的"量"上，忽略或轻视了对"质"的苛求，使得很多长篇新作往往难遂人意。譬如，贾平凹在《废都》之后，张炜继《九月寓言》之后，王安忆自《长恨歌》之后，短短数年之间，都曾出版了多部长篇，但是，无论思想内蕴还是艺术水准，不仅没有出现某些本质意义的超越和提升，反而呈不断下降的趋势。虽然我们并不能苛求作家们的创作一定要永远保持着强劲的上升姿态，但是，对于一个成熟的作家来说，在创作上的反复徘徊甚至退步，无疑是一个创作能力日渐匮乏的危险信号。

同时，叙事资源的逐渐匮乏、叙事视野的日趋褊狭，也在长篇小说创作中体现得越来越突出。尤其是在上世纪 60 年代出生的作家群中，除了对自身童年记忆的反复叙写、对历史叙事的戏仿性改造，以及对当下现实的共识性表达外，我们还很少能看到一些类似于《檀香刑》《务虚笔记》甚至《一腔废话》之类给人以全新审美经验和叙事感受的长篇。虽然，在他们中间，已出现了李洱的《花腔》、艾伟的《越野赛跑》《爱人同志》、红柯的《西去的骑手》、东西的《耳光响亮》、西飏的《向日葵》、刁斗的《证词》、王彪的《身体里的声音》《越跑越远》、曾维浩的《弑父》、丁丽英《时钟里的女人》等等一大批相当不错的长篇，但是，与这个时代对他们的要求相比，与他们在自身的年龄结构上所应该出现的长篇小说相比，都还有一定的距离，更不必说用经典的标准来衡量了。所以，吴义勤先生曾用“长不大的新生代”[①]来评述他们，不满之中显然还心存一份焦渴与期待。

回到自我，回到存在，回到人类的内心生活，回到被日常生活所遮蔽的精神地带，用博大的情怀、深邃的眼光、强劲的想象力，去探究、体悟、展示我们这个时代的精神困境，表达人们在存在境域中的真实伤痛，这是我们当下的长篇写作所亟待解决的问题。长篇小说由于其自身特有的文体优势，完全有可能也有必要对我们这个时代的精神本质做出更为深远的探索与表达，对人类文明进程中所呈现出来的新的思想给予积极而敏锐的发现与回应。索尔·贝娄曾说：“小说，要想复兴并繁荣，需要有关于人类的新思想。这些思想又不能独立存在。若仅仅肯定这些思想，那只能表现作者的好意。因此必须去发现这些思想而绝不能臆造它们。我们见到的必须是有血有肉的思想。假若有许多作家感觉不到这些得不到承认的品质还实际存在，那么就没有必要继续写小说了。它们仍然存在着，并且要求得到解放，得到表现。”[②]努力地去发现并艺术地激活那些长期被忽略、被遮蔽的精神品性，写出一些真正意义上内涵丰饶而思想独到的作品，远比任何思潮性的写作更有价值。

（原载《当代作家评论》2002年第6期）

① 《长不大的“新生代”》，吴义勤，《文汇报》，2002年1月19日。

② 王宁主编：《诺贝尔文学奖获奖作家谈创作》，第437页，北京大学出版社，1987年。

先锋文学与形式主义的迷障

在中国当代文学史上，1985年一直被视为一个重要的转折点。在这一年里，文坛上涌现了一系列极为重要的文学思潮或事件，它们包括：以韩少功、李杭育、阿城、王安忆为代表的寻根文学，以莫言、周梅森、乔良等为代表的新历史小说，以马原、洪峰、残雪为代表的先锋文学，以及由刘再复的“论文学主体性”所引发的激烈的文学理论之争。这些思潮或事件，在中国当代文学发展史中，都带着强烈的反叛性、开创性和主体性，也非常明确地体现了作家们的先锋精神。

在这些思潮或事件中，最为突出的是，很多作家和理论家都带着强烈而清醒的主体意识，进行自发的艺术探索。他们的努力目标，均体现了自身对于中国当代文学写作传统特别是现实主义一元化之圭臬的不满和变革诉求。像“寻根文学”对中国传统文化之根的深层反思，对西方现代文学特别是拉美魔幻主义的青睐，表明了他们既是“寻根派，也是先锋派”（李庆西语）。新历史小说不仅明确挣脱了所谓“正史”观念的束缚，还通过民间化的思维，将历史还原成普通平民的日常生活史，尤其是莫言的《红高粱》系列作品发表之后，个人化的民间想象史成为作家重构记忆的一种重要方式。而刘再复的《论文学主体性》发表之后，因其全面主张作家、人物形象和读者（包括专业读者）都应该充分发挥自身的主体性，彰显个人内心的独立与自由，从而在文学理论界掀起了浩波巨澜，争论数载而不休。

有趣的是，这些重要的文学思潮或事件，在当时或随后的几年里，并没有被学界认定是先锋文学的崛起。人们在讨论先锋时，只是将马原、洪峰和残雪等作家对形式主义的实验，定义为先锋派文学。这一耐人寻味的现象表明，在当时的文学语境中，人们对于先锋文学的认识和判断，主要还是局限于形式上的变化。或者说，先锋文学，就是有关形式主义的探索和实验。当然，到了上个世纪90年代之后，越来越多的人开始不太认同这样的判断，而是更强调一种内在的先锋精神。笔者也不例外。事实上，在很长一段时间内，我都在试图重新梳理这一阶段的先锋文学，并在《小说评论》开设了三年的专栏，集中探讨了诸多有关先锋的精神内核问题。

但是，有关先锋文学与形式主义实验的纠葛，至今仍未得到很好的盘点。从最初的马原、洪峰、残雪，到后来的余华、格非、苏童、孙甘露，他们都曾在形式主义的探索中，倾注了巨大的叙事热情，也奉献了诸多的艺术智慧，并引发了很多有关先锋文学的肯定性评述。这些肯定无疑是重要的，也是颇有益的，它至少让中国作家真正地意识到了“怎么写”的内在价值。然而，我们也必须意识到，从整个世界文学发展格局来看，将先锋文学的重要特质始终安置在形式实验上，其实已隐含了某些审美认知上的误区，甚至严重阻碍了我们对于先锋文学内在价值与历史作用的判断。

对这一误区进行重新反省，至少可以帮助我们全面而理性地认识两个基本问题：一是形式主义实验的意义与局限，以及它对先锋文学所产生的作用；二是更科学地理解那些当代先锋作家为什么在后来的创作中或多或少出现了变化，这种变化究竟是形式实验激情的衰退，还是原创精神的后撤？尤其是第一个问题，必须将之放到世界文学发展的大格局中，才能获得更科学的认识。

从世界文学发展的主要脉络来看，文学形式成为人们关注的理论焦点，其实只是20世纪上半叶的事情。在此之前，无论是浪漫主义、古典主义还是现实主义，人们在讨论文学时，虽也涉及风格学意义上的审美形式，或文体学意义的审美形态，但主要还是关注其内在的审美意蕴或文化内涵。而到了20世纪70年代之后，整个世界文学所关注的中心，再度转向文化研究领域，包括后殖民主义批评、女性主义批评、新历史主义批评、生态批评、信息文化批评等等，纯粹的形式主义研究渐趋衰落。也就是说，将纯粹的文学形式作为文学研究的核心目标，并以此来评判文学作品之艺术价值，主要集中在20世纪初期至70年代这段历史时期。其中，最具代表性的理论思潮包括三种：20世纪初期的俄国形式主义批评，20世纪30年代崛起的英美“新批评”，以及60年代之后涌现的结构主义批评。它们前后更替，大致来看，也可以视为形式主义发展的三个阶段，历时半个多世纪。

众所周知，在20世纪之前，人们在讨论文学的时候，主要关注的是作品的内容、作者的生活经历、作品所反映的社会历史背景等，从文学自律性的角度来看，并不是非常突出。随着现代语言学的崛起，以及象征主义和未来派诗歌的发展，一些俄国学者开始逐渐意识到，文学研究应该是一门独立的学科，必须拥有独立的价值体系和内在规律。这是一切文学阐释、评价标准以及价值取向的基础。由此，在20世纪初期，俄罗斯便出现了一种全新的文学批评思潮，即俄国形式主义批评。该思潮以什克洛夫斯基于1914年发表的《词语的复活》为标志，也以他在1930年发表的《学术错误志》而宣告结束，只有短短16年时间。当时，俄国形式主义批评主要有两个小组：一是“莫斯科语言小组”，由雅各布森于1914年创建，成员包括维诺库尔、布里克、托马舍夫斯基等人；另一小组是“彼得堡小组”（后来称为“诗歌语言研究会”），以什克洛夫斯基为首，成员有艾亨鲍姆、雅库宾斯基、鲍里瓦诺夫、日尔蒙斯基等人。但他们的主要研究目标都是致力于创建一种全新的、能把文学研究变成科学的批评理论，并试图对文学研究对象、研究方法乃至具体的概念进行科学意义上的界定，尽可能客观化地讨论文学艺术本身，探求文学内部各因素的组合和转换规律，用威尔弗雷德·L·古尔灵的话说：“形式主义批评的唯一目的是发现和解释文学作品的形式。这种批评方法把文学本身看作是独立的，因此文学作品以外的考虑，如作者的生平，作者所处的时代，作品对社会、政治、经济和心理等方面的意义，相对来说是不重要的。”[①]

① ［美］威尔弗雷德·L·古尔灵等：《文学批评方法手册》，姚锦清等译，第94页，春风文艺出版社，1988年。

在这种理论设计下，他们提出了四个重要的文学概念：文学性；文学的陌生化；诗歌研究与叙事研究的特质；建构自律性的文学史。雅各布森就强调："文学科学的对象不是文学，而是'文学性'，也就是说使一部作品成为文学作品的东西。"[①]若不将"文学性"列为文学研究对象，文学批评不免会成为社会学、心理学、历史学和哲学等其他学科的大杂烩，文学作品也将容易成为其他学科的旁证文献。而文学作品与其他任何用语言表达的文献之差异，就在于它特殊的结构方式和表达方式，这种文学所独具的特性就是文学研究的对象。俄国形式主义宣称，文学是一个独立有序的主体。它独立于作者和欣赏者之外，独立于政治、道德等意识形态之外，甚至独立于社会生活之外。所谓的"陌生化"，则是指使文学作品具备文学性的手段，犹如什克洛夫斯基所说："为了恢复对生活的感觉，为了感觉到事物，为了使石头成为石头，存在着一种名为艺术的东西。艺术的目的是提供作为视觉而不是作为识别的事物的感觉；艺术的手法就是使事物奇特化的手法，是使形式变得模糊、增加感觉的困难和时间的手法，因为艺术中的感觉行为本身就是目的，应该延长。艺术是一种体验事物之创造方式，而创造成功的东西在艺术中已无足轻重。"[②]在此基础之上，他们还对诗歌语言和叙事文本进行了规律化的研究，并提出了诸多的技术主义设想。

就文学的自律性而言，俄国形式主义的努力目标是显而易见的。它不仅明确地要求彻底改变文学始终处在他律性中的尴尬，倡导建构一种自律性的文学史，而且将语言、陌生化等视为文学形式的基本特质，并试图在此基础上确定"文学性"的某些内涵。因此，艾亨鲍姆说道："在文艺学领域里，形式主义是革命运动，因为它把这门学科从古老而破旧的传统中解放出来，并迫使它重新检验所

① [法]托多洛夫编选:《俄苏形式主义文论选》，蔡鸿滨译，第 24 页，中国社会科学出版社，1989 年。

② [法]托多洛夫编选:《俄苏形式主义文论选》，蔡鸿滨译，第 65 页，中国社会科学出版社，1989 年。

有的基本概念和体系。”[1]尽管这句话说得有点过头，但它的确首次提出了一个文学的基本问题，即形式问题。更重要的是，其中的很多理论，都对当时的象征主义和未来派给予了极大的支持，使诗人和作家们开始自觉地意识到了形式探索的基本方向及其重要价值。

当俄国形式主义逐渐衰落之后，“新批评”开始崛起。它萌发于20世纪20年代的英国，30年代在美国逐渐形成，并于40年代成为英美文学批评的重要理论。“新批评”认为，文学的本体即作品，文学研究应当以作品为核心，对作品的语言、结构、修辞等进行认真细致的辨析，而不应过多地关注作品之外的因素，包括作者生平、社会思潮、现实背景、历史文化等等。从“新批评”的先驱人物艾略特和瑞恰兹的见解来看，“新批评”在本质上是对俄国形式主义批评的推波助澜，进一步强化了文学形式的作用和地位。艾略特在其著名论文《传统与个人才能》中明确提出，诗人不能超越传统，“诗歌不是感情的放纵，而是感情的脱离；诗歌不是个性的表现，而是个性的脱离”[2]，批评不应着眼于诗人，而应着眼于诗歌本身。瑞恰兹则在《文学批评原理》中详细阐述了科学语言与文学语言之间的差别，并指出科学语言追求“实证”，是能够通过实验等方法得到验证的“真陈述”；而文学语言追求“情感”，是一种只能在文学文本内部有效的“拟陈述”，它不能直接对应现实，但它使人产生联想，引起情感反应。为此，瑞恰兹进一步指出，“复义”是文学语言的必然结果，对文学语言的研究就是对其进行语义层面的普遍详尽分析。

从这里可以看出，“新批评”突出强调的是对作品的精细阐释，即详尽精微地分析一部作品中各组成部分之间的复杂关系。“体裁的差别虽然是偶然地意识到，在新批评中是无足轻重的。他们认为，任何一部文学作品——不管它是抒情的、叙事的，还是戏剧

① ［俄］什克洛夫斯基等:《俄国形式主义文论选》，方珊等译，第8页，北京三联书店，1989年。

② ［英］托·斯·艾略特:《艾略特文学论文集》，李赋宁译，第11页，百花洲文艺出版社，1994年。

的——基本组成部分是词语、意象和象征，而不是人物、思想和情节。”[1]从词语及其内部关系出发，“新批评”提出了六个方面的主要理论主张：一是语义学分析。它强调作品的意义不是天生的，而是要经过细致探究和阐释才能获得。二是作品本体论。一首诗的意义在它的内部，是由其话语层面的语法、词义、句法和修辞等决定的，不取决于诗人的谈话、书信和日记里吐露的意向，因此文学批评应当与作家传记式的研究决裂。三是含混。这是由瑞恰兹的学生燕卜荪在《含混七型》一书中提出的理论。他认为，含混是指一个单词或表现方法导致多义或歧义，并引发了不同的态度或感情。“任何语义上的差别，不论如何细微，只要它使同一句话有可能引起不同的反应，就形成语言的含混现象。”[2]含混的作用是诗歌的基本要素之一。四是张力。它是由退特提出的批评概念，主要指语义学意义上的外延与内涵之间的有机协调，诗既倚重内涵，也要倚重外延，也就是说既要有丰富的联想意义，又要有概念的明晰性。五是反讽。当言辞的表层结构始终处于言不达意的状态，而真正的语义则在言辞意指方向的反面时，就出现了反讽。反讽作为语言修辞，在“新批评”中被提升为诗歌语言的结构原则。六是文本细读。既然诗是一个复杂的独立自足的有机体，它的内在结构具有张力，诗歌语言充满反讽、悖论和含混，那么，优秀的诗歌都值得细读，因此“新批评”极力推崇文本细读，即一种细致的语义分析。

从这些主张中，我们可以看出，“新批评”的核心理念在于，文学研究本质上就是文本研究，人们应将视野严格控制在微观的文本范围里，通过文本细读，发现作品的语言和结构之特征；其具体研究方式，包括分析语调、语法、语义、格律、音步、意象、隐喻、寓言、神话等因素，以便读者细细品味作品中的张力、反讽、悖论等诗歌要素，并揭示出作品的内在结构和意蕴。当然，新批评

① 参阅王先霈等：《文学理论批评术语汇释》，第 323 页，高等教育出版社，2006 年。

② 赵毅衡编选：《“新批评”文集》，第 344 页，百花文艺出版社，2001 年。

的缺陷也是显而易见的，特别是面对长篇小说、戏剧等叙事文本，它那繁琐的技术主义分析，其实很难实现批评的有效性。我们没有必要评判“新批评”的理论主张，由于其理论在欧美所形成的强大影响，我们可以看到，它实质上与现代主义文学形成了极其紧密的互动，并极大地推动了文学创作向形式主义方面挺进。所以，乔纳森·卡勒认为：“第二次世界大战以后，新批评受到挑战，甚至贬斥，但人们却难以全然置之不理。它的对立面不是怯怯缩缩地回避它的影响，而是根本无法回避……无论我们宣布自己具有什么批评倾向，我们都是新批评派，因为要想摆脱文学作品的自足性，阐述作品统一性，以及‘细读’的必要性概念，实在是一件难上加难的事情。”[①]的确，“新批评”为我们带来了极为重要的文本分析思维和技术手段，也使我们更加清晰地认识到文学作品内部构成的诸多特质，但是，我们也必须承认，在“新批评”的理论支撑之下，现代主义作家在形式层面的探索热情被全面激发，并由此形成了各种实验性的文学流派。

世界“二战”结束之后，受结构主义语言学和结构主义人类学的影响，结构主义批评应运而生，并成为20世纪60年代之后最重要的形式主义批评理论。结构主义认为，整个世界是由各种因素按一定方式结合而成的有机整体，个人的作用、个人的价值只有在关系系统中才能够得到确立。它试图找出那些不仅在单部作品中而且在作品与作品之间的关系中发挥作用的结构原则，建立一些固定的模式来理解文学，以达到一劳永逸地解决文学的本质问题。罗兰·巴尔特就直言不讳地说：“叙述的形式，新生的结构主义将其作为自己的首要课题之一。”[②]在结构主义批评看来，不是作者的语言反映了现实，而是语言的结构产生了“现实”；意义的来源不是作者或读者的经验，而是那个控制个人的语言体系或结构。因此，结构主义文学批评的着眼点，不是具体的某部文学作品，而是存在

① [美]乔纳森·卡勒：《结构主义诗学》，盛宁译，第13页，中国社会科学出版社，1991年。

② 张寅德编选：《叙述学研究》，第3页，中国社会科学出版社，1989年。

于众多作品中的某些潜在的结构模式。这也意味着，它对主体论必然持以否定的态度，就像罗兰·巴尔特所言，“作者死了”，文学批评应该与作家研究分道扬镳。

作为一种直面形式的批评，结构主义与“新批评”的区别在于，后者注重对具体文本的解读，而前者强调作品系统内部要素之间的相互关系，认为“从单个的句子到词语的整体安排，每个文学的片断均能与系统的概念联系在一起。特别是，我们可以把个人的作品、文学的流派及文学的整体看成是相关的系统，把文学看成是在人类文化的大系统中的子系统”[①]。在这种理论预设中，结构主义批评对叙事学理论的形成，产生了极为重要的影响。它成功地建构了以探讨故事构成要素和构成形态为主的叙事结构研究方式，也建构了以探讨叙述活动和表现方式为主的叙事话语研究方式。前者以列维·施特劳斯、格雷马斯、托多洛夫等为代表，形成了格雷马斯的“符号学方阵”和“行动元符号方阵”之理论。后者以罗兰·巴尔特、热奈特等为代表，形成了较为系统的符号学和叙述学理论。

作为一种追求本质主义理想的批评，结构主义批评在彰显文学作品的形式方面，已经避开了俄国形式主义和“新批评”的某些琐碎化之流弊，希望从整体性上找到一些规律性的潜在结构模式。但是，从结构主义批评中衍生出来的叙事结构理论和叙事话语理论，仍然将文学的形式置于极为重要的位置，且在具体的批评实践中带着很强的技术主义色彩。虽然我们无法判别它对作家的形式实验产生了怎样的促进作用，但是，在这种理论思潮的引领下，形式问题不断受到高度关注，这是一个不争的事实。

值得注意的是，从20世纪70年代开始，有关形式主义的批评在世界范围内便日渐式微，取而代之的则是文化批评，包括新历史主义、女性主义、后殖民主义批评、生态批评和信息文化批评，人们对文学作品的关注似乎又回到其文化意义的建构之中。这也意味

① [美]罗伯特·肖尔斯:《结构主义与文学》，孙秋秋等译，第16页，春风文艺出版社，1988年。

着，人们对作品形式的极度关注，主要集中在20世纪前半叶，而这一时期也恰恰是现代主义和后现代主义空前发展的时期，是世界文学不断突破各种观念障碍寻求反叛和创新的历史时期。在这里，一个非常有意思的问题出现了：从上个世纪70年代至今，为什么世界文学中一直未能再度掀起有关形式主义的理论思潮？这个问题的背后，无疑隐含了两种新的文学认知：一是作品的形式必须是有意味的形式，它不可能完全脱离作者、社会现实和历史记忆等等。文学之所以成为文学，就在于它涵盖了人与自然、人与历史、人与社会、人与人（包括自我）这四种关系，只强调文学作为一种语言形式的存在，显然是远远不够的。二是从人们对文学作品的接受史来看，包括对所有经典作品的捍卫，都是基于其精神内涵和审美意蕴，即使它们在形式上具有独一无二的开创性，这种形式也必须能够承载其特别的审美内涵。因此，如果将文学的开创性、反叛性和不可复制性等先锋精神，仅仅确立在形式层面上，无疑会陷入某种形式主义的迷障。

由于中国当代文学长期受控于现实主义一元化的审美思维，且与世界现代文学的发展始终保持某种疏离状态，因此，有关文学形式的开拓一直处于停滞状态。直到20世纪80年代，当大量西方现代文学思潮涌入中国之后，人们才意识到，文学还有如此之多的表现形式和审美形态，由此便引发了1985年的诸多文学变革的思潮。然而，人们在分析和总结这些变革性思潮的过程中，总是将先锋文学确立在那些具有开拓性的形式之上——在很多人看来，形式上没有实验和开拓的作品，未必能够称得上“先锋文学”；而形式上颇有探索特点，且不管其内涵上是否有所超越，都可以明确将之定义为“先锋文学”。因此，到了上个世纪90年代之后，“先锋的终结”或“先锋的转型”成为人们对中国当代文坛的一种基本描述。

必须承认，这种思维的局限性，严重制约了我们对于先锋文学的科学判断，也严重影响了我们对于新时期以来先锋文学的全面探讨。如前所述，从俄国形式主义到英美“新批评”，人们之所以不断突出形式的重要性，主要是为了从自律性的角度，寻找文学作为语言艺术的某些内在规律，从而强化文学批评的有效性。尤其是到了结构主义批评中，其整体性思维中其实已暗含了形式与内容的有机统一，像罗兰·巴尔特对一般文本、快乐文本和极乐文本进行的划分，都展示了苏珊·朗格所强调的“有意味的形式”。尽管我们还无法厘清纯粹的形式主义研究之所以衰落的内在原因，但是有一点或许可以明确：无论怎样的形式创新，最终都是为了更好地表达创作主体的审美情感和思想。也就是说，任何形式的变革，都只能是并且应该是基于审美内涵表达的需求，而不是仅仅为了展示语言能指的空转。而这，也是文学批评又逐渐回到文化层面的缘由之一。

但是，如果我们借此来理性地重审以马原、洪峰等为代表的20世纪80年代中国先锋文学作家，或许可以看到，“形式的空转”其实是不言自明的。在多年的教学体会中，每次讲述马原的“叙述圈套”时，我既希望找到作者对于时间哲学的思考（如博尔赫斯那样），又期待通过重读发现其文本中所隐含的独特的意义建构，然而，在《冈底斯的诱惑》《虚构》《叠纸鹞的三种方法》《拉萨生活的三种时间》等代表作中，我能解读到的信息仍然是叙事形式上的游戏，包括元小说结构、故事迷宫以及对西藏地域事象的感知之类，很难获得更深的审美思考。同样，在洪峰的《极地之侧》等作品中，除了死亡等神秘性生存境况，能让我们津津乐道的，也是故事的迷宫结构。类似的还有格非的《褐色鸟群》《大年》，孙甘露的《访问梦境》《我是少年酒坛子》《信使之函》等。在这些公认的先锋文学代表作中，形式实验始终处于极为突出的地位，创作主体的主要心智也都投放在话语形式的处理上，而对于人的生存境况的思考却并没有多少深刻。但是，由于形式的怪异对读者阅读惯性所造成的破坏，这些作品凭借十分繁杂的结构形态最终将读者逼入“看不懂”的尴尬之境。一时间，先锋文学成为“看不懂”的作品之代名词。当然，真正的先锋因为其思想的超前性和体验的独特性，也可能会引发读者“看不懂”，但是，通过反复研读和有效梳理，人们仍然能够体会到创作主体的内在思考。而在马原等先锋创作的怪圈中，“形式的空转”最终换来的是读者的敬畏，以及敬畏之后的普遍逃离。

我以为，这是20世纪80年代中国先锋文学步入迷津的一种写照。它过度夸大了形式实验的审美价值，从而忽略了创作主体的内在精神建构，包括作家对人类存在及其精神境遇的深度思考。从唐诗、宋词到元曲，其形式的变革最终是为了更好地传达诗人的内在情思和生命体验，从不同角度恢复诗与歌的关联，并非仅仅是为了意象或节奏的游戏式组合。文学之所以不同于其他的人文科学，也是因为它能通过审美的方式呈现人类生命的丰富性和精神的繁复性，一切创造性的语言和结构，一切开拓性的意象和修辞，最终都是为了更精确地呈现人类生命之微妙，展示生命存在中诸多难以言说的真相。因此，真正的先锋本质上乃是一种精神的先锋，是作家主体思考和审美原创力的超前，是特定形式之中所包含的极为独到的精神发现，包括对人与自然、人与社会、人与历史、人与人之间关系的有效洞察。

从世界文学的发展趋势来看，文学批评回归文化研究层面，当然并非仅仅是因为形式主义批评已陷入僵局，还缘于文学终究是为了人类情感与思想的审美表达，尤其是面对现代社会迅猛发展所带来的诸多的精神困境。因此，在最近30多年中，无论是新历史主义、后殖民主义还是生态批评、信息文化批评，这些文学批评的理论锋芒，始终聚焦在人的存在境域的思考之上。从上个世纪90年代以来，中国当代作家的创作也大抵如此，单纯的形式实验日趋稀少，更多的作家都在努力将形式创新融入到相关的生存思考之中，像史铁生的《我的丁一之旅》、韩少功的《暗示》、刘恪的《城与市》、莫言的《生死疲劳》和《蛙》、李洱的《花腔》等等，都是如此。应该说，这些作品都体现了作家对以往创作的反叛和超越，也呈现了他们对于现实、历史与人性的尖锐思索，就其原创性而言，都属于先锋文学。如果再细细品味“个人化写作”思潮中的某些作品，以及李浩、陈家桥、蒋峰等新锐作家的创作，我们会发现，中国当代先锋文学的探索并没有停滞，先锋的火炬依然在一代代作家手中相传。只不过，他们都自觉地挣脱了马原们的形式主义弊端，更加关注精神层面的有效探索。

我曾经不止一次地说过，捍卫先锋，就是捍卫文学的未来。一个时代、一个民族的文学要有所发展，总离不开先锋作家的不断探索和尝试，也离不开理论上的不断总结和完善。先锋注定是孤独的，前无古人，后也未必有来者，成功或失败不是它要掂量的结果。尽管马原们在“形式的空转”中未能开辟一个文学的新时代，但是他们对“怎么写”的顽强探求，终究体现了某种革命性的意义，也对后来的先锋作家提供了重要的引鉴意义。

（原载《南方文坛》2015 年第 3 期）

困顿中的挣扎
——贾平凹论

对于中国文坛来说，贾平凹是一个奇异而又复杂的存在。他的创作，几乎集中了上个世纪50年代出生并从乡村走到城市的作家们所共有的矛盾，同时，又隐含了他个人在艺术超越上所出现的某些耐人寻味的困顿。一方面，他试图容纳一些现代意识和审美观念；另一方面，他又无法挣脱沉重的乡土羁绊。在主观上，他渴望回到民间，回到自我独立自治的精神空间，但是，落实到具体的艺术实践中，他又显得顾虑重重而巧取中庸。他的作品在读者群中总会引起一波又一波的巨大反响，但他对一些批评又保持着高度的敏感、警惕甚至是耿耿于怀。他崇尚一种憨实、木讷、谦逊、低调的人生哲学，但又常常被内心的自由冲动折磨得焦灼不安……他的创作，在很大程度上是在与自己混沌无序的思想做斗争，是在与自身困顿焦灼的精神意绪相抗争。他试图从中寻找某种理想的平衡方式，但是，就目前的情形来看，他依然是一个非常典型的“西西弗斯”。

因此，面对贾平凹的创作，我们所看到的，不只是他在散文和小说中所呈现出来的两种截然不同的审美情趣，不只是他对人性的强烈不满和对自然的极度迷恋，更重要的，是他在传统思维中对一些现代艺术小心翼翼地拥抱的尴尬姿态，是他在自我超越的冲动中所体现出来的优柔寡断、辗转反侧，是他融自卑与自信于一体的彷徨和焦虑。正是这些隐秘的原委，使他的创作（特别是后期创作）一直缺乏本质性的超越，始终处于一种困顿中的挣扎状态。

一、悲苦背后的精神质色

审度贾平凹的创作，有必要先从他的人生心态入手。因为与其他的作家相比，贾平凹对自己的人生经历和个性禀赋，总是有着异乎寻常的表达欲望，而且每每充满了某种悲天悯人的无奈之绪。他反复强调自己这一辈子，除了没有坐过牢，“经历了人所能经受的种种事变”[①]，其言辞之中，饱含着浓烈的凄苦与沧桑。那么，细察他的人生历程，是否果真如此？

贾平凹，1952 年 2 月 21 日出生于陕西南部的丹凤县棣花村。1972 年被推荐到西北大学中文系读书，毕业后留在省城西安至今，历任陕西人民出版社编辑、《长安》编辑、陕西省作家协会副主席、专业作家以及《美文》杂志社主编等职。

纵观贾平凹的生活经历，有两次较大的打击对他的人生构成了一定程度上的影响：一是 1970 年贾平凹的父亲被打成“历史反革命”而开除了公职，“家庭由小康人家变得一贫如洗”[②]。二是 1984 年患上乙肝，断断续续治疗多年方得痊愈，有一次甚至“度过了变相牢狱的一年多医院生活，注射的针眼集中起来，又可以说经受了万箭穿身，吃过大包小包的药草，这些草足能喂大一头牛”[③]。这两次打击，曾被他无数次在相关的文章、访谈或后记中谈起，甚至广涉世态之炎凉。但是，我觉得，这种打击或伤害的深度仍然是可以考量的。一是在他的父亲被开除公职的第三年，他就幸运地被推荐到西北大学读书——根据当时的历史情形，被推荐到大学的工农兵学员在政审上极为严格，贾平凹能进入大学，至少说明父亲的命运并没有给他带来致命的影响。二是漫长的乙肝虽然给他的生活带来

① 贾平凹：《高老庄·后记》，太白文艺出版社，1998 年。
② 李星、孙见喜：《贾平凹评传》，第 186 页，郑州大学出版社，2005 年。
③ 贾平凹：《贾平凹文集》（第 14 卷），第 294 页，陕西人民出版社，1998 年。

了巨大的影响，甚至有几次让他死里逃生，但从他此后庞大的创作数量来看，并没有受到太大的制约。如果将他与莫言、韩少功、路遥、陈忠实、史铁生等同时代的作家相比，就生活经历而言，贾平凹并没有更醒目更尖锐的苦难史。而其他同时代的作家很少频繁地提及自己的悲苦，唯独贾平凹却一直认为“吾一生是孤独悲苦，吾一生也是清静自在”①。那么，“吾一生是孤独悲苦”这句话，是他有些夸大其词的自我言说，还是这悲苦中存有另外的“深义”？

我相信还有另外的“深义”。因为同他的“悲苦人生说”一样，不断地被他频繁提及的，还有他的作品一直饱受争议，毁誉不休。“从我20岁开始写东西，一直争议到50多岁。”②在这些争议中，赞誉他倒说得不多，而一些相关的批评，却被他无数次在相关的文章或访谈中愤懑而又幽怨地提及。这使我们不得不思考，这些批评与他的“悲苦人生说”是否存在着密切的关联。所以，我们有必要将审察的眼光转向他的创作历程。

贾平凹的真正创作从1978年开始。在《废都》出版之前，他的创作一直保持着较为平稳的态势，曾获得过一次全国短篇小说奖（《满月儿》）、一次全国中篇小说奖（《腊月·正月》）、一次全国散文奖（《爱的踪迹》）、一次美国美孚飞马文学奖（《浮躁》），至于各种杂志社和省市文学奖，更是不计其数。其中，只有上世纪80年代初期的一些中短篇（如《二月杏》等）受到过当时文坛的争鸣或批评，但辐射面非常有限，且那时被争鸣的作品也非常多。这样的创作实绩，在当时的文坛上即使不是绝无仅有，但也属于凤毛麟角。至少，主流意识给予了其作品充分的认可；至少，他对此不会有太多的抱怨。

问题可能出在1993年《废都》的遭禁事件。我一直无法理解，贾平凹究竟出于一种怎样的审美意图，在小说中留下了一些空格代替叙事，并在宣传上将这部小说与《金瓶梅》勾连在一起，以至于

① 李星、孙见喜:《贾平凹评传》，第191页，郑州大学出版社，2005年。
② 贾平凹:《贾平凹谢有顺对话录》，第17页，苏州大学出版社，2003年。

该书出版之后，不久便遭到质疑和禁售。一般而言，被现行体制所明令禁售的书，如果政策上没有出现根本性的变化，是不可能会再版的，贾平凹应该非常清楚这一事实。但是，十余年来，他每每提及《废都》事件，都充满了感伤和愤懑，甚至还写了一幅“默雷止谤，转毁为缘”的条幅挂在书房里自我抚慰。“我自《废都》后已经被烟雾笼罩得无法让别人走近。”[①]《废都》出版之后，“这十年里我的窘境却只有我受了”[②]。“《废都》留给我的阴影影响了我整个90年代，现在也没有完全消除。”[③]

贾平凹之所以对《废都》事件耿耿于怀，可能并不在于他企盼此书能够获得再版的机会，而是在这一事件过程中，有两个方面超出了他的心理承受能力：一是有媒体将他由一个干净的作家演绎成一个流氓作家，认为其中男权主义思想过重，性描写过于泛滥，特别是将小说中的庄之蝶当成了他的个人自传，“在《废都》以前，我在文坛上属于比较干净的人和纯洁的作家，突然一夜之间变成了阴暗的人和流氓作家”[④]；二是有些批评超出了文学范畴，逐渐向政治上靠近，有些上纲上线的倾向——而这，是贾平凹最为恐惧的事。正是这两个方面，构成了贾平凹所忧怨的“谤”和“毁”。

现在，重新来审度这一事件的大致过程，我们会发现，事实远没有贾平凹自己所强调的那么严重。先看政治上的压力。贾平凹所愤怒的“上纲上线”，从他自己所提供的例证来看，仅仅是一封没有寄出的检举信，即“陕西一位老作家给中央写信，说诲淫诲盗，反党反社会主义，他让一些人签名，因没人签名，那信才没寄出”[⑤]。而客观上的情况，就我们目前所查证到的，只是北京市新闻出版局于1994年1月20日下达的《关于收缴〈废都〉一书通知》。从中共中央宣传部到陕西省内的有关部门，主要是对他进行批评教

① 贾平凹:《高老庄·后记》，太白文艺出版社，1998年。
② 贾平凹:《病相报告》，第307页，上海文艺出版社，2002年。
③ 贾平凹:《贾平凹谢有顺对话录》，第22页，苏州大学出版社，2003年。
④ 贾平凹:《贾平凹谢有顺对话录》，第23页，苏州大学出版社，2003年。
⑤ 贾平凹:《贾平凹谢有顺对话录》，第209页，苏州大学出版社，2003年。

育，积极地安排他到江苏浙江等地深入生活，并没有给他在政治上进行明确而严厉的定性。这一点，从贾平凹与时任中共中央宣传部副部长、中国作家协会党组书记翟泰丰之间的个人通信中可以看出。1995 年 12 月 12 日，贾平凹在给翟泰丰的一封信中曾写道："上次在京得以接见，留下深刻印象，您对我的关怀和指导，将终生难以忘怀。后经张锲同志通知，得知您及部里别的领导决定我去华西村生活一事，更感激您的关怀和鼓励支持之情……我不会辜负领导的，并在此真诚地感谢您！"[①] 1995 年 12 月 21 日，翟泰丰在给贾平凹的回信中，有关《废都》的评述是这样的："老实说，你的《废都》的确不是成功之作，内中明显模仿《金》作之处甚多，且又多不成功，特别是性的描写过分了，方块（□□）这一'创造'实不高明。对人物内心描写，也有败笔。这不足为奇，老君爷还被孙悟空偷去金丹呢，何况人乎？问题是一定要吸取教训。"[②]尽管我们不清楚翟泰丰接见贾平凹时谈了些什么，但是从贾平凹的信来看，主要是"关怀和指导"而没有"批评"；而翟泰丰在信中也主要是强调《废都》乃不成功之作，且"不足为奇"，不仅没有给他政治上施以压力，而且多有宽慰之语。更重要的是，翟泰丰此后还不断地给他以鼓励，如 1996 年 2 月 18 日和 1996 年 4 月 23 日，翟泰丰分别致信贾平凹均以鼓励和肯定为主，"我在你的作品中，往往能看到我国古籍大著之长，特别是明清间作品之痕迹，看到文学大家之文采，看到希望"[③]。因为有了这些关键人物的关键评价，可以想象，贾平凹并没有必要因此而负上特别沉重的政治包袱。事实也是如此。1997 年 4 月 16 日，贾平凹在致翟泰丰的信中也表达了类似的心境：

……在我困难的日子里，您在关心着我，帮助着我，

---

① 翟泰丰:《翟泰丰文集》(第 4 卷)，第 110 页，作家出版社,2004 年。
② 翟泰丰:《翟泰丰文集》(第 4 卷)，第 108 页，作家出版社,2004 年。
③ 翟泰丰:《翟泰丰文集》(第 4 卷)，第 131—134 页，作家出版社，2004 年。

古人讲，树有色容鸟亦知，我是知色容之恩的。但有人以此来为难您，这令我不安，唯一让我不安！这些人实在是不了解我，但有什么办法呢，只能让时间去作答复吧。

在我向您问候病情的时候，我却说了这些话，实在不妥，但又想，实话说了是中听的，我以一个年轻的朋友的身份，对您说这些心中实情，您也会高兴的，而高兴对身体是有益无害的。我不能为您做任何事情，我在此唯一能做的是向您问候，盼您早日康复！现在我在此为您唱一首“好人一生平安”的歌，让上天听到，让风能传到北京去。[①]

从贾平凹的这些话中，可以看出他对翟泰丰的关心和鼓励饱含了感恩之情，也表明了《废都》出版之后的三四年里，贾平凹所承受的政治压力是非常有限的。

再看《废都》在文坛上引起的反响。为了慎重，我特地根据“中国期刊全文数据库”进行查阅，得出的大致情况如下:《废都》于 1993 年 6 月出版,《当代作家评论》双月刊旋即在当年的第六期和次年的第一期给予了多篇积极的评价;《小说评论》亦在 1994 年进行了跟踪式的积极评述。只有《文艺理论与批评》发表过两三篇批评文章。后来，还有一些完全是学术化的探讨文章，其主要观点均列于李星和孙见喜所著的《贾平凹评传》中。至于那些小杂感式的议论，均见诸不是文学界有影响的刊物。更多的议论或批评，可能来自报纸媒体——而在那个时期，媒体的新闻资讯已较为发达，所谓新闻炒作，也不是什么新鲜的事物。这些并没有多少学理的炒作性文章，在一些出版社的商业诱惑中，迅速地以各种面貌结集成册。一般的读者都知道这些东西是怎么回事，当事人更应该明白是怎么回事。

我这样说，不是想苛责贾平凹过于胆小或心智不够强壮，更不是想说贾平凹对此表现得过于矫情，而是想通过这个事件的回顾，

① 翟泰丰:《翟泰丰文集》(第 4 卷)，第 236 页，作家出版社，2004 年。

说明贾平凹在自身的创作历程中虽然经历了一些风雨，但并没有像他自己所不断强调的那样“从事写作是二十一年，文章总是毁誉不休”[①]。事实上，看看莫言、李佩甫、韩少功、王跃文等等作家，也都曾有过这样或那样的类似际遇。我想，这种杯弓蛇影式的反复诉说，或许是作者寻找自我保护的一种手段，因为贾平凹曾说“懦弱阻碍了我，懦弱又帮助了我。从小我恨那些能言善辩的人，我不愿和他们来往。遇到一起，他们愈是夸夸其谈，我愈是沉默不语；他愈是表现，我愈是隐蔽；以此抗争。但神差鬼使般，我却总是最后胜利了”[②]。就贾平凹的创作来说，他的的确确是个胜利者。上个世纪 90 年代之前，文学是社会核心价值的代言，他的作品就曾多次获奖，为他的社会地位和社会角色的确定提供了有力的支撑。90 年代之后，文学逐步向市场化迈进，他的作品又立即引起了巨大的市场反响，几乎每部小说都发行在十万甚至数十万册以上，一直到最近的《秦腔》。

所以，无论是人生经历和创作经历，对于贾平凹来说，命运都是不错的。对于这样的命运，换了一般的人，可能除了得意，便是宽慰。但贾平凹依然如故地反复说“我这一生除了没杀人没偷人和坐牢，别的事都经历过”[③]，“经历了人所能经受的种种事变（除过坐牢），我自信我是一个坚强的男人”[④]，言外之意，他是历经了人世间的太多坎坷，这确实有点让人费解。更重要的是，贾平凹一生崇尚豁达、退让、隐忍，追求传统的儒道佛之真义，向往“青天一鹤见精神”的超然境界，渴望能“战胜自己”，走向“神形于虚”之大境界，但他又总是在一些小小的挫折面前显得“懦弱”不堪，诉说不已，面对一些人生的轻波微澜偏偏超脱不了，甚至说到“我搞创作以来，一直受到争议，一直受到批评。中国作协也不把我当主流作家来对待。中国作协不停地请人出国旅游，从来没有轮

① 贾平凹:《土门·后记》，第 336 页，春风文艺出版社，1996 年。
② 李星、孙见喜:《贾平凹评传》，第 185 页，郑州大学出版社，2005 年。
③ 李星、孙见喜:《贾平凹评传》，第 228 页，郑州大学出版社，2005 年。
④ 贾平凹:《高老庄·后记》，太白文艺出版社，1998 年。

到我”。[1]这种彼此冲突、相互抵牾的内心情状，在很大程度上负载了他的“悲苦人生说”之内涵，折射了他在自我超越上极为艰难的精神地质，也直接影响了他的创作在精神境界上的本质性飞跃。

二、农民意识中的现代愿景

在不停地诉说自己一生悲苦的同时，贾平凹还一直在极力强调自己的农民身份：“我是农民，善良本分，又自私好强，能出大力，有了苦不对人说……可后来，做起城里人了，我才发现，我的本性依旧是农民，如乌鸡一样，那是乌在了骨头里的。”[2]但同时，他又充满了现代愿景，“这么多年，西方现代派的东西给我的影响很大。但我主张在作品的境界，内涵上一定要借鉴西方现代意识，而形式上又坚持民族的……西方有西方人的生存经验，这种生存经验即民主、自由，注意人，人的个性，同时，工业对人的异化，高科技使人产生的种种病相等等。而我们的生存又是什么呢，这就不用我在这里多说了。他们的经验和我们的经验结合参照，我想应该是我们写作的内容，我们强调现代文学，得了解它的背景，寻找生命、精神里的因素，再是寻找一种语感，所以，因其语感的背景不一样，硬性模仿就失去了精神。必须加入现代，改变思维，才能用现代的语言来发掘我们文化中的矿藏”[3]。我将贾平凹的这两段话放在一起，并不是说一个农民就不应该去追求现代意识，而是想突出这样一种逻辑关系：农民意识已“乌在了骨头里的”贾平凹，一直在试图建立自己所独有的现代意识——用他自己的话说，“现代意识的表达往往具有具象的、抽象的、意象的东西，更注意人的心理感

① 《在传统与现代之间的新汉语写作》，贾平凹、王尧，《当代作家评论》，2002 年第 6 期。

② 林建法、乔阳主编：《中国当代作家面面观》上册，第 139—140 页，春风文艺出版社，2006 年。

③ 贾平凹：《病相报告》，第 312—313 页，上海文艺出版社，2002 年。

受，讲究意味的形式，就需要去把握原始与现代的精神契合点，把握如何地去诠释传统”[1]。“以中国传统的美的表现方法，真实地表达现代中国人的生活和情绪，这是我创作追求的东西。”[2]这里，我不想讨论贾平凹的“现代意识”是否具有更深刻的思考和发现，是否确立了文学中的现代意识所具备的一些基本内涵，作为一种艺术“愿景”，这种现代意识在他的创作实践中的确有所表现。但遗憾的是，这种表现，始终与他的农民意识形成了种种奇特的纠缠，以至于人们很难看清他的现代精神，常常将他归为传统现实主义的作家。

到目前为止，贾平凹的创作大致可分为三个阶段：《浮躁》之前的初期阶段，主要表达现实生活中某些显在问题，与当时的文学潮流保持着同步姿态；《浮躁》至《废都》之前的自我突破阶段，贾平凹开始自觉地寻找属于自己的审美领地，尤其偏重于商州文化中奇人异事的传奇性表达；《废都》之后的社会“病相”叙事。如果着眼于贾平凹所说的“现代意识”来考察，我以为，在上个世纪80年代中期之后的创作中，他已开始有所努力。特别是随着“寻根文学”大潮的兴起以及域外现代派文学在中国的大面积登陆，从《小月前本》《腊月·正月》中走来的贾平凹，开始积极地寻找自身的突破，并由此写出了一系列具有传奇特征的《美好的侏人》《故里》《马角》《古堡》《龙卷风》《美穴地》《五魁》《白朗》等小说。应该说，贾平凹这一时期的小说带着明显的寻根意识，或者说，至少受到了当时文化寻根大潮的影响，犹如他自己所说的那样，“大风刮来，所有的草木都要摇曳”[3]，但是，一般的文学研究者却又很少将他归为寻根文学的代表性作家。究其因，我以为，最关键的因素就在于他在文化寻根的过程中，并没有明确地立足于“文化反思”的现代立场之上，没有真正地从现代性的角度去认真地“理一理我们的根”，而是将审美触角探入古老的商州文化中某些具有奇

① 贾平凹：《病相报告》，第313—314页，上海文艺出版社，2002年。
② 贾平凹：《造一座房子住梦》，第2页，人民日报出版社，1998年。
③ 贾平凹：《高老庄·后记》，太白文艺出版社，1998年。

异质色的生活经验，包括奇风异俗、神秘景象以及乡间传说等，借助于文化的猎奇取代了文化的寻根与反思。除了《黑氏》《天狗》等作品在现实人伦上进行了一定限度的质疑之外，他的很多作品中的人物要么是土匪，要么是风水先生，故事离奇曲折，却缺少寻根文学所普遍尊崇的理性审视和文化隐喻意味，而且其叙述也是充满了某种迷恋式的审美情调。

这种迷恋式的叙述姿态，在很大程度上来源于贾平凹农民意识的潜在规约。记得汪政先生曾说:“对贾平凹执着地说‘我是农民’，许多人表示不理解，其实，这对一个作家来讲是相当重要的，因为它表明的不仅是普通意义上的身份认同，而且同时标明了自己的文化谱系、价值承传和审美趣味，它具有创作心理上的意义。”[①]的确，当贾平凹强调自己的农民角色时，他实际上已经意识到了自己的文化谱系及审美趣味被乡土情结所控制，以及它在更变上的艰难性。“农村是一片大树林子，里边什么鸟儿都有，我在其中长高了、长壮了，什么饭菜都能下咽，什么辛苦都能耐得，不怕了狼，不怕了鬼，不怕了不卫生，但农村同时也是一个大染缸，它使我学会了贪婪、自私、狭隘和小小的狡猾。”[②]但是，作为一个作家，作为一个纯粹的精神劳作者，他同样也明白现代意识是不可或缺的精神品质。于是，在很多言谈中，他反复强调“中学为体，西学为用”这一经典性法则。这当然是一个不错的进化论法则。问题在于，如何建立自己深厚的“中学之体”，又如何将西学娴熟地化为“用”，这是一个巨大的命题，至少，对于中国当代作家来说，都是不可能做到的。当年的洋务重臣张之洞之所以抛出这样的言论，其目的就是为了“中学治身心，西学应世事”——也就是说，只有骨子里拥有了中国传统文化的精髓（而不是农民意识），只有在精神内部建立了深厚的国学基础，才有可能用“西学”来应对世事。但贾平凹并没有清晰地意识到此点。他觉得“中学”和“西学”在文学创作中

① 《论贾平凹》，汪政，《钟山》，2002 年第 4 期。
② 贾平凹:《我是农民》，第 65 页，陕西旅游出版社，2000 年。

最终都是同一种东西，即终极境界——“文学或多或少，或大或小，都是要阐述着人生的一种境界，这个最高境界反倒是我们要借鉴的，无论古人与洋人。中国的儒释道，扩而大之，中国的宗教、哲学与西方的宗教、哲学，若究竟起来，最高的境界是一回事，正应了云层上面的都是一片阳光的灿烂。”[①]这里，如果我们撇开宗教这一复杂问题（严格地来说，中国并没有自身的宗教。佛教到中古时期才传入中国），单就哲学来说，无论儒或道，与西方哲学最终要解决的问题，就完全不是一回事。这一点，从胡适、钱穆到牟宗三都早有论及。

我这样说，不是为了追究贾平凹在理性思考上的片面性，而是要说明贾平凹对现代意识的理解过于简单，以为在抽象的精神境界上进行一种综合，就会获得“中西通达”的精神品格。正因如此，在那篇他自己十分看重的《四十岁说》中，无论“中体”还是“西用”，他都想要，但都不清楚如何要，所以语焉不详，一片混沌，无论对文坛现状，还是对社会现实，都充满了某种尴尬和无奈的意绪，最后只好用禅语来进行自我消解。这正是一种农民式的狡猾思维之所在，犹如鲁迅笔下的阿 Q，遇上自己解决不了的问题，便使出自己的撒手锏——精神胜利法。如果我们将乡村文化作为一种农民意识的主要载体，城市文化作为现代意识的关键符号，那么，贾平凹内心的矛盾和分裂就像他自己说的那样：“乡村曾经使我贫穷过，城市却使我心神苦累。两股风的力量形成了龙卷，这或许是时代的困惑，但我如一片叶子一样搅在其中，又怯懦而敏感，就只有痛苦了。我的大部分作品，可以说，是在这种‘绞杀’中的呼喊，或者是迷惘中的聊以自救吧。”[②]无论是“呼喊”还是“自救”，就贾平凹本身的创作实践来说，乡土文化的制约要远远大于其现代意识的觉醒。所以，他的很多作品一旦将叙事背景放到了商州，放到了真正底层的乡村社会，其叙述话语便显得安宁、自由甚至放纵；

① 贾平凹:《造一座房子住梦》，第 5—6 页，人民日报出版社，1998 年。
② 《传统暗影中的现代灵魂》，李遇春、贾平凹，《小说评论》，2003 年第 6 期。

而一旦进入城市，则充满了焦灼、迷惘甚至是怨怼。无论是《土门》《白夜》，还是《废都》《高老庄》，其中的城与乡始终处于二元对立的价值系统中。在这些小说中，人物的命运和精神只要出了问题，其原委都是来自于城市化进程的加快，就像《土门》中所说的那样，“人为什么生病？”就是因为“离开了土地和地气”；《高老庄》里的大学教授子路回到故乡，试图通过现代思维来解决一些乡村冲突，结果不但一败涂地，而且还弄得夫妻反目。即使是像《秦腔》这样纯粹的乡土小说，也是充满了今与昔的对抗，并且是今不如昔。

城市不如乡村，乡村的今天不如它的往日，这是贾平凹的小说一直贯穿的价值主题。我无意于批评他的这种思想观念，只是觉得，这种过于简单的二元对立式的价值判断，在本质上凸现了贾平凹那种带有“狭隘和小小的狡猾”的农民意识，使他从骨子里永远对现代文明保持着高度的警惕甚至是排斥。他自己也承认：“说到根子上，咱还有小农经济思想。从根子上咱还是农民。虽然你到了城市，竭力想摆脱农民意识，但打下的烙印怎么也抹不去。农裔作家都是这样。有形无形中对城市有一种愤恨心理，有一种潜在的反感，虽然从理智上知道城市代表着文明。”[①]而这，无疑也从根本上钳制了贾平凹对现代意识的积极迎纳，甚至直接影响了他在写作立场上的明确性。譬如，他能够意识到一切艺术的反抗性特质，意识到创作与现实生存之间的紧张关系，“在写作过程中，常常出现一些摩擦，当然不是和政府，而是和整个社会的价值观产生一种摩擦，产生一种紧张感，这种紧张感把你弄得手足无措，你也不知道该怎么办，但是你不这样，好像也不行”[②]。按理，贾平凹如果具有一种自觉的现代意识，如果深知现代社会同样充满了各种悖论性的存在，那么，对于这种紧张感他也许并不会产生太多的矛盾心理。马尔库塞早就说过：“在其先进的位置上，艺术是大拒绝，

① 《关于小说创作的答问》，贾平凹、韩鲁华，《当代作家评论》，1993年第1期。

② 贾平凹：《贾平凹谢有顺对话录》，第13页，苏州大学出版社，2003年。

即对现成事物的抗议。”[1]略萨也曾明确地说过，文学存在的秘密理由，亦即文学抱负存在的理由，便是它的怀疑态度和反抗精神，“凡是刻苦创作与现实生活不同生活的人们，就用这种间接的方式表示对这一现实生活的拒绝和批评，表示用这样的拒绝和批评以及自己的想象和希望制造出来的世界替代现实世界的愿望”[2]。所以，略萨认为，无论对生活提出何种质疑都是不重要的，“重要的是，对现实生活的拒绝和批评应该坚决、彻底和深入，永远保持这样的行动热情——如同堂·吉诃德那样挺起长矛冲向风车，即用敏锐和短暂的虚构天地通过幻想的方式来代替这个经过生活体验的具体和客观的世界”。一个真正意义上的现代作家，他所操持的价值立场和艺术观念，在本质上应该体现为他必须与现实秩序及其表象经验保持必要的距离。贾平凹对现代文明的对抗性价值立场，似乎恰恰表明了他的某种怀疑和拒绝精神，但是，如果循着他那“城市不如乡村，乡村的今天不如以前，甚至人不如其他动物”的价值链来省察，我们便会发现，他的这种怀疑和拒绝并非真正的反抗，而是一种对现实的逃避，其手段就是向远古和自然皈依——当然，说得好听一点，这叫回归自然，回归本源，就像《土门》中的“我”最后回归到母亲的子宫里，只有那里才是真正的家园，只有在那里才能看到“神禾源”。而这，恰恰是贾平凹农民意识的痼疾之所在。

我们无法要求一个作家必须对各种充满悖谬的现代社会做出有效的思考，更不能要求他们必须对人类的现代生存困境提供有效的出路，但是，面对这种焦灼和困境，作家有责任在揭示和呈现它们的同时，行使自己作为知识分子的启蒙和拯救义务，这是必须的。所以，福克纳说：“作家的天职在于使人的心灵变得高尚，使他的勇气、荣誉感、希望、自尊心、同情心、怜悯心和自我牺牲精神——这些情操正是昔日人类的光荣——复活起来，帮助他挺立起来。”[3]

---

① 马尔库塞：《单向度的人》，第59页，上海译文出版社，1989年。
② 略萨：《给青年小说家的信》，第6页，上海译文出版社，2004年。
③ 威廉·福克纳：《美国作家论文学》，第368页，北京三联书店，1984年。

我不敢说贾平凹对文明持有一种敌视的态度，但是，他的“返古式”价值倾向，的确没有给我们展示一种积极的救赎意愿，也使我们不得不怀疑他的逃避姿态，不得不认为他的现代意识，可能更多的只是一种“现代愿景”，而没有深入到现代精神的内部。

三、卑琐人性中的绝望

贾平凹有理由觉得自己一生悲苦，因为他对现代社会充满了无奈和绝望，对一切病态的东西有着异乎寻常的敏感。他渴望回到狼性的世界，回到没有被文明伤害的古朴的自然之中，而这种愿望在现实面前却又显然不堪一击。更重要的是，他又非常清楚自己的写作基础和叙事资源：“我的出身和我的生存的环境决定了我的平民地位和写作的民间视角，关怀和忧患时下的中国是我的天职。”[①]可以说，面对繁复驳杂的现实生存，他不能也无法轻易地绕过去；面对纯朴温馨的自然，他想以断裂的方式来重构却又觉得不切合实际，这构成了贾平凹内心深处的一种困顿。

有趣的是，贾平凹并不是从艺术观乃至人生观上来调整自己的某种局限，使自己从历史的整体性和社会的整体性上来重新打量现代人的生存境域，而是动用自己特有的“现代意识”，开始对现代文明内部的“恶之花”进行倾力的关注和表达。我之所以认为这是贾平凹自己认定的“现代意识”，是因为他曾这样说过：“中国的汉民族是一个大的民族，又是一个苦难的民族，它长期的封建专制，形成了民族的政治情结的潜意识。文学自然受其影响，便有了颂歌式的作品和揭露性的作品……而外国呢，西方呢，当然也有这两种形态的作品，但其最主要的特点是分析人性……故对人性中的缺陷与丑恶，如贪婪、狠毒、嫉妒、吝啬、啰嗦、畏缩、卑怯等等无不进行鞭挞，产生许许多多的的杰作。愈到现代文学，愈是如

① 贾平凹：《高老庄·后记》，太白文艺出版社，1998年。

此。"[1]不错，现代文学尤其是域外的现代文学，的确充满了对人性阴暗的揭示与控诉，充满了对各种文明秩序掩盖下的生命扭曲给予了尖锐的表达，但是，在揭露与控诉的同时，它们不是在否定现代性的历史进程，不是在质疑人类赖以生存的人道主义基石，以及人之为人所必须拥有的尊严和梦想。

而贾平凹自《废都》之后不断引人非议的核心问题恰恰就在于这里。在《废都》之后，他的所有小说所极力彰显的核心目标就是人性的丑陋、自私和卑劣，是一篇又一篇没有哀婉只有无奈、没有悲悯只有绝望的"病相报告"，尤其是到了《怀念狼》里，贾平凹更是将人性还原成连兽性都不如的一种生命存在。这种"剑走偏锋"式的审美追求，在很大程度上，缘于他对人生的失望，对现实的迷惘，对苦与恶的相互混淆（或者说是苦与恶之间的简单转换）。这里，我不想就其发生逆转的关键性作品《废都》来进行详细分析，因为无论是肯定还是否定，有关《废都》的论述，早已成为一种"过度阐释"的文化存在。在《废都》的后记里，贾平凹曾如此写道："让我记住这本书带给我的无法给人说清的苦难，记住在生命的苦难中又唯一能安妥我破碎了的灵魂的这本书。"[2]说《废都》能安妥作家自己破碎的灵魂，我觉得，主要就在于创作主体首度将自己完全打碎和撕裂了——它通过一种罕见的勇气，将自身作为知识分子在现实伦理中必须不断被掩饰、被扭曲的灵魂，坦然地公之于众；同时也将创作主体的内心困惑与愿景和盘托出。不过，如果将《废都》与库切的《耻》稍做比较，我们就可以发现，同样是写知识分子灵魂的卑微与丑恶，但思想内蕴却大相径庭。库切从"代价"入手，通过大学教授戴维·卢里因对女性的玩弄，尖锐地指出了这种人性的丑陋所带来的尊严的丢失和命运的残酷，甚至在"僭越"之中对种族问题进行了深刻的反思；而《废都》中庄之蝶却始终在文化名人的光环下苦闷地游走，在沉沦中"泼烦"，在"泼烦"中走

---

① 贾平凹:《病相报告》，第 303—304 页，上海文艺出版社，2002 年。
② 贾平凹:《废都·后记》，北京出版社，1993 年。

向更深的沉沦，完全是一个在名利场的角逐中逐渐走向畸形的生命形象。所以，阿城说《废都》的“废”不是颓废的“废”，而是残废的“废”。[①]

不仅对现实绝望，对历史，对人性，甚至对人类充满缅想的爱情，贾平凹也同样充满了绝望。这一点，可以从《病相报告》中清楚地看到。在贾平凹的后期创作中，《病相报告》多少显得有些“另类”，它试图在巨大的历史跨度中，以人物命运的跌宕沉浮，来重构一种有关爱情的神话。但是，读完整部小说，我感受不到胡方和江岚之间爱情的圣洁，感受不到那种超越了历史恩怨和肉体原欲的执着，也感受不到一种在历史劫难和爱情幻想中所建立起来的应有的尊严。在小说的后记里，贾平凹曾叙述了胡方的原型，说这个老人每晚都要给远方的情人写信，“一个年龄老朽的人如此狂热爱情，这已经是公开的秘密，大家都不避讳，而且故意逗他，老头那一刻纯真如儿童，脸颊红红的，眼睛放光，说一些很幼稚可笑的话”。可是，在小说的叙述过程中，即使是到了晚年，胡方也仍不见那种因爱而变得纯真的表现，而只是不断地将爱化为欲的冲动，或者是一种近乎卑琐的畸恋式跟踪。“与其说我在写老头的爱情，不如说我在写老头有病，与其说写老头病了，不如说社会沉疴已久。”“爱情更是一种病。”[②]这是贾平凹的立足点。古今中外，人们对于爱情的叙述当然很多，将爱情视为一种悲剧的根源来探讨人性本质的小说也并不少见，但将爱情作为一种“病”来演绎的，却并不多见。所以，我们可以从马尔克斯《霍乱时期的爱情》中看到一对年迈的男女终于走到一起时，彼此的脸上还会散发出孩童般的羞涩和天真，他们第一次躺在床上还像少男少女那样激动不安而又小心翼翼。而在《病相报告》里，所有圣洁的情感都变成了病态的、乖张的言行，很难看出作者所说的“凄美”特征。胡方因为几十年如一日地爱着江岚，总是将那枚戒指戴在手上，继而藏在狗腿里，后来

① 阿城：《闲话闲说》，第 161 页，作家出版社，1998 年。
② 贾平凹：《病相报告·后记》，上海文艺出版社，2002 年。

又缝进自己的小腿里；当他发现一个小饭馆里的服务员长得像江岚，便每天到那里吃午饭，得到的却是一次次的羞辱。他没有尊严，当然他也不需要尊严。他看起来坚贞不渝，而背后却分明是为了真正的肉体占有。所以，作者最后让他带着春药完成了与江岚的聚会，并暴死逍遥床。

至于对乡村，对他终身所倚重的土地，他也同样充满了无奈和绝望。如果说《白夜》中的夜郎在城市中的游走和钻营还带有某种于连式的影子，是受控于都市欲望和畸恋的产物，那么《土门》中的成义以及由成义所掌控的仁厚村则是被市场化现实彻底蛀空了灵魂的躯壳。我甚至觉得，《土门》完全是《秦腔》的一次预演。它将背景选择在城乡接合部，将仁厚村作为一个虚拟的历史，不仅展示了人性的退化，而且叙述了人种的退化（尾骨突出、人兽恋等）。小说中，作者曾借胖子的口吻说过这样一句话："眉子是仁厚村的，不当人认了，阿冰是狗，仁厚村却当人使唤。"[①]这种人畜倒置的观念，正是作者对仁厚村伦理变化的深切理解。一切乡村原有的"仁厚"伦理被完全颠覆，面对现代化的进程，人们充满了敌视和对抗。这一切，到了《秦腔》中，终于获得了全面的爆发。《秦腔》以半疯子张引生作为叙述者，以他的视角和口吻演绎了一个叫清风街的西部村落的变迁史。作者说："我决心以这本书为故乡树起一块碑子。"[②]那么，这是一块怎样的碑子？

我们看到，在一种家族式的人物结构中，通过一种碎片式的拼接，《秦腔》所展现出来的，完全是一段乡村败落史，是传统被现代冲刷后的荒凉和无助。清风街的老村长夏天义不仅性格暴烈、刚愎自用、独断专行，而且目光短浅、领导无方，导致许多事务和决策失误，使清风街变得日益困顿；新任村长夏君亭虽然精于制衡，动用各种市场时代的潜规则，在权力的背后不断地将乡村土地转换为眼前的利益，但是，古老的清风街还是一步步在现代化的进程中

① 贾平凹：《土门》，第 282 页，春风文艺出版社，1996 年。
② 贾平凹：《秦腔·后记》，作家出版社，2005 年。

瓦解了——大片土地荒芜、女人进城卖淫、男人进城卖力、乡村选举作弊、孩子失学辍学、矿工职业病泛滥、群体暴力抗法……苍劲雄浑的秦腔，终于在现代社会中逐渐沦为替村民们送葬的挽歌。有人说，这是一部当代乡村社会的史诗；更有人说，这是一部通过反史诗的写法而完成的乡村史诗；还有人说，它是一曲乡村文明的挽歌。而我读出来的，则是一曲生命存在的葬歌，是“人不如狗”的自毁之歌，是人类最基本的尊严和道义沦丧的哀歌。如果说《废都》是写了一座灵魂废败、信念沦丧的当代城市，那么《秦腔》写的是一座从精神到物质、从伦理到人性都完全废败的村庄。小说中有两个重要情节很耐人寻味。一是疯子引生因爱白雪而无法自控，在偷了白雪胸罩之后被饱打一顿，羞愧之余在家自我阉割。作者是这样叙述的：

> 我的一生，最悲惨的事件就是从被饱打之后发生的。我记得我跑回家，非常地后悔，后悔我怎么就干了那样的事呢？……我掏出裤裆里的东西，它牵拉着，一言不发，我的心思，它给暴露了，一世的名声，它给毁了，我就拿巴掌扇它，给猫说：“你把它吃了去！”猫不吃，猫都不肯吃，我说：“我杀你！”拿了把剃头刀子就去杀，一下子杀下来了。血流下来，染红了我的裤子，我不觉得疼，走到了院门外，院门外竟然站了那么多人，他们用指头戳我，用口水吐我。我对他们说：“我杀了！”染坊的白恩杰说：“你把啥杀了？”我说：“我把 × 杀了！”白恩杰第一个跑进我的家，他果然看见 × 在地上还蹦着，像只青蛙，他一抓没抓住，再一抓还没抓住，后来是用脚踩住了，大声喊：“疯子把 × 割了！割了 × 了！”[①]

从这个情节里，我们看到，引生的这种自我阉割，与其说是对

---

① 贾平凹：《秦腔》，第 46 页，作家出版社，2005 年。

人的原始欲望的自我否定，还不如说是作者对生命存在的绝望和否定，因为在一个半疯子的精神世界里，他所畸恋的白雪不只是一个美人，而是一种古老文化的隐喻。引生的自宫，其实表明了在清风街这座废墟之中，现代化进程所带来的只有伤害，只有自取其辱，只有绝望的毁灭。这里，作者不仅仅对乡村伦理和现代文明抱着深深的失望，而且对维持人类社会最基本的道义也感到不再相信，是一种看不到精神底线的彻底性的绝望叙事，就像他自己在后记中说的那样，犹如“一泡脓水”。

正是在这个巨大隐喻的笼罩之下，作者又安排了另一个时隐时现的情节，即人与狗的对立性叙述，它散落在很多章节中。小说中有两条狗非常引人注目，即村长家的“来运”和乡政府的“赛虎”。作为一种权力化的符号，它们享尽了一般村民所不敢奢求的荣耀，也使我们看到在整个清风街，除了在它们身上可以看到某种类似于爱情的高兴事，而在村民们的身上却没有半点高兴事。来运与赛虎在偷情时，往往有秦腔伴奏，而且充满了激情和乐趣；但是村民们在做爱时，却最怕响起秦腔，也没有人去放秦腔。不错，就小说的整体意蕴而言，贾平凹确实把一个后改革时代的中国农村现实描述得淋漓尽致，其具象的真实性几乎不容置疑。然而，透过一个又一个无法预测的灾难，我们又分明可以感受到作者在面对这种时代的变迁时，内心里充满了迷茫和无奈、无助和绝望。旧的为什么要流失，新的为什么要冲来，作家自己就困惑不已，甚至是不满。因此，他只能对过去的点点滴滴施以凭吊和怀念式的表达，让话语沉浸在无边的困惑、无奈甚至是痛苦之中，以至于这种绝望的心绪贯穿了整个叙事。但是，有人却说它超越了一般的爱与恨，对每一个人物都给予了充分的尊重，其实在这种尊重的背后，却布满了创作主体的焦灼和迷惘。

虽然，我们不能以此认定贾平凹的后期写作带有某种反现代的意味，但是，如果要从“文明反思”的角度来审度他的一些作品，我觉得这种反思是一种逆向的、退化性的反思，即城不如乡，今不如昔，人不如兽。记得贾平凹自己曾说：“道被确立之后，德将重新定位。”[①]如果我们认定贾平凹所突显的这些观念是一种新的“道”与“德”，那么，这种价值标杆，无疑大大影响了他对现实和人性的批判力度。记得有人曾将他的《阿吉》与鲁迅的《阿Q正传》做比较，以为《阿吉》承传了鲁迅对国民劣根性探讨的意旨，但是，如果稍稍熟悉鲁迅的思想，就会明白鲁迅对国民性的批判并不是为了否定，更不是为了展示自己的绝望，相反，他是为了积极的改造。鲁迅曾无数次地强调改革的必要，社会前进的必要，“一面有残毁者；一面也有保全、补救、推进者，世界这才不至于荒废。我是愿意属于后一类，也分明属于后一类的”[②]。所以，面对现实的铁屋子，他要呐喊，因为他坚信“革命有血，有污秽，但有婴孩”[③]。但是，在贾平凹的后期作品中，我看不到这意味着新生的“婴孩”究竟在哪里。

其实，对于贾平凹内心深处的这种逆向性、退化性思想倾向，也有学者已经发现。如孟繁华先生在最近的一篇论文中就说道：“《秦腔》的感伤正是对传统文化越来越遥远的凭吊，它是一曲关于传统文化的挽歌，也是对‘现代’的叩问和疑惑。这样的思想贾平凹在《土门》《怀念狼》等作品中也表达过。如果是这样的话，我同时也不免踌躇:《秦腔》站在过去的立场，或怀旧的立场面对今日的生活，它对敦厚、仁义、淳朴等乡村中国伦理文化的认同，是否也影响或阻碍了他对‘现代’生活的理解和认识，因为对任何一种生活的理解和描述，都不免片面甚至夸张。《秦腔》的‘反现代’的现代性，在这个意义上也是值得讨论的。”[④]这里，作者运用了一种“‘反现代’的现代性”来描述贾平凹“过去的立场”和“怀旧的立场”，看起来是在为贾平凹的这种思想进行辩护，其实已表明了他“不免踌躇”的心绪——因为他同样明白，反文明式的思想对抗，绝不是真正意义上的文学写作。

① 贾平凹:《高老庄·后记》，太白文艺出版社，1998年。
② 鲁迅:《鲁迅全集》(第10卷)，第409页，人民文学出版社，1981年。
③ 鲁迅:《鲁迅全集》(第10卷)，第336页，人民文学出版社，1981年。
④《文化消费时代的镜中之像》，孟繁华，《小说评论》，2006年第2期。

值得一提的是，贾平凹的后期小说不仅充满了绝望的意绪，而且遍布了类似于“垢甲”的粗俗细节，包括一些类似于手机短信的黄色笑料、乖张反胃的大小便描写、原欲化的性暗示以及各种畸形的情恋叙述（如《猎人》中的熊奸人）。这些细节有很多是没有必要的，也看不出有多少是真正产生于人物身上的“垢甲”，是真正源于人物精神本源上的“垢甲”，而贾平凹却每每对之进行自然主义式的叙述，以至于让人觉得“脏”，与他早期的唯美性叙事构成了一种巨大的反差。而这，也同样在很大程度上降低了其作品的审美格调，削减了作者对人性恶的揭示效果和批判的力量。

贾平凹的创作存在着很多隐秘的内部矛盾，犹如他本人丰富的内心冲突一样，呈现出各种难以调和的复杂状态。由于文章的篇幅所限，我无法再对贾平凹的叙述技术进行分析。事实上，在他那种集民间诡异与现代魔幻于一体的荒诞性细节叙述上，在他那种虚与实的对应性表达技巧上，在他那碎片式拼接与他强调的“混沌美学”之间的理论实践上，在他对叙述视角的随意性改变与转换中，都存在着或多或少值得辨析的问题。

但是，我要说明的是，贾平凹在创作中所体现的这些无法协调的矛盾，绝不只是贾平凹一个作家所独有的，它们同样或多或少地分布在与他同时代出生的作家群中，只不过贾平凹更显突出、更显集中。这也意味着，任何只关注其矛盾一方面的研究，都会导致判断的片面性，所以，近些年来，贾平凹的作品常常在评论界呈现出两极化的价值评判。而这，又无疑为他的“人生悲苦说”增添了不少苦涩的内涵。

（原载《钟山》2006 年第 4 期）

第三辑

傲慢、奴性及其他

一、开场的话

一位德国汉学家的几句并不具备理性思辨的采访回答，却在中国文学界掀起了一阵“怒潮”，致使2006年的文坛在岁末之际又陡添了一次“口水之战”。几分有趣，当然也有几分别样的尴尬。

我之所以觉得有趣，是因为顾彬的访谈中绝大多数内容都不值得一驳，缺乏一个学者最基本的理性思考。而中国大陆的媒体却对这种“愤青式”的酷评兴奋异常，紧紧抓住“垃圾”一词耸人听闻，最终将之演绎成“中国当代文学全是垃圾”的说法。更有甚者，第82期《南都周刊·生活》甚至以“汉学家集体批判中国作家”作为封面标题，似乎国际上的很多汉学家都很看不惯或看不起中国当代文学。

我对中国媒体运用这种卡夫卡式“变形”的传播手法很有些愤懑。一个媒体如果缺乏最基本的理性原则，那么，客观和公正便会成为一个虚蹈的标准，而它向公众传播信息时所隐含的危险和荒谬也将不言自明。无论什么“专家”都有胡说的权利，而媒体却不加思辨地即以金科玉律大加传播，热闹了自己的面孔，最终却失去了读者的信赖。反正，我是这么认为的。至少，在顾彬的“垃圾事件”中，中国的某些媒体就是这么干的。

我为什么要责怪中国的某些媒体？理由有二：一是顾彬对中国当代文学的评价，显然是一些道听途说之词，或是将非主流的作品视为中国当代文学的主流作品而大加挞伐，很难看出一个域外学者对中国当代文学的真切判断。置身于中国当代文学现场的某些媒体，却对这些言论不加最基本的理性判别，积极地传递所谓的“真实声音”，看似在恪守职业操守，实则是在伦理的层面上，随便地赋予了外国人以傲慢和胡说的表达权。二是中国的某些媒体常常将公正和客观的职业原则操控于一己之见，甚至以“客观”代替“公正”。所以，近些年来，各种危言耸听的“客观”声音遍布传媒，除了吸人眼球之外，却看不到媒体自身的“公正”立场。这里面涉及的问题非常复杂，不谈也罢。

但是，面对这场由汉学家顾彬发起、由中国大陆的某些媒体积极助演的“垃圾事件”，我们却有必要重新回到理性的层面上，审慎地分析一下其中的某些文化心理及其潜在的危害。

二、傲慢的真相

顾彬是傲慢的。当然，他有傲慢的权利。萨义德曾强调，一个真正意义上的现代知识分子不仅要向权力说真话，还要充分利用自己的专业知识向公众道实情。这里面，其实也同样暗含了一种由独立意志和率真品质所熔铸起来的“傲慢”。只不过，这种傲慢是以共识性的真理或经过理性思考的真相为依托的。它是知识分子对现代文明价值体系的一种积极承诺，具有严谨的价值立场和现代性的思想启迪意义。而顾彬的傲慢并不具备这种品质，因为他的傲慢是建立在“胡说”的基础之上。

我之所以认为他是胡说，就在于他利用了自己所谓的专业知识背景，做出了明显不符合事实真相、也缺乏基本理性的错误判断。细读他的那篇访谈，我们可以看出他在几个主要论点上均属荒诞不经——譬如，他认为中国作协“一点用处一点好处都没有。你在中国大陆可以问所有的作家，没有人会主动说到作协，没有人，一个也没有。如果是真正的中国作家，他肯定不要入那个作协”。事实是，除了一两个作家声明退出中国作协，绝大多数生活在中国大陆的作家都是中国作协会员，包括史铁生、莫言、余华、苏童、王安忆、毕飞宇等等优秀作家。譬如，他认为 1949 年以后的中国作家不如1949年以前的作家，一个“最大的问题”就是1949年以后的作家都不懂外语，既对外国作品了解和理解很差，也“不能够从另外一个语言系统看自己的作品”。这种论调显然是全球化思维的怪胎，无论是从文学理论还是创作实践上说，都讲不通。李白、杜甫、曹雪芹……都不懂外语，但没有人否认他们是伟大的作家。况且，外语与一个作家的创作水准之间究竟有多少关系，不仅缺乏基本的文学理论来支撑，也缺乏相应的创作实践来印证。譬如，他认为卫慧、棉棉的作品是垃圾，《狼图腾》则是法西斯主义之作。这话当然有道理，但问题是，中国的作家和批评家早就有类似的看法了，而且没多少人将它们视为优秀之作。譬如，他认为，“中国人根本不给他们自己的文化和文学什么地位”。其理由就是，他在计划写作中国20世纪文学史时，很多来自中国的朋友包括作家都劝他别写，并认为那些都是垃圾。如果一个汉学家仅仅靠自己的几个“中国朋友或作家”的说法来对中国当代文学进行判断，这种判断的荒诞性不言自明。如果再退一步想，难道20世纪的中国百姓，都是在垃圾文学里成长出来的？难道用垃圾喂养起来的我们，依然能够推动中国社会的文明？譬如，他认为中国作家的母语普遍使用得不好，非常成问题。我不明白顾彬是用什么标准来衡量中文的，但是，我比较怀疑顾彬的中文水平，例证之一，便是《当代作家评论》2004年第三期曾发表过顾彬的一篇文章《圣人笑吗？——评王蒙的幽默》，很遗憾，那篇文章不是顾彬用汉语写的，而是请一个叫王霄兵的人翻译的。一个论文都需要别人来翻译成汉语的“汉学家”，居然有能力来判断中国作家的母语使用水平？再者，如果一个中国作家用自己的母语写作都“用得非常不好”，那只能用顾彬式的语调来回答了：开玩笑，完全是胡说！

针对顾彬的这种判断，其实，很多国外的汉学家也进行了或多或少的批驳。据《南都周刊·生活》第82期上发表的相关采访，我们看到：美国普林斯顿大学的汉学家林培瑞差不多逐条否定了顾彬对中国当代文学的判断。日本御茶水女子大学的汉学家宫尾正树也认为“除了鲁迅之外，当代文学80年代以后的文学水平比现代文学水平高”。美国圣母大学的汉学家和翻译家葛浩文教授则以“1949 年以前的作家对外国文学有其基本的认识，这是否一定对他们的作品产生正面影响，见仁见智”来委婉地驳斥了顾彬的看法。法国汉学家尚德兰也以“通另一种语言对自己的创作的水平不应很重要”表达了类似的立场。[①]我们当然不一定要认定哪位汉学家的说法更科学更全面，但是，这么多汉学家却没有一位站出来全面肯定顾彬的说法，这足以表明顾彬访谈的“胡说”性质。

傲慢式的胡说，或胡说式的傲慢，这便是顾彬对待中国当代文学的态度，也是他的一种犬儒式的“愤青”做派。据李建军先生调查，顾彬的这种傲慢式胡说并非是这次的突发奇想，而是“一以贯之”的。譬如他在 20 年前就曾将北岛、李昂、夏志清等人气得或“手心直冒汗，心跳加速”，或“大呼‘狂妄’，驳斥一番，拂袖而去”。[②]他自己也在这次访谈中说过，有关这种“垃圾说”他在两年前就在相关的会议上说过了。奥地利的汉学家马丁·温特就指出“顾彬喜欢吸引媒体的关注，他喜欢说着玩，比较夸张，他就是这样的人”。[③]可见，顾彬是一个向来喜欢炒作自己的人——如果说“炒作”是一杯甜蜜的酒，那么“胡说”就是他最挚爱的下酒菜。当然，顾彬的胡说除了让我们对充满理性传统的德国倍感意外之外，也并没有多少值得深思的地方。

如同他有傲慢的权利一样，他也拥有胡说的权利。虽然他披上了“汉学家”的外衣，但我们并不能就以此认定他的胡说是专业性的研究与发现。不过，问题还不在于此，而在于他的信口雌黄却成了中国文化界的一个事件，这不得不让人深思——我说的当然是中国人的文化心理，一种过度信赖外国文化价值的奴性心理，以为域外的任何价值判断都是一种科学的评价尺度，由此而养成了某些媚外的畸形心态——如果说顾彬傲慢的真相就是胡说，那么透过顾彬的

① 参见《南都周刊·生活》第 82 期，2006 年 12 月 22 日 A17—18 版。
② 《顾彬对中国文学的傲慢与偏见》，李建军，《羊城晚报》，2006 年 12 月 18 日。
③ 参见《南都周刊·生活》第 82 期，2006 年 12 月 22 日 A16 版。

“垃圾事件”，我看到的另一个文化真相，便是某些国人的奴性心态。

三、奴性的蔓延

奴性心理并非一个新鲜的话题。自从鸦片战争打开国门之后，许多中国人的文化心态就一下子由夜郎自大转向了媚外崇洋。有志者也曾提过“中学为体，西学为用”的主张，但在实际的历史生活中，媚外崇洋者仍然不在少数。记得当年的鲁迅先生就曾深刻地反思并讽刺过这种媚外心态，甚至还贬损了一顿京剧大师梅兰芳。遗憾的是，这种奴性的文化劣根性并没有就此绝迹，相反，却借助全球一体化的思维，大有复燃之势。

从顾彬的这次访谈中，我们就可以看出一些端倪。因为他反复说到过：中国作家“互相看不起”，除了自己之外，其他“都是些垃圾”。更有甚者，据说顾彬当年表扬了杨炼的诗歌了不起，“杨炼却高兴得忘乎所以，当即宣布：中国有四大诗人，那就是——屈原、杜甫、李贺，和我杨炼”。[①]外国人失去了理性，中国人也跟着疯癫；外国人打喷嚏，中国人就立即学感冒状。我以为，这种“唯他人马首是瞻”的姿态，就体现了一种典型的奴性文化心理。

这种奴性文化心理当然不只是表现在文学界，同样渗透在中国的知识界。最典型的两个事件就是关于取消中医和中国龙图腾的热议。中医陪伴了中国人几千年的健康生活，虽不能治百病，但至少也没让中国人的日常健康出现太多的危机。你可以举一千个例子说明中医的缺点，但我同样也可以举出一千零一个例子来说明中医的优势。其实西医也一样，不能治百病但能保持人类的基本健康。现在，有人却打着现代科学的旗号积极地倡导“取消中医”，真让人吓了好几跳。不过，医学的确涉及到太深的专业知

① 《顾彬对中国文学的傲慢与偏见》，李建军，《羊城晚报》，2006年12月18日。

识，本人水平有限，只好按下不表。但就“取消中国的龙图腾”事件，鉴于我自始至终认为自己是“龙的传人”，所以我还是想说几句话。

首先我注意到，“取消中国龙图腾”事件的起因，依然是由于某些媒体的耸人听闻所致——上海某媒体以显赫的篇幅报道，上海外国语学院党委书记吴友富正在以“取消中国的龙图腾”作为国家科研课题，但随后吴友富教授便公开否定了自己曾说过“取消中国的龙图腾”的说法。有意思的是，该院语言文学研究所的另一位金立鑫教授却力挺“取消中国龙”，其理由有五条：一、龙多与封建专制的帝王相联系，证据：如果一说“龙颜”，绝对不是你我的脸面，而是皇上的脸面；“龙种”那当然也是皇帝老儿的后代，与你我无关。二、龙的一个重要属性是残暴。据何新考证，龙的雏形就是鳄鱼。三、对作为象征帝王的龙的崇拜必然导致对帝王（所谓“真龙天子”）的膜拜，是对凶残的忍让乃至认同。这对生活在几千年封建专制统治下的民族的性格，其影响有害无益。逆来顺受、缺乏血性，已经是中华民族集体性格中的一大人格缺陷。四、所谓龙的祥和的解释是从龙能够呼风唤雨引申而来的，只要对它顶礼，便能风调雨顺，其背后恰恰是龙的专制。五、对更多的人来说，龙不是个现实的对象，不像美国鹰和俄国熊那么具体可见，其属性和特质众说纷纭，甚至可供人任意解释，对一个空洞对象的崇拜，说明我们自己缺乏明确的精神偶像。金教授旁征博引，架势很大，看似很有说服力。不过我看来看去，他之所以认为龙不是什么好东西，根本原因还是在于第五条理由——我们的龙不如“美国鹰”和“俄国熊”具体可感，是一个“空洞对象”。

好一个“空洞对象”！因为物质形态的不存在，就认定它是一个“空洞对象”，并进而推论我们“缺乏明确的精神偶像”，这种论断可以说是鸡尾巴上拴草绳——扯淡！我们姑且不论“图腾”本身的意义就在于它是一个象征物，其内涵完全是由一个民族自身长期积累的文化信息所注塑而成，与其物象的具体存在与否并无太大的关系（拉丁美洲很多民族的图腾也同样是非具体的物象），仅就图腾自身的文化价值来说，也不可能随意取消，因为那是一个民族的文化之根，是它的信念和血脉。无论一个人走到哪里，当他看到自己民族的图腾时，他都会自然而然地从内心深处涌现出家园般的温暖，我想这是一个不争的事实。所以到现在为止，我们还没听说过哪个国家哪个民族要取消或更换自己的民族图腾！正因如此，即使龙有一千种不好（或不符合现代文明）的内涵，但它作为中华民族几千年来的精神图腾，无疑构成了炎黄子孙的文化血脉，是一种文化所立之根。现在，有人却认为这个“根”不如别人的“根”那样鲜活可感，就建议取消它，匪夷所思。毕竟，金教授也害怕戴上媚外的奴性帽子，所以他说起来还是颇有些“含蓄”。但有人说得更直接，认为龙在英文中被译成了Dragon，按西方人的理解，是一种充满霸气和攻击性的庞然大物。“龙”的形象往往让对中国历史和文化了解甚少的外国人由此片面而武断地产生一些不符合实际的联想。龙在域外是否意味着霸道之物，本人尚存疑问。因海涅有诗云：我播下的是龙种，收获的却是跳蚤。即使它确实被西方人认为是霸道性的攻击之物，我想，亦不能说明现代的中国人就是霸权主义的代表，就是一种攻击性极强的民族。

从取消中医和中国龙图腾的事件中，我们再一次疑虑：外国人认为不好，或不如外国人的样子，我们就取消它？倘若洋人觉得中国人长得不够壮硕，那我们就得去引进域外的人种？我以为，这便是奴性心理在作怪。这种奴性的媚外心理，看起来是为了在全球化的格局中“创建和谐世界”，提升中国形象，其实质却是为了迎合西方人的文化趣味，以西方人的价值标准来削足适履。这与某些国人（包括杨炼等作家）对顾彬的态度同出一辙。

四、奴性与全球化

讨论这种媚外的奴性心理，或许并没有太多的意义。引人思考的是，为什么这种奴性心理现在却变得越来越肆无忌惮且大有蔓延之势？甚至动辄就要取消像中医和“龙图腾”这样一些具有民族文化根本标志的重要载体？原因也许很多。譬如政治经济的地缘影响、文化殖民的作用等等。但我以为，在中国知识界（或称“精英阶层”）屡屡出现这种媚外的文化心态，其中还潜藏着一个非常重要的缘由：全球化境域中所形成的单一性文化价值的认同感。这种认同感试图消解亨廷顿所分析的文化冲突，以削弱本土性的代价，来归依某些具有全球性的西方主导价值。

众所周知，由经济发展、资本自由转移以及信息技术的飞速变革所导致的全球化已逐渐变成任何人都无法抗拒的现实。这种全球化所引起的深刻的社会变革，在改变人类生存方式的同时，也改变着人类文化的走向。其显在特征之一，便是文化同质化的蔓延与民族文化独立性的诉求相互交错，构成了全球化时代世界文化的特有景观。但是，在所谓的全球信息传播的共有平台上，文化力的强势与弱势、文化交流中的主动与被动、文化传播技术上的进步与落后的巨大差异，带来了客观上的不平等。[①]因此，民族文化的独立性在全球化的过程中仍然受制于多种地缘因素的强力制约。有学者就认为，文化全球化是经济全球化的后果之一，它必然地要受经济、政治、科技、军事等方面的发展所规约，并由此导致冷战后世界“文化变化的方向是更加趋于均一”，“文化差异的重要性将变得越来越小”。[②]齐格蒙特·鲍曼在《全球化——人类的后果》一书也表达了类似的看法。他认为全球化带来的不是我们所预期的文化混合，而是一个日益趋同的世界。“‘世界化’这一概念是现代强权足智多谋和现代知识界勃勃雄心的汹涌浪潮中创造出来的。整个概念家族不约而同地齐声宣示了改造世界和改善世界以及把这一改造和改善推向全球、推向全物种的坚强意志。同样地，它宣示了使每人和每地的生活条件和每人的人生机遇趋同的愿望，也许甚至使他们

① 《全球化语境下的文化重构》，云德，《文艺研究》，2006 年第 11 期。
② 《文化与国际关系：基本理论述评》（下），［美］麦哲，《现代外国哲学社会科学文摘》，1997 年第 5 期。

相互平等。”[1]趋同性便是取消差异性，而从文化的角度来思考，差异性的消失，便意味着全球文化的单一性，因此所谓的“平等”只是一种变相的屈从和就范——尽管这里面的问题相当复杂，但是，对抗文化全球一体化或趋同性、保持全球文化的多元性，已成为世界知识界的普遍共识。

保持文化的多元性，并非是狭隘的民族主义心理的体现。恰恰相反，它是在全球化的语境中重构人类文化资源的一种积极行动，是人类文明进程中平等交流的基本诉求。回到我们自身的现实，尤其是面对西方强势文化的大面积覆盖，我们的知识精英们理应清晰地看到西方的文化扩张与正常的文化交流之间的界限，理应积极地保护自己的文化群落和文化生态，以警惕被西方文化殖民的后果。因为只有从差异的统一性原则出发，我们才能真正走向文化对话的目的，才能持久维系民族文化身份的认同，也才能在全球文化多元竞争格局中找到属于自己的一元。现在的问题却是，不少人自觉或不自觉地以西方文化价值为标尺，通过西方的文化价值观来反求自身文化的认同感。他们既模糊了文化屈从和文化交流之间的疆界，也丧失了对本土文化的重构激情。由此便产生了某种崇洋式的奴性文化心理。只不过，这种奴性心理的前面有全球化的语境作为掩饰，后面又有文化保守主义做托词，所以，显得更具有欺骗性。

但我要说的是，奴性文化心理的蔓延，并不能从根本上为中国文化走向全球指出一条康庄大道，相反，它只能为那些西方文化价值的代言人提供傲慢的表演空间，为某些霸权式的话语提供助演的舞台。《孟子·离娄章句》云：“夫人必自侮，而后人侮之；家必自毁，而后人毁之；国必自伐，而后人伐之。”从顾彬的“垃圾事件”到“取消中国龙图腾”，作为中国现代知识分子，我想，是该反省的时候了。鲁迅先生说：“唯有民魂是值得宝贵的，唯有他发扬起

---

① ［英］齐格蒙特·鲍曼：《全球化——人类的后果》，郭国良等译，第57页，商务印书馆，2001年。

来，中国才有真进步。”[①]倘若我们的知识精英们都对自己的民魂失去了自信力，那么，全球化的到来，或许就是中华民族文化劫难的到来。

（原载《中国图书评论》2007年第3期）

① 鲁迅:《鲁迅全集》(第3卷)，第208页，人民文学出版社，1981年。

魏晋风度与“鱼道主义”

记得在《魏晋风度及文章与药及酒之关系》一文中，鲁迅先生曾大谈魏晋风度，从思想的通脱一直说到魏晋人的癫狂卖骚、自由放荡。尤其是他们吃五石散，我看与今人吃白粉没什么两样，以为这是一种赶时髦摆阔气的方式。鲁迅生前虽然做过中国小说史，但是，就单个作家的研究而言，他只校注过《嵇康集》。为什么他要选择嵇康来考证？窃以为，多半是由于嵇老师的傲骨，让鲁迅先生心有戚戚焉。有风骨而至死不改，建安七子中，独嵇康如斯。

唯因如此，鲁迅先生颇为推崇嵇康，当然也顺便一起表扬了建安七兄弟。而鲁迅表扬建安七兄弟，本质上还是推崇那个时代的自由与狂放，即思想通脱。“通脱即随便之意。此种提倡影响到文坛，便产生多量想说甚么便说甚么的文章。”“更因思想通脱之后，废除固执，遂能充分容纳异端和外来的思想，故孔教以外的思想源源引入。”[①]这两句话，其实才是鲁迅先生这篇文章的真正“文眼”——鲁迅是个作家，他当然明白，一种自由言说的环境对于文人来说是多么的重要。

盖因如此，历史上的魏晋时期实在是一个华光四射的美好时代。它是继春秋战国之后，中国古代史上绝无仅有的文化高峰期。这一时期，不仅出现了一大批卓越的文学家、艺术家，而且涌现了一大批哲学家、政治家。佛教也正是此时引入中国，并逐渐成为影响中国人民灵魂质地的重要宗教，与儒和道并称古代哲学三大源头。对此，宗白华先生曾经极力地肯定过，甚至认为那个时代是“精神史上极自由、极解放，最富于智慧、最浓于热情的一个时

① 鲁迅:《鲁迅全集》(第3卷)，第508页，人民文学出版社,1981年。

代。因此也是最富有艺术精神的一个时代。"[①]说到艺术精神，宗白华觉得魏晋的玄学使晋人得到空前绝后的精神解放，晋人的书法便是这自由精神最集中最典型的体现。而晋人的艺术造诣之所以如此高迈，"不仅是基于他们的意趣超越，深入玄境，尊重个性，生机活泼，更主要的还是他们'一往情深'"![②]

好一个"一往情深"！怪不得顾恺之一生拥有三绝——画绝、才绝、痴绝；怪不得陶渊明移情南山，散淡与纯厚并存。宗白华强调"一往情深"，主要是说明那些才华横溢的艺术家之执着情怀，而"尊重个性，生机活泼"则无疑是指艺术家们之间充满友好的氛围。这是艺术创造所必不可少的内因和外因。魏晋人尚清谈，没有一种团结友好的氛围，是谈不起来的；不彼此尊重，动辄施以攻讦和责骂，显然也无益于问题的深入。所以，魏晋的玄学得以发达，实在是离不开他们在友好的氛围里长期思想交锋的结果。

这无疑让我想起当下的文坛来。尤其是读了李建军先生的近作《武夷山交锋记》[③]之后，心中块垒陡起，很有些焦灼与不安。读《武夷山交锋记》一文，我印象最深的是"狗鱼"和"鳗鱼"的比喻。我当然无意于再去考证狗鱼与鳗鱼之间究竟是谁追咬谁，也不想去认定作家与批评家究竟谁是"狗鱼"谁是"鳗鱼"（或一般的鱼）。总之，我极为推崇的莫言先生和我深感钦佩的李建军先生都试图圈定这样一种判断：批评家和作家的关系，犹如狗鱼和鳗鱼（或一般的鱼）的关系，"追咬"是不可避免的。至少，一部分作家和一部分批评家是处在这样一种紧张的关系中。

首先我得承认，这种判断不无几分道理。至少，对于上个世纪 90 年代以来的中国文坛，就存在着丰富的事件可以举证。譬如，90 年代初期的"马桥事件"就是一例；譬如，去年的贾李围绕《秦腔》相争就是一例；譬如，最近的韩白之争就是一例。他们无一例外，全是作家与批评家之间的冲突；其起因也无一例外，都是作家

① 宗白华：《美学散步》，第 208 页，上海人民出版社，2001 年。
② 宗白华：《美学散步》，第 213 页，上海人民出版社，2001 年。
③《武夷山交锋记》，李建军，《文学自由谈》，2006 年第 2 期。

非常不满批评家的评判。作家也是人，也具有普通人所拥有的一些基本性情，譬如爱听好话，不愿意听到一些批评，尤其是自己辛辛苦苦地写出了满意之作，意外地遭到这样或那样的批评或否定，心里的郁闷和愤懑都是不可避免的，即使心胸再大度，也不会特别的痛快。

而批评家当然也是人，也有自己的审美趣味和艺术判断，而况批评的职业又促使他们喜欢说三道四。无论正说还是歪批，有人觉得说到了点子上，有人认为是以偏概全。这样，作家和批评家之间就难免会产生一些别样的“想法”，产生一些抵触、一些交锋，甚至于像当年的“马桥事件”那样闹上法庭。

说实在的，这些原本都不值得奇怪，至少表明大家还在依据自己的理性来对待冲突。即使是舌战或笔战，都属于“狗鱼”与“鳗鱼”之间的追咬，虽然不能奢望这种追咬可以重返魏晋清淡时的好时光，可以让文坛“思想通脱”“废除固执”“吸收异端”，但是，通过“一个强劲的对手，会让你时刻有种危机四伏的感觉，会激发起你更加旺盛的精神和斗志”。[①]这也不是没有可能的。既然作家和批评家不幸而成为“狗鱼”和“鳗鱼”，那么，无论谁追咬谁，我以为，彼此都应该坚持一下最基本的“鱼道主义”——尽量用“鱼”的眼光来看待对方，在一种平等自由的语境中，展现智慧和思想的交锋，显示胸怀和情操的对抗，而不要用“猫”的眼光来朝对手虎视眈眈——因为“猫”和“鱼”之间的关系，就不是相互追咬的问题了，其不平等性决定了彼此之间不可能产生真正的对话空间。

现在的问题是，有些论战之所以让我不敢苟同，恰恰就在于论战者动用了非“鱼道主义”的原则，颇有些“攻讦”和“诽谤”的意味。譬如去年的贾李围绕着《秦腔》的一番论战，就让人很有些吃惊。身为作家的贾平凹先生，给人的印象一直是憨厚、低调而木讷的，而且始终崇尚豁达、退让、隐忍，追求传统的儒道佛之真义，向往“青天一鹤见精神”的超然境界，渴望走向“神形于虚”

① 《武夷山交锋记》，李建军，《文学自由谈》，2006 年第 2 期。

之大境界。但这回，面对李建军对《秦腔》的批评，却勃然而怒，先是在2005年5月21日的《华商报》上高调回应该报记者的访谈，紧接着又在2005年5月24日的《文汇报》上撰文《杂感》，说:“据有人告诉我，他现在患上了精神分裂症。”

在此，我们可以暂且撇开《秦腔》的艺术质量不谈，因为即使它是当代的《红楼梦》，别人也同样有批评的权利。况且贾平凹先生自己也多次谈到，一部作品是否会成为优秀之作或经典之作，至少需要50年的历史检阅，所以，他心里应该明白——当下的批评无论说好或说坏，都不可能成为历史的定评。这次贾李之间的交锋，我以为关键在于两个原因：一是《秦腔》一经发表之后，便好评如潮，让贾平凹的自信心产生了不自觉的膨胀；二是李建军持续地对贾平凹后期作品进行了跟踪式的批评，而且否定性的立场非常明确，使得贾平凹从心理上对李建军产生了抗拒。所以，当贾平凹还没有真正读到李建军批评《秦腔》的文章时，便高调回应《华商报》的记者访谈，甚至一口咬定了李建军的行为是“骂我”，而“骂我是他的存在方式”。同时，在《杂感》一文中，贾平凹再次运用了“他是以杀我引人注意。或许他杀得太突然，虽一时博得‘好汉’声名，但不足两年，世人倒怀疑我在炒作，雇了他做托儿”（贾平凹先生虽然没有指名道姓，但明眼人一看就知道是指李建军）之类的语言。

理性而认真地回顾这场交锋，或许有助于我们看清作家和批评家之间的真正风度——虽然这离“魏晋风度”遥不可及，但风度的存在将决定交锋的价值和意义。无论是李建军的批评文章，还是贾平凹的回应文章，几乎是转瞬之间便在网络上广为张贴。现在，我们不妨细细比较一下两个人的文章，在理性的层面上做一番分析。李建军的批评文章主要是《〈秦腔〉：一部粗俗的失败之作》[1]。此文更全面的论述应该是《是高峰，还是低谷》一文，后来发表于

① 《〈秦腔〉：一部粗俗的失败之作》，李建军，《中国青年报》，2005年5月18日。

《文艺争鸣》2005年第四期。在这篇文章中，李建军引用了《秦腔》中的一些细节片段，然后通过这些片段指出了贾平凹在某些场景和细节处理上的低俗与无聊、某些人物对话的累赘与单调，以及某些心理描写的乖张与虚假，并进而推断《秦腔》“是一部似是而非、不伦不类的怪物：它缺乏真正的小说作品所具有的趣味和美感，缺乏意义感和内在深度，本质上是一部僵硬、虚假的作品，一部苍白、空洞的作品”。应该说，李建军首先是认真地细读了《秦腔》的文本，其判断有着具体的依据，或许有些文本依据被放大了、被提升了，但并非胡说瞎说；其次，李建军在措辞上虽然有些尖锐或偏激，但基本上没有超出作品而对作家的个人生活进行非议，即使是像“恋污癖”和“性景恋”之类的判断也都是言之以据，仍属于文学批评的理性范畴。

而贾平凹先生的回应却有些离谱了。我们姑且不谈他还没有读到李建军的批评文章就慷慨激昂的姿态，单就他的那两篇文章中所显示出来的语气和判断，就超出了“鱼道主义”的眼光，而直接对李建军的为人（而非为文）表达了自己的怨责和怒气。首先，贾平凹将批评性的文章非常简单地定义为“骂”，认为否定他的作品就是“骂”他，轻易地将一种理性化的评说转换成了道德化的攻击。贾平凹的这种逻辑，并不只是针对李建军一人。在《杂感二》①中也同样明确地表现出来。面对有些人对他的书法编入了教材而进行的一些批评，贾平凹从文章的一开头就认定“书坛上突然起了骂声，是在骂我”。（注意：批评者是在就事论事，而贾平凹认定是“骂我”，并非指事件。）既然是“骂我”，那“我”也就不客气了，于是，他说道：“骂声毕竟不悦耳，这如同苍蝇，苍蝇落在脸上，它吃不了你，甚至连血都叮不出来，只是觉得不舒服，本能地挥一下手就罢了。而你挥一下手，苍蝇飞了又来了，还要落在你的手背上，这就有了幽默。”将批评性的文章定义为“骂”他，再由“骂”他转而对批评者进行攻击（将批评者喻为“苍蝇”），这显然是一种极为可

① 《杂感二》，贾平凹，《文汇报》，2005年8月23日。

怕的思维误区——如果将所有的针对作品的批评性文章都视为骂作家本人，那么，批评家就成了不折不扣的街头泼妇，而作品仅仅只是一个骂人的理由或借口了。但我相信，这样的逻辑是难以成立的。

其次，由于贾平凹认为批评性的文章就是在“骂”他本人，所谓“来而不往非礼也”，于是，在回应《华商报》记者的采访时，他开口便说：“他是我的文学托儿。（笑）我等着他出来骂呀，已经六年了，我干什么事他都骂。我写短篇，他骂；我写长篇，他骂；我到大学带研究生，他也骂。他是号称要把我骂到底的，兼骂莫言、余华、池莉、王安忆他们。他视力不好，但精力好，总是睁大了眼睛在关注着我，也真够累的。”[①]在这篇访谈中，贾平凹一方面积极肯定正常的文学批评，表明自己渴望理性的批评；另一方面，又对那些尖锐（或者说有些偏激）的言说表示强烈的不满，甚至将之与恐怖活动相提并论：“外国有人搞恐怖活动，怀揣炸药包自杀式地去制造恐怖，你能制止吗？对于李建军的谩骂，我也从来没理过，不写文章也不回应，我觉得没必要，你不来采访，我也懒得说。《水浒传》里杨志卖刀，有泼皮无理取闹，杨志忍无可忍，最后杀了泼皮，我想我比杨志强吧。”更有甚者，贾平凹还认为李建军的批评是“用猪尿泡打人是不疼的，但可以有臊气，那团汤汤水水的东西扑面而来时，要么把它踩破让它的脏水流出来，要么再扔回去。他六年来始终骂我，并没有影响到我的写作呀。我一边写作品，他一边骂，他这也是一种宣传呀，我们可以共生，就像有些病，治不了就在你的身体内寄生着。”[②]同样，在《杂感》一文中，贾平凹也说道：“有一位熟人，见我言必称老师，好话给我说过几箩筐，动不动还给我送过吃货，在他挪了个地方后，突然地就攻击我。”[③]然后借他人之传言，说这“熟人”得了“精神分裂症”，言辞之中，颇有些刻薄了。

①② 《骂我是他存在的方式》，王锋、贾平凹，《华商报》，2005 年 5 月 21 日。

③ 《杂感》，贾平凹，《文汇报》，2005 年 5 月 24 日。

这样的交锋或论战，显然是有些问题的。我们说，批评家在行使自己的专业判断时，或许言辞过于尖锐，或许判断过于草率，或许理论依据过于褊狭，或许道德化立场过于突显，这都不足为怪，因为任何一种批评都不可能代表真理，但也绝不是“谩骂”，完全可以就事论事，在理性的层面上来进行充分的讨论。譬如余华针对批评界对《兄弟》的否定性意见，包括有人甚至认为“不值一提”的判断，都在平静的言说中据理力争，严格按照“鱼道主义”的原则进行对话和交流。虽然最终不一定能让谁信服谁，但是，至少让我们看到了一种智慧交锋的快乐。同样，我也注意到，莫言针对他与李建军在武夷山的交锋，也在《南方周末》等报刊的采访中据理力争，语气平和，并就自己在当时的论辩中所涉及到的一些人事纠葛进行了反省，颇见大家的胸怀和胆识。而贾平凹先生却以假设性的“骂我”，动用了“以牙还牙”的言辞来交流，我以为，不仅不利于作家和批评家之间的“鱼道主义”平等原则，而且无形之中，也会使这种交锋转换成个人私愤的宣泄了。

与贾李之战颇为相似的，还有近期的韩白之战。虽然他们利用的是网络手段，通过博客这种新型的信息平台来进行交锋，但从本质上看，彼此之间也是大大地超出了正常的文学批评。2006 年 2 月 24 日，批评家白烨在自己的博客里贴出了原发于《长城》2005 年第六期的《“80 后”的现状与未来》一文。该文在评价韩寒作品时认为它们“越来越和文学没有关系”，并对“80 后”提出了批评：“‘80 后’作家这样一种姿态坚持下去，成为主流文学的后备作家是完全可能的……从文学的角度来看，‘80 后’写作从整体上说还不是文学写作，充其量只能算是文学的‘票友’写作。所谓‘票友’是个借用词，用来说明‘80 后’这批写手实际上不能看作真正的作家，而主要是文学创作的爱好者……我以前说过‘80 后’作者和他们的作品，进入了市场，尚未进入文坛；这是有感于他们中的‘明星作者’很少在文学杂志亮相，文坛对他们只知其名，而不知其人与其文；而他们也似乎满足于已有的成功，并未有走出市场、走向文坛的意向。”应该说，这篇文章是一种理性且温和的评述，对“80

后”的创作现象也进行了一些反思，表达了批评家个人的真诚看法。

但是,2006 年 3 月 2 日，韩寒在自己的博客里以《文坛是个屁，谁都别装逼》为题，对白烨的文章作出了道德化的尖锐回应。此文除了表明“以时代划分人，明显不科学”“文学和电影，都是谁都能做的，没有任何门槛”等文学看法外，还不断地以“丫”“丫挺”之类，对白烨进行情绪化的羞辱，并说“文坛算个屁，茅盾文学奖算个屁，纯文学期刊算个屁”。“对付迂腐固执的家伙，就得行色。”在此文的最后，韩寒表明：“我发表完观点了，不参与任何愚蠢的笔战论战之类。我很忙，我要进入车坛。”

事实上，这仅仅是一场论战的开始。紧接着，白烨和韩寒在相关媒体的介入下，不断地加入一场场论战，并且由于“白派”和“韩派”助战者的大量涌入，使论战迅速升级，以至于白烨不得不关闭自己的博客。我虽属旁观者，但也认真地阅读了一些重要媒体的相关采访。说实在的，对于这两位论战者，我觉得白烨基本上保持着一种理性的精神姿态，只不过强调韩寒骂他，说明韩寒“学养，修养的欠缺”，没有什么刺眼的攻击性言辞。但韩寒却不同了。在接受《南都周刊》的专访时，他就明确地表示自己要借机“杀一儆百”，而他之所以选择白烨，是因为“我早就看这些文学评论家不顺眼，他们把握了部分话语权，徇私作假，严重阻碍了文学的发展，我没那么多精力，只好挑最傻的一个先来”。同时，对“主流文坛”他又做出了这样的判断:“什么叫‘主流文坛’？我的理解是，由一帮主观的流氓组成的文坛就叫主流文坛。关键是这帮流氓还老觉得别人是流氓。真是情人眼里出西施，流氓眼里出流氓。”……可以说，韩寒在论战中并不是就事论事，也根本不想就事论事。尽管他没有明确地认定白烨是在“骂他”，但他与贾平凹一样，也是从内心里认为这种批评就是道德意义上的“骂”，所以，他也就理直气壮地通过“骂”来进行还击，用辱骂来替代说理，用翻老底来掩饰争论焦点，而且粗语秽言极多。关于这场论战，朱大可先生的总结颇有几分道理：“韩寒战胜对手的武器，无非来自三个方面，其一，文化消费市场和大量‘韩粉’的后盾;其二，对方的文学‘炒作劣迹’；其三，犀利坚硬的秽语。韩寒的系列短文迅速扩大为一场风格粗鄙的战争，并引发互联网民众的秽语狂欢。”[①]我们姑且不去讨论在这场论战中究竟谁是真正的赢家，仅就论战本身而言，韩寒所暴露出来的思维方式和交流方式，基本上是站在一种低俗的道德化层面上，以羞辱性的言辞来进行人身攻击，并非心平气和的据理相争。而且，他的“杀一儆百”之说，更是明显地动用了“猫”的腔调来试图解决“鱼与鱼”之间的追咬，让人深感“后生可畏”，同时也让人觉得这种论战非常的无聊。

我之所以选择这两场论战进行一番简略的回顾，并不是想为批评家们进行辩护。事实上，如果他们觉得有辩护的前提和必要，也用不着我来替他们说话。我只是想通过它们，指出作家和批评家之间的论争之所以常常不能心平气和地就事论事，很多时候是因为作家错误地认为批评家的否定性意见就是“骂”作家。而一旦上升到“骂”的层面上来，那么，无论多么有意义的文学论争，都必然会演变成道德化的攻讦。坦白地说，我们当下的文学批评之所以不尽如人意，其中的原因固然很多，但有一个绕不过去的缘由，就是批评家不得不顾及作家用道德化而非学术化的眼光来对待批评。所以，现在的文学批评，也有点像鲁迅先生当年说的那样：“被骂杀的少，被捧杀的却多。”[②]说“英雄是娼妇”的批评文字并不多见，常见的倒是“举娼妇为英雄”。

然而，鲁迅先生更明确地说道：“批评必须坏处说坏，好处说好，才于作者有益。”[③]同时，他还强调：“批评者有从作品来批判作者的权利，作者也有从批评来批判批评者的权利。”[④]正因如此，我们有理由来维护一种健康积极的批评，也有理由来维持一种理性言说的基本法则。这是一种艺术权利的彼此分享，不存在谁比谁更有地位或更有资格，更不存在谁是谁的“托儿”。作家虽然也是人，

① 参见《文学报》2006年4月6日。
② 鲁迅：《鲁迅全集》（第5卷），第585页，人民文学出版社，1981年。
③ 鲁迅：《鲁迅全集》（第4卷），第514页，人民文学出版社，1981年。
④ 鲁迅：《鲁迅全集》（第6卷），第317页，人民文学出版社，1981年。

但作家毕竟是一个精神劳作者，他们更应该明白，个人的胸怀和作品的胸怀、个人的风度和作品的气度、个人的品质与作品的品质之间的关系。而谩骂，我想不仅不能解决问题，反而会降低作家的个人品格。所以，鲁迅先生说：“辱骂和恐吓绝不是战斗。”——无论批评家是狗鱼还是鳗鱼，要知道，他们的追咬行为并不是为了吞吃对方，而只是为了通过追咬激活对方，使他们不断地强化自身的生存能力。

从另一方面说，批评本身就是一种苛求。无论这种苛求正确与否、有理或者没理，都完全可以通过正常的论辩来交流，也可以通过激活彼此的心智去商榷。也就是说，无论是作家还是批评家，都完全没必要通过谩骂来进行艺术上的交锋。在此，我不想再说什么“真理越辩越明”之类的套话，但是，面对当下的文坛，尤其是面对“捧杀”到处泛滥而“棒杀”却日渐式微的批评界，我们的确更应该慎重地直面那些否定性的意见了——到处都是“史诗”，到处都是“杰作”，可是大家在心里稍稍做一番盘点，最终都发现具有经典意味的、值得反复阅读的作品，依然少之又少。究其因，我们每一个人或许都能列出十条八条来，但是，魏晋风度的缺失、自由批评空间的萎缩，是否也是其中之一呢？

如果说自由是批评的梦想，那么这个梦想实现的前提便是思想的“通脱”。魏晋的好时光虽然不再，但是让“思想通脱”，从而废除固执、容纳异端的传统实在是不应该丢弃。唯有如此，我们才有可能在“鱼道主义”的基础上品味到思想和情操的高迈，也才有可能期待真正的文学大师出现，看到一颗颗智慧的火花在自由的言说中绽放出来。

（原载《当代文坛》2006年第5期）

是“弑父”，还是“代沟”？

2009年，“80后”作家张悦然面向同辈写手策划了一次问卷调查，让他们谈谈对前辈作家的看法。尽管我们还无缘看到这份问卷的详细答案，但已有部分反馈信息流布于报端：“那些曾经作为我们少年偶像存在的作家，如今已经淡出了我们大部分人的视线，我们其实都已经羞于提起自己曾经喜欢过这一批作家。”“上一辈作家已经没有资格作为自己的精神偶像。”“我们在刚刚开始写作的时候，肯定是受过先锋派的影响，因为它和现实主义不一样。但后来却发现他们没有把他们的世界观表达出来。”[①]面对这些回答，不少人认为，这是“80后”作家的“弑父”行为，除了自我标榜，并没有多少深刻的意义。

我倒不这么认为。这些颇有叛逆意味的回答，虽然确实有些自我标榜的嫌疑，但基本上还是他们的肺腑之言。为何这样说？这可以从他们的创作中找到印证。在“80后”作家的作品里，我们很少读到大历史、大社会，也很少看到他们对人类群体性存在的普遍问题进行深度追问。他们的视野完全立足于绝对的个体，他们的写作雄心更多的在于征服文化消费市场，所以，他们找不到与前辈作家的精神承传，也无法认同前辈作家的审美追求。

这种断裂式的文学现象，已再一次表明：无论是审美观念还是价值谱系，新一代作家已与老一代作家存在着巨大的鸿沟，代际差别已经越来越突出了。

我之所以用了“再一次”，是因为此前还多次出现过类似的情况。譬如，2006年喧嚣一时的“韩白之争”。是2006年3月，“80后”

① 《“断裂”之后还有决绝》，金星，《文汇读书周报》，2009年12月4日。

的另一位代表作家韩寒向评论家白烨发起了措辞激烈的挑战，并被媒体迅速进行了放大，以至于“什么坛到最后也都是祭坛，什么圈到最后也都是花圈”成为“经典名言”。其实，这场争论本身并没有什么价值，但是它非常明确地折射了中国当代作家在代际意义上的文化冲突。因为在争论中，白烨的判断主要来自于传统的文化秩序和价值观念，而韩寒所要否定的正是这种传统秩序与观念。对韩寒来说，个人就是个人，绝不代表群体，否则意味着对个体的不尊重；市场就是一切，拥有了市场就意味着拥有了任何作家身份的合法性，相反，那些没有市场地位的作家，其身份的合法性倒是值得怀疑。

2008 年 8 月，河南省作协副主席郑彦英的《从呼吸到呻吟》，因为参加起点中文网举办的“全国 30 省份作协主席（包括副主席）小说竞赛”并获得二等奖，被韩寒在博文《领悟》中讥讽道：“很快就有人创作出了《从呼吸到呻吟》这样的文章。他已领悟了网上‘标题党’的精神。”此文一出，郑彦英随即在博客上发表了《人不能信口雌黄》进行反击，并愤而写道：“一个轻浮到这种程度的人，肯定连他的父母想什么做什么都不知道。当然，他的父母健在不健在、健康不健康我不了解，正因为我不了解，我不会说他的父母正在哪种生活状态。”韩寒当然不甘示弱，也迅速发表了《副主席郑主席》的博文，针对郑彦英文章中的漏洞大肆调侃和嘲讽：“作为写手，虽然我们年龄不同，但是平级的，我不敢说自己是作家，但如果真的以作家论，你是要比我低级，因为你是国家豢养的。假若税收的支取都是在一个领域内，那就是我交给国家的税发了你的工资。所以说，我是你的衣食父母，你怎能写文章说你爷爷奶奶不好呢。”

由是，“郑韩之战”迅猛升级。一方面，郑彦英痛诉韩寒“轻浮”“无耻”，一些传统作家也加入论战，像谈歌就说：“我要是韩寒父亲，下一秒就把他掐死。”韩寒则回敬道：“我要是做了作协主席，下一秒就解散作协。”虽然这场论战的口水成分居多，攻讦意味十足，但论战的核心问题仍然呈现出来，那就是：在“80 后”作家的心目中，传统作家都是意识形态的产物、体制化的附庸、“国家豢养”的产物，而他们则是“独立的自我”，是一个自谋生计、为自我写作的自由群体。

无论是张悦然的问卷，还是“韩白之争”“韩郑之战”，这些具有强烈冲突意味的事件本身并不重要，因为谁都明白，文化的历史承传是不可阻断的。像“五四”新文化运动中的某些领袖曾高喊“打倒孔家店”，而孔家店不仅没倒，如今还遍布全球（即世界各国的“孔子学院”）。因此，重要的是，这些事件背后所隐含的某种日趋剧烈的“代沟”现象——它们真实地反映了20世纪90年代以来日益加剧的代际差别，以及由这种差别所导致的代际冲突。这种现象，主要是通过后辈对前辈的“藐视”，颠覆了传统伦理中的长幼之序，很容易使那些“傲慢”的后辈受到道德上的谴责，甚至被扣上“弑父”的帽子。

“弑父”当然是很可怕的。它不仅意味着离经叛道、藐视伦理，还意味着否定亲缘，甚至恩将仇报。“80后”作家对前辈们的否定和挑战，看起来有些“弑父”的色彩，其实并不是因为前辈们挡住了自己的出路，影响了自己进入文学领域的前景，也不是因为前辈们对他们横加指责，粗暴地否定他们。其核心问题在于“观念”。从生存观、价值观到审美观，都完全不同。

具体地说，20世纪60年代及其以前出生的作家，大多是在革命化的历史语境中成长起来的。历史给他们提供的启蒙教育，一直带着强烈的全民性、革命性、狂欢性和浓厚的理想主义情怀。这种启蒙的直接结果是，以集体主义的方式消弭个人的独特性，以英雄主义的激情替代了个体的世俗性，并使之成为这些作家最为重要的价值信念。可以说，在他们的成长记忆里，摒弃“自我”、服从大局，不仅是一种备受尊崇的价值观，而且是一种重要的阶级观和革命观。这种屏蔽了个体意志的意识形态化的精神启蒙，不自觉地引发了他们对历史与现实的全局性体察。而他们内心中所普遍具有的“大历史情结”，其实正是源于自幼形成的这种集体性的文化记忆——放下“小我”，立足“大我”，将写作置于历史和现实的大格局中进行宏观性的展示。

所以，他们常常自觉地带着某种历史的重负，带着强烈的使命感和责任意识，积极探讨现实的巨变和对历史的深度反省。他们习惯于选择某种相对宏阔的精神视野，力图将个体生命纳入宏大的社会现实和历史境域之中，进行一种正面的、富有深度和广度的展示，以便传达创作主体对社会历史的重构意愿和思考能力。他们当然也追求一些“个人化的写作”，但这种“个人”是立足于对群体的反思，是对长期遮蔽个体的历史意志的一种反抗。也就是说，他们的写作，是一种对历史和现实进行强烈介入的写作。

而在“80后”这一代作家中，他们的成长过程恰逢改革开放、思想自由的历史环境，既没有受到革命理想主义的熏染，也没有受到意识形态化的精神规训，其心灵上压根儿就没有什么历史的重负。尤其是当他们步入少年之后，经济快速发展的大背景和日趋多元的文化格局，使他们完全摆脱了集体主义价值观的规约，并逐渐形成以“个人”为中心、注重个人感受的生存理念。随着20世纪90年代之后社会转型期的到来，物欲化、利益化的生存现实不断加剧，某些后现代主义的消解策略也随之兴起，这又使得正处于人生定型期的他们越来越亲近欲望化、时尚化、市场化的现实景象，而对形而上的理性思考更趋淡漠，对社会整体进程的宏观体察也更加疏远。

正因如此，在“80后”作家中，写作只是一种自我表达的需要，一种文化消费的需求，一种探寻时尚生活、奇幻想象、悬疑冒险的审美体验，一种远离主流历史和大众现实的独享性写作。他们习惯于“小我”而不是“大我”；他们强调的是“利己”而不是“利他”；他们崇尚的是“感官享受”而不是“形而上”的沉思；他们追求的是作品的市场消费指数而不是艺术的经典价值。

这种观念上的不同，其实就是文化学意义上的“代际差别”。在一般情况下，人们所说的“代际差别”，似乎只是一种生活观念上的“代沟”，常见于家庭内部的父母子女之间或学校里的师生之间彼此的隔膜，随着幼辈们的成长，这种代沟会自然消失。其实不然。作为一种存在于人类世代关系中的社会现象，代际差别主要是指不同代际的人们在价值观念、生存方式和行为取向等方面所出现的差异、隔阂以至于冲突，而且这种差异和冲突，会随着社会的快速变化而加剧。也就是说，代际差别绝不只是存在于生活观念中，而是深藏于价值观和生存观之中，并进而影响到代际群体的审美趣味。

有不少学者在讨论这一问题时都强调，代际差别是一种客观的存在，在社会变化不大时，表现得并不明显，而一旦社会出现快速变化，那么它就迅速地凸现出来，形成各种大大小小的代际冲突。尤其是随着科学的进步和社会变迁的加剧，人与人之间的对立已经不限于血缘和身份的对立，同时还出现了价值观的对立，并由此催化了“代际冲突”的滋生，“代”的时代随之到来。

在这方面，“代沟理论”研究专家、美国学者玛格丽特·米德曾阐释道：“在我们这个社会流动日趋频繁的社会中，在教育和生活方式上，代际之间不可避免地会产生这样或那样的冲突。”而且，“现代世界的特征，就是接受代际之间的冲突，接受由于不断的技术化，新的一代的生活经历都将与他们的上一代有所不同的信念”。[①]这也意味着，在不同代际的人群之间，会因为各自不同的“信念”或价值观而出现各不相同的审美差别。尽管这种代际差别会因为作家个体的精神履历、内心积淀和审美理想的不同，而呈现出程度上的不同，但这并不表明差异本身的不存在。

回过头来看，这些“80后”作家之所以在新世纪以来，与前辈作家们频频发生冲突事件，我觉得，除了某些偶然性的因素之外，主要还是市场化的经济转型加剧了不同代际的作家之间的精神分野。按照玛格丽特·米德的分析，社会变化越快越大，价值观念差异也就越悬殊，代际差别就会更加明显。她曾以20世纪60年代的全球文化背景作为论据，认为美国的反战运动、西德青年的抗

① ［美］玛格丽特·米德：《文化与承诺——一项有关代沟问题的研究》，周晓虹、周怡译，第72页，河北人民出版社，1987年。

议和示威、法国的“五月风暴”，都表明“整个世界处于一个前所未有的局面之中，年轻人和老年人——青少年和所有比他们年长的人——隔着一条深沟在互相望着”，由此形成不同代际之间的巨大鸿沟，“与年轻一代的经历相对应，年长的一代将无法再度目睹年轻人的生活中出现的对一系列相继而来的变化的深刻体验，这种体验在老一辈的经历中是史无前例的”。①

我国20世纪90年代以来的经济市场化转型所引起的一系列社会变化，虽不像米德所列举的西方60年代社会那样呈现剧烈的动荡，从而导致全面性的、尖锐的代际对抗；但是，由市场化体制变革所引发的生存方式、伦理秩序以及价值观念的变化，也同样大大加剧了不同代际之间的文化冲突。

这种冲突，首先表现为市场化经济体制的变革所引发的价值观念的变更。以前，人们主要尊崇一种“利他”原则，鄙弃“私利化”的个人追求与物质化的欲望满足，注重个体存在的社会责任和义务；而在市场经济之后，随着实利原则的不断强化，金钱的拥有量不仅改变了人们的社会地位，而且常常成为评判个人成败的世俗标准。特别是消费社会的迅速到来，对物欲的普遍崇拜更加刺激了个人对实利的追求。因此，我们看到，愈是年轻一代，愈加注重务实性的个人利益，愈加强调自我的满足，尤其是物质化的感官享受；而愈是年长一代，则愈是强调集体意识和理性原则，对物欲化的现实则深怀忧虑。

其次，我们还应该看到，在市场经济的直接作用下，年轻人越来越崇拜同辈中的“成功人士”，也越来越注重从同辈中寻找人生经验和思想资源，而对长辈们的经验和思想则常以“保守”或“不适应现实”为由加以排斥。正是这种特定的社会现实，使得“代沟”不仅突出地体现在许多中国家庭的内部，而且渗透了社会现实的方方面面，成为20世纪90年代以来中国社会中的一个热点问题。这

---

① ［美］玛格丽特·米德:《文化与承诺——一项有关代沟问题的研究》，周晓虹、周怡译，第75页，河北人民出版社，1987年。

种代际分野，无疑也促使了不同代际的作家在艺术价值与审美观念上的分化，加剧了彼此之间的代际差异。

当然，电子媒介的迅猛发展，也是一个不可忽略的因素。特别是互联网的发展，其本身就是一种人类生存方式的变革，大大加速了旧时代与新时代的脱轨，而且使新时代本身也变得日新月异；同时它还以信息的快速传播，使人本身的时空局限被突破，人的能力获得了极大的“延伸”（麦克卢汉语），许多现实生活中不能完成的人生体验，都可以交给虚拟社区去实现。这意味着，在很多时候，新一代作家根本不需要向老一代学习，也不需要向前辈们寻求各种经验，许多必要的代际交流在无形中被阻隔。

从代际差别到代际冲突，这是社会变化的必然结果，也是新一代作家走向写作自觉的一种标志。我的看法是，人们对此大可不必惊讶，更没必要给他们扣上“弑父”的帽子。想当年，我们的很多前辈作家，不也或多或少地对前辈们进行过“叛逆”和否定？如果我们能够认真思考一下，人类文化的发展在很多时候，其实也离不开一代代人对前辈的否定和突破，因为谁都明白，没有否定，何来发展？况且，我们的前辈作家们，真的不需要向“80后”学习点什么吗？

（原载《随笔》2010年第3期）

论非虚构写作

随着《人民文学》《收获》《钟山》《花城》等刊物不断推出有关历史或现实的纪实性作品，近些年来，“非虚构写作”开始引人注目，并激发学界的广泛热议。很多人都视之为一种特殊的文体，并从上世纪60年代美国的“非虚构小说”延伸开来，试图探讨它的文体边界和特质。但我以为，这种探讨的学理空间并不大。所谓“虚构”和“非虚构”，从本质上说，是以“真实”作为区分彼此的标准，而文学上的“真实”遵循的是一种艺术真实，很难用纯粹的客观真实来比照。即使是各种非虚构的作品，在经过作家的叙事处理之后，呈现出来的也都是一种艺术上的真实。因此，“非虚构写作”与其说是一种文体概念，还不如说是一种写作姿态，是作家面对历史或现实的介入性写作姿态。

一

纵观文坛近期的“非虚构写作”，其叙事内容主要向两个维度展开：一是沉入历史记忆的深处，通过史料的重新发掘、梳理和辨析，揭示各种史海往事的内在真相，或反思某些重要的人物与事件，像李辉的《沧桑看云》《封面中国》、王树增的《解放战争》《长征》《抗日战争》、阿来的《瞻对：一个两百年的康巴传奇》、陈河的《米罗山营地》、陈徒手的《故国人民有所思》、杨显惠的《定西孤儿院纪事》《甘南纪事》、齐邦媛的《巨流河》、袁敏的《重返1976》、赵瑜的《寻找巴金的黛莉》以及各种“家族记忆”等。二是置身复杂的现实生活内部，对人们关注的一些重要社会现象进行现场式的呈现与思考，如梁鸿的《中国在梁庄》《出梁庄记》、慕容雪村的《中国，少了一味药》、孙惠芬的《生死十日谈》、李娟的《羊道》、萧相风的《词典：南方工业生活》、乔叶的《盖楼记》、刘亮程的《飞机配件门市部》、彼得·海斯勒的《江城》《寻路中国：从乡村到工厂的自驾之旅》等。无论是回巡历史，还是直面现实，这些作品都体现出一种鲜明的介入性写作姿态，强调创作主体的在场性和亲历性，并以作家的验证式叙述，让叙事形成无可辩驳的事实性，由此实现其“非虚构”的内在目标。

细究这种介入性的写作姿态，我们会发现，在这类作品中，作家的身影通常是无处不在、无时不在。他们时而观察，时而缅想，时而喟叹，时而思考，以近似于“元叙述”的策略，不断地构建各自的故事，明确地彰显了作家的主体意识。而且，作家们在叙事中的自我介入，完全是积极主动的，不是消极被动的；是微观化的，不是宏观性的；是现场直击式的，不是经验转述式的。它不像一般的报告文学或纪实文学，为了保持事件的客观性和完整性，作家常以局外人的身份扮演着事件的记录者，而是以非常鲜明的主观意愿，直接展示创作主体对事件本身的观察、分析和思考。也就是说，在具体的叙事中，作家们不仅充当了事件的组织者和参与者、材料的搜集人和甄别者，还通过叙事本身不断强化自身的情感体验、内心感悟、历史质询或真相推断，从而在最大程度上保障作品的真实感，使作品体现出一种灵活而开放的审美特征。

在通常情况下，除了讲述自身的相关经历，或者动用“元小说”策略，叙事类作品很少让作家置身于故事现场说三道四。但“非虚构写作”却一反此理，不仅公开展示作家穿梭于各种叙事现场，还从不回避自己进行现场记录的主观意图，使叙事带着很强的观念化意味。譬如，在《中国在梁庄》和《出梁庄记》中，梁鸿从一开始就表明自己的写作意图，即面对中国城市化进程的飞速发展，重新审视中国乡土社会结构形态上的变化，观察乡村农民的生存方式和伦理变迁，探讨中国乡村社会的发展出路等。为此，她预先设计了一种由外而内的观察方式，通过“梁庄的老人、妇女、儿童，对梁庄的自然环境，对梁庄村庄的文化结构、伦理结构和道德结构，进行了考察，试图写出梁庄人的故事，并勾勒、描述梁庄这将近半个世纪的历史命运、生存图景和精神图景”[①]，从而完成了《中国在梁庄》；随后，她再设计了一套从内到外的观察框架，沿着梁庄走出的农民工，奔赴广东、陕西、北京等地，采录梁庄农民工在全国各地的生存状态、择业特点以及内心追求等，并形成了《出梁庄记》。在具体叙事中，梁鸿也自始至终将自己置于各种现场的核心位置，安排寻访路径，调动采访对象，细述自己的所见所闻。孙惠芬的《生死十日谈》也明确表示，自己主动请缨加入某个医学调研小组，就是为了调查和分析现代农民的生存现状及生命观的变化。于是，她跟随小组成员深入辽南乡村，记录一个个农民自杀事件，观察自杀者家庭成员的情感状态及命运变化，分析并揭示当下农民所面临的精神现状和真实的情感困境。慕容雪村的《中国，少了一味药》更是带着探究传销恶症内在成因的意图，作家主动选择深入虎穴的方式，亲赴江西上饶加入某个传销窝点，直接体验传销组织者的规训策略和情感煽动手段。李娟的《羊道》、萧相风的《词典：南方工业生活》甚至包括来自美国的彼得·海斯勒的《江城》《寻路中国：从乡村到工厂的自驾之旅》等，也同样如此。这些作品从最初的主观设计，到置身于各种意欲表达的生活第一线，包括大量的田野调查和现场记录，均体现了作家强烈的主体参与意识，同时在叙事中作家也从不回避自己的思考和判断。

在历史记忆的书写方面，作家也很少在叙事中随意缺席。如《沧桑看云》中，面对每位被记述的历史人物，李辉都非常清晰地定位了他们所承载的历史内涵和特定的历史价值，并在叙事过程中详细交代了自己与他们的交往经历，包括来往书信、采访笔记，还充分利用其他材料作为旁证，全力重塑他所认定的历史意图。在《封面中国》里，李辉以美国《时代周刊》封面上的中国人物作为

① 梁鸿:《出梁庄记·写在前面》，第 1 页，花城出版社，2013 年。

聚焦，细述自己围绕这些历史人物，如何查阅、辨析大量的史料，在一系列微观化的细节呈现中，传达作家对这些人物以及历史事件的有效思考。在《解放战争》《长征》《抗日战争》等作品中，王树增所透露出来的强烈的主观意图，就是努力从不同层面、不同角度，多方位、全景式地重构这些重大的历史事件，从历史理性层面上，还原那些波澜壮阔的事件内部所蕴藏的历史逻辑、民族特质以及政治生态。在《米罗山营地》中，海外作家陈河也明确地表示，希望通过自己的实证性采访，再现那些被人们遗忘在马来丛林深处的中国人民的特殊抗日经历。在《瞻对：一个两百年的康巴传奇》中，阿来更是直言不讳地强调："我所以对有清一代瞻对的地方史产生兴趣，是因为察觉到这部地方史正是整个川属藏族地区，几百上千年历史的一个缩影，一个典型样本。"[①]为此，他凭借自身作为川西藏民后裔的文化优势，以一个文人特有的敏感和睿智，择取了最具代表性的"瞻对"土司作为考察对象，着眼于微观史实，牢牢抓住"夹坝"这个充满吊诡色彩的词汇，一方面借助卷帙浩繁的历史文献，在细密的史料爬梳中，逐一呈现了上至中央、下至地方等权力部门对瞻对"劫盗"（即"夹坝"）行为的讨伐；另一方面，又通过民间化的田野走访、神秘化的宗教思维，重构了瞻对土司一代代首领尤其是班滚、贡布郎加的传奇人生，再现了他们的"游侠"气质与禀赋。它看似充满了矛盾，但这种矛盾不是源于瞻对部落内部的自我分裂，而是不同的历史视角所形成的对立性评价。作者试图以一个小小土司的兴衰，不动声色地踅入历史深处，展示康巴藏民复杂而又坎坷的历史记忆。

这种带着明确主观意图的叙事，使得创作主体的介入性呈现出强烈的目的性，也让"非虚构写作"带着鲜明的问题意识——无论是现实还是历史，作家在选择叙事目标时，都有着某种"跨界"探索的冲动，即希望通过自己的实证性叙述，传达文学在审美之外的某些社会学或历史学价值。所以，在具体的叙事过程中，几乎每位

---

① 《瞻对：一个两百年的康巴传奇》，阿来，《人民文学》，2013年第8期。

作家都非常在意自己在每个具体场景中的穿梭姿态，并随时随地讲述自己的亲眼所见、亲耳所闻、亲身所感。像《羊道》中，作者李娟就直接居住在牧民们的家中，跟随他们放牧、转场，观察他们日常生活的点点滴滴，不断叙述中国西部游牧民族独特的生活方式、伦理观念以及生命诉求。《生死十日谈》中，当作者和调查人物寻访每位自杀者的家庭成员时，孙惠芬都不忘及时捕捉他们的表情，分析他们的内心，表达自己的伤痛和无奈，探讨乡村农民自杀前后的伦理问题和乡村底层的生存困境。《中国在梁庄》和《出梁庄记》里，作者也是不断地与各种寻访对象频繁交流，打开彼此的心扉，在展示乡村农民内心的希望、困惑、焦虑的同时，反思乡村中国的现代化命运。这些作品虽然是一部部“非虚构”的文学作品，但同时也是一部部社会学或人类学的著作，它可能缺少科学的统计、归纳或严谨的结论推断，但它以丰富而鲜活的第一手材料，呈现了中国社会独特的生存面貌。

在历史类的非虚构作品中，这种问题意识主要体现为作家对一些重要历史事件或人物的真相式重构，对那些被日常观念所遮蔽的记忆进行更为全面的分析和判断。像王树增的《解放战争》既查阅了国共两方面的大量原始资料，包括双方重要人物的日记、内部电文以及各种回忆录，还吸收了中外学者的一系列重要研究成果，从而对整个解放战争的格局有着极为清晰的把握，同时也令人信服地揭示了国民党必败的诸多内在困局。在创作《抗日战争》过程中，作家也坦言：“我会在前期把各方的史料相互进行印证，日方的、国民党的、共产党的、美军的，个人的、战史的都放在一起印证。比如长沙战役，蒋介石的原电报说‘公布的死亡数字以 20 万人为好’，当看到这封电报的时候，我们就不能看长沙会战国民党军公布的歼敌数字了。因为蒋介石本身就说了要扩大宣传，所以这个数字是有偏差的。只有印证了才能知道哪些材料有偏颇之处，日军的有，我们的也有。所以需要在心里对历史的走势了如指掌，对历史产生的原因非常清晰，把握这些原则以后就能大概判断出来这些资料的水分在哪里，比较接近真实的是什么。”[1]正是这种全局性的观念，为作家在更高层面上理性地审视这场反法西斯战争提供了异常开阔的视野，也让他对这场战争的反思具有了开拓性的意义。在《故国人民有所思》中，陈徒手也一直强调，自己十余年来都埋头于北京城南蒲黄榆的北京市档案馆中，集中选择了一批有关北京高校尤其是北京大学的著名教授作为重点目标，广泛搜集了有关他们的党内汇报材料，同时也整理了很多旁人针对他们思想动态的汇报材料，并在此基础上，完成了包括王瑶、冯友兰在内的 11 位教授在特殊历史时期的思想考察，最终推出了《故国人民有所思》。此外，像杨显惠的《定西孤儿院纪事》《甘南纪事》、齐邦媛的《巨流河》、袁敏的《重返 1976》等，也都是以历史寻访、记忆回巡、材料整合为基础，通过作家对于历史现场的不断重构，并在许多重要历史细节中反复沉思和缅想，传达出创作主体的独特思考。

在这方面，最典型的应该是《瞻对：一个两百年的康巴传奇》。作者通过对相关史料的不断呈现，饶有意味地呈现了“瞻对”在长达 200 余年的历史中所遭受的苦难：从清廷官兵、西部军阀、国民党军队，到西藏宗教军队乃至英国军队等等，都以不同的方式介入到这个弹丸之地，将这个边远贫穷的藏族土司搅得风生水起，几无安宁之日。仅以清朝为例，所有的官方文献都表明，他们对“夹坝”的围剿不仅充满了现实的必要性和紧迫性，而且顺应了历史的合理性和正义性。为此，他们一次次兴师动众，或调动八旗精兵远赴川西，或派遣钦差大臣，但结果是，面对仅万余人的瞻对部落，每一次都代价巨大，却又从未取得过彻底的胜利。更具讽刺意味的是，在第五次围剿瞻对的过程中，清兵不仅没有抓住真正的对手，反而对支持朝廷的瞻对百姓痛下杀手，使不少善良的平民身陷绝境。这对于一直声称要“用德以服远人”的清廷来说，无疑是一个莫大的嘲弄。更耐人寻味的是，那些自命不凡的朝廷命官，面对损兵折

---

① 《把握复杂、丰厚的抗战历史——王树增谈〈抗日战争〉》，蒋楚婷，《文汇读书周报》，2015 年 7 月 15 日。

将的败局，每一次都使尽了各种“智谋”。他们深知皇帝不可能亲临现场了解战事，便利用各种潜规则官官相护，频频上奏“徂剿顽匪”，不是班滚被烧死，就是贡布郎加被杀。于是，从粮饷筹备、运夫“脚价”，到士兵赏银、官员晋爵，每个环节，都不忘向朝廷一一禀告，寻求最大的满足。在这些历史类的“非虚构”作品中，我们不仅能感受到一些鲜活的历史人物形象，包括他们的个性、思想及命运，还常常被作家所提供的丰富史料所折服，甚至不自觉地接受作家自身的价值观念。

作为一种介入性的写作，“非虚构写作”既不回避创作主体的主观意图，亦不掩饰作家自己的现场感受和体验，甚至对各种相互抵牾、前后矛盾的史料所做的判断和取舍，都进行如实的交代。这种开放性的写作姿态，表明作家们已不满足于纯粹想象的写作，而更愿意积极地沉入历史或现实内部，直面各种复杂的生存逻辑与伦理秩序，彰显自己的精神姿态和理想作为，也为人们了解中国社会的现代化进程提供了独特的审美载体。

二

“非虚构写作”当然不是一个新鲜的口号，但它在近些年来却受到人们的大力追捧，这无疑与它所倾力追求的“真实感”有关。这种立足于艺术真实之上的“真实感”，既具有真相揭示和事实还原的意味，又体现了创作主体积极勘探和理性反思的特质。它所透视出来的，是一些当代作家试图重建有关“真实信念”的写作伦理。这种写作伦理，一方面直接指向了信息时代的仿真化和符号化的文化趣味，另一方面也直接针对庸常化和表象化的文坛现状。

从现实文化角度来看，信息时代凭借其强大的虚拟技术和网络手段，已彻底改变了人类有关真实的信念。很多人都承认，信息技术是人类社会的第三次革命，它逾越了机器时代的诸多时空局限，使人的能力获得了空前的延伸。时间上的瞬时即达、空间上的同步共享，已成为我们现代生活的常规模态。无论是过去的，还是异域的，甚至是完全不存在的景象，通过信息技术的处理，都会形成高度仿真的“拟像化”现实。在现代社会里，借助多媒体技术的支撑，所有电子媒介都已逐渐成为一个巨大的仿真化机器：拟像、符号、复制、数字处理……几乎所有这些信息制造的手段，都是为了建构一种现代仿真文化。这种仿真文化，以其所谓的“超真实”，直接导致现实世界的真实和虚幻合二为一、不可分辨，并进而取代有关“真实生活”的方方面面。越来越多的人都已意识到，在如今的网络化社会里，没有人能够说自己把握了真相，也没有人能够明确地认定真实与虚构之间的边界。

这种因技术变革而带来的仿真文化，不仅改变了人类的生存方式和思维方式，而且动摇了人类诸多的生活信念，尤其是有关“真实”的信念。波德里亚就认为，这是人类自我导演的一场“完美的罪行”：“大众传媒的‘表现’就导致一种普遍的虚拟，这种虚拟以其不间断的升级使现实终止。这种虚拟的基本概念，就是高清晰度。影像的虚拟，还有时间的虚拟（实时）、音乐的虚拟（高保真）、性的虚拟（淫画）、思维的虚拟（人工智能）、语言的虚拟（数字语言）、身体的虚拟（遗传基因码和染色体组）……人工智能不经意落入了一个太高的清晰度、一个对数据和运算的狂热曲解之中，此现象仅仅证明这是已实现的对思维的空想。”[①]在波德里亚看来，在虚拟的幻象中所建构起来的仿真文化，远远超出了人类对真实的理解，并形成了一种以符号为载体的“超真实”世界。在这里，人们所依赖的是现代电子媒介所营造的虚拟空间，所有的真实不再是客观化的、可实践的真实，也不再是人们可以不断确认和描述的真实，“真实是从被微型化的单位，从母体、记忆库以及指令模式中产生出来——有了这些，它可以被无数次地复制。它已经不再必须是理性的，因为它不再根据某种理想的或是否定的例子来衡量了。

① ［法］让·波德里亚：《完美的罪行》，王为民译，第32—34页，商务印书馆，2000年。

它只不过是操作的……它是‘超真实’的”。甚至，“真实本身也在‘超真实’中沉默了。复制媒介巨细无遗地临摹，真实在从媒介到媒介的过程中被挥发了，成了一种死亡寓言，真实成了为真实而真实的真实（就像为了欲望而欲望的欲望）。膜拜逝去的客体，但这客体已经不是再现的客体，而是狂喜的否定和对自己仪式的消除：成了‘超真实’。”[①]尽管波德里亚的说法有些夸大其词，包括他自己也承认，这种“完美的罪行”尚未完全实施，但是，由虚拟技术而创造出来的仿真文化，无疑已动摇了人类有关真实的信念。这一点，已渗透在我们当今生活的各个领域。

当真实不再具备客体意义上的实存，而成为人类“超真实”的仿真符号，虚构也就变得合理合法甚至名正言顺了。处在这种裂变之中的人们，面对信息化、虚拟化所形成的仿真文化，重建一种被遮蔽的真实信念，或许正是“非虚构写作”所追求的写作伦理，同时也是读者高度关注这类作品的内在缘由之一。在写作《中国在梁庄》和《出梁庄记》时，梁鸿就非常警惕那些被无数信息描摹起来的乡村，也高度戒备那些符号化了的“农民工”生活模态，所以她选择自己的故乡梁庄作为考察坐标，通过彼此亲密且无防备的真切的交流方式，记录梁庄的社会变化与人们生存的景象，同时奔赴全国各地，跟踪梁庄人在全国各地谋生的艰辛与尴尬。她曾直言不讳地说：“如何能够真正呈现出‘农民工’的生活和乡村的历史与现实形态，如何能够呈现出这一生活背后所蕴含的我们这一国度的制度逻辑、文明冲突和性格特征，却是一件非常困难的事情。并非因为没有人描述过或关注过他们，恰恰相反，而是因为被谈论过多。大量的新闻、图片和电视不断强化，要么是呼天抢地的悲剧、灰尘满面的麻木，要么是挣到钱的幸福、满意和感恩，还有那在中国历史中不断闪现的‘下跪’风景，仿佛这便是他们存在形象的全部……一个词语越被喧嚣着强化使用，越是意义不明。与其说它是

① 《后现代大祭师的仿象、超真实、内爆——波德里亚电子媒介文化批评的三个关键词探要》，连珩、李曦珍，《科学经济社会》，2007年第3期。

一个社会问题，倒不如说它是一个符号，被不同层面、不同阶层的人拿来说事儿。我们缺乏一种真正的自我参与进去的哀痛。”[1]正是对那些被高度符号化的现实的怀疑，才使她有了还原真实的写作冲动，“我试图发现梁庄的哀痛，哀痛的自我。说得更确切一些，我想知道，我的福伯、五奶奶，我的堂叔堂婶、堂哥堂弟和堂侄，我的吴镇老乡，那一家家人、一个个人，他们怎么生活？我想把他们眼睛的每一次跳动，他们表情的每一次变化，他们呼吸的每一次震颤，他们在城市的居住地、工作地和所度过的每一分一秒都记录下来，我想让他们说，让梁庄说。梁庄在说，那也将意味着我们每个人都在说。”[2]同样，孙惠芬的《生死十日谈》通过对辽南乡村一些自杀个案的追踪采访，既记录了那些自杀者的家庭所背负的沉重的道德伦理，又反思了当今乡村里日趋增多的自杀现象，并指出巨大的医疗负担和尖锐的家庭关系，仍是威胁中国农民生存尊严的重要因素。而慕容雪村的《中国，少了一味药》，以作家自己卧底于传销组织中的亲身经历，让我们彻底摆脱了信息媒介所勾勒的情境，鲜活地演绎了这颗社会毒瘤之所以屡除不灭的缘由，它既有邪教般的灵魂淘洗，又有人性欲望的疯癫表演。尽管现代媒介每天都在以这样或那样的方式，不断传播上述这些现实问题，但在各种“符号化”的表述之中，真实的现实生活图景、生存观念及其伦理状态，却始终变得模糊不清。

由仿真文化所建构起来的“超真实”世界，对历史记忆表现出来的态度，常常是一种自觉的戏拟、解构以及理想化的重构，其中渗透了博德里亚尔所说的“历史虚无主义”逻辑。的确，从后宫里的人际诡术到具象化的抗日神剧，在仿真化的信息伦理中，我们正在远离最基本的历史事实，也在规避必要的历史逻辑。当“非虚构写作”不断重返历史记忆时，不仅仅是为了揭示历史真相，更重要的是，它还试图通过揭示真相被遮蔽的过程，展示这种重返历史现场的艰难与必要。像袁敏的《重返 1976》，就是以见证人的身份，

①② 《我的梁庄，我的忧伤》，梁鸿，《光明日报》，2013 年 8 月 6 日。

全程记录了发生在1976年的“总理遗言案”始末。尽管很多当事人已年华渐老，但一切在作者的笔下宛如“现场重建”。于是我们看到，一群在杭州工厂上班的小青年，受父辈们革命豪情的影响，对时局有着异乎寻常的热情。他们常常聚在一起，感时忧国，审时度势。其中一位有着诗人般忧郁气质且才华横溢的青年蛐蛐儿，终于在周总理逝世后的某一天，模仿总理的口气写出了一篇“遗言”。耐人寻味的是，竟然没有人怀疑它的真实性，每一个都在快速抄录，然后疯狂传播，一时间传遍大江南北，造成轰动一时的“总理遗言案”。同样，像韩石山的《既贱且辱此一生》、齐邦媛的《巨流河》等作品，则以回忆录式的笔调和饶有意味的细节还原，在追忆作家自我成长经历的同时，又不断追问了历史深处的沉重与诡异。

仿真文化所带来的审美趣味，便是造梦工厂的大面积涌现。它使人类文化的生产和消费，不再忠实于经验化的现实生存秩序，也不再追求具有理性意味的经典化趋向，而迅速转向时尚化、虚拟化和感官化，并使各种奇幻性的叙事变得越来越盛行。于是，从“盗墓”“仙侠”到“穿越”“玄幻”等戏拟化的类型文学，几乎成为普通大众的主要文学消费形式之一。人们越来越乐于接受这种由仿真文化催生出来的审美趣味，也越来越迷恋奇幻化、感官化和戏拟化的审美格调，像《大话西游》《诛仙》《盗墓笔记》《藏地密码》《幻城》《斗破苍穹》《后宫》《梦回大清》等，一拨接一拨地甚嚣尘上。这种创作无疑是仿真文化在文学创作中的积极推手，并借助各种电子媒介的营销策略，成功地占有了巨大的消费市场；同时，它们又反过来推动仿真文化的合理化和合法化，不断动摇人们有关真实的信念。

事实也是如此。受信息文化的影响，越来越多的作家开始很少脚踏实地地沉入生活基层，更不愿进行田野调查式的观察与思考，也很少有作家认真地潜入到历史内部，搜集或查阅相关史料，对既定的历史进行富有创见的探索。他们所倚重的叙事资源，多半是各种现代媒介所提供的信息。很多作家都是利用各种信息资源，然后结合自己的既有经验和生活常识，不断地推出一部部经验化、表象化的“新作”。我曾指出，这种依靠经验滑行的写作，带来的不仅仅是自我艺术的重复，而且是彼此之间的似曾相识，像“反腐小说”“底层写作”中的大量作品，都呈现出高度模式化的倾向。[1]特别是青年一代作家，既不愿走进浩瀚复杂的历史，也不愿投入到现实生存的焦点之中，所以他们的作品总是沉迷于“小我”，书写一些自身的生活感受和人性面貌。这种回应社会现实的无力感，书写历史命运的苍白感，已成为新世纪文学的一种显在问题。

针对这种创作困局，“非虚构写作”试图通过重建有关真实的叙事伦理，进行一些必要的反拨。所以我们看到，在历史叙事中，绝大多数作品都是直面一些重要的历史人物或事件，全面发掘材料，梳理相关史实，并进而重新审视某些内在的事实真相。它们所彰显出来的，是创作主体清晰的使命意识和追求真理的内在意愿。像陈河在《米罗山营地》中就坦然地说道，自己被卡迪卡素夫人的《悲悯阙如》一书所深深吸引，“这是一本完全可以和《拉贝日记》《辛德勒名单》一样让千百万人感动的书。有了这本书做指引，我找到了很多新的线索。我的书房里很快堆满了各种各样的相关图书和资料，说真的，我已经成了这个问题的专家，所掌握到的很多资料都是独门的。但我还是觉得十分迷茫。我感觉到我所处的现实世界和那段历史隔着一层不可逾越的时空，所以决定去马来西亚作一次实地的旅行。”[2]尽管自己已成为马来西亚抗战历史的半个专家，但作家还是一次次亲赴历史现场，其目的是就为了重构更为真实的历史感。在《抗日战争》中，王树增努力摆脱党派与阶级的视角，将抗日的正面战场和敌后战场融为一体，从平津战役、淞沪会战、太原会战到南京保卫战、台儿庄战役、徐州会战……一路叙述下来，包括每一场战役敌我双方的战略部署、战斗过程及战后的分析，展示出一种超越既定史观的、激动人心的“历史记忆”。作者认为：“这是中华民族近代以来第一次全民同仇敌忾、浴血山河所赢

① 《底层写作与苦难焦虑症》，洪治纲，《文艺争鸣》，2007年第10期。
② 陈河：《米罗山营地》，第5页，天津人民出版社，2013年。

得的反侵略战争胜利，它的波澜壮阔和气壮山河，体现了民族坚韧的生命力。由于种种原因，过去我们所了解的抗日战争历史，比较片面、局部或碎片化。抗日战争成功抵抗外侮的重要性和深刻性仍需深挖。”因此，王树增定下的目标是全景式描绘，“将抗日战争置于整个世界二战大格局中，对这次战争有历史纵深意义上的理解，力求深度再现一段超常态的时代进程”[①]。袁敏的《重返 1976》在记录“总理遗言案”的过程中，则倾力突出了特殊历史的诡异与凶悍。事件发生后，王洪文说：眼睛不要光是盯着面上的几个毛孩子，要挖出长胡子的老家伙！张春桥指示：儿子背后有老子，司机背后有首长。于是，围绕着蛐蛐儿，一场声势浩大的追捕随即在全国展开，七个家庭圈入其中，他们的父辈和姐妹等 12 人以“保护性审查”的名义，被秘密逮捕，分别关押在北京、杭州等地，形成了北京组、临安组、留守组三个不同级别的审讯小组。这场灾难导致的结果是，所有卷入其中的家庭都经历了一场生离死别，所有被审讯者都经受了一次生死炼狱——大耳朵自杀未遂，手腕上留下了一道长长的疤痕；蛐蛐儿前女友的父亲因为越狱被哨兵的尖刀刺中，离心脏只有两厘米；作者的哥哥瓜子变得沉默寡言，判若两人；而蛐蛐儿则因为服用安眠酮成瘾，开始出现行为失控……尽管他们后来都得以平反，有些甚至成为反抗“四人帮”的英雄，但是，他们的内心都留下了种种无法抹平的伤痕。阿来的《瞻对：一个两百年的康巴传奇》则明确写道，正史意义上的所有记录和解读，往往都是基于视“夹坝”为“劫盗”的“正义性”评价，而在瞻对的民间却流传着另一种看法和记忆，那便是彪悍、勇猛、不屈的精神记忆，是对浪漫化和传奇化的“游侠”气质的认同。通过一次次的走访和调查，阿来渐渐地发现，那些被视为匪首的部落首领，在瞻对人的心中并非只是恶魔的形象。这些曾不断搅动历史风云的人物，常常以神魔混杂的形象，沉淀在他们的记忆之中，无论是班滚、贡布郎加，

① 《军旅作家王树增：写完〈抗日战争〉心里终于能踏实了》，许旸，《文汇报》，2015 年 4 月 14 日。

还是青梅志玛，都是如此。它让人们看到，在这片土地上，“一个人常会感到自己生活在两个世界”，一个是现实的世俗世界，另一个则是充满传奇的心灵世界，在那里，“人们仍然在传说种种神奇至极的故事，关于高僧的法力，关于因果报应，关于人的宿命”。[①]

无论是面对历史还是现实，“非虚构写作”所体现出来的介入性写作姿态，都有着非常重要的意义。它多少改变了当代作家蛰居于书斋的写作习惯，激发了作家对社会和历史的尝试观察之兴趣，使作家们能够带着明确的主观意愿或问题意识，深入到某些具有表征性的现实或历史领域，获得了最为原始的感知体验，也强化并重构了有关真实信念的叙事伦理。

三

虽然“非虚构写作”本身并不具备文体意义上的规范性，但它对一些既定的文体分类却充满解构性倾向，并隐含了某种反自律性的文学冲动。从世界文学的发展脉络来看，“非虚构”最早就是针对虚构性的小说而提出来的。上世纪 60 年代中期，美国小说家杜鲁门·卡波特在发表《冷血》时，曾明确地提出这是一部“非虚构小说”；随后，诺曼·梅勒出版《刽子手之歌》时，也自觉承袭了这一概念。董鼎山先生认为，“所谓‘非虚构小说’，所谓‘新新闻写作’，不过是美国写作界的‘聪明人士’卖卖噱头，目的是在引起公众注意，多销几本书”[②]。但我以为，问题远没有这么简单。哗众取宠之意或许有之，而更深的用意亦不能排除。最突出的理由是，“非虚构小说”这一提法从本质上直接颠覆了小说的虚构特质，明确地体现了作家们对这一文体属性的不信任。也就是说，在卡波特等作家看来，小说的虚构性未必是它的本质属性，非虚构性叙事

① 《瞻对:一个两百年的康巴传奇》，阿来，《人民文学》，2013 年第 8 期。
② 《所谓“非虚构小说”》，董鼎山，《读书》，1980 年第 4 期。

也未必就不能成为小说。如果深而究之，这种不信任，其实已指向了文学的两个核心问题：一是“虚构”与“非虚构”之间是否存在相对严谨的界限？二是文学发展的自律性是否具有绝对的合理性？

从文类的划分标准来看，“虚构”与“非虚构”之间的边界确实是相对的，也是模糊不清的，因为一切文学所遵循的真实都是“艺术的真实”，而“艺术的真实”具有强烈的主观性、地域性和历史性。譬如，福克纳和马尔克斯都认为自己的小说是最真实的，但他们的创作最终还是被套上了意识流或魔幻的帽子。厄尔·迈纳就曾说道：“事实性与虚构性，这两个概念是互相关联的，但在逻辑上事实先于虚构。这种情况适用于所有文学，尽管在实际应用中事实性与虚构性的程度会有所不同。”[①]事实上，在所有的文学创作中，从来就没有绝对虚构的作品，也没有绝对非虚构的作品。即使是那些神魔、科幻或武侠小说，也存在着某些符合人类真实经验的情节或细节；同样，各种纪实类的文学作品，也会或多或少地保留着作家想象的成分。所谓“虚构”或“非虚构”，只是其中的“事实性”（即客观上的真实性）占有多少比重而已。当一个作家将自己所感知的现实生活忠实地呈现出来，不论这种现实多么不可思议，他都有理由认为自己的创作是一种“非虚构”的写作，除非他在创作中已明确地体现了对现实秩序及经验常识的不信任，体现了高度的浪漫主义想象。因此，从主体认知的角度来说，作家们提出“非虚构小说”，其实折射了“虚构”本身在内涵上的不确定性——它只能参照具体作品中的“事实性”来作出相对的判断。

在中国当代文学中，这一问题似乎显得更为突出。一个主要的原因是，除了叙事散文之外，人们通常将非虚构类文学作品统称为“报告文学”或“纪实文学”。这两个名称，看起来都是拥有明确规范的文体概念，但它们均巧妙地掩盖了艺术真实的内在属性，以至于人们常常视之为追求“客观真实”、切近新闻报道式的特殊文

---

① ［美］厄尔·迈纳：《比较诗学》，王宇根、宋伟杰等译，第 324 页，中央编译出版社，2004 年。

体。尤其是上个世纪 90 年代之后，不少作家利用它们所隐含的“客观真实”之特点，炮制了大量的“广告文学”，使其在文体上的审美价值饱受诟病。在这种情形下，无论编辑还是作家，都希望用另一种相对宽泛的概念，来表述一种具有现场感和真切感的纪实性写作，这便有了“非虚构写作”的出笼。

因此，“非虚构写作”之所以深受一些作家的高度关注，在本质上体现了他们对艺术真实的自觉维护，反映了作家对“虚构”与“艺术真实”之间相互侵袭状态的警惕，也折射了作家明确的主体意识。在很多时候，“虚构”总是与想象、理想、乌托邦式的浪漫主义紧密地纠缠在一起，成为我们审度某部作品真实与否的内在标准，却让我们忽略了艺术真实的特殊意义。

与此同时，从文学的自律性来看，科学的文体分类无疑是人类的巨大进步，也是启蒙现代性的重要成果。今天，无论我们是将所有文学作品分为诗歌、散文、小说、戏剧四类，还是加上报告文学（纪实文学）共五类，都拥有相对明确的概念界定和属性归纳，呈现出鲜明的科层化特质。它带来的良好后果之一，便是不同的文体都在其自律性的范畴中形成了各种清晰而完整的理论谱系，无论是诗歌理论、散文理论还是小说理论、戏剧理论乃至报告文学理论，都越来越丰富，也越来越全面。而且，这种文体的分类，也为文学史的梳理和建构提供了强有力的支撑，使人们在文学史的编撰过程中拥有了相对稳定且合法的体例模式。

但我们也必须看到，这种看似严谨的、科层化的文体分类，同样也存在着某些相对性。譬如，在散文和诗歌之间，就出现了散文诗。在散文和小说之间，出现了“非虚构小说”“新闻小说”等等，甚至在具体作品的划分上也偶有混乱的现象，如张承志的《心灵史》，多数人都视之为小说，但也有人将它列为散文。在戏剧与诗歌之间，亦有诗剧作品。这种文体间的彼此交织，无疑也动摇了文体分类的科学性和严谨性。弗吉尼亚·伍尔芙甚至指出，未来的小说将成为一种更加综合化的文学形式，“它将用散文写成，但那是一种具有许多诗歌特征的散文。它将具有诗歌的某种凝练，但更多地接近于散文的平凡。它将带有戏剧性，然而它又不是戏剧。它将被人阅读，而不是被人演出。”[①]伍尔芙的这一判断，实际上已成为事实，如“散文化小说”“诗化小说”等，都已产生了一些经典之作。这也意味着，这种既定的文体划分，只是一种相对的形态学上的区分，很难找到明晰的界限。

既然文体概念是相对性的，而且不同文体之间的彼此交织也屡见不鲜，又加上日常生活审美化的发展和文学性的迅速蔓延，很多建立在自律性上的文体概念，也开始显得捉襟见肘。这不是文学自律性本身的问题，而是文学自身的发展变化对自律性所形成的冲击。它隐含了文学本质主义的某些局限性。前几年，围绕着文学本质主义和建构主义，国内学界就曾发起了一场历时颇久的争论，其焦点就是针对文学本质主义的质疑和反思。同样，“非虚构”口号的提出，也反映了各种具体的创作实践与相关文体概念之间的抵牾，并直接动摇了建构在自律性之上的某些文体属性，呈现出更为开放性的建构主义倾向。

这种反本质主义的建构主义倾向，在近年来的“非虚构写作”大潮中体现得尤为明显。较早使用“非虚构写作”作为刊物栏目的是《人民文学》，其主编李敬泽就曾坦言，之所以启用“非虚构”，一是“中药柜子抽屉不够用了”，二是因为它“看上去是个乾坤袋，什么都可以装”。[②]经过了漫长的自律化发展，文学不仅在文体上获得了清晰的分类，还在此基础上形成了相对独立而完整的理论体系，如今，人们却发现这些“中药柜子抽屉不够用了”，这无疑是一个耐人寻味的问题。对此，《人民文学》给出的理由是：“在文学期刊上、进而体现在一般的文学观念和阅读习惯中的文体秩序其实是相当狭窄的，它把一些可能性排除在外，让你对很多东西视而不见。”[③]作为文学杂志的编辑，他们显然意识到了文学创作正在突

① ［英］弗吉尼亚·伍尔芙：《论小说与小说家》，瞿世镜译，第363—364页，上海译文出版社，2000年。

②③ 《文学的求真与行动——文学报专访李敬泽》，陈竞，《文学报》，2010年12月9日。

破一些文体规范，为此，他们只好选择更为宽泛的“非虚构写作”来进行表述。但是，令人意味深长的是，在回答什么是“非虚构写作”时，他也显得一筹莫展：“何为‘非虚构’？一定要我们说，还真说不清。但是，我们认为，它肯定不等于一般所说的‘报告文学’或‘纪实文学’……我们其实不能肯定地为‘非虚构’划出界限，我们只是强烈地认为，今天的文学不能局限于那个传统的文类秩序，文学性正在向四面八方蔓延，而文学本身也应容纳多姿多彩的书写活动。”[①]事实也是如此。很多非虚构类的作品，在最后出版时，都被出版社标注为“长篇小说”，像《生死十日谈》《米罗山营地》《定西孤儿院纪事》《巨流河》等；有些则被出版社标注为“纪实文学”或“散文”，如《中国在梁庄》《出梁庄记》《解放战争》《抗日战争》《沧桑看云》《封面中国》等。这种文体上的分类，从某种意义上也说明“非虚构写作”已打破了既定的文体属性，也突破了文学自律性所规定的内在空间。

无论是从“艺术真实”的基本要求上，还是从文学自律性的理论谱系上，我们都已看到，“非虚构写作”几乎动摇了文学的某些本质规定性，并预示了一种更为开放、多元和不同文体彼此交织的写作倾向。当然，就中国当下的“非虚构写作”而言，它或许更多的只是体现为一种介入性的写作姿态，即作家更多地倚重于某些亲历性的事实或历史现场的写作姿态。

四

从作品的内涵上看，“非虚构写作”的确呈现出一种开放性的文化意蕴。通过这种开放性的探索，作家们“希望由此探索比报告文学或纪实文学更为宽阔的写作，不是虚构的，但从个人到社会，从现实到历史，从微小到宏大，我们各种各样的关切和经验能在文

① 见《人民文学》2010 年第 11 期“卷首语”。

学的书写中得到呈现”。[1]但是，细读近年来的一些代表性作品，我们也必须承认，这种写作的局限也是非常明显的。有不少人就认为，“中国非虚构写作的问题在于文体界定不明以及文体意识、细节内容等的缺乏。此外，在‘反映现实’的勇气和力度上，中国的非虚构写作也存在着不足”[2]。“阅读这些‘非虚构’作品，我们有更多真实可感的‘社会’体验，却缺少了一种‘文学’体验。”[3]尽管有些批评显得有些偏颇，但大多数质疑还是严谨而令人信服的。

细究“非虚构写作”的局限，首先在于它限制了创作主体的艺术想象力和创造力。由于过度强调作家自身的所见所闻，或受制于各种既定的史料支撑，在具体叙事中，作家们必须更多地顾及人们的日常生活经验和常识，必须尊重各种生活应有的内在逻辑，因此，作家的主体意识很难获得全面而自由的张扬，也很难拥有像鲁迅所说的“天马行空”式的精神境界。不错，很多作品在塑造人物个性、还原生活细节上，都颇费周章，像《出梁庄记》里算命的梁贤义、校油泵的梁恒文和梁恒武兄弟，《生死十日谈》里耿小云的父亲、“小老头”的绝望神情，《重返1976》中有关蛐蛐儿的内心谜底，《瞻对：一个两百年的康巴传奇》中班滚和贡布郎加的神勇气质，都写得十分鲜活，凸现了作家应有的想象力和艺术重构能力。但这种叙事潜能的施展，毕竟受到特定对象的限制，无法向生活的可能性方向挺进。在有些作品中，作家就明显受缚于材料的爬梳和印证，忽略了必要的想象性重构，人物形象显得有些呆板，如陈徒手的《故国人民有所思》中的一些学者、杨显惠的《定西孤儿院纪事》中的很多人物，都缺乏必要的丰实度和立体感。

生活的可能性或人性的可能性，是文学伸展的重要空间，也是考验创作主体想象能力和创造能力的重要维度，所以米兰·昆德拉

① 参见《人民文学》2010年第9期“卷首语”。
② 《“现实消失”的焦虑及可能性》，房伟，《文艺报》，2015年4月22日。
③ 《“非虚构”与文学观的转向》，卢永和，《湖北大学学报》（哲学社会科学版），2011年第6期。

强调，小说是对存在的可能性的勘探。[①]或许正是可能性状态的书写受到局限，王安忆就对“非虚构写作”一直保持着潜在的拒绝。她曾说：“非虚构的东西它有一种现成性，它已经发生了，它是真实发生的，人们基本是顺从它的安排，几乎是无条件地接受它，承认它，对它的意义要求不太高。于是，它便放弃了创造形式的劳动，也无法产生后天的意义。当我们进入了它的自然形态的逻辑，渐渐地，不知觉中，我们其实从审美的领域又潜回到日常生活的普遍性……非虚构是告诉我们生活是怎么样的，而虚构是告诉我们生活应该是怎么样的。”[②]王安忆的这番体悟显然有一定的道理，或许这也是很多实力派作家不愿轻易涉足“非虚构写作”的潜在原因之一。

其次，“非虚构写作”的局限，也体现在作家对叙事资源的利用上。由于强调作家主体的亲历性和在场性，注重作家对表达对象相关材料的占有程度，“非虚构写作”从某种程度上说是一种“行走”的文学。它需要作家身体力行，置身于各种书写对象的深处，全程参与故事的每个环节，或记录自己的所思所感，或搜集验证各种原始材料，因此，与虚构类写作相比，其叙事资源无疑是非常有限的。在虚构类写作中，依靠创作主体的相关经验和逻辑，作家们可以通过自由想象和既有的经验，让叙事广泛地涉猎各种生活，在可能性中营构极为丰富的审美空间。而“非虚构写作”是以独特的现场感和真实感作为主要审美目标，这决定了其写作空间通常被限定在作家自身的感知范围之内，与作家自身的现实生活（包括对特定历史的认知生活）具有同等性。但是，作家的个体生活范畴是有限的，即使是置身于某个生活领域所获得的经验，在具体的叙事运用中也是一次性的。所以，除了像王树增、杨显惠、李辉、陈徒手等少数作家，长期专注于某一特定的历史领域，并对那些历史史实进行有计划的开发之外，其他作家在“非虚构写作”中通常只有一

① ［捷克］米兰·昆德拉：《小说的艺术》，孟湄译，第42页，北京三联书店，1992年。

② 《虚构与非虚构》，王安忆，《人民政协报》，2010年3月6日。

两次尝试性的实践。就非虚构本身而言，这无疑是一种不可延续的写作，无法像虚构性写作那样做到“一鱼多吃”。

当然，倘若从经典化的目标来说，对叙事资源的一次性使用，并不一定是坏事。很多优秀的作家毕其一生，也只创作那么一两部作品，像曹雪芹写《红楼梦》、柳青写《创业史》、塞林格写《麦田里的守望者》等，都是如此。但是，在当今这个普遍推崇自我复制、讲究“资源利用效率”的现实处境中，它似乎成了一种“局限”。不过，话说回来，尽管“非虚构写作”在资源利用上受到作家自身生活的限制，但它的介入性，以及在介入过程中所积累起来的鲜活而丰富的审美体验，依然是作家以后创作的宝贵财富。如果当代作家都能够安排一些时间，真正地沉入社会历史之中，进行一些必要的“非虚构写作”，无疑会为他们的虚构性写作提供巨大的帮助。

再次，“非虚构写作”的局限，还体现为作品的艺术性普遍偏弱。从中外文学史上看，具有丰厚艺术价值的非虚构经典作品并不少见，像舞蹈家邓肯的《邓肯自传》、巴别尔的《骑兵军》、奈保尔的《幽暗的国度》、君特·格拉斯的《我的世纪》等等。但是，在中国近期的“非虚构写作”中，大多数作家过于强调叙事的真实感，也过度张扬创作主体自身的认知和思考，导致在具体的叙事过程中，有些作品将作家扮成“记录员”的角色，以“口述实录”的方式，力求客观呈现相关人物的真实经历；有些作品则常常将一些原始材料包括书信、日记、电报等直接呈现在文本中，试图强化史料的真实性；有些田野调查性质的作品，则过于强调“实录”之后的分析和思考，充满了主观化的感悟和价值判断。诚如有人所言：“非虚构是在抒写，在呈现，在不断地认识一个人的人生和情感，而不仅是告诉你这个人如何苦恼、苦难，它对世界是一种主观的体验。”[①]这些叙事策略，其实都或多或少影响了作品在审美上的回味空间，削弱了作品的艺术品质，也致使这类作品中很少有独特丰富

① 《梁鸿：从“进梁庄”到“出梁庄”》，赵玙，《光明日报》，2013年7月12日。

的人物形象，很少有耐人寻味的结构形式，更缺乏充满个性和张力的语言韵致。

任何一种写作都充满了挑战。“非虚构写作”在挑战当下写作伦理和审美趣味的同时，虽也存在着某些显在的不足，但它毕竟凭借自身明确的介入性写作姿态，展示了当代作家对历史与现实的自觉关注，传达了他们对叙事真实感的内在诉求，也折射了他们对信息时代仿真文化的抗争意愿。更重要的是，“非虚构写作”还使文学创作走向更为开放的文化语境之中，其中的不少作品已延伸到社会学、历史学或人类学等其他人文领域，成为它们的某种文本参照。

（原载《文学评论》2016 年第 3 期）

文学信念与作家的知识分子承担

一、来自余华的启示

1992年12月和1995年12月，余华分别发表了长篇小说《活着》和《许三观卖血记》。十多年来，仅在南海出版公司，这两部小说就重版了20多次，发行数十万册之巨。2004年1月，上海文艺出版社推出“余华作品系列”12种,《活着》和《许三观卖血记》亦名列其中，一年之后，再度发行九万余册。除此之外，它们还先后被译为英文、法文、德文、意大利文、荷兰文、韩文、日文等，在全球十多个国家出版，并进入美国最具影响力的出版社兰登书屋。

与此同时,《活着》还荣获意大利格林扎纳—卡佛文学奖最高奖（1998年）、台湾《中国时报》十本好书奖（1994年）、香港“博益”15本好书奖（1994年）、第三届世界华文“冰心文学奖”（2002年），并且入选香港《亚洲周刊》评选的“20世纪中文小说百年百强”。2000年,《活着》和《许三观卖血记》同时被列为中国百位文学批评家和文学编辑评选的“20世纪90年代最有影响的十部作品”。

2005年7月，沉寂十年之后的余华再度出山，他的长篇新作《兄弟》（上部）由上海文艺出版社出版，首印20万册一周之内便发行告罄。

余华的这几部小说既没有多少时尚的元素，也没有十分强劲的市场炒作，更没有获得过国内权威的文学大奖，但是，在很多人都认为文学已经不断走向边缘化的时候，它们却制造了中国当代小说在读者中的一个奇迹。

那么，在这个奇迹的背后，究竟是什么吸引了广大读者？

倘若从审美接受上来探讨这个问题，答案可能会很多。譬如，这几部小说的故事都很简单好读；譬如，它们的主人公命运都跌宕起伏颇有悬念；譬如，它们的悲剧色彩都很浓郁让人回肠荡气……但是，我以为，这些并不是它们之所以产生如此广泛影响的核心因素，因为对于任何一个成熟的作家来说，这些都不是难以企及的艺术目标。

事实上，真正让读者引起长久共鸣的，是余华对生存苦难的深切关注和体恤，对日常生活中许多温暖人性的重新发现，对生命中最本质的善与真的敬畏。余华曾说："作家的使命不是发泄，不是控诉或者揭露，他应该向人们展示高尚。这里所说的高尚不是那种单纯的美好，而是对一切事物理解之后的超然，对善和恶一视同仁，用同情的目光看待世界。正是在这样的心态下，我听到一首美国民歌《老黑奴》，歌中那位老黑奴经历了一生的苦难，家人都先他而去，而他依然友好地对待这个世界，没有一句抱怨的话。这首歌深深地打动了我，我决定写下一篇这样的小说，就是这篇《活着》，写人对苦难的承受能力、对世界的乐观态度。写作过程让我明白，人是为活着本身而活着，而不是为了活着之外的任何事物所活着。我感到自己写下了高尚的作品。"[①]正是这种"用同情的眼光看待世界"的朴素的人道主义情怀，使他轻松地绕过了20世纪90年代以来口号迭出的文坛表象，直接将审美理想建立在对苦难的深情体恤、对生命的无限敬畏之上；也正是这种"展示高尚"的坚定的写作信念，使他在面对人们习以为常的历史记忆和生活经验时，总是能够有效地激活大众的共同情感，让人们在同情和悲悯的浸润中感受到生之不易，就像福克纳所说的那样，"使人的心灵变得高尚，使他的勇气、荣誉感、希望、自尊心、同情心、怜悯心和自我牺牲精神——这些情操正是昔日人类的光荣——复活起来，帮助他挺立起来"[②]。

---

① 余华:《我能否相信自己》，第145页，人民日报出版社，1998年。
② 《美国作家论文学》，刘保瑞等译，第368页，北京三联书店，1984年。

“帮助人们挺立起来”，表面上看，这只是一个充满了道德色彩的伦理口号。然而，当它植根于作家的灵魂之中，成为作家的一种叙事追求，它就绝不仅仅是一个道德化的命题，而是一种具有深厚的人道主义基础的文学信念。这种文学信念一旦被确立，将会使作家对人类的生存苦难保持一种高度敏锐的姿态，并在同情的眼光中获得精神追问的深度，在展现人性丰饶和复杂的同时，使文学真正地回到对人类生命尊严的关注上来。

二、信念的边缘化

遗憾的是，在当代文坛中，这种坚定的文学信念并没有得到应有的尊崇。尤其是随着社会转型期的到来，以及由此而引发的价值观念的不断变化，很多作家都非常简单地认同了这样一个事实：我们的文学正在走向边缘化。而且，在这一认同的背后，还潜藏了另一种自给自足的理由：这种边缘化了的文学现实，注定将很难产生伟大的作品。

我对这种“边缘化”的看法一直持以怀疑的态度。其主要理由有二：第一，倘若我们的文学真正地边缘化了，那么边缘化之后的文学虽然不会成为大众文化的消费热点，但它却能够有效地剥离附着在其自身内部的许多非文学功能，使它更进一步完成艺术的自律性。如果从现代性的角度来考量，这是一个非常重要的进步，因为文学艺术与政治、哲学、科学和历史一样，只有拥有相对完整的科学的自律空间，它才有可能更加健康地发展。第二，真正的文学边缘化所产生的严峻现实，将会自然而然地淘汰那些功利性作家的写作行为，因为它不可能让作家们在短时间内满足一些世俗的愿望。这种严峻的现实，将会促使文学远离那些急功近利的浮躁表达，回到纯粹的精神生活中来，回到那些因内心的需求而写作的人群中来，从而有效地保障作家队伍的纯粹性。

不可否认，这两种情形在当今的文坛中也确有体现。譬如，有些作品就非常自觉地逃离各种庸俗的功利表达，并在艺术本体上不断地展现出作家独特的审美追求；不少作家也因为社会身份的危机而销声匿迹，作家队伍获得了一定程度的净化。但是，从文坛的整体格局上看，我们还不得不承认，虚浮苍白且焦躁不安的功利性写作依然广泛地存在着；借助各种反自律性的表达手段，通过暧昧性的感官迎合，让作品谋取市场利益的情形依然屡见不鲜；尤其是一些新崛起的青年作家，精神格调与审美眼光普遍不高，创作热情却是异常高涨，感官化、粗鄙化、表象化的率性之作大量涌现。这种看似热闹实则平庸的创作现状，从某种程度上说，也表明了某些作家为了重新谋求社会核心价值代言人的身份或世俗化的物质利益依然在进行各种突围表演，而并非是真正边缘化了的作家在艺术自律性上的自觉努力。换言之，它并非是一种文学走向的边缘化，而是作家信念的边缘化。

针对这一创作现象，美籍华裔作家哈金最近也提出了类似的看法。他认为，中国的文学与整个世界文学的格局一样，并没有出现真正意义上的边缘化，只是作家们缺少一种恒定的文学信念，“目前中国文化中缺少的是‘伟大的中国小说’的概念。没有宏大的意识，就不会有宏大的作品。这就是为什么在现当代中国文学中长篇小说一直是个薄弱环节”[①]。为此，他极力倡导所有中国作家都应该建立起“伟大的中国小说”之信念，并给“伟大的中国小说”下了这样一个定义：“伟大的中国小说应该是：一部关于中国人经验的长篇小说，其中对人物和生活的描述如此深刻、丰富、真确并富有同情心，使得每一个有感情、有文化的中国人都能在故事中找到认同感。”[②]尽管这个宏大的信念只是一种纯粹的艺术理想，是一个永不可及的终极目标，但是，只要大家都朝着这个信念去努力，只要这个信念始终统摄着我们的文学创作，一些具有里程碑意义的作品就会出现，我们的文学也就不会显得“众声喧哗”却难觅精品。

表面上看，哈金的这一思考似乎显得有些陈旧，因为创作主体

---

①② 《呼唤“伟大的中国小说”》，[美]哈金，《青年文学》，2005年第7期。

的“宏大意识”“同情心”以及让有感情、有文化的读者从中找到“认同感”，不仅是一位优秀作家的必备素质，而且从根本上决定了其作品的精神深度与艺术高度。对此，中外文学史里无数的经典作品早已作出了证明。但是，倘若我们仔细省察当下观念驳杂、价值取向十分紊乱的创作现状，潜心思考庞大的作品数量与精品寥寥的尴尬现实，尤其是面对人们简单地认同文学边缘化之后所体现出来的复杂心态，我们就会感到，重提“伟大的中国小说”这一信念，让同情心、高尚情操和宏大意识重新复活起来，就绝对不是多余的了。

有例为证的是，自上个世纪 90 年代以来，我们的文坛一直不缺乏各种标新立异的写作口号，从“新写实主义”到“新现实主义冲击波”，从“新体验小说”到“个人化写作”，从“身体写作”到“下半身写作”……所有这些口号看起来都有其合理的一面，也都呈现出及物的、具体的、有针对性的特征，充分展示了一种自由主义的精神禀赋，也道出了作家在艺术表达上的多向度审美追求。从文学发展的自由空间来说，这无疑是有益的。但是，在这些极度纷繁的“及物性”口号的背后，我们不难发现，却始终没有一个口号能够直面“伟大的中国小说”，没有一个口号能够从根本上触及某种带有形而上的终极意味的文学信念，也没有一个口号能够在真正的意义上强调了创作主体精神品格与艺术胸襟的自我建设问题。作家们总是不断地向各种形而下的现实世界行注目礼，而对形而上的理想世界，却表现出相当程度上的模糊姿态。更重要的是，在这些众说纷纭的口号之中，从审美趣味到精神趣味，很多作品都出现了大面积的价值分野。很多人认为，这是文学多元化的一种体现，表明我们的文学创作正在进入“众声合鸣”的繁荣格局。我觉得，这种“多元化”的表述不仅值得商榷，而且具有某种诡秘的遮蔽作用——它不仅催化了文学价值标准的不断失范，使作家们在为所欲为的自由颠覆中拥有了看似合理的理论依据，而且使我们心安理得地省略了对创作主体精神本源的追问，也忽略了对文学信念必要性的思考——尤其是对同情心、高尚情操和宏大意识的恪守。

其实，并不只是哈金意识到了文学信念的重要。在《给青年小说家的信》中，略萨从一开始就谈到了“文学抱负”，并认为它是“作家必要的起点”。略萨所说的文学抱负，与哈金所强调的文学信念，其实是同一个命题，即，都是针对创作主体的精神信念。但是，略萨更加侧重于推理性的论述。在他看来，文学抱负是一个作家的精神起点，而对现实世界的批评与拒绝则是文学抱负的起点，“凡是刻苦创作与现实生活不同生活的人们，就用这种间接的方式表示对这一现实生活的拒绝和批评，表示用这样的拒绝和批评以及自己的想象和希望制造出来的世界替代现实世界的愿望。”[①]正因如此，对作家来说，“重要的是对现实生活的拒绝和批评应该坚决、彻底和深入，永远保持这样的行动热情——如同堂·吉诃德那样挺起长矛冲向风车，即用敏锐和短暂的虚构天地通过幻想的方式来代替这个经过生活体验的具体和客观的世界。但是，尽管这样的行动是幻想性质的，是通过主观、想象、非历史的方式进行的，可是最终会在现实世界，即有血有肉的人们的生活里，产生长期的精神效果”[②]。事实上，有了终极性的文学信念，有了远大的文学抱负，有了超越于世俗利益的审美追求，一切庸常的现实秩序及其价值体系，将会自然而然地成为作家的拒绝目标和消解对象。因为理想之所有存在的理由，就是现实不可能提供而人们又心向往之，它们之间存在着某种潜在的因果关系。无疑，这也表明了文学抱负（文学信念）在创作主体精神内部的核心作用。

由此我们可以看到，对创作主体精神本源的自我追问，是每一个优秀作家都不容回避的存在处境，也是我们检视作家艺术精神和审美眼光是否卓越的重要方式。一个作家，如果缺乏宏大的精神胸怀，缺乏相对恒定的、具有共识性和终极性的文学信念，就会直接制约他的创作所能抵达的精神高度，也会直接影响他的作品所体现出来的艺术力度。余华曾说：“作家必须保持始终如一的诚实，必

①② ［秘鲁］马里奥·巴尔加斯·略萨：《给青年小说家的信》，赵德明译，第6页，上海译文出版社，2004年。

须在写作过程里集中他所有的美德，必须和他现实生活中的所有恶习分开。在现实中，作家可以谎话连篇，可以满不在乎，可以自私、无聊和沾沾自喜；可是在写作中，作家必须是真诚的，是严肃认真的，同时又是通情达理和满怀同情与怜悯之心；只有这样，作家的智慧才能够在漫长的长篇小说写作中，不受到任何伤害。"[①]这是余华对一个作家"诚实"和"向善"的基本品质的自我设定，也表明了"同情与怜悯之心"对于作家作为一个精神劳作者的不可或缺，强调了悲悯情怀在写作中的价值意义。

现代管理学上有一句名言：思想影响行为，行为影响习惯，习惯影响性格，性格影响命运。同样的道理，我们也可以说：一个作家的思想境界不高，心中缺乏一种高迈恒定的文学信念，就会直接导致他的审美视野不会宏阔，艺术胸襟不会高远；而视野的不宏阔，胸襟的褊狭，又会导致创作主体面对现实世界时，拒绝和批评精神的严重缺席；这种拒绝和批评精神的缺席，必然使他们产生审美趣味的滑落，对各种世俗欲望持以简单的审美认同和价值迎合；由此而导致的最终结果，便是作品的审美格调普遍不高，艺术的震撼力与思想的穿透力都会不强。我们的创作之所以日显平庸，作家的心态日趋浮躁，质疑精神、批评精神、原创精神日渐贫乏，虽然可以总结出很多客观原因，譬如大众文化消费模式的转变，商业性出版行为的加剧，传媒信息的误导等等，但是，从主观上来分析，高迈恒定的文学信念的缺席，向"伟大作品"冲击的文学抱负匮乏，乃是其不可或缺的因素。

唯因如此，强调建立某种共识性和终极性的文学信念，强调创作主体内部有关高尚、尊严、人道等普世价值的自我建设，并以此来重新统领作家们日益涣散的精神姿态，使不同的艺术探索、审美价值和个性风格，都能够沿着各自的有效方式，朝着我们共同认定的伟大作品逼近，这样，不仅会促使作家们自觉地形成一种向形而上的理想高度不断攀援的创作态势，而且也会实实在在地影响整个

① 余华：《我能否相信自己》，第185页，人民日报出版社，1998年。

民族文学的发展气质。人类因梦想的存在而伟大，文学因梦想的存在而辉煌。离开了伟大的梦想，离开了高迈脱俗的理想，我们的文学不可能在真正意义上脱离低俗的欲望，而只能是人们庸常欲望在话语上的复制、迎合和鼓噪。或许，哈金对“伟大的中国小说”所下的具体定义，我们还可以进一步商榷，但是，他所强调的“宏大的意识”却是非常必要和及时的。这种终极性的文学信念的存在，小而言之，可以有效地消弭所谓的文学“边缘化”给人们带来的焦灼不安和失落情绪，并引领作家超越现实生活的羁绊和制约，深入到纯粹的、理想的精神世界之中，从而遏止作家主体精神不断下滑的趋势；大而言之，则可以有效地整合在“多元化”的口号掩饰下所涌现出来的审美价值逐渐失范的创作格局，阻止当下的文学作品在数量与质量之间严重失衡的情形，并进一步制约作家以自由的名义在庸俗的温床上肆意叫喊的创作现状，使不同的审美追求和艺术个性沿着高度自律的艺术空间发展。

三、重返知识分子的精神空间

既然恒定而高迈的文学信念，是我们这个时代所亟待建构的一种精神本源，那么，我们就必须进一步探讨，如何才能使作家们自觉地关注这一精神本源问题。也就是说，我们有必要重新强调作为作家所必须恪守的基本职责和使命。因为任何一个信念的形成并非凭空而来，而是基于人对自我角色的准确认识，基于人对自身信仰和理想的深切理解，基于人对自身存在价值的清醒体察。如果一个作家对自身的角色定位非常模糊，对自己肩负的使命不甚清晰，那么，他就不可能确立自身恒定而高迈的文学信念，而只能使自己的写作随波逐流。

也正因如此，我们看到，在当下的文学创作中，面对物质化的生存现实，面对利益阶层重新分配的社会秩序，面对伦理体系不断被颠覆的人性场景，我们的不少作品都陷入了某种迷惘与失衡的精神空间。它们要么是对庸常经验的不断复制，要么是对公众聚焦的简单临摹，要么是对低俗欲望的尽情宣泄；缺乏对人们内心焦灼的深度追问，缺乏对现实苦难的深层思考，也缺乏对生存困厄的真切体恤。作家们都在不断地强调个人化写作，强调对个人心灵的绝对服从，但是，却将作家的个体生命与现实苦难隔离开来，从而导致写作的使命感不断衰退，自我中心主义四处泛滥，甚至犬儒主义也开始大行其道，文学在很多时候成为个人情感的分泌物。

对真正的生存苦难失去体恤的情怀，对人类共同景仰的价值谱系自觉回避，这种“躲避崇高”的写作倾向，不只是作家丧失高迈信念的一种表现，也意味着他们对自身角色——尤其是知识分子角色失去了最基本的省察。任何一个作家，首先应该是一个知识分子，而且应该是一个公共知识分子。这一点，从知识分子诞生的那一刻便得到了确认。1894 年，法兰西陆军上尉德雷福斯受控“向德国人出卖军事机密”，被法国军方以“叛国罪”判处终身监禁。一年后，法国情报机关擒获一名德国间谍，审讯中意外发现德雷福斯是清白无辜的，但是军方以“国家尊严和荣誉高于一切”为借口，虽经重审，却仍拒不纠错。著名作家左拉惊悉此事之后便拍案而起，奋笔疾书万余言，欲以公民的名义，替这个与他素昧平生的小人物讨回公正。1898 年 1 月 13 日，这封致共和国总统的公开信以《我控诉》为题发表在《震旦报》上。第二天，《震旦报》上又刊出了《我抗议》，在这篇极力支持左拉行动的短文下面，署有法朗士、普鲁斯特等一大批法国“文学士”和“理学士”的签名。由是，左拉的身后开始迅速出现了“一支看不见的军队——全欧洲和全世界的钦佩做靠山”（茨威格语），他们包括:《震旦报》主编克列孟梭、著名的社会民主党人饶勒斯、纪德，以及俄国作家契诃夫等 3000 余人。

这便是世界思想史上著名的“德雷福斯案件”，也是世界知识分子群体诞生的标志性事件。左拉的“控诉”也因此被视为全世界的“知识分子宣言”。从这一历史事件中，我们可以得到两种启迪：一是知识分子从它诞生的那一刻起，就与作家息息相关。或者说，正是左拉、法朗士、普鲁斯特、纪德、契诃夫等著名作家的存在，才催生了知识分子群体力量的出现。其二，这一重要事件，不仅充分体现了知识分子对公正、真理与真相的执着追求，体现了他们内心深处“生命尊严高于国家利益、人的价值胜过一切权威”的伦理观念，还体现了他们对弱势群体的承担姿态，对社会公共事务的自觉关注。它说明了作家作为一种精神劳作者，他的核心身份就是一个知识分子，而不是艺术上的“知道分子”或“专业分子”，他拥有自身十分清晰的伦理信念，并且为维持自身的信念而随时准备出发。

明确了作家就是知识分子这一角色定位之后，那么，当我们强调知识分子的独立性、创造性、质疑性和批判性时，强调他们对现代社会文明秩序的建构与承担时，强调他们对人类最核心也是最基本的道义、良知、操守的强力维护时，我们就有理由要求作家必须行使知识分子角色中所包含的这些使命。事实上，作为现代社会体系中的一个最基本的细胞，任何一个个体的生命都与现实生活存在着紧密的关联。这也意味着，作家作为知识分子中的一员，他们在追求独立人格的同时，并不只是沉迷于纯粹的个人化精神空间，与社会保持着某种决绝的伦理姿态，而是以自身独立的、不受任何意志左右的价值准则来对现实秩序进行有效的判断，从而在实践的意义上凸现知识分子在现代社会中的重要作用。

这种作用表现在作家身上，就是要求他们必须时刻利用自己的专业优势，积极地参与到一切和大众生活密切相关的现实秩序中来，在弘扬自我艺术良知和职业精神的同时，为维护社会文明中的一切正义、真理、尊严、操守等伦理秩序而努力，并通过他们的作品给人们以救赎的勇气和复活的力量。所以，萨义德在《知识分子论》中明确地说：“我也坚持主张知识分子是社会中具有特定公共角色的个人，不能只化约为面孔模糊的专业人士，只从事她 / 他那一行的能干成员。我认为，对我来说主要的事实是，知识分子是具有能力‘向（to）’公众以及‘为（for）’公共来代表、具现、表明讯息、观点、态度、哲学或意见的个人。而且这个角色也有尖锐的一面，在扮演这个角色时必须意识到其处境就是公开提出令人尴尬的问题，对抗（而不是制造）正统与教条，不能轻易被政府或集团收编，其存在的理由就是代表所有那些惯常被遗忘或弃置不顾的人们和议题。”[①]萨义德的这段话无疑也表明，一切现代知识分子都必须时刻保持自我的公共属性，即，他们必须承担自身的社会伦理化使命，代表“那些惯常被遗忘或弃置不顾的人们和议题”而奔走、呼告和吁请。任何一个以人类精神表达为职业的作家，当他成为一个真正意义上的知识分子时，他绝对不只是针对自我的处境，而是针对社会群体性的处境，是直面现代社会在文明程度上的进步性，他是在考问中将问题引向深入，在质疑中揭开问题的真相，在明确的伦理化诉求中告诉人们努力的方向。他们不仅要向社会提供值得信赖的观念和思想，而且要以自己特有的艺术方式，唤醒那些在平民社会中被日益腐蚀麻痹的心灵，让它们由异化变为正常，在困厄中获得坚持的力量。

尽管我们的大多数作家都不会怀疑自己是现代知识分子中的一员，但是，他们对于自身作为知识分子所必须恪守的伦理信念却不甚明确，对自身所肩负的社会责任也推诿殆尽。尤其是面对重大的公共事件，面对集体性的生存苦难，面对现实内部的各种尖锐痛楚，我们常常听到的，都是一些大众传媒的声音，各种专家和学者的声音，却很少听到作家的声音，听到那些振奋人心的作品的声音。作家们很少能够自觉地通过自己的作品对它们及时而有效地做出艺术上的承担。最明显的例证之一，就是2003年的“非典”事件。作家们尽管也发表了许多“热情洋溢”的诗歌等作品，但是，除了附庸风雅的话语“做秀”和廉价的情感表演，我们实在看不到有多少作品，对那些置身于恐惧中的人们在灵魂上给予了何种安慰，更看不到它们对这场公共危机的有效思考。可以说，作家们在这场重大灾难中的表现，甚至远远不及大众传媒。

不注重艺术思考的实践性价值，不强调自身在公共领域中的现

① ［美］萨义德:《知识分子论》，单德兴译，第16—17页，北京三联书店，2002年。

场作用，不突出自身作品对公众苦难的深切表达，其实是当下中国作家普遍存在的一种生存心态，是他们缺乏恒定而高迈的文学信念的突出表征。它所折射出来的，就是作家作为公共知识分子的严重缺席。它看似维护了自身精神上的独立性和艺术上的自律性，实则是瓦解了作家所必须承担的知识分子伦理体系，抛弃了那些具有普世价值的文学信念。如果深而究之，我以为，学者王彬彬在《过于聪明的中国作家》一文中就曾非常清晰地道出了其中的缘由。在这篇文章中，王彬彬通过反右时期的“吕荧事件”，毫不含糊地道出了中国作家面对历史的蒙昧而表现出来的圆滑、世故和吊诡。他们看起来是为了明哲保身，为了委曲求全，实则是弃正义与公理于不顾，是借用“难得糊涂”的中庸思想来逃避知识分子的伦理职责。久而久之，盲从替代了思考，麻木替代了质疑，信念出现大面积的缺失。但是，就文学艺术而言，没有警惕就没有怀疑，没有怀疑也就不可能有发现，而没有发现就不可能进入事物的核心地带，不可能揭示真正的生存真相和存在本质，更不可能显示出一个作家作为精神劳作者的独特品格。

因此，面对当下种种日趋麻木的精神处境，要彻底改变各种近乎无聊的自我表演式的创作情趣，我们必须重提作家作为知识分子的特殊使命，这意味着：作家们一方面必须以直面一切的勇气和力量，来道出民族内在的缺陷，展示历史潜在的本质，披露大众的苦难根由；另一方面，还要有一种对大众苦难的体恤情怀，对人性劫难的悲悯胸襟。一个作家，只有拥有了这种信念，才有可能穿透所有世俗的迷障，写出真正内涵宽广而又能“帮助人们挺立起来”的作品。

（原载《天津师范大学学报》2005 年第 6 期）

重返批评的苛求之路
——论李建军的文学批评

一、从姿态开始

批评何为？这已经不是一个纯粹的文学批评内部秩序问题，不是批评在艺术观念、审美趣味以及评判标准上的冲突与失范的问题，而是直接体现为批评家在艺术良知与职业操守上的动摇与崩溃。因为一个显在的事实是，随着商业习气、市侩习气以及传媒习气的不断渗透，如今的文学批评不仅变得越来越暧昧，越来越失去批评的本体意义，而且变得越来越苍白，越来越丧失其内在的思想力度和价值标尺。面对这种日趋异化、严重失语的批评现实，尽管也有不少的批评家在进行顽强而执着的抵抗，但要从根本上扭转这种极度世俗化的非正常格局，使批评重返学理性和严谨性的路途上来，似乎还缺乏应有的群体性力量。

在这种艰难而又令人焦灼的历史语境中，李建军却以他那特有的勇气和智慧，不断地冲击着当下的这种暧昧性批评格局，并且在批评界掀起了一场场波澜。这使我尤感钦佩。我甚至觉得，李建军的批评价值，首先就在于他确立了一个批评家极为重要的批评姿态。这种姿态，既不是"酷评式"的简单否定，也不是无原则的廉价褒扬，而是一种充满了反抗意味同时又具有严谨的学理精神的批评姿态，是试图恢复批评本来面貌的精神姿态，是一种包含了真诚品质的争鸣性姿态。按理，这应该是批评家最为基本的职业姿态，是一个批评家之所以成为批评家所必须遵循的最为核心的伦理规范和价值准则，但是，它却在当今的世俗化现实情境中早已冲刷殆尽。所以，我们现在所看到的批评文字，总是显得那么的暧昧，那么的虚蹈，无论或骂或捧，都笼罩在某种温情脉脉的关系之中，让人无法确认批评者的真实态度，无法体会到他们的真诚品质。而李建军却以他的激愤之情，以他对艺术的执着信念，义无反顾地重返批评的真诚之境，用诚实的话语言说自己的价值判断，用质疑的态度传达自己的内在声音，用争鸣的愿望来展示自己的深度思考。这种与世俗批评相抗争的决绝姿态，无疑是一种久违了的真正的批评之声，它使我们终于看到了批评的尖锐性、有效性和真实性。

李建军的这种批评姿态，最突出的就是体现在他对陕西作家的“直谏”事件中。在这场震动了2000年整个中国文坛的批评事件中，李建军原本只是坚持了一个批评家讲真话的基本原则而已。譬如，他认为《白鹿原》中还存在着某些狭隘的民族主义情感，即“那种纯粹以本民族利益为中心，缺乏博大的人类意识、世界关怀和普遍同情的情感和意识”。特别是在有些细节的处理上，“我们没有看到陈忠实为我们提供更博大的情感空间和更可取的人道立场”。[①]在谈及贾平凹的《怀念狼》时，他觉得自己是“又一次体验了被戏弄的感觉。乏味、苍白、浅薄、混乱、虚假、做作、了无新意，真可以说一切坏小说的毛病，都让它占全了。还有半通不通的病句、别别扭扭的修辞，像爬上脚背的癞蛤蟆，让人捂擞得浑身起鸡皮疙瘩。还有偶尔露峥嵘的常识性错误，诸如‘鲁迅的小说《祥林嫂》’啦、‘《唐吉诃德》里有个星期五’啦，简直叫人怀疑作者是否认真地读过《中国现代文学史》和《外国文学史》之类的书。总之，这是一部消极意义上的后现代主义文本”。[②]应该说，这些批评虽有些尖锐，但完全属于一个批评家的正常言说，并不存在溢出文本之外的攻击性言辞。它恰恰体现了李建军对陕西文坛的一种焦灼与期待，也表明了他对文学批评基本操守的强力维护。但没想到的是，这种批评家的基本操守和精神姿态，却旋即引发了一场全国性的争

① 惠西平主编:《突发的思想交锋》，第3—4页，太白文艺出版社,2001年。
② 惠西平主编:《突发的思想交锋》，第9页，太白文艺出版社,2001年。

论，以至于有人甚至武断地将他与那些粗浅的“酷评家”画上了等号，以为这是一场意在招人耳目的“批评秀”，大有自我炒作的意图。

在这场争论中，我曾多次注意到李建军不断地强调自己的批评观念和批评立场。譬如他认为：“同其他艺术样式一样，文学是一个纯洁、美好的意义世界。即使我们身处其中的这个世界存在腥秽与腐败，但只要有好的艺术，有好的文学，那么，生活还是可以忍受的，值得留恋的。至少，对我来讲，是这样。总之，在我的理解中，文学是一种让人类意识到爱、高尚、尊严这类东西的圣洁之物。正因为这样，作为文学守护神的文学批评，就应该以纯粹的姿态面对文学。具体地说，就是要站在人道的立场，说真话。”①“知识分子就该有理想情境，就该在此理想情境的指衡下，与现实构成一种批判性的张力关系，因为，这个群体是一个社会中唯一依赖意义世界而生活的群体，唯一能牺牲一切守护意义世界的群体，因此，他也应该保持清醒的批判意识和纯粹的道义感，义不容辞地对一切败坏和残缺‘激愤’着，否则，就太可悲了。”②我对李建军的这种批评姿态十分赞赏，同时也充满了热望，所以我也曾对他的这一“直谏”事件给予了积极的呼应，并坚持认为：“一个真正意义上的批评家，他所存在的唯一理由和意义，就是对一切文本表达自己真实的看法，而不是在某种温情脉脉的关系中玩弄着模棱两可的话语游戏。批评的有效性，就是建立在批评家自身独特的审美发现以及对这种发现的真实表达中，就是要让批评回归到批评家自身的内心本质中，全面、真实、不留余地地发出自己灵魂深处的声音……李建军先生以他自身的批评良知和艺术人格正在积极地复归这种批评的本质。”③其实，还有大量的批评家也与我一样，发表了类似的赞同性看法——当然，这些看法并不是对李建军学术观点的绝对认同，而是对他的批评姿态的积极肯定。所以，这场争论意义，已远远超出了李建军对贾平凹和陈忠实的批评本身。

---

① 惠西平主编:《突发的思想交锋》，第 36 页，太白文艺出版社,2001 年。
② 惠西平主编:《突发的思想交锋》，第 196 页，太白文艺出版社，2001 年。
③ 惠西平主编:《突发的思想交锋》，第 54—55 页，太白文艺出版社,2001 年。

经历了这场大争论，李建军并没有因为遭受某些非议而退缩，相反，却使他更加坚定了自己对这一批评姿态的顽强恪守，也使他的质疑之声变得更加明确和尖锐。这一点，可从他近年来的一系列文章中找到印证。无论是对莫言《檀香刑》的批评，还是对池莉《看麦娘》的质疑；无论是对贾平凹《病相报告》的否定，还是对贾平凹其他作品的再度追问，都显示了他在批评立场上的一贯性。他始终认为："真正的批评是充满论辩色彩的对话，是争论。因为，正像蒂博代指出的：'争论是文学的灵魂'，'没有批评的批评，批评本身就会死亡'。当然，争论可以率真、尖锐、激烈，但不能沦为恶意的诬蔑和恣肆的攻击，而是服从理性原则和批评规范的内在制约。真正的批评之所以争论，是因为它有明确的目标感，相信真理是存在的；它为真理而争论，而不是为了争论而争论。"①在争论中辩明事理，在争论中寻求沟通，在争论中达成审美价值的共识性判断，这既是文学批评的重要方式，也是李建军的文学批评中所显示出来的核心理想。

"说出真实情况是一切艺术中最困难的一门艺术，因为它是最'纯粹的'，同一切个人、团体、阶级和民族的利益都没有联系的，几乎完全不宜于庸人利用，而且也是不能被他所接受的。"②在《不合时宜的思想》中，高尔基曾如此说道。但高尔基还是以他的艺术良知和知识分子的精神操守，向人们道出了许多"不合时宜"的现实真相。倘若以此来观照我们的批评现状，我觉得，正是由于我们的大量批评"太合时宜"，太能迎合人们对虚荣心的满足，才导致了某些真正道出自己真实声音的批评一出场，便显得颇有些"异类的尖叫"了。也正因如此，当李建军的这种批评姿态出现在人们面前，尽管它呈现的只是批评应有的本体意义和价值，但还是让人觉得有些不合时宜的意味。我以为，这不是李建军的悲哀，而是批评

① 《真正的批评及我们需要的批评家》，李建军，《南方文坛》，2002年第2期。

② [苏]高尔基:《不合时宜的思想》，第1页，江苏人民出版社，1998年。

走向堕落的悲哀。诚如吴俊所说的那样："李建军的'直击'使我们真切地看到了文学批评在整个文学创造过程中的现实存在，表现出了文学批评在文学现场中的一种力量。特别重要的是，李建军的'直击'代表的实质是我们这个时代日益衰微和沦丧了的文学正义性。"[①]

二、苛求中的良知及其意义

在《文学生活》一书中，法国作家兼批评家法朗士曾毫不含糊地指出，文学批评是"灵魂在杰作中的冒险"。如果我们对此做些进一步的延伸理解，我以为这种"冒险"应该包含着双重意义：一是指文学批评必须发挥批评主体的审美创造性，对那些批评对象和文本进行更为深远的推衍与分析，犹如罗兰·巴尔特所说的那样，让批评家进入文本的再创造之中，与批评主体形成某种内心的频繁交流与共振的状态，有效地激活文本内在的生命情愫，使文本变成一种极乐的文本。二是指批评必须回到它的苛求层面上来，批评家有理由对自己的批评对象进行细致的解读和严格的评判，也必须有能力、有勇气对自己的批评对象进行尖锐而坦诚的质疑，甚至是否定。这种苛求，也许会因为批评家的"误读"而出现片面，甚至是错误，但这并不影响他作为一个批评家在立场上的独立和公正，而只表明他在理论观点和思考方式上的不全面或不科学。所以，对于一个真正的批评家来说，"重要的是要保持道德上的一贯，而不是思想上的一贯。"[②]如果仅就这种批评的苛求性而言，李建军无疑以他特有的艺术理念建立了自身一整套极为严格的批评准则。这种批评准则不仅超越了一般的社会学意义上的文本解读模式，带着明确的修辞学和叙事学的本体性理论基调，而且还常常渗透到文化哲学

---

① 《独发异声的文学批评家》，吴俊，《南方文坛》，2002 年第 2 期。
② 《真正的批评及我们需要的批评家》，李建军，《南方文坛》，2002 年第 2 期。

甚至语法规范的层面中。这从他对《檀香刑》《看麦娘》以及贾平凹的一些长篇小说的批评中就可以明确地看到。正因为这种准则的严格，才使他的批评文章总是充满了苛求的“冒险性”——不仅要对文本进行极为精细的反复研读，还要有敏锐的艺术感知力和审美判断力，及时地发现文本中存在的问题。唯有如此，他才有可能使自己的批评显示出内在的有效性，而不被人们视为一种情绪化的简单的是非判断，即所谓的“酷评家”的粗暴式思维。

事实也正是如此。在李建军的批评文字中，虽然充满了许多尖锐而激烈的言辞，但这些言辞大多是建立在详尽的实证性分析之中。它所体现出来的，是一种高度警惕的、非纵容式的审度眼光。这一点，突出地表现在他的专著《宁静的丰收——陈忠实论》一书中。在该书中，李建军不仅成功地跳出了就作家论作家、就创作谈创作的研究格局，将作家的创作历程与整个当代文学发展史纵向地连接起来，而且根据作家自身的文化积淀和生存背景，将他的一些重要作品与世界文学进行横向的比照。这种坐标式的理论思维使该书在论述陈忠实创作的过程中，为人们提供了相当开阔的艺术视野，也使他的许多论证和判断获得了更为科学的实证依据。

从纵向上看，李建军选择陈忠实进行个案研究，其实也是企图通过这位与新时期文学同步发展的独特作家进行文学史意义上的历时性考察。因为陈忠实的某些成功，也正意味着新时期文学发展的某些成熟，而陈忠实的某些不足，又恰好体现了新时期文学发展的某些时代局限。个人与历史、艺术创作与文化发展、审美情趣与精神自由，都可以从这本书中找到明确的内在关联。所以，在该书中，我们既可以看到陈忠实的创作特点、审美追求以及他的一些潜在的艺术动向，同时还可以从中感受到新时期以来中国当代小说发展的某些内在的精神主脉。这种主脉从某种程度上说，既体现为一些有益的叙事资源，又表现为某些沉重的历史负荷。在该书论述《白鹿原》的过程中，这一点就体现得尤为明确。全书用了近四分之三的篇幅分析《白鹿原》这部在中国当代小说史上相当重要的作品。《白鹿原》的确包含着极为丰富、极为复杂的审美信息，是一部值得从各种角度进行深度阐释的作品。作者以其深厚的艺术素养、广阔的文化视域对这部长篇进行了一种系统化的独到分析。我以为，这体现了李建军相当严谨的批评个性和与众不同的批评理念。因为在目前的评论界，很少有人去对一些重要作品进行深度的、体系性的专题分析，大多数评论家只是满足于用一两篇评述文章对某一文本对象进行提纲挈领的阐释。而实际上，这种单篇的评论无论多么精深，都无法真正全面地剖析出作品内在的种种审美内蕴，更无法在一种深远的历史坐标中对其进行科学的价值判断，挂一漏万几乎是不可避免的事实。尤其是像《白鹿原》这部涉及到民族史、文化史、人性史以及家族史等庞杂交错的小说，实在是需要一部系统性的专著来对其进行条分缕析的精细阐述。所以，李建军不遗余力，终于在“冒险”中完成了一个相当全面的体系性的解读文本。尤其是他对这部小说中所透示出来的狭隘的民族意识的精到剖析，不仅触及到了创作主体陈忠实精神上潜在的价值观念和伦理操守，而且还关涉到中华本土文化中的一些自闭性的历史局限。

值得注意的是，作者在该书的论述过程中，始终保持着与作家站在同一精神维度上的对话姿态。他不断地从创作心理学入手，反复潜入作家的心里内部，进行一种审美理想的推理和演绎，同时又不断地从作家具体的创作实践中寻找自己的判断依据，使得分析有理，判断有据，避免了凌驾于作家实际创作经验之上的某些妄为和虚蹈。我感到，李建军在研究作品的同时，始终没有放弃对陈忠实本人的精神研究。正是这种对创作主体精神流程的深度把握，使得他的论述既是一种作家论又是一种作品论，且在互证的过程中大大增强了论述的有效性。

从横向上看，该书还大量地采用比较文学的新型理论。李建军根据作家自身的文学素养，不断地将陈忠实纳入全国以及世界小说发展格局中，将他的创作与一些深受影响的域外作家作品进行各种横向的比较与分析，同中求异，然后在“异”中发现研究对象的种种个性特点，以及存在的问题，从而进行更深层面的审美分析和价值判断。如将《白鹿原》同《静静的顿河》《日瓦戈医生》《百年孤独》等经典作品进行比较分析，既让我们看到某些共同的东西，又感受到其间的异质性区别，使我们对《白鹿原》的理解延伸到更广阔的背景之中。

如果说，对文本解读的精致和准确与否，是关系到一个批评家是否有能力来承担批评使命的问题；那么，以高度警惕甚至挑剔的眼光来评断那些不断地引起公众关注的作品，更是体现一个批评家对公正性与科学性的强力维护。我曾注意到，在李建军的文学批评中，他所苛求的，常常是那些在文坛引起不断好评的作品，或者是那些重要作家的标志性作品。这使我觉得，他的批评既是一种冒险行动——因为这往往意味着是对公众审美情趣的公开挑战和对作家艺术创造力的怀疑，同时也是对自我批评精神的一种大胆实践。它所体现出来的意义，便是李建军通过批评的参与性、介入性和互动性的现实诉求，来旗帜鲜明地表达自己的艺术操守和良知——虽然他有时也不免为此而付出了一些偏激的代价。

没有什么比良知更为重要的了。尽管“良知”这个词语说起来总是给人以异常空泛的感觉，但在今天这种“改变思想就像更换内衣一样随便”[①]的知识分子精神现状中，它却越来越显示出存在的珍贵性。尤其是在文学批评中，没有它的存在，我们不仅无法找到一种合理的批评尺度，无法恪守学理性的批评思维，而且也无法体现自己批评的价值和作用，更无法维护批评自身的公正性和科学性。在本质上，也就无法道出自己真实的声音。因此，尽管我对李建军的有些批评观点并不能完全赞同，但是，他对自我内心深处艺术良知的坚守，并以此作为自己批评的出发点，不断地表达自己最诚挚的个人思考和见解，这足以引起我们的尊重和借鉴。

① 葛兰西语。转引自《知识分子危机与批判精神的复苏》，索飒、海因兹·迪特里齐，《读书》2002年第6期。

三、批评的内在基石

李建军的文学批评之所以显得有些“不合时宜”，甚至充满了某种特立独行的另类品质，但是，却并没有多少人能对他的文章提出卓有成效的反驳，我以为，关键原因就在于他不但准确地撕开了那些文本内在的陋习，而且还显示出批评家自身所拥有的相当深厚的理论素养和十分开阔的阅读视野。李建军的批评对象主要立足于小说领域，而小说实际上已经成为我们这个时代的文学风向标——在很多非专题性的文学讨论中，人们实际上都是将小说作为文学发展水准的主要标杆。所以，李建军的选择有着极为明确的目标——从这种具有表征性的文体中寻找当下创作的整体性内在缺陷，以批评的特有方式重新倡导一种更为正常、更为合理的文学秩序。为此，他在小说艺术的理论储备上花费了相当多的精力，尤其是对布斯的《小说修辞学》、戴维·洛奇以及浦安迪的小说修辞理论，对当代小说叙事学中的一些经典性理论，甚至包括巴赫金等形式主义的重要理论家，他都进行了相当深入的研究和探讨，并且取得了一些不容忽视的实绩。像《论小说修辞的理论基源及定义》《论布斯小说修辞理论的贡献和意义》《主体关系的断裂》以及《论小说作者与隐含作者》《为什么会这样》《在谁的引领下节日般归来》等一系列论文，既表明了他对这些前沿性理论的密切关注和积极吸纳的姿态，也体现了他对这些理论的辩证性思考以及自我整合的愿望和能力。在这些论文中，我们可以看出，李建军对各种现代小说艺术理论不是简单地认同，以便为自己的批评实践提供某些貌似深刻的理论标签，而是试图甄别它们对于中国小说艺术发展中的有效性，所以，他总是积极地吸收这些理论中的有效成分，并对它们进行融会贯通，使之成为自己批评实践的有力支撑。

与此同时，李建军还拥有相当完整的文本阅读经验。从中国的古典小说到苏俄的经典性作品，从法国的新小说派到各种西方的现代派和后现代派小说……很多古今中外的一些重要小说，他似乎都了如指掌，并且能在批评中信手拈来。我曾多次注意到他的一些批评文章，都能够极为从容地运用一种比较的方法，通过与那些具有共同审美倾向的经典性作品进行全方位的比照，从而干净利落地指出问题。这种摆脱了就事论事的批评策略，不仅使批评对象在一种坐标系统中获得了有效的参照，也使他的批评显得更为稳健，更具有说服力。譬如他在指出《白鹿原》中的狭隘民族意识时，就以《静静的顿河》中的一些类似细节作为比照，从中分析出两者之间在创作主体思想境界上的差距。在批评贾平凹的《怀念狼》时，他通过小说中的"狼"这一隐喻性质的审美载体，联系到鲁迅的《祝福》、杰克·伦敦的《热爱生活》以及黑塞的《荒原狼》、艾特玛托夫的《断头台》等一系列相关联的作品，以一种纵横捭阖的语势，在比较中阐明自己的观点，痛陈文本的消极性内在弊端。这种自由灵活、旁征博引的批评思维，无疑得力于他那充沛的阅读经验。

这一点，最为突出地表现在他的"小说病象观察"系列性研究文章中。在这个为《小说评论》所开设的专栏里，李建军目前已就当下的中国小说创作提出了五种"病象"征兆，包括审美的趣味问题、作者的态度问题、叙事的主观化问题、人物形象问题以及崇高的境遇问题等。在这些批评文章中，作者几乎每一篇都是从小说最基本的叙事理论和修辞方式入手，指出当下的一些具体作品中存在的上述缺陷，然后通过大量的中外作品的比较，对之进行深入分析，揭示这些问题之所以存在的内在真相和根源，并提出自己的一些理想看法和标准。譬如，在《趣味的理念及其他》中，他针对当下的一些小说大肆贩卖肉欲场景、拜金气息等庸俗趣味倾向，明确指出："我们对小说家的要求并不高：什么都可以写，但是要以洁白的东西作底子，要以健康、雅正的趣味，作为取舍依违的标准，要像鲁迅先生所说的那样，'将精气吹入所描写的事象里，使它苏生；也就是在庸俗的生活、尘嚣的街市中，发现诗歌的要素。'只有这样，才能帮助读者‘行美德之事，握真理之物，享至乐之时’。”[①]在《作者的态度》中，他以《傻瓜吉姆佩尔》作为文本参照，强烈地批评了我们的一些作家在叙写苦难与残忍的生活时，使创作主体的同情与悲悯情怀出现严重的缺席状态，并进而指出：“他们常常因为‘教育’而忘了怜悯，因为‘批判’而忘了同情……写作者成了精神上的私有者。”为此，他提出，“必须倡导充满热情和富于怜悯心的人道化写作，因为，只有具备这种正常、积极的写作态度，小说家才有可能写出包蕴人性内涵和人道价值的真正意义上的小说作品”[②]。在《必要的客观性》中，他分析了当下创作中一些极端主观化的误区之后，认为“客观性格乃是伟大的小说的显著特征。我们早就该从狭小的个人视境和封闭的内心世界走出来了，早就该以一种客观的态度面对外在世界，并通过积极的、健康的努力，写出达到‘客观性的最高程度’的伟大的小说作品”[③]。在《崇高的境遇及其他》中，他既批评了王朔式的痞子文学精神，又批判了某些“伪崇高”的写作。在他看来，真正的崇高“意味着自由，意味着对命运和异化性及异己力量的抗争，意味着人性的高贵与尊严，意味着高尚的道义和伟大的心灵，意味着人直面死亡和毁灭的献身和牺牲”[④]。……透过这些观点，我们可以看到，李建军对小说创作的苛求，并非乖戾、突兀、不合常理，其实都是一些看似平常却十分重要的问题，也是人们常常视而不见或者容易忽略的问题。李建军重提这些问题，重要的是他想通过这些“病象”，指出其泛滥的严重后果，替当下小说为何无法出现一些超越性的经典之作，做出自己综合性的理论判断。

正是这种丰实的理论储备、广泛的阅读经验以及良好的艺术感知力，支撑着他的批评总是保持强劲的苛求与质疑的姿态。对于一般的批评者来说，也许他们常常会觉得李建军的文风过于犀利，标

---

① 《趣味的理念及其他》，李建军，《小说评论》，2002 年第 1 期。
② 《作者的态度》，李建军，《小说评论》，2002 年第 2 期。
③ 《必要的客观性》，李建军，《小说评论》，2002 年第 3 期。
④ 《崇高的境遇及其他》，李建军，《小说评论》，2002 年第 5 期。

准过于苛刻，甚至观点过于偏颇，但是，要想从更为科学、更为深刻的层面上来颠覆他的一些论断，却也显得颇为不易。他的批评常常从文本的形式入手，从话语的修辞、结构以及语法入手，但最终都会进入到对小说内在精神的追问之中，进入到对创作主体的审美向度、人格品位的考量之中，使批评的终极目标直指文本背后的审美品性。所以，吴俊先生说："他（指李建军）的批评旨趣之所以执着于小说的历史文化涵义，根本原因在于他将小说视为创造性的修辞艺术——如果说这种修辞艺术构成了小说的结构形态，那么，其中的主体（主观的）价值取向正是小说（修辞艺术）的内在驱动力，修辞艺术体现的是包容了但更是超越了技术层次的精神建构。"[①]我认为这句话说得十分中肯。

批评原本是一个寂寞而艰难的事业。任何批评家都不可能寄希望于用自己的行为来改变某种创作格局，而只能通过严正的批判和积极的倡导来引导创作向更健康、更有意义的方向发展。所以，我向来认为，在任何一个时代，如果批评变得炙手可热，甚至趋之若鹜，那将不是批评的荣耀，恰恰相反，而是批评的耻辱——因为它意味着真正的批评已发生了变质，变成了人人都可以不讲学理、不负责任的自由评说。李建军以他"独发异声"的精神姿态积极地介入到文学批评的实践之中，我想，其最大的愿望就是希望通过自己不懈的努力，使批评重返质疑的层面上来，重返苛求的层面上来，为那些陷阱中的写作提供一个明确而合理的价值参照，为当下踯躅不前的文学创作揭示一些内在的病症真相，并由此建构起一种合理的批评秩序。记得米兰·昆德拉曾说："我从来不讲文学批评的坏话。因为对于一个作家，没有比面临批评的不存在而更糟糕。我所指的文学批评是把它作为思索和分析：这种批评善于把它所要批评的书阅读数遍（如同一部伟大的音乐，人们可以无穷无尽地反复地听，伟大的小说也一样，是供人反复阅读的）；这种文学批评对现实的无情时钟充耳不闻，对于一年前、30 年前、300 年前诞生的作品都

① 《独发异声的文学批评家》，吴俊，《南方文坛》，2002 年第 2 期。

准备讨论；这种文学批评试图捉住一部作品中的新鲜之处，并把它载入历史的记忆之中。如果思索不跟随小说的历史，我们今天对于陀思妥耶夫斯基、乔伊斯和普鲁斯特便会一无所知。没有它，任何作品都会付诸随意的判断和迅速的忘却。”[①]我以为，昆德拉的这番话不只是对一种理想的批评表达了自己的敬重，而且还包含着对那种具有历史深度整合能力和卓有成效的理想批评提出了一种期待和要求。而李建军的批评，却正在积极地向此境界逼近。

（原载《文艺理论与批评》2003年第4期）

① ［捷克］米兰·昆德拉：《被背叛的遗嘱》，孟湄译，第22页，牛津大学出版社、上海人民出版社，1995年。

信息时代，批评何为？

近些年来，文学批评似乎已陷入“群殴”之境。翻开一些报刊，但凡论及批评现状的文章，十之八九都充满了讥讽、愤懑和斥责，认为文学批评早已坠入“风尘”，让人觉得“恐惧”或“可鄙”；有的作家甚至直言不讳地说，自己绝不再读某些报刊，因为它们所发表的批评其作品的文章令人无法接受。面对这些尴尬的情形，我也一直在思考：文学批评究竟在哪里出了问题？以至于谁都可以找个理由，气宇轩昂地踹它几脚。

一、既生瑜，何生亮？

文学批评之所以让人如此不满，依我的看法，很大原因在于信息时代的迅猛扑来。我这样说，好像有些“屁股不正，责怪板凳”的歪理之嫌。其实不然。按照麦克卢汉的说法，媒介即信息。言外之意，媒介越发达，信息传播就越丰富。如今之所以被称为信息时代，一个关键的原因就在于，媒介已进入电子时代。电子媒介的出现，无疑是划时代的。它瞬时即达。它无孔不入。它仅用低廉的成本，就可以实现海量信息的发布。它让每个人都拥有自己的信息发布平台。它的传播是一对多式的无限扩散。

仔细想想电子媒介的这些特点，几乎每一个都很人性化，都充分体现了技术主义对人本主义的倾力支持。因此，我们很高兴。所以，如今我们已将很多生活的选择权交给了媒介。媒介说，牛奶出问题了，我们就不喝奶；媒介说，房价要涨了，我们就如坐针毡；媒介天天在发送各种吹牛的广告，我们都不信，但是，当我们买一瓶洗发水或一双皮鞋时，还是会看看牌子，并在潜意识里认同这样一种惯性：这个牌子好像做过广告，应该是可选产品。这就是媒介，以各种方式规训着我们的媒介。

它导致我们的生活正在发生一种内在的变化，即感性生活的膨胀、理性思维的衰退。很多人都不愿承认，但事实就是如此。越来越多的人依赖网络和电视，不喜欢书本，因为书本是静态的、理性阅读的载体，而网络和电视是动态的、不断刷新或更换信息的载体。报纸也在极力迎合这一趋向，标题越来越大，图片越来越多，文字越来越少。人与媒介之间，开始进入一种感性文化的循环状态：媒介大量制造各种感性的、一览便知的信息，其受众面就越广；躺在信息温床上的人们，也就越来越不爱理性的思考，不爱详尽的文字述说。

这个怪圈直接冲击了文学批评。因为批评毕竟是一门艺术科学，需要说理，需要分析，需要比较，然后才能做出判断。它是一种高度理性化、专业化的艺术实践，尽管它也需要艺术的直觉。这也就是说，文学批评所仰仗的理性法宝，与媒介的感性需求是格格不入的。试想，有多少人愿意在网络上认真阅读一篇长达万字的评论？有多少报纸又愿意发表那些分析透彻、论述有据的评论长文？读者没耐心，编辑没耐心。当一部作品出版之后，当一种文学现象出现之后，媒介需要的就是判断：好或不好。即使需要一些理由，也只能三言两语，意不能尽。

所以，我们通常在媒介中看到的文学批评都是法官式的判断。简单、草率、吊人眼球、让人喷血，却难以引人思考，更无法让人信服。究其因，一方面是媒介受制于大众，不得不迎合大众的感性化精神诉求，力避那些理性化、专业化的信息；另一方面是文学批评受制于专业要求，理性化非常鲜明，分析和阐释都必不可少。

面对这种错位，我们只能仰天喟叹：既生瑜，何生亮？！

二、应运而生的“媒介批评”

面对这种感性现实与理性专业的冲突，平而衡之的办法并非没有。无奈的是，这种办法不是批评家说了算，而是媒介说了算，因为这是信息时代，媒介就是“老大”。用鲍德里亚的话说：“媒介构成了新的、巨大的生产力，并遵从着生产力的辩证法。”[①]在他看来，这一特殊的生产力，一方面借助其技术优势，通过各种隐秘的信息配置——包括“对世界进行剪辑、戏剧化和曲解的信息以及把消息当成商品一样进行赋值的信息、对作为符号的内容进行颂扬的信息”等等，在看似杂乱无章的过程中，却以其“有条不紊的轮换强制性地造成了唯一的接受模式，即消费模式”。[②]

鲍氏没有羞羞答答。他直接说出了媒介的本质——不是单纯地为了传播人类思想的理性之光，而是为了强制性地造就各种现代文化的消费模式。也就是说，媒介在现代社会中充当的角色，就是利用信息的不断编码，在吸引大众接受的过程中，制定出符合自身利益规则的文化消费模式。在这种情形下，媒介说，那些专业化的文学批评动辄长篇大论，又没几个人读，应该让它改变一下。

于是，“媒介批评”应运而生。

什么是“媒介批评”？我的定义是，它主要指报纸、流行杂志、电视、网络等现代媒介中出现的、适应于大众文化的、短小而通俗的文学批评。它摒弃了传统文学批评的系统性、逻辑性和建设性，强调批评的即时性、浅俗性。有些学者还认真地对它进行过思考，甚至将这种批评的主要特征归纳为九种：新闻性、事件性、随机性、暂时性（非历史化）、青年性（亚文化性）、尖锐性（攻击性、挑衅

① ［法］鲍德里亚：《生产之镜》，仰海峰译，第215页，中央编译出版社，2005年。

② ［法］鲍德里亚：《消费社会》，刘成富、全志钢译，第112—113页，南京大学出版社，2008年。

性或批判性)、宣泄性、普及性(大众性)。尽管这种归纳并不一定全面，也不一定科学，但还是很有道理。

既然“媒介批评”是受控于媒介的批评，那就必须遵从媒介的消费理念和传播模式。于是，我们看到，这类批评几乎不可避免地呈现出感性化和平面化倾向。它们不强调理性的评析，也不追求阐释的科学性，更多地依赖批评者的主观感受，在一种平面化的描述中完成批评的过程。这种感性化和平面化的追求，从某种程度上说，折射了信息文化对传统理性精神的抗拒或消解，当然也使建立在理性之上的文学批评的科学性受到颠覆。

与此同时，快捷性和随意性，也便成了“媒介批评”所推崇的批评“法宝”。它们用新闻化的思维炮制话题和事件，用偏激性的言辞突出批评的效果。在批评对象的选择上，它们更多的是注重对象本身的新奇效应，而不是强调对象所隐含的艺术价值；表现在具体的批评过程中，它们更多的是注重个人观点的直接表达，突出是与非的简单判断，而不是依据必要的理论进行充分的阐释和论证。像余华的《兄弟》出版之后，激烈的批评如潮水般充斥各类报端，而贾平凹的《秦腔》问世之后，“杰作”或“立碑之作”等赞美同样四处招摇。但细读这些批评，却很难获得令人信服的阐释。

因此，“媒介批评”的出现，表面看来，似乎是在努力平衡专业批评和大众阅读之间的鸿沟，其实是在剔除批评的理性支撑和专业要求，让批评只对感受负责，不对科学性负责。顺便说一句，有些懒于阅读又喜欢发表“看法”的批评家，就非常钟情于“媒介批评”，乐于做“媒介的跳蚤”，整天蹦跶于网络或报纸之中。

三、商业化：文学批评的嘉年华

信息即媒介，媒介即消费，在这个环环相扣的逻辑链中，消费才是最终的目标。无论何种媒介，必须通过信息的广泛消费，才能获得生存和发展，这是人所共知的。那么，媒介的消费模式是怎样实现的？按鲍德里亚的说法，媒介追求的消费模式有两个特点：一是“向人们暗示了世界历史之冷漠无情而只有消费物品是值得投资的，并不完全是广告的语调增值”；二是媒介还“通过信息有条不紊的承接，强制性地造成了历史与社会新闻、事件与演出、消息与广告在符号层次上的等同。真正的消费效应恰恰是在于此处，而不是在于直接的广告话语之中”。[①]第一个特点不值得详细解读，因为人都有物欲，刺激人类物欲的事是所有媒介的拿手好戏。第二个特点却耐人寻味。它涉及到媒介在信息配置上的消费策略。这种策略，与其说是体现了媒介自身的商业化诉求，还不如说是消费社会本身的直接产物，或者说是消费文化的一种典型的代表。

在这种策略的驱动下，媒介在信息编码过程中不免会考虑商业利益。一方面，它们不断地调整信息发布方式，使之避开直接的广告形式，与新闻之类“在符号层次上等同”起来；另一方面，又吸引产品制造商介入这种商业化模式之中，与他们共享利益分成。这就是我们俗称的“软广告”。出版商们当然看到了媒介的这一“特殊功能”，所以他们常常会不惜巨资投入这类“软广告”，其常用方式就是约请批评家撰写吊人眼球的短文，然后在媒介中集中推出。所以，有人戏称某读书报已经成为“卖书报”。

对此，肖鹰曾不客气地说道：“媒体化批评家们在媒体的统一体制规定下，集体阅读、集体思考、集体发言。媒体化批评家不再发现，而是沿着媒体预定的文化路线跟进；他们不再思考，而是按照某种既定的主旨发言；他们不再判断，而是对规定的判断添加表现‘个人批评风格’的修辞。”[②]这话说得有些极端，但也不无几分道理。事实上，确实有不少文学批评常常以“嘉年华式”的聚焦方

① ［法］鲍德里亚：《消费社会》，刘成富、全志钢译，第112页，南京大学出版社，2008年。

② 《媒介扩张与文学批评——当前中国主流批评症候》，肖鹰，《天津社会科学》，2007年第1期。

式，配合着出版商或相关的利益集团，精心制造一个个文化消费符号，而不是提供种种富有魅力的审美发现。它不再关注批评本身在审美创造上的愉悦，而只关注批评的商业效果和利益收成。

在这方面，最典型的就是那些冠以“专版”或“专题”的批评，它们围绕着某部作品或某位作家，按照媒介自身的商业化运作思维，从报刊、流行杂志到网络，进行有计划有组织的集中鼓噪和宣传。表面看来，它们都是一篇篇完整的文学批评，似乎是在关注某个重大的文学现实，而实际上，它们的功能和作用就是一种“软广告”。

批评的这种“广告化”行为，使文学批评在消费主义的暗流之下，成功地实现了出版商、作家、媒介本身和批评家的利益分享，也促成了他们之间利益共同体的日趋巩固。这种情形的出现，媒介充当了一个极为关键的角色。

四、文学作品的爆炸式增长

信息时代的一个重要信条是：开放、迅捷、平等和自由。这个文化信条看起来很人文、很现代，但它同样也有自身的局限。就文学而言，它的局限之一，就是驱使文学创作由精英化逐渐走向大众化和多元化，作家的审美追求也变得繁芜驳杂，从而导致文学批评对评析对象的选择变得愈加艰难，批评主体的个体创造和价值评判尤为不易。

在纸媒时代，人们主要是以书面文本作为批评对象。一方面，纸媒时代的书面文本，一般都经过了出版机构的精心遴选，经过了较为谨慎的审读与编辑过程，从某种程度上说，已完成了一次重要的艺术甄别；另一方面，静态而稳定的书面文字，也决定了人们在选择批评目标时，可以时刻保持客观和理性的思维，从而在批评对象的甄别过程中，能够做到更为全面和科学。因此，在这种历史环境中，批评家对批评对象的选择，拥有相对集中的、可控制的范围，而且能够从容地发挥批评主体全面而又客观的理性精神和全局性的眼光。

而在信息时代，人们面对的不仅仅是静态的书面文字，还有大量动态性的网络文字。尤其是网络文学的出现，使批评主体在有效选择批评对象时，增添了很大的难度。可以说，任何一个批评家，要想把握当今的文学发展整体格局，几乎是不可能了。

首先，互联网的开放机制，使文学写作群体无限制地扩张，作品数量也无限制地膨胀，无论是写作者的“泛专业化”，还是作品的“泛文学化”倾向，都越来越突出，也越来越普遍。它迫使所有批评家在选择批评对象时，首先需要进行文学与非文学的资讯甄别，而不是直接进入纯粹的文学作品。网络文学研究专家欧阳友权教授曾给出这样一个数据：“据不完全统计，全世界中文文学网站总数在 4000 个以上，而国内汉语原创文学网站也已超过 1500 家。一个文学网站一天收录的各类原创作品可达数百乃至数千篇。如目前最大的中文网络原创文学网站‘起点中文网’，就存有原创作品 20 余万部，日新增 3000 余万字，总字数超过 120 亿。”面对如此庞大的作品数量，要进行一种专业化的资讯甄别，并进而选择一些具有典型意义的作家或文本，显然是不可能的。

其次，网络文学的评断标准通常是借助于“点击率”。但“点击率”并非建立在读者的理性阅读基础之上，更不是建立在专业化的审读之上，而是具有很大的随意性、时尚化甚至商业性。因此，通过“点击率”的高低来进行文学作品的价值甄别，缺乏最基本的科学依据，亦缺乏文学本身的表征意义。这也意味着，面对那些网络上热捧的作家或作品，批评主体倘若将之确定为具有典型意义的评析目标，也同样是不可靠的。

面对这种情形，任何一个从事文学批评的人，既无法从所有原创作品中迅速有效地确立批评对象，又无法借助网络自身的“点击率”来实现目标的甄别。这是文学批评在信息时代所遭遇的巨大的挑战，也是当今的文学批评总是显得挂一漏万的根本原因。

五、娱乐至死：信息文化的征兆

在《娱乐至死》一书中，美国学者尼尔·波兹曼曾经指出，现代媒介最为主要的功能就是娱乐。娱乐主宰一切。在娱乐或享乐原则面前，人们成为一种日益肤浅、浮躁的消费主义者，不仅丧失了消费自主能力和批判鉴赏能力，而且容易丧失植根于文明传统最深层的羞耻心。媒介经营者极端化的产业意识和经营理念为娱乐业开辟了较为宽泛的生存空间，极大地促进了娱乐业的繁荣和昌盛。信息产业和娱乐业构成巨大的产业链，紧紧地利用和压挤人们包括大学生的业余时间。

所以，波兹曼曾经无可奈何地说道："这是一个娱乐之城，在这里，一切公众话语都日渐以娱乐的方式出现，并成为一种文化精神。我们的政治、宗教、新闻、体育、教育和商业都心甘情愿地成为娱乐的附庸，毫无怨言，甚至无声无息，其结果是我们成了一个娱乐至死的物种。"①在波兹曼看来，造成这种结果的关键因素就是现代媒介，"如果没有用来宣传它们的技术，人们就无法了解，无法把这一切纳入自己的日常生活"②。也就是说，正是现代媒介凭借其强大的现实渗透力，才使娱乐化火借风势，在人类日常生活里大面积地蔓延。

人民需要娱乐，所以媒介也就甘当娱乐的先锋和旗手。将一切严肃的、理性的东西，进行娱乐化处理，这也是信息时代一个重要的文化现象。这种娱乐化的追求，不仅使文学写作走向了游戏化和娱乐化，而且也使文学批评呈现出非常突出的大众化和娱乐化的特点：既迎合广大受众的娱乐需求，又实现了自我宣泄的审美体验。

① [美]尼尔·波兹曼:《娱乐至死·童年的消逝》，章艳、吴艳莛译，第5—6页，广西师范大学出版社，2009年。

② [美]尼尔·波兹曼:《娱乐至死·童年的消逝》，章艳、吴艳莛译，第9页，广西师范大学出版社，2009年。

它导致了批评主体越来越走向极端，越来越注重喧闹，追求所谓明星化的“做秀”效果。

有人曾这样描述当下的学术界：“在娱乐疾风劲吹的大众媒介的参与下，娱乐界和文化界越来越密不可分，由大众媒介制造的学术超男、学术超女和酷评家们非但频繁往返于媒体参与搭建的学术秀场，像布道者一样分赏着他们熬制的心灵鸡汤，同时也频频参与‘好男儿’之类的纯娱乐秀场，与娱乐超男和超女们进行着亲密的正面接触。如果说，对于易中天、于丹和《百家讲坛》的走红，我们应该充分认识到它们的正面价值，比如对于中国传统文化的推广以及普及等等，但同时我们也有理由心存质疑，毕竟，大众媒介和文化学术圈的互动是以经济利益为首要纽带而非学者的文化批评意识为首要宗旨形成的。学者以及讲述内容的选择权最终是掌握在媒介手中的。换言之，学者是没有话语权的，只有媒介赋予的娱乐权，尤其是在当前媒介制造的全民娱乐风潮中，学术话语和文化批评中批评品格的失落将是不可避免的事情。”[1]学术界都不能幸免被娱乐的尴尬，何况文学批评？

六、批评何为？

我再一次申明，我不是一个保守主义者，对信息时代也一直秉持欢迎的姿态，虽然我也明白，无论谁欢迎不欢迎，都必须接受它。的确，从客观上看，信息时代正在对我们的生活产生本质性的影响——从生活方式、生存观念、人际伦理到思维方式，都将不可避免地出现深刻的变化。只是我们大多数人置身于这一巨大的转变之中，正在贪婪地享受着它所带来的诸多便捷，尚未深切地体会到这一变化所带来的后果，更不清楚它将对一些人文科学产生何种影响。

① 《娱乐化时代的批评困境》，丁莉丽，《文艺报》，2007年11月6日。

文学批评之所以遭人诟病，当然也还有其他的原因，譬如日趋复杂的人际关系、批评家个人的专业素养等等，但信息文化的潜在规训是一个重要因素。因为它在彰显人类感性生活的同时，有意无意之间，压缩了人类理性思考的空间。从西方文化的发展来说，这里面有它自身的逻辑，毕竟数百年的启蒙，使他们已进入“工具理性”的陷阱，成为“单向度的人”，所以来一下后现代、反中心、反理性，重塑感性生活对于生命的意义，确实无可非议。

问题是，我们的启蒙时断时续，还远远没有完成，也来追捧后现代、反中心、反理性，就有些问题了，而且也有些滑稽了。它导致的结果是，我们的网络中，暴民极多；反智主义的现象屡见不鲜；大家一娱乐就狂欢，一狂欢就放纵，道德底线很容易被践踏。在这种文化环境里，批评何为？

我的想法是，让批评回到它的理性轨道中，回到专业化的学术空间里。批评就是批评，它是批评家与批评对象之间的心智交锋，是专业读者的话语交流，没有必要整天与媒介勾肩搭背，乃至拥抱亲吻。我在一些专业杂志上所读到的批评文章，并没有出现整体质量的下降，学理严谨、分析精辟、判断有据的批评并不少见。这也说明，真正的文学批评依然活着，至少没有像有些人所痛斥的那般堕落。

（原载《文学报》2013年8月15日）

后记

人们有很多理由对当前的文学批评表示不满或不屑。其中，最令人无法忍受的，或许就是一些充满市侩气息的赞美文章。有人戏之为“歌德文”，鲁迅则认为这是“捧杀”。中国毕竟是人情社会，无论怎样的赞美，都会让人无限地受用。所以，很多时候，我们的批评需要的不是智慧，不是勇气，也不是立场，它需要的只是颂词——从不同角度堆砌起来的各种颂词，像小区里随处可见的花卉，以各种姿态争相邀宠。

这些四处招遥的颂词，虽很廉价，但也聊胜于无。这让我想起海明威对文学批评的看法。海明威认为，导致一个好作家最终丧失写作能力的原因，主要有两个：一是金钱，二是批评。前者因为功利性的追逐，使作家失去了艺术探索的激情；后者则因为过度的赞美，使他们逐渐丧失了写作的信心。他曾说：“目前我们有两位好作家写不出东西来，就是因为读了批评家的文章失去了信心。如果照样写下去，虽然有时候写得好，有时候写得不那么好，有时候写得很坏，但是好东西自会出来。可是他们已经读了批评家的文章，于是，非杰作不写。它们当然不是杰作。它们是好作品。所以现在他们根本写不出来了。批评家使他们丧失了写作能力。”尽管我们不太清楚海明威说的是哪两位作家，但他显然是在鞭挞那些颂词式的批评给作家所带来的伤害。

文学批评对于创作究竟有着怎样的作用，是一个永难说清的问题。但我们不能因此而否定文学批评的价值。文学批评作为一种艺术价值的分析、阐释和判断，毋庸置疑地拥有自身的效度。这种效度，绝不是建立在廉价的颂词之上，而是恰恰相反，隐藏在各种苛求式的评判之中。具有苛求意味的批评，或许是尖锐的、片面的，甚至是偏激的，但是，如果它让我们能够打开理解某部作品的新通道，找到审视某位作家创作的新路径，我以为，它无疑会成功地彰显批评的效度，也能很好地展示批评的魅力。

这也是为什么我一直偏爱苛求式批评的重要原因。实事求是地说，苛求式的批评常常会不可避免地带有某些偏见，就像我们挖“烂苹果”，有时难免会挖掉一些好的部分。但与那些虚浮的颂词相比，这并没有什么不妥。当然，没有立场或见风使舵的“酷评”例外。在真正的文学批评中，只要批评家拥有相对稳定的价值标准，拥有相对明确的评判立场，他的苛求都应该得到重视，他的偏见也应该获得尊重。

真正意义上的苛求式批评，应该源于批评家内心深处的价值立场。它体现了批评家的评判标准，以及对这一标准的系统性思考和维护。在具体的批评实践中，立场显然更为重要。因为一个批评家的思想、勇气、智慧甚至人格魅力，只有紧系于他的艺术立场之上，方能给人以真正的启发。相对明确的艺术立场，意味着批评家的诚实，一种对批评职业和批评对象的忠诚。它会让世俗的油滑靠边，使出尔反尔受到职业道德的耻笑。一个优秀的批评家，他的所有华美而灵性的文字，他的敏捷而锐利的审美眼光，他的丰沛而宽广的知识储备，都应该膺服于他内心的坚实的信念和鲜明的艺术立场之中。这种立场，直接关系到公众对他的批评文字的信任度，也是公众判断他的文字是否科学和公正的核心依据。

我之所以使用“相对恒定的艺术立场”，是因为文学批评与文学创作一样，都会随着批评家个人学识、人生体验、专业储备和艺术感知能力的发展而变化。但这种变化应该是一种渐进式的，有着内在关联的。它与见风使舵的油滑无关，与学识卖弄更无关。与此同时，不同的批评家或许有着不同的艺术立场，由此导致对同一个批评对象会产生不同的阐释效果和判断结果，这种效果或结果有时甚至会完全相反。但它不足为怪。所谓“君子和而不同”，只要他们恪守了各自的艺术立场，体现了他们具有说服力的论析依据，我觉得公众都可以凭借自己的理性选择性地接受。事实也是如此。当批评家们站在文学的第一现场对文本进行阐释和判断时，常常会出现这样和那样的差异。这种丰富的差异性，不仅表明了一部作品存在的多重意义，同时也折射了批评家各自的解读方法和解读能力。

也许“立场”这个词语给人以异常空泛的感觉，但在今天这种“改变思想就像更换内衣一样随便”（葛兰西语）的知识分子精神现状中，它却越来越显示出存在的珍贵性。尤其是在文学批评中，没有它的存在，我们不仅无法看到一种合理的批评尺度，无法恪守学理性的批评思维，也无法体现自己批评的价值和作用，更无法维护批评自身的公正性和科学性。在本质上，也就无法道出批评家自己真实的声音。

洪治纲

2017 年 4 月于杭州师范大学

图书在版编目（CIP）数据

偏见之辞／洪治纲著．-- 北京:作家出版社，2017.11
（剜烂苹果·锐批评文丛）
ISBN 978-7-5063-9645-5

Ⅰ．①偏… Ⅱ．①洪… Ⅲ．①中国文学 - 文学评论 - 文集
Ⅳ．①I206-53

中国版本图书馆CIP数据核字（2017）第213247号

偏见之辞

作　　者： 洪治纲
责任编辑： 汉　睿　李　静
装帧设计： 曹全弘
出版发行： 作家出版社
社　　址： 北京农展馆南里10号　　**邮　　编：** 100125
电话传真： 86-10-65930756（出版发行部）
86-10-65004079（总编室）
86-10-65015116（邮购部）
E-mail:zuojia@zuojia.net.cn
http://www.haozuojia.com（作家在线）
印　　刷： 中煤（北京）印务有限公司
成品尺寸： 152×230
字　　数： 260千字
印　　张： 18.75
版　　次： 2017年11月第1版
印　　次： 2017年11月第1次印刷
ISBN 978-7-5063-9645-5
定　　价： 48.00元
